大清王朝

青未了 著

② 北方的王者

长江出版传媒　长江文艺出版社

目 录

第 一 章	改元称帝，皇太极盛京登基	001
第 二 章	小试牛刀，清军第一次奔袭	024
第 三 章	三王案发，大清国内部动荡	050
第 四 章	抽丝剥茧，睿亲王厘清大案	070
第 五 章	政见分歧，卢象升壮烈殉国	086
第 六 章	掉以轻心，岳托命丧济南城	107
第 七 章	孤注一掷，洪承畴督师辽东	129
第 八 章	兄弟情深，孙童儿悲别铁汉	145
第 九 章	阴谋暴动，善友会最终覆灭	168
第 十 章	兵围锦州，八旗军围点打援	185
第十一章	松山攻防，洪承畴自取败局	205
第十二章	刚柔并济，庄妃劝降洪承畴	229
第十三章	被动出击，孙传庭兵败身死	249
第十四章	群雄逐鹿，登泰山而小天下	266
第十五章	毫无征兆，皇太极突然晏驾	281

第十六章 帝位空缺，各势力暗流涌动……296

第十七章 退求其次，睿亲王图谋辅政……315

第十八章 参汉斟金，皇九子福临嗣位……335

第一章　改元称帝，皇太极盛京登基

许多降将见金国大贝勒与大汗并排面南而坐，感到极为诧异，张存仁就是其中之一。他曾提出大贝勒与大汗共同面南而坐，有碍大汗的尊严，应该废止。当时，莽古尔泰的谋反活动正在暗中进行，皇太极接到张存仁的奏折后压了下来。莽古尔泰死后，大贝勒只剩下了代善。张存仁再次上书，请求废止大贝勒与大汗并坐的规制，代善也主动提出废止。众贝勒议定废止此制，皇太极本人自然同意诸贝勒的决定。

天聪七年元旦，金国举行仪式，皇太极独自面南而坐，朝见众臣。当年三月，明将孔有德、耿仲明遣使约降。孔有德、耿仲明原是毛文龙部将。袁崇焕斩杀毛文龙后，两人过海去了山东，在登州巡抚孙元化帐下做参将。天聪五年，崇祯命孙元化派兵往援大凌河城，孔有德率一千人走陆路往救。途中，孔有德叛变回军，以耿仲明为内应攻下登州，孙元化逃遁。随后，旅顺副将刘有时等人响应，孔部声势益张，接连攻下黄县、平度、莱州等地。孔有德自命都元帅，封耿仲明为总兵官。

崇祯六年，即天聪七年，崇祯派朱大典督军进剿。孔有德败，率军乘船渡海至盖州，遣使约降。皇太极命济尔哈朗、阿济格、杜度率兵迎孔有德、耿仲明于鸭绿江口，命其率部驻辽阳。

同年十月，明朝广鹿岛副将尚可喜降金。

尚可喜原亦是毛文龙部将，袁崇焕斩杀毛文龙后，过海去了山东。后回辽东，任广鹿岛副将。天聪七年七月，岳托奉命攻旅顺，尚可喜暗助岳托攻下旅顺,乘机约降。皇太极差多尔衮、萨哈林迎尚可喜,命驻海州。

天聪八年,孔有德、耿仲明、尚可喜部改为汉八旗。时三部共有人马盈万,且备有舟船,火器充足,成为金国一支重要的武装力量。

天聪八年四月,诏沈阳为"天眷盛京",赫图阿拉为"天眷兴京"。不久,德格类亦染病亡故。八月,取刚林等十六人为举人。闰八月,报林丹汗病死。察哈尔寨桑喀尔马济农率六千人奉窦土门福晋降金。天聪九年二月,建蒙古旗。

林丹汗本人虽死,其妻囊囊太后和其子额哲尚在。为剿灭林丹汗余部,皇太极派多尔衮、岳托、萨哈林、豪格等率精兵万人,往黄河以西搜寻。当时,囊囊太后龟缩于西喇珠尔格。见多尔衮等人袭来,囊囊太后遂率一千五百户部众请降。在太后的指引下,多尔衮等在托里图找到了额哲,额哲也不战而降。

囊囊太后、额哲的归降,不但使皇太极征服了最后一支蒙古部落,而且多尔衮还从额哲手中得到了皇权的象征——传国玉玺。

多尔衮等人意识到玉玺的重要性,遂商妥在盛京举行"献宝"仪式。多尔衮派萨哈林先行入京,向皇太极奏报情况。当年九月初六日,盛京城外之南冈秋高气爽,万里无云。"献宝"仪式即在这里举行。螺号阵阵,鼓乐喧天,黄案之上香烟袅袅。

皇太极率诸贝勒大臣及新降林丹汗之子额哲上前行三跪九叩礼。礼毕,皇太极入黄幄升座,多尔衮、岳托、萨哈林、豪格踏红地毡,将所捧之玺置于黄案之上。

正黄旗固山额真、镶白旗固山额真抬案至皇太极前。诸贝勒、大臣跪。皇太极受玺,率众拜天,行三跪九叩礼。

礼毕,皇太极复位,群臣齐奏:

> 古来天子必有受命之符,此宝非同寻常,乃汉国时所传,迄今二千余年,不辞千里之远,唯归受命之君,天赐汗九层尊位,而享天下之福,无疑也。

天聪十年四月己卯,代善、多尔衮、济尔哈朗、多铎、岳托、豪格以及阿巴泰、阿济格、杜度,蒙古十六部四十九位贝勒,孔有德等满、蒙、汉大臣集于大政

殿,多尔衮举满文劝进表,巴达礼举蒙文劝进表,孔有德举汉文劝进表请皇太极称尊,表文曰:

恭唯我皇上承天眷,应运而兴。当天下昏乱,修德体天,逆者威,顺者抚,宽温之誉,施及万姓。征服朝鲜,混一蒙古。遂获玉玺,受命之符,昭然可见,上揆天意,下协舆情。臣等谨上尊号,仪物俱备,伏愿俞允。

最后,皇太极同意称尊,谕曰:

尔贝勒大臣劝上尊号,历年矣。今再三固请,朕重违尔诸臣意,弗获辞,朕即受命,国政恐有未逮,尔等宜恪恭赞襄。

天聪十年四月十一日丑寅之交,盛京周围百里之内的雄鸡引颈齐鸣。鸡鸣两遍,东方始现鱼腹白色。寅卯之交,第三遍鸡鸣。这时,高空一阵罡风掠过,吹散夜空的最后一片残云。三遍鸡鸣毕,太阳从东方棋盘山顶射出第一道金光。顷刻,整个天际被霞光照亮,江山一改其夜间的笼统,恢复了多彩的美色。

精心准备多日的爱新觉罗·皇太极的登基大典,就在这一天举行。

上苍给了一派无比壮美的气象!

寅正时分,宫院和去天坛、地坛的路面已经开始清扫。卯正时分,有司对皇宫以及皇宫至天坛、地坛路上的灯饰、锦饰和绣球花环,做了最后一次的检查。同时,仪仗甲士和八旗将士开始集中。辰初,诸贝勒、大臣陆续进宫。

辰正伊始,九声炮响之后,仪式开始。第一项是宣布圣谕,皇太极登基是"奉天承运",国号为"大清",年号"崇德",定都盛京。

随后又举行了祭天等仪式,还封了皇后和嫔妃。博尔济吉特·哲哲被封为皇后,博尔济吉特·布木布泰被封为永福宫庄妃,庄妃的姐姐海兰珠被封为关雎宫宸妃。

封官晋爵仪式也隆重举行,加封爱新觉罗·代善为和硕礼亲王、爱新觉罗·多尔衮为和硕睿亲王、爱新觉罗·济尔哈朗为和硕郑亲王、爱新觉罗·多铎为和硕豫亲王、爱新觉罗·豪格为和硕肃亲王、爱新觉罗·岳托为和硕成亲王、爱新觉罗·阿济格为多罗武英郡王、爱新觉罗·阿巴泰为多罗饶余贝勒、爱新觉罗·杜度为多罗安平贝勒、爱新觉罗·硕托为贝勒、爱新觉罗·尼堪为贝子。

加封蒙古各部：巴达礼为和硕土谢图亲王、固伦额驸额哲为和硕亲王、吴克善为和硕卓礼克图亲王、布塔齐为多罗扎萨克图郡王、额驸满珠习礼为多罗巴图鲁郡王、衮出斯巴图鲁为多罗达尔汉郡王、孙杜稜为多罗杜稜郡王、固伦额驸班弟为多罗郡王、孔果尔为扎萨克多罗冰图郡王、东为多罗达尔汉戴青、俄木布为多罗达尔汉卓礼克图、古鲁思辖布为多罗杜稜、单把为达尔汉、耿格尔为多罗贝勒、琐诺木为济农。

加封孔有德为恭顺王、耿仲明为怀顺王、尚可喜为智顺王。

封范文程鲍承先为内秘书院大学士，宁完我、希福为内弘文院大学士，刚林为内国史院大学士。

封六部承政：吏部满承政钮祜禄·图尔格、礼部满承政那拉·满达尔汉、刑部满承政瓜尔佳·索海、工部满承政佟佳·巴笃理、兵部满承政辉和·叶克书、户部满承政他塔喇·英俄尔岱；吏部汉承政祖泽洪、礼部汉承政姜新、刑部汉承政李云、工部汉承政裴国珍、兵部汉承政祖泽润、户部汉承政韩大勋。

其余大臣也多有晋升。

百官受到封赏又山呼万岁，叩头谢恩。

就这样，登基仪式的第一日过去。

次日辰初，盛京以东五十里一块方圆百里的地域，无声地沉浸在和煦的晨光之中。夜晚的薄雾渐渐散去，万家炊烟袅袅升起，高空不时有鸟群掠过，偶尔可以听到村民断续的吆喝声和牛羊的鸣叫声。大地丘陵起伏，上年留下的茂盛、枯黄的草木之中绿枝婆娑，草木中一直响着一种无以名状的沙沙声……

作为大清开国活动之一的射猎即将在此举行。

在一个叫龙冈的高坡上，皇太极骑在"山中雷"上等待着发令的那一刻。

他的身边是睿亲王多尔衮、豫亲王多铎、成亲王岳托、勒克德浑和图赖等人。多尔衮是皇太极登基活动的总操办人，此次射猎自然在皇太极左右。豫亲王代颖亲王主礼部，此次射猎是登基仪礼之一，豫亲王便也在皇太极身边。成亲王主兵部，射猎动用八旗将士，是一次军事活动。这样，皇太极身边少不了岳托。勒克德浑是皇太极特许来参加射猎的，祖父特别关照让他待在身边。巴牙喇嘛章京图赖也一直守在皇太极身边。随豫亲王的有礼部汉承政姜新,随成亲王的有兵部汉承政祖泽润。

射猎采取围堵的形式,黄、白、红、蓝各旗各处一边。

两黄旗分列龙冈东西,面南而向。左边是正黄旗,右边是镶黄旗,队伍一字排开,因丘就势,宛如两条黄龙。此时成千上万的八旗军马全无一点声息。

辰初即到,兵部汉承政祖泽润下马跪奏:"辰正已到,请皇上降旨。"

皇太极听罢,向图赖点了一下头,图赖遂将手中的一面黄旗连摇了三下。

这时,只听两边哗啦一声,转眼间,旗纛统统被执起,且列于左右的士卒从最近的开始,把手执之旗向外侧倾动,如此似接力般传下去——转眼间,旗浪已传到百步之外。

不多时,旗浪传至炮位。

隆!隆!隆!三声炮响,队列向前方涌动。

螺角声、擂鼓声、舞旗声、刀枪撞击声、喊杀声、马嘶声、脚步声、马蹄声,惊天动地响了起来。

四条巨龙——北为金龙,东为银龙,西为赤龙,南为青龙——正在缓缓滚动,那"口"字形在渐渐变小……一派无比壮观的景象。

且说如此前进了一段之后,礼部汉承政姜新下马奏道:"请皇上驰骋。"

皇太极点头示意,然后猛加两鞭,那"山中雷"如箭出弦般向南奔去。

随着皇太极坐骑的飞驰,射猎正式开始。

射猎活动到黄昏前结束,八旗人马开始向龙冈集中。就在八旗将士集中的过程中,兵部和礼部派出的官员已将诸王爷、贝勒和其他大臣及各旗所获猎物数字统计完毕。

未正时分,皇太极已坐于龙冈中央的御椅之上,御椅置于两柄巨大的黄盖之下。诸王爷、贝勒、大臣分列于两厢肃立,礼部赞礼官跪在皇太极前候旨。

皇太极向冈下看了一眼,两万多八旗将士肃立无声,与方才捕猎结束前那种沸腾、热烈的场面形成鲜明对照。皇太极心中兴奋异常,遂向赞礼官点了点头。

赞礼官接过献猎表,大声宣道:"天聪十年四月十二日,臣等顿首……"

读到这里,诸王爷、贝勒、大臣哗的一声全都跪了下来。

八旗军士多有所获,赞礼官也都一一宣读了。宣毕,百官山呼万岁,起身肃立。

皇太极要讲话,要让站在一个足球场大小面积的两万人都能听到说话声,讲话的声音自然不可小,道——

开天辟地,先有江山而后有阡陌;启国聚家,先有渔猎而后有农桑。我大清先祖起于白山黑水之间,以射猎为其宗。太祖雄起始立八旗之制;征战四方,初有金国之域。朕继皇考之志,一统满洲,抚蒙古,柔朝鲜,始有大清。然大志未酬,无可忘先祖之训,无可失满民之本,故行射猎之仪。今明廷已呈失鹿之兆,中原逐鹿,势在必行。鹿死谁手?有德者居其正,捷足者先登,矢利者易得:此三者,必为我大清共有也——吾其勉之!尔其勉之!

这一番训词令诸亲王、郡王、贝勒、大臣及八旗将士大为振奋。众人举双手的举双手,举斧钺的举斧钺,挥旗纛的挥旗纛,"吾其勉之"的吼声震撼天地,使献猎仪式达到了高潮。

红日西沉,皇太极和将士们的声音在满天的晚霞间萦回激荡,成了当日的最强音。

晚宴开始后,皇太极端坐在帐篷正中的御几前,诸亲王、郡王、贝勒、大臣依次坐于矮几旁,形成三匝。

一整天紧张射猎,大家饥渴得已难以忍受。

帐篷门一开,先有一股浓烈的烤肉香味儿传进来。随后,就见一队军士每人手中的托盘中端着烤好的鹿肉鱼贯而入。最前面的军士将一盘烤肉放到皇太极的御案之上,左边依次为礼亲王、郑亲王、肃亲王、英郡王等人;右边依次为睿亲王、豫亲王、成亲王等人。

皇太极体谅大家的急切心情,待第一道菜摆就,他看了看几上的烤肉,又环视了众人一眼,笑道:"大家耐着性子等的就是朕的一句话——动手吧!"

众人听后哄堂大笑,接着便出现了大吃大嚼的场面。

众人个个开心,但肃亲王例外,他在射猎时受了伤。

献猎前皇太极听说儿子受了伤，专门到豪格营帐看过，并命御医重新对伤处进行包扎。豪格受伤时虽显得情势猛烈，但并未伤及要害。包扎后歇息了一个下午，已觉无事，于是也入了席。

豪格与多尔衮等一样，被封了亲王。当初，封不封豪格为亲王，皇太极颇费了一番斟酌。皇太极忘不了在对付阿敏时豪格身上出现的波折。后来莽古尔泰谋反，莽古济参与其中，事败后，豪格残酷地杀了自己的福晋，皇太极看到了儿子的狠毒，心中泛起了厌恶之情。攻打抚顺时，豪格要求领兵挂帅，皇太极没有允诺。之前因岳托的福晋将阿敏福晋与豪格福晋的密谈讲了出去，豪格因此怨恨岳托，皇太极便让岳托挂了帅，让豪格做了副手，其用意是给豪格一次机会，考查一下他能不能以大局为重，在实战中消除与岳托的隔膜，改善与岳托的关系。岳托是个豁达的人，他并不计较豪格的无礼。同时，岳托又是一个聪明人，他明白皇太极的苦衷，战时便处处让豪格出头，给豪格创造立功的条件。这样，豪格一直极为顺手，最后，仗打得很漂亮，死伤极少，拿下抚顺，立了一大功。儿子立了功，听说与岳托的合作情况尚可，皇太极自然高兴。但即使如此，登基思考封赏时，皇太极依然不打算封豪格为亲王，只是多尔衮三番五次地进谏，大贝勒代善和岳托等人几次保举，皇太极最后才勉强同意。豪格本人对这番周折浑然不知，被封了亲王，反而以为完全是靠了自己的本事。

攻打抚顺时，豪格根本就没有要领兵前去的意思，是希福多次劝解，明了拿下抚顺的重要意义，他才勉强答应，向父汗提出领兵的要求。父汗没有同意，只给他一个副职，他又灰了心。是希福看明白了皇太极的用意，给他分析了形势，说岳托定会给他立功创造条件，这次当这个副职，可能比他挂帅更好，等等。

实际情况说明希福是对的，他立了大功。自此之后，他的精神焕发了，征蒙古林丹汗余部，原本父汗并没有派他，他还是请缨出征。事实证明，那次去也是对的，就说那玉玺吧，虽然不是他独得的，但功劳总有一份儿，没有叫多尔衮那位"歹叔"独自得去。种种往事说明，只要他豪格振作，就可战无不胜、攻无不克！现在封了王，越发说明非同一般！从今以后，他要像别人一样放心大胆地做事，该讲的要讲，该得的要得，该争的要争！他豪格不比别的人矮一截，不比别人低一等，他是皇子，是皇长子，大清的江山将来就是他的！

总而言之,他恢复了往日的雄风。

当日他起得很早,命亲兵早早地遛了马,以便坐骑在射猎时达到最佳状态。他还命亲兵认真查验了昨天已经准备好的弓和箭,决心射猎时多有收获,献猎时把所有的人统统压下去。

当然,他也有不快。整个登基活动的安排统统交到了睿亲王一个人手里,在他看来,睿亲王出尽了风头,占尽了便宜,为此他醋意大发,总想抓住睿亲王安排中的一些毛病,"压一压这个歹叔的风头"。射猎开始时,他碰上睿亲王,就两白旗没有更换新旗之事抢白了几句,睿亲王没有说什么。豪格见睿亲王无言以对,得意了一阵子。接着,他便想奋力射猎,多多获取,别人不管,但一定要压过这位"歹叔"。结果,自己非但连个野鸭子都未曾打着就败下阵来,而且还挂了彩。他左思右想,越想越恼,憋了满肚子的气无处撒。

他又想起诸旗制作新旗纛,唯独白旗不制之事。上午睿亲王被他抢白了几句,无以言对,现在何不在皇上面前重提此事,让他下不来台?于是,他寻得一个机会对皇太极道:"父皇,儿臣有一事不明,不知此刻可言否?"

肃亲王如此一说,诸人都静下来,目光统统转向了肃亲王和皇太极。

皇太极自见豪格受了伤,心中疼爱,更加儿子毫无所获,献猎时脸上无光,觉得儿子心中定然不快,便十分同情道:"有话就讲。"

豪格道:"此次射猎乃父皇登基大典之仪,诸旗视天厚地重,皆换新帜,独白旗仍为旧帜,不知为何?"

皇太极听罢一笑,道:"说射猎之仪各旗视如天厚地重,倒是不错的……"

肃亲王插话道:"唯白旗不是。"

皇太极见儿子打断自己的话,便有些不快,即想训斥一顿。但看到儿子头上的包扎,随即收念道:"不就几百两银子吗?你需心静,否则于伤不利。"

可豪格闻言并不罢休,道:"儿臣之伤事小,国事事大,儿臣绝不是为本旗花掉几百两银子痛得慌。一为不平,二为社稷。儿臣乞白旗固山额真说明缘由,有罪论罪……"

这话一下把皇太极惹恼了,他大声斥责道:"朕念你受伤受惊,本想让你缄口息事。可你得寸进尺,竟兴师问起罪来。你问好了,白旗不易新帜是朕的决断。二月白旗出迎蒙古诸部刚刚换上新旗,朕想此次就不必再换了。这样看来,有碍社稷大罪的祸首,不就是朕吗？"

帐中的气氛顿时紧张起来,礼亲王、睿亲王、郑亲王等人忙劝道:"皇上息怒。"

其他人见状亦劝道:"皇上息怒。"

豪格只好离座跪了,道:"儿臣岂敢,儿臣万死……"

皇太极哼道:"冠冕堂皇!什么天厚地重,什么为了社稷——举高了棒槌打得疼!不为几百两银子,为了不平,白旗二月独置新旗花银子,那时你为何不叫不平？"

豪格理亏,又见父皇盛怒,忙道:"儿臣知罪,儿臣万死,请父皇息怒。"并连连磕头不止。

皇太极见状这才道:"起来吧。"

这次夜宴并不是一项庆祝仪式,因此,事先并未安排程序,自然也未安排丝竹说唱之类。如果不出豪格的事情,大家会欢天喜地、吃饱喝足,散去各干各的事。可豪格突然闹席,惹得皇太极生了气。众人虽有意渐渐把话岔开,缓解席间的紧张气氛,但帐内仍显闷闷的。

睿亲王心想大家不能如此喝闷酒,便对皇太极道:"今晚圣上赐宴,君臣郊外同乐,可以称作郊野之斟。皇上,大家斯文如此,如何配得上一个'野'字？"

皇太极知道睿亲王有意改变眼下之窘境,也道:"睿亲王说得是,哪个有主意,让大家畅饮起来？"

皇太极此语一出,众人便七嘴八舌先吵闹起来,有说可划拳的,有说可行令的,有说该猜谜的,也有说该吟诗的,主意多多,莫衷一是。

在众人纷纷议论的时候,皇太极一直注意着坐于下位的孙辈勒克德浑。

这勒克德浑少年英俊,才气横溢,深得皇太极的喜爱。再加上皇太极也疼爱颖亲王,便在射猎活动中一直关注着这个后生。此时,皇太极见众人议论纷纷,勒克德浑却独坐不语,便道:"座中年纪最轻的当属勒克德浑,朕倒想知道年轻人是什么心思。"

众人见皇太极说话,自然都静了下来。又见皇太极点了勒克德浑的名字,视线便集中在他身上。

勒克德浑没想到皇祖会点到自己的头上,听罢忙起身离座,半跪道:"皇祖父,在诸位王爷、诸位大人,诸祖、伯、叔、兄面前,哪有孙儿饶舌之理?"

皇太极笑道:"常言道:'当仁不让于师。'有好主意就拿出来,管他什么祖伯叔兄!"

勒克德浑忙叩头道:"如此越发让孙儿无地自容了。"

皇太极抬抬手道:"起来,起来。有什么好主意,就说说看。"

勒克德浑跪道:"如此,皇祖父、诸位王爷、诸位大人,诸位祖父、伯父、叔父,就容晚辈放肆了。划拳、行令、猜谜、吟诗,皆夜饮助兴之好手段,个个是热烈非常的。可依晚辈看来,划拳、行令虽然热烈,可所限一席,难成一帐之欢;猜谜、吟诗固然雅致,然颇费心思,难适劳心之旅;众长者操劳日久,心血便不想多用在这方面。晚辈想到一现成的形式,既欢乐有趣,又少费心思,且皇祖父和众长辈又是擅长的……"

"我猜到了,"说话的是豫亲王,"孙儿指的是说笑话!"

勒克德浑回道:"叔祖父猜得对,正是说笑话。"

皇太极听罢拍手道:"碰巧找了他,他竟与朕的主意相同。"

众人击掌欢呼。

皇太极又道:"先要立个规矩:点到头上无可讲者,罚三杯;讲而无趣、引不起笑声者,罚三杯;颠三倒四、言语错讹者,罚三杯。"

众人笑道:"如违甘愿受罚。"

皇太极问道:"哪个首唱?"

大家齐推礼亲王。礼亲王见状,便将杯置于桌前道:"置杯于此,以待受罚。"

众人先乐。

礼亲王接着说道:"第一个出头,只宜讲个热闹的。话说龙某耳背,可又不愿意让人发觉。一天,他备菜一桌,请几位朋友来聚。席间,一位朋友讲了一个笑话,大家听了大笑。龙某未听到半个字,也笑。接着,他自告奋勇也要讲一个,并说:'方才肖兄讲的非常有趣,可我这里还有一个更有趣的,不知诸位愿听否?'大家十分高兴,忙道:'要听,要听。'龙某一口气把笑话讲完,众人听罢个个捧腹大笑。笑什么呢?原来龙某所讲的正好是方才肖某所讲的。"

众人大笑,座中有人却道:"我看该罚!"

众人看又是豫亲王,忙问缘故。

多铎道:"这聋是能装的吗?又请朋友又办席,他就露不了馅儿?如何别的话一概听得明白,唯独肖某的笑话'未听到半个字'?不通不通!该罚该罚!"

郑亲王笑道:"如此较起真来,还有什么笑话好讲呢!罚不当罪,罚不当罪。"

众人便道:"那就再饶一个,并不算罚。"

豫亲王便罢手道:"这倒便宜了老兄!"

礼亲王把杯子推远,笑道:"见我置杯于此,便生加罪之念,这回放远些。"

众人见状,又笑了起来。

礼亲王道:"饶一个,还是耳聋的。且说有一老汉耳背,这天正在场上扬场,风忽然停了。老汉嘟囔道:'唉!扬场没了风。'这话被一个走过场边的放羊人听到,他也是个耳背的,便生起气来,道:'我的羊明明在吃草,你如何说羊吃了你的葱?'两人竟你一句我一句吵了起来。不一会儿来了一个打猎的,身上背着弓箭,见有人吵架,便上来解劝,问什么事伤了和气。老汉说:'我说的是扬场没了风。'放羊人道:'瞧,到如今他还硬赖我的羊啃了他的葱!'谁能想得到,碰巧猎人也是个耳背的,听了两人的话,也生起气来,道:'真不知好歹,我好心前来解劝,怎么,你们都要折我的弓?'如此,三个人又吵成了一团。这时,知县从此路过,见有人吵架,便命听差将三人召至轿前。真是无巧不成书,这县官也是耳背的,听三个人各说一遍后大怒,遂把轿门一拍,道:'尔等好大的胆子,本县上任没三天,你们就骂我糊涂官不清。每人各杖二十,看尔等再道我清也不清!'"

听罢,众人捧腹大笑。

"我也来一个!"大家见说话的是饶余贝勒阿巴泰,"只是我讲的不是耳聋的,而是怕老婆的。"

听罢,众人暗笑。原来,阿巴泰耳背。有道是说者无意,听者有心。阿巴泰以为礼亲王有意暗讥自己,便急于回讥——揭礼亲王怕老婆之短。只听他道:"有个当官的怕老婆。有一次升堂,一个衙役的脸来前被他老婆抓破,县官故作不知底细,便问那衙役脸如何破了。衙役羞于实禀,便说:'昨夜院内葡萄架下乘凉,一不小心,脸被葡萄藤划破。'县官听了大笑道:'编造得固称圆滑,可尔等如何瞒得了我——你这脸是被你老婆抓破的。这些妇人!说起来,普天之下顶数她们可恨，且看今日本县如何为你出气！'他吩咐左右：'快些把那贱人缉拿归案！'县官话音未落，就听后堂有人喊叫。接着，县官就见自己的老婆怒发冲冠地冲了出来。县官见状忙道：'罢！罢！罢！此案暂且搁置，尔等暂且退下，吾后衙之葡萄架亦将倾矣！'"

大家听得入神，全然忘掉了礼亲王那一层，大笑不止。

这时，有人指了指英郡王阿济格。这英郡王不善辞令，见众人指他，便道："百根竿子相逼，鸭子只好上架。"

这话便引起了众人的欢笑。

英郡王道："说的是一个人……"

成亲王岳托摇头道："叔父，看来得罚三杯了——不是阿猫阿狗可不就是一个人吗？"

英郡王道："大侄子不要乱我——一个人家里很穷，一天，他出门遇到一个朋友，朋友要请他吃饭。他假装阔气，说：'我刚吃过炖肉，饭是不要吃了，喝两杯倒可。'这样，两个人去吃酒。这人贪杯，肚中又没有油水，很快便大醉，把刚吃过的糠菜吐了一地。过后朋友不解，问他：'那天你说你刚吃过了炖肉，如何吐的倒是糟糠哩？'这人寻思了半晌，道：'别忘了，猪是吃糠的。'"

众人听罢大笑不止，英郡王见自己讲得如此受到欢迎，便来了精神，道："既众人不嫌，我也饶上一个。"

众人击掌，英郡王又道："有一个人午间游庙，见一和尚晚餐……"

岳托忙道："这回逃不掉了——既说游人午间游庙，如何又说见和尚晚餐？"

众人欢笑拍案，要阿济格受罚，皇太极也拍手道："该罚！该罚！"

阿济格道："皇上有所不知，这寺庙忒大，那人午间入庙，一连游了几个时辰，碰上和尚，可不就是吃晚饭的时候了？"

皇太极听罢指着阿济格大笑道："英郡王不善辞令，然机变过人。朕服了你，服了你。"

众人又笑个不止。

英郡王继续道："见和尚碟中摆了四个鸡蛋，便指责道：'出家之人慈悲为怀，修善为本，最忌杀生。长老却一餐四蛋，何忍连吞数命？'和尚听罢哈哈大笑,道:'施主只知其一,不知其二。我出家之人,慈悲为怀,修善为本。今日吃蛋,实慈悲、修善之举也。'遂从碟中取一蛋去壳吞之,并随口吟出一绝:'混沌乾坤一口包,也无皮肉也无毛。师僧携汝西天去,免留凡间受一刀。'"

众人听罢又笑。

有人指成亲王岳托,岳托便讲道:"中原那边有父子二人都是出了名的别字先生。一次,儿子经商外出,路遇大雨……"

皇太极听到这里道:"打回去!打回去!下面是给老子写信:'别人有命(伞),孩儿无命(伞)……'是不是?老掉了牙的东西也来敷衍?先罚三杯,后换一个好的;不好,再罚!"

众人拍案,均附和道:"先罚三杯!"

成亲王无奈,饮酒三杯,然后道:"换一个不难,难在还得是个好的。倒想起一个,且不知是好是坏——且说江南大旱,各处循例祈雨。某日,某县知县去城隍庙拈香求雨。这城隍庙旁边有一庵一寺,一和尚正与一尼姑在庵前嬉戏。知县见状率执事人等上前干预,怒斥道:'尼姑庵靠和尚寺,姑秃僧光头相似。数更不辨二三四,终日厮混必有事。'和尚心虚胆怯,早已膝如筛糠,跪在县官面前,无一语可对。却见那尼姑近前道:'尼姑庵靠和尚寺,各人各有各家事。和尚无事不生事,尼姑有事不怕事。知县无事来生事,无事生非才有事。'县官语塞,无言以对,怏怏而去。和尚拍手道:'家有贤妻,夫主不遭横祸。'"

众人大笑,皆道:"可算是个好的,放过了。"

众人又指肃亲王豪格。

肃亲王因旗纛之事受皇上斥责,心中不快。众人说笑,他也勉强笑和。现在众人指他,他哪里提得起精神?但又不好不说,便道:"一个读书人读书不成,先行娶妻,人称莠才。其妻归宁,这莠才自然要送陪。其父告之曰:'汝读书之人,此去泰山家,当有读书人之谈吐。'莠才道:'这有何难?儿才学八斗,识过班迁,别的不敢夸口,这读书人的谈吐自然是举止间的本领。'其父道:'吾儿吃亏就吃亏在一个盲字上,不知自己是吃几碗干饭的。吾地湘岳,人杰地灵,汝何不出去走走,向贤者学上三招两式?有道是临阵磨枪,不快也光。去泰山家之前,何妨一试?'莠才道:'那倒也好。圣人曰,不耻下问。圣贤且如此,况吾辈乎?'其父道:'这是第一句明白话。'于是,莠才外出求贤……"

岳托听到这里，再也忍不住了，便插话道："停！停！方才我说了一个，被皇上打了回去，现在你讲的这个岂不更是老掉牙的？'一鸟入林，百鸟哑音'云云，三岁孩子都听过百遍了，却拿来搪塞我们。罚！罚！罚！换！换！换！"

众人击掌附和。

肃亲王无可奈何，只得饮过三杯，而后道："说的是有个书生肚子里没有学问，却又喜欢在人前卖弄。适逢其母六十大寿，他要亲拟一联，一为老娘祝寿，二为显示才学。可枯肠搜尽，仍无可得。无奈，只好找到一本历书，要在那里面挑一副现成的。翻了半天，总算找到一副：天增岁月人增寿，春满乾坤福满门。这样一副对儿写就挂上也就将就了，谁知这书生感到不够亲切，便把上联的'人'改为'母'字。书生想起上下要对，上联既改为'母'，下联对应之字便改为'父'字。书生心中满意，写完就挂上了。寿日，亲朋好友俱已到齐，但见寿堂之上高悬一对曰：'天增岁月母增寿，春满乾坤父满门。'"

众人忘了刚才的过节，大笑不止。

这时，豫亲王大声道："我这里也有一个怕老婆的笑话要讲，但不知座中有没有惧内的。我有言在先，我讲的可毫无所指，座中诸人切勿对号入座。且说众怕老婆的相聚，欲议一不怕之法，以正夫纲。一人后至，欲试众生胆量，假恐曰：'兄等还在此斯文如此，列位尊嫂闻知，已相约打到门口了。'话音刚落，众已奔散。然有一个坐定未去，后来者忖此公独不怕者也。察之，则已惊死矣！"

众人大笑。

皇太极笑出了眼泪，手指多铎说不出话来。

众人笑了一阵，共指睿亲王。岳托笑问道："叔王一直在那里自在，自知除皇上外，是另一个不怕罚的……却不知心中翻到了哪一篇说了让人笑断肠子的。"

睿亲王道："叫你出来打岔——刚想出了一个，霎时又不知去向。若叔父被罚，少不了你为老叔代饮。且说一农夫妻子高烧，农夫进城抓药。这农夫没进过药店，不知称呼，便问了路边一人。这人与药店掌柜不睦，便道：'庸医。'农夫记下，进店后先向店主问安：'你可好，庸医！'啪！一记耳光打来，打得农夫眼前直冒金星。这农夫以为这是店中的规矩，便忍痛道：'我要抓一服退烧的药，庸医！'啪！又是一记耳光打在农夫的脸上。半天，农夫见再无动静，便问：'就这个？'店主说：'对！'这农夫赶紧奔回家，对妻子道：'你快些起来，药抓到了，且不知灵也不灵。'说着，啪！给了妻子一个耳光。谁知妻子冷不防地挨了这一下子，顿时惊出一身大汗。出汗后高烧自然退去。农夫大喜，道：'不料一剂即灵。'他觉得还有一记未曾用着，存下不如退掉。于是，急忙进城找到那店主，不由分说就朝他脸上打了一掌，道：'剩下一半，现在奉还！'"

众人听了，乐得前仰后合。

正在这时，忽见图赖从帐外进来跪奏道："启奏皇上，邻庄百姓听皇上在此庆贺，几个老人特代表全村送来牛一头、猪一头、羊七只，听候处置。"

皇太极一听忙道："快请进来！"

图赖去了，不一会儿，领六名村民进帐——六人均有了年纪。六人进来，冲皇太极跪了下来，齐道："给皇上磕头！"

"多谢村里乡亲的好意。"皇太极命大家起来，心想圣人讲究与民同乐，如何不让他们跟大家一起热闹热闹，便道，"今天是个喜庆的日子，大家就留下来，我们同乐可好？"

众人也觉有趣，高声喊叫，让村民们留下来。

村民们见皇上让他们留下，与王公大臣们一起吃酒，怎能不喜出望外？

皇太极遂命图赖等在御座前架一桌，支上凳子，桌上摆满食品，众村民遂高高兴兴坐了下来。

其中一位白发老人引起了皇太极的注意，他遂转向那老人，道："老人家多大年纪了？"

那老人站起身来，离开座位回道："一百岁了。"

老人身体硬朗，看上去耳不聋，眼不花。皇太极十分高兴，对那老人道："老人家是满人，还是汉人？"

老人回道："满人。"

皇太极道："我们这里正在讲笑话，你老人家定然有不少好的，到时候请讲上一个，大家乐呵乐呵。"

老人遂问道："不知道立了什么规矩没有？"

在一旁的多尔衮遂道："我们的规矩不严的。第一条，点到头上没讲的，罚酒三杯——这一条罚不着您老了；第二条，讲得没有趣味，引不起笑来，罚三杯;第三条,讲起来颠三倒四或说错了话的,罚三杯。您老看后两条可严吗?"

老人听罢道:"不严,不严,应该罚的,不叫人笑还算哪家的笑话!颠过来,倒过去,一错再错又如何叫人发笑?使得使得!"

睿亲王又道:"那您就给大家讲一个好了!"

老人往日听到的都是"天子威严""伴君如伴虎"的传言,没想到这次真的见到了皇上,自己倒没有产生畏惧之情。文武大臣们也并不像传说中庙里的神塑那样,文的佛眼金面,无欲无情;武的青面血口,凶煞吓人。皇上也罢,大臣也罢,都和和气气。最使他没有想到的,在皇上的大帐之内,竟安排了一个席位给他,他且听得明白,皇上还亲人般喊了声"老人家",而刚才坐在皇上旁边跟他讲规矩的,不用说必是个要紧的大臣——不是王爷就是贝勒,那人竟也叫了他一声"您老",并和和气气向他讲解了规矩,这使老人安下心来。他又见皇上和大臣们个个高兴,越发放了心。于是,老人渐渐显出了他平日的本色。

老人故意欲说又停,想了一会儿道:"万岁爷在上,草民一下子想起来,这笑话草民是不能讲了。"

皇太极听罢诧异道:"却又是为何?"

老人解释道:"草民一下子想起来,草民原要讲的都是喝酒的笑话。今日万岁爷设宴喝酒,万一草民不小心哪一句出了口,说出有妨碍的话来,还不是杀头的大罪——被罚两杯酒事小,被砍掉脑袋事大。不能讲了,不能讲了。"

皇太极听罢笑了笑,便道:"这倒容易,朕下一道旨,赦老人家无罪就是了。"

老人听罢大喜,忙离座叩头谢恩,复位后道:"草民半点歪心眼儿不会有的,讲的也都是村上的实事。草民刚才说过了,讲的是喝酒的笑话。据草民一百年来观瞧,琢磨出一个道理,就是酒不可不喝,但不可多喝,不可喝醉。瞧吧,凡喝酒的人都是聪明的,糊涂的倒是那卖酒的、劝酒的。可是,说喝酒的人聪明,是说在喝醉以前;等他喝多了,喝醉了,事就调了一个个儿:喝酒的变成糊涂的,卖酒的、劝酒的倒统统成了明白人。草民的东邻父子俩一起过日子,父亲叫侯来孟赫,儿子叫久呼鲁。开始这侯来孟赫不喝酒,也不许儿子喝。一次,儿子带回一瓶酒,藏着掖着,还是让老子看到了。老子立刻生起气来,定让儿子把酒倒掉。猜猜儿子怎么说?他说:'爹,这酒倒不得!'老子问怎么倒不得?儿子说:

'酒是与隔壁二叔两个人买下的,二叔的一半在上边,儿子的一半在下边,这怎么个倒法呢?'老子一听愣住了,说:'倒也是,把二叔的倒掉了,明日如何还他?'"

说到这里,皇太极和众人皆笑起来。

老人继续说:"这算开个头儿,下面看卖酒的是不是糊涂!邻居这儿子在酒馆当学徒,总是偷喝掌柜酒桶里的酒。掌柜的为了不让他偷喝,就在桶口上贴了封条。这难不住久呼鲁,他在桶底钻了一个洞,并做好一个塞子。每次想喝,打开塞子,酒漏出来喝起来更容易些。一天,掌柜的启了封,看到桶中酒少了,很是奇怪,左查右查,不见一点破绽。这时,老板娘说:'查查桶底看。'这久呼鲁一听怕露了馅儿,急忙说道:'掌柜的,酒是少在上面的。'掌柜的一听,就训斥自己的婆娘:'妇人之见!徒弟虽然贪酒,却不像你这样糊涂。酒少在上边,如何到下边去查?'"

听到这里,众人又笑。

老人接着道:"这是说卖酒的,下边瞧瞧劝酒的如何。久呼鲁的媳妇为劝当家的不要再喝,不知费了多少唇舌。这次听说前庄一个醉汉喝醉酒跌到河里淹死了,便又借此劝当家的戒酒。久呼鲁听了媳妇的劝说后就问:'他掉到河里以前咋样?'媳妇说:'还不是东倒西歪。'久呼鲁道:'就是说他并没有死。'媳妇说:'那是自然。要不,咋能说跌到河里淹死了?'久呼鲁说:'是了,是了,看你糊涂了不是!他掉到河里以前没有死,掉下去以后淹死了。那说明是河水淹死了他,如何赖得到酒的头上!'媳妇听罢愧红了脸,忙说:'是我一时糊涂,没拐过这个弯儿来。'"

众人又笑。

老人续道:"媳妇劝不了,便想个法子吓一吓,好让他戒酒。一天,久呼鲁大醉回家,一进门吐了一地,媳妇也不收拾,反悄悄在那堆吐物上放了一段猪大肠进去。次日,久呼鲁醒酒,见到吐物便数落了媳妇几句,说媳妇变懒了,吐的东西竟不曾收拾。媳妇听罢立刻收那吐物,一扫帚下去连叫:'不好,不好!'久呼鲁被叫到吐物前,见有肠子一段,也觉得奇怪。媳妇连忙说:'这酒看来是不能再喝了——人有五脏,吐出一脏,怎么活呢?'久呼鲁想了一想,说:'不妨事的。唐朝的一个和尚只有三脏,不但能活,还爬过万水千山取回真经呢!他有三脏活得,我尚有四脏,如何活不得?'媳妇又愧得红了脸说:'不懂古人这段故事,白白破费了五个铜板买回那段猪大肠!'"

众人又乐了一阵。

老人道:"久呼鲁的父亲是反对儿子喝酒的。谁知,近朱者赤,近墨者黑。儿子越喝越有劲儿,长此以往,老人抵挡不住酒香的诱惑,竟也喝将起来。谁知老人不喝便罢,一喝就不可收拾,竟比儿子还上瘾,且常常喝得酩酊大醉。一次,老汉在外边喝醉回家,一进门,盯着儿子的脸看了半天,生起气来,说:'怪,你的脸如何变得了三个?我告诉你,像你这样人不人,鬼不鬼的,为父百年以后,你休想继承我这房子!'这时,久呼鲁也在家喝得烂醉。他受了训斥不服气,顶嘴说:'那敢情好!像这样摇摇晃晃的房子我不稀罕,留给我,我还不要哩!'"

众人笑破了肚皮。

皇太极笑得最厉害,他细细琢磨了一遍,觉得这百岁老人所思清晰、机敏,表述流畅、动听,且在如此的场合,分寸掌握妥帖,实为难得,便道:"老人家讲得辛苦,且坐在那里,听听我们这些笨嘴拙舌的讲得如何。"

六位村民坐在那里,静静地听着。

这时,军士们端上了烤鱼。

怀顺王孔有德用汉语道:"见此烤鱼,臣便想起一则笑话来,但未必讲得好。"

皇太极也用汉语道:"朕早就听说怀顺王有一个绰号,叫笑话王。朕正想点你的,快快来一个。朕方才说的'笨嘴拙舌',自然不包括你。"

怀顺王道:"臣更是一个'笨嘴拙舌'的。且说蜀地有一书生,只知闭门苦读,成了一个书呆子。偶有外出,凡遇不平之径,便把鞋子脱下,只穿袜子行走。人问其故,书生曰:'贤妻告之:鞋子比袜子难做,吾故如此也。'一日,家中来客人,妻子忙不开,便求书生去市上买二斤鱼来。书生问:'二斤之重,是大鱼还是小鱼?'妻告:'大鱼一条足矣。'书生记下。至市,左挑右选,竟找不到一条是二斤的。渔夫用两条凑了二斤,书生不要,反问渔夫:'你这鱼是大鱼还是小鱼?'卖鱼的哪有愿称自己的鱼是小鱼的,便道:'大鱼。'书生道:'对嘛,贤妻所嘱:大鱼一条。'渔夫怕书生纠缠,乘其不备,偷偷将一石块塞入鱼口。称之,刚好二斤。书生付银欣然而归。其妻剁鱼,一刀下去,只听咔嚓一声,举刀看去,刃出一缺,再看那案板上,一块石头自鱼之断头处滚出。谁知这可乐了书生,见他拊掌笑曰:'哎呀,这回又懂得了一个道理,原来,这鱼是吃石头长大的!'"

大家又是哈哈大笑。

有人指大学士范文程,豫亲王起哄道:"对这些秀才当另立规矩——和我们这些粗人同等,岂不白白便宜了他们!"

范文程道:"普天之下皆王土,率土之滨皆王臣。金殿之下同参驾,岂论武将与文人?"

多铎听了忙道:"罢!罢!嚼你不过,快讲,快讲!"

范文程道:"且说有人开得一个馄饨铺,一个书生要拿店主开心,问:'掌柜的,这馄饨多少钱一碗?'店主道:'五个铜钱。'书生又问:'汤呢?'店主道:'汤不要钱,走到哪里也不曾听说汤是要钱的。'书生听罢道:'那就给我来碗汤。'店主给书生盛了一碗汤,书生喝光而去。次日书生又来,向店主道:'来一碗汤。'店主见还是那秀才,心中不快,便道:'即日起本店汤每碗十个铜板。'书生听罢道:'改了章程,馄饨呢?'店主道:'仍五个铜板。'书生道:'那改吃馄饨一碗。'店主心喜,给书生盛上了一碗。书生吃罢馄饨抹嘴而去,店主拦下道:'秀才还没交钱呢?'秀才听罢道:'却又来了,你的馄饨五个铜板一碗,汤十个铜板一碗,我吃了馄饨五个铜板,留下一碗汤,十个铜板,论理,你还得找回我五个铜板哩。我看你小本经营可怜巴巴,那五个铜板就不要了,你却向我讨起钱来,真是岂有此理!'店主听罢呆住,无语以对。"

大家乐了起来,多铎嘟囔道:"看来我辈就是被秀才捉弄的那开馄饨店的傻小子无疑了……"

众人听罢又大笑,有人道:"只此一个才算便宜了大学士呢!"

大家鼓掌,要范文程再讲一个。

范文程道:"这次说个秀才吃亏的。且说有一农夫不会说客套话,去问一个秀才:'相公,常听人讲令尊令尊的,这令尊是什么意思?'秀才白了农夫一眼,道:'这令尊二字是称呼人家儿子的。'说罢抿嘴偷乐。农夫信以为真,就同秀才唠起嗑来,问:'那相公家中有几个令尊呢?'秀才欺人反被人欺,便没好气地说:'我家没有令尊。'农夫越发认真,并大发恻隐之心,道:'相公家没有令尊,千万不要伤心。我有四个儿子,你看上哪个,我就送上府去做你的令尊好了。'"

众人大笑方止，希福道："我这里也有一个讲秀才的。且说某秀才花了一番功夫将卧房装潢一新，但觉得少了芬芳之气。他寻思了半天便有了主意——请富人来放一个屁。一天，一富人被请来，听了书生的请求不禁惊呆，忙问其故。秀才道：'学生常听人说，有钱人放个屁也是香的。今故请尊翁放上一个，以便学生畅闻芬芳矣！'富人听罢大笑而去。这书生却叹起气来：'不料有钱人小气如此，连屁也舍不得留下一个。'"

众人又是一阵乐。

宁完我是大学士，与范文程等齐才，于是不少人点他。皇太极也道："你是逃不掉的，朕正等着你呢！"

宁完我回应道："臣昨夜被吵得一夜未眠，如何讲得好？且那三千头猛虎之啸声现犹在耳……"

有人问："什么乱七八糟的？三千头猛虎之啸声？"

宁完我道："昨夜后院三千只猛虎相聚，吼声一夜未止，黎明方休……"

这时，多铎冷嗤道："学究又要瞎编，骗得了别人如何骗得了我？你那破树枝攒起的破篱笆墙围成的所谓后院，宽无百步，长无千尺，如何就聚得下三千头猛虎？"

宁完我问道："以豫亲王的见解，不会有三千头？"

多铎道："不会。三千头，整个大清的猛虎全到了。绝不会！"

宁完我道："绝不会？"

多铎道："绝不会！"

宁完我道："那也有三百头！"

多铎又道："说三百头也是吹大牛了。刚才说过，你那个破烂后院如何聚得三百头虎？一百丈方圆不到，三百头，每丈方圆竟有三头猛虎耍着，岂不是哄三岁孩子？"

宁完我道："豫亲王以为不可？"

多铎肯定道："不可！"

宁完我道："那总有三十头！"

多铎又道："这也是吹牛了，那破院子，除咱们下棋对饮的那葡萄架外，就有几棵干巴花草，三十头猛虎别处不待，到那里有什么聚头？"

宁完我又道："豫亲王以为不可？"

多铎道："本王以为不可,本王以为这是大吹牛皮。"

宁完我道："三头总有的吧？"

多铎道："仍有吹牛之嫌！"

宁完我道："反正来过一头,臣不但听有虎啸,起身后还发现少了一只老母鸡呢！"

众人大笑不止。

多铎这时方才醒悟,知道自己"现身说法",成了宁完我故事中人,于是骂道："你这个绕肠子的,现罚你不着,看此事散后不让你变成酒坛子！"

皇太极道："头一开朕就想看看哪个是'自投罗网'的,结果,枪打出头鸟,豫亲王不觉疼痛……"

众人听罢又笑。

多铎道："皇上知道臣弟入了圈套,如何不提醒臣弟,让臣弟被他牵着推磨？"

皇太极笑道："这才有趣儿。"

众人又指指额驸额哲,皇太极也道："额驸自然有绝好的。"

额哲道："绝好的断断是难有的,凑凑热闹而已。皇上方才那句话,倒叫臣想起了一个。一个秀才准备应试,心里没底儿,不免终日长吁短叹起来。妻子见不过他心急如焚的样子,便现身说法,安慰丈夫：'何必如此愁眉苦脸！你作起文章来,会和生孩子一样难？'秀才道：'你说生孩子易,是因为你肚儿里有个孩子,我肚中空空,作起文章来,如何不难？'"

众人笑起来,皇太极笑罢对勒克德浑道："说笑话的主意是你出的,不用说,你肚中是不会空空的了！"

众人听罢又笑。

勒克德浑起身道："倒备了一个,却未必是有趣的。读书人读书得会断句,断错了就会生歧义,甚至闹出笑话儿。也有的读书人便借此摆脱困境,或把这变成愚弄人的一种手段。且说一位王公子让媒人给他说了一门亲事。王公子不知所聘女子的相貌,便向与女子为邻的同窗好友李秀才打听。这便令李秀才为了难：姑娘长得丑,如实告之,便有坏人婚事之嫌；不如实相告,又怕日后落得朋友的埋怨。这如何是好?李秀才左思右想便得一策,思之,实感万全也。李秀才写得一书给王公子,柬云:此女子漆黑的头发没有麻子脚不大周正。王公子看罢大喜,便下聘书,并择吉日完婚。洞房之夜撩起盖头之巾方知此女奇丑无比,后找李秀才算账,把那书摔在地上怒道:'是你干的好事!'李秀才道:'不听我劝,反倒怨我,无理,无理!'王公子道:'好一个冤枉!劝字还有脸出口吗?'李公子惊道:'我明明写着:此女漆黑的头发没有,麻子,脚不大周正。此种丑八怪你聘了去,还怨我吗?'王公子听罢顿足捶胸道:'原来如此!我却读成了:此女漆黑的头发,没有麻子,脚不大,周正!'"

众人听罢大笑。

这时,皇太极又道:"天已不早,朕也讲一个凑凑热闹。方才老汉讲了他的邻居久呼鲁偷他掌柜的酒,先是被他蒙混了过去。老汉并未往下讲后事如何。原来,有一掌柜别传,交代了此事。常言道,若想人不知,除非己莫为。且说这久呼鲁终日偷酒吃,最后终被发现,他也被掌柜的打发了。这掌柜的便要另雇一个跑堂的。由于有了久呼鲁的教训,为杜绝徒弟偷酒喝,掌柜的便找那不会喝酒的,甚至连酒都不识的。老汉已经交代,他的村子喝酒成了风,便难以找到这种人,于是要在别的村里挑选。先找了一个,掌柜的拿了黄酒问:'这是什么?'回答说:'陈绍。'掌柜的一想,连酒的别名都晓得了,要不得!又找了第二个,仍拿了那酒问是何酒。答道:'花雕。'更要不得了,连酒的佳品都晓得,必酒鬼无疑了。又找到一个,仍以原酒示之,摇头说不知。示之以烧酒,摇头如故。掌柜的大喜,道:'这正是我要找的。'遂招入。一日,掌柜的外出,留此徒弟看门,嘱曰:'墙挂火腿,院养肥鸡,小心看守。屋内有二瓶,一装白砒,一装红砒,万不可动,若吃了,肠胃迸裂,顿时身亡。'叮嘱再三而去。掌柜的前脚走,徒弟随后杀鸡炖火腿,打开那两瓶红砒白砒就着肥鸡、火腿次第饮完,然后将那啃尽了的鸡骨头丢给了前院的狗,将那没吃完的火腿丢给了后院的猫,最后大醉。掌柜的回来,推门一看,见徒弟躺卧在地,酒气熏人。再看,肥鸡、火腿均已不见踪影,大怒,遂一脚将徒弟踢醒再三诘问。徒弟哭诉道:'主人走后,徒儿在馆小心看守,忽来一猫,将火腿叼去;又来一犬,将肥鸡叼走。徒儿情急,痛不欲生,更想主人去时再三叮咛小心看守,却正好丢了,已无脸面留于人世。想起主人所嘱红白二砒可致命,便先饮了那红砒。谁知,红砒喝尽,不见动静;遂又将白砒用完。未能死亡,现头痛肚绞,天旋地转,不死不活,正在这里苦苦挣扎呢!'又见掌柜的有不相信之色,便又道,'不信你去前院后院查一查!'"

众人喝彩,多铎大叫道:"快查一查,哪个案上放着啃尽了的鸡骨头、没吃完的火腿,快去报与那掌柜的得知!"

众人又大笑。

由于众人听得起劲儿,也不觉得时间长短,这"野宴"散时已经是亥初时分了。

皇太极的心态已经调整过来,肃亲王关于旗纛之事造成的不快早已全然消失。最后,皇太极赏了那百岁村民谷百担,其他村民亦有赏赐,全村则免田赋一年。

野宴散后,王公大臣已各自回帐方便。皇太极则与勒克德浑一起出了帐,要在外面转一转,轻松一会儿,好接下来参加军机会议。皇太极非常喜欢勒克德浑,召他前来就是想到当晚的军机会议异常重要,要勒克德浑参加,有让他习学之意。

皓月当空,月光洒在龙冈四周起伏不平的大地上。四下望去,一簇簇帐篷在月光中显出明显的轮廓。再远,轮廓渐渐模糊下去,直到消失。篝火完全熄灭了,将士们统统睡去。明日拂晓,他们将奉命返回盛京的驻地,或回到宁锦一线的前方去。皇太极站在月下如此看了很长时间,勒克德浑站在他身边,默默地思考着。

议完军机,已是十三日子时。

皇太极躺在帐中,拿起手边的《战国策》。读了半个时辰,他要睡了。

两日来,有乐,有愤,对往事的回忆,对未来的憧憬。他想到刚才召开的军机会议,心中平静了许多。他对会上诸将的表现甚为满意,他对会商的结果也甚为满意。

他的方略已经通盘为诸将所接受,也就是说,君臣之间达成了认识上的统一。尽管在"十年生聚"这一点上,某些年轻将领还有些急躁。但经他说明,这些情绪缓解了。

会上,他最后让睿亲王和成亲王归纳出的几个大字历历在目,犹如刀刻在板上一样分明:对己——强身、丰羽、添翼;对明——砍枝、削干、挖根。

第二章 小试牛刀,清军第一次奔袭

盛京这边有如此大的动静,那大明朝有什么反应呢?

当日,皇太极醒来的时候,崇祯还睡着。这里没有报晓的鸡鸣唤他醒来,也没有打更声将他吵醒。他睡着,周围必定是万籁无声的。有谁狗胆包天,敢弄出一丝一毫的响声惊驾呢?不过睡不多时,崇祯还是被惊醒了,他是被梦中的一幕惊醒的。

醒来后,他睁开双目,见周围还是黑黑的。他定了定神,想起刚才吓人的一幕是梦中的一景,便揉了揉眼睛,好让梦中的情景清晰起来。

他回想着自己的梦:自己先是在平台上,大臣们都在下面跪着。他盛怒不止,正在训斥一个人——先是金光辰,不知为什么,那人一下子又成了文震孟。而后不知怎的,又是刘宗周在顶撞他,说:"陛下求治太急,用法太严,布令太烦,进退天下士太轻。"说着,竟从袖中抽出一疏呈上,开篇就是:

> 陛下锐意求治,而二帝三王治天下之道未暇讲求,施为次第犹多未得要领者。

当时,崇祯看罢怒不可遏,把那折子撕了个粉碎,摔在了刘宗周的脸上。

站在一边的黄道周看来是唯恐他气不死,这时也从怀里抽出一疏,大声奏道:"一切磨勘,则葛藤终年。一意不稠,而株连四起……"

不知怎么回事,一些不起眼儿的小人物也冒了出来。兵部员外郎华允诚也拿出一疏,大声奏读:"庙堂不以人心为忧,政府不以人才为重;四海渐成土崩不解之形,诸臣有角户分门之念……"

崇祯已忍无可忍,大声斥道:"住口!照你们这样说,朕之过大于天……"正说着,就听殿下一人大喊。

崇祯并不认识,只听那人道:"臣山西提学佥事袁继咸启奏圣上……"

崇祯气不打一处来,心想一个小小的地方官也凑热闹来了,还狗胆敢打断朕的话!只听那袁继咸继续奏道:"养凤欲鸣,养鹰欲击,今鸣而钳其舌,击而绁其羽……"

崇祯大喝一声,打断他的话道:"反了!反了!错统统是朕的!朕励精图治近十年,竟一无是处吗?"

殿下顿时鸦雀无声。再看,偌大一个武英殿再没有一个人。随后,他身置处决袁崇焕的现场,被夹裹在百姓当中。押解袁崇焕的囚车从他面前经过,袁崇焕认出了他,先是大叫:"陛下,臣大冤!"接着,袁崇焕竟冲他大骂"昏君"。他正在发怒,就见刽子手一刀向袁崇焕砍去,那被砍下来的头颅血淋淋地滚进了他的怀中。他大惊失色,忙用袖子推开那头颅……

这时,他已经完全清醒了。早朝时间已到,崇祯带着糟糕的心情上了早朝。

武英殿中呈现着一种沉闷而紧张的气氛,半天没有一个人出班奏事。崇祯越发不高兴起来,他以严厉且带三分嘲讽的口气对首辅温体仁道:"温爱卿竟无片言对朕说吗?"

温体仁闻言,急忙跪伏于地,回复道:"臣罪该万死。昨日朝罢,曾有几件琐事,臣已照惯例处置,未敢惊动圣上。"

崇祯听罢放过了首辅,又把目光移到兵部尚书身上。

"兵部呢?"

兵部尚书张凤翼连忙跪倒,他见温体仁几句话就过了询对一关,也以其道对之:"贼张献忠自光化入襄郧,高贼和李贼进入陕南,此臣已奏过。昨洪大人、卢大人皆有塘报到达,言与寇周旋,有胜有负,胜大而负小。"

崇祯以为还有下文,可张凤翼就此打住。他怒从胸起,问道:"卿这种奏法儿,是开始了,还是结束了?"

张凤翼以为也会像温体仁那样,大而化之、不痛不痒的几句话便可对付过去。谁知，崇祯却不放过他。他跪伏于地，不知所措。

其他大臣也无言以对，有的竟在一边幸灾乐祸，看张凤翼的热闹，其面得意之色可掬。

崇祯见状气恼转为悲凄，差一点流出泪来。

这时百官见势不妙，纷纷跪伏，皆道："陛下如此伤神，臣等万死……"

崇祯定了定神，强令自己冷静下来。

"温爱卿，刘宗周近来可有消息吗？"沉寂了半晌的武英殿又响起崇祯微颤的声音，但这突如其来的询问弄得大臣们丈二和尚摸不着头脑。不过，大家看到崇祯的神情缓和了许多，便均稍感宽心。

温体仁细心琢磨着崇祯的口气，以便从中判断他询问的本意。可是，一向以体察皇上胸臆著称的温体仁，这次却拿不准崇祯询问的要旨，便以言试探道："向无刘氏声息，臣有失察之罪。臣立命有司搜集疏奏……"

崇祯听罢道："那倒不必。见今日之状，朕记起了这位直言者——如去掉迂腐，岂不是朕的造化！"

这时，崇祯的心情逐渐变好，边关之事是他第一关心的。剿贼的情况张凤翼没有说出个子丑寅卯，关东的状况又会如何？于是，他又问张凤翼，口气也缓和了许多："张爱卿，关东又有什么动静？"

这话使张凤翼陷于两难境地：空洞无物的对付已无收效，但实质性的边报又不曾掌握——即使掌握一件两件，方才不言而现在也不能再拿出来，否则必以欺君获罪，如何是好呢？

这时，袁崇焕的身影又呈现在崇祯的眼前，他怕进一步看到往下的惨景，就问张凤翼道："卿说，东虏近期可有再犯的妄举吗？"

张凤翼见问，忙回复道："依臣愚见，近期绝无东虏进犯之虞。"

崇祯追问道："何以见得？"

"东虏进犯旨在抢掠，故多在谷熟谷藏之秋冬出动。"

张凤翼以为抓住了救命稻草，不假思索便脱口而出，作了轻率的回答；待崇祯追问，又脱口而出作了轻率的解释。

崇祯听罢倒吃了一惊，道："卿之记忆好不令朕震惊！可记得吗？东虏第一次袭扰京畿是崇祯二年十月，攻我大凌河城是崇祯四年八月，诚如公所言，谷熟谷藏之秋冬也；可天启七年正月，他们出兵朝鲜；同年五月，他们出击锦州；崇祯五年四月，他们攻蒙古林丹汗；崇祯六年六月，他们攻取了旅顺；崇祯八年五月，他们再次出兵蒙古。如此等等，这也诚如公言，值秋冬乎？卿言多在秋冬，多在哪？"

这问得张凤翼哑口无言，只得一直跪着请罪。

崇祯没有再发脾气。一来面对这些"误我之臣"，崇祯哭笑不得，也没有了脾气；二来在崇祯看来，与张凤翼的询对，是一番舌战。他的对手如此不堪一击，他在大臣面前又打胜了一场，由此得意起来。

崇祯觉得有痛击落水狗之必要，于是又问道："卿可知道他们春季出击的缘故吗？"

连着几个"卿"，弄得张凤翼进退不得，但那种难堪还在其次，考虑对答乃是第一要务。张凤翼这次学乖，拿出一副学生的模样，连忙磕头道："此愚臣未知也，愿悉心聆听圣主教谕。"

崇祯道："子曰：'举一隅必以三隅反。'你既然知道东房为抢掠'多'于秋冬出袭，就应当推而知之，在春夏他们青黄不接之际，也可袭来……"

没等崇祯说完，张凤翼便道："臣往日听'顿开茅塞'一语未有感触，今面聆圣谕，略其旨矣，体其味矣——茅塞顿开，痛快淋漓。"

崇祯帝看出张凤翼意在阿谀，便道："夫子面前学生三千，朕一向疑问：真把夫子的话听到耳朵里的究竟有几人？顿开茅塞者或许有之。既然'茅塞顿开，痛快淋漓'，也就可从三千之中跃居七十二贤人之列了。退朝！"

崇祯站起身来，拂袖离座。

就在他猛然转身的时候，看到了跪伏在地的张凤翼的头。霎时，他眼前一黑，一下子出现了梦中那可怕的一幕：袁崇焕血淋淋的头颅滚到了他的怀中。

他下意识地一推，又使自己回到现实中来。顿时，他感到一阵眩晕，也感到一阵恶心。

事情办砸，崇祯从不从自己身上寻找原因，绝对不认为自己会有什么问题，而是透过于人。

枉杀袁崇焕，本是崇祯失察、对袁崇焕不信任造成的恶果，崇祯却不这样看，倒认为是袁崇焕误了他。对这些事，他也听不进大臣们的进谏。情况已然是

"败一方即戮一将,隳一城即杀一吏"。

少数几个人看出了崇祯的毛病,并且还敢于讲几句真话,可这些人先后被崇祯打发了。

如上面提到的刘宗周,在皇太极进逼京师时曾上疏,称国事如此,诸臣固然难逃其罪,"陛下亦宜分任咎"。刘宗周还针对崇祯对大臣们的不信任劝诫道:"皇上以情面疑群臣,致使群臣人人自危。"

可这些话崇祯哪里听得进!

后来,刘宗周当面指出崇祯"求治太急,用法太严,布令太烦,进退天下士太轻"。如此这般,"诸臣畏罪饰非,不肯尽职业,故有人而无人之用,有饷而无饷之用,有将不能治兵,有兵不能杀贼",最终是"文法日繁,欺罔日甚,朝政日隳,边防日坏"。

这些谏言都是真知灼见,崇祯却一律视之为"迂腐",甚至斥之为"沽名钓誉"。只是鉴于刘宗周等人的学识和名望,崇祯最后只能将他们赶回家了事。

在此情况下,许多有识之士便走致仕一途,离得朝廷远远的。而这又给那些奸佞之徒以可乘之隙,他们窃取要职,排挤、打击异己,裙带之风盛行,朋党复起,贿赂贪污之风日甚,政治更加腐败、黑暗。

当日在崇祯听日讲的时候,兵部接到锦州的边报,说金国自宁锦一线调兵三千有余,是调防还是别有他用,尚不得而知。

单看这条边报确乎不会引起张凤翼的注意。

如果——只是"如果"而已——不只是锦州报了自己观察到的军情,宁远、松山、杏山等处同时报来自己观察到的军情——各处均见金兵有数量不等的防军调走(那是与锦州一样,为皇太极登基大典调回操练的)。那么,兵部或许就会重视起来。

崇祯八年五月,锦州探得多尔衮等率一万众西行,八月获察哈尔林丹汗之子额哲,报来兵部;当年三月,还是锦州探得蒙古十六部四十九贝勒集于沈阳(当时报告者尚不清楚,皇太极已经改沈阳为盛京),报来兵部;当年四月初,朝鲜派使臣从辽东陆路、渤海水路密告明廷,说皇太极邀朝遣使贺其称帝。陆路密使为清所获,水路密使途中失事,不知所终。

自然,如果朝鲜的两路密使有一路到达京师,那明廷即直接知道沈阳那边将发生什么事了。

此段时间之内,义军那边也没有大的动作,崇祯又过了一段消停日子。

五月底,兵部收到锦州、宁远边报,说"伪清睿亲王多尔衮"等兵逼宁锦一线。张凤翼不敢怠慢,随即抄报。

崇祯看到塘报后甚为不快,多尔衮如何成了"睿亲王"?何谓"伪清"?于是,朱笔一挥批道:"探报不明!"

又过了三天,锦州又有六百里加急边报送达:"伪清武英郡王阿济格率十万众潜师西行。"

这一次崇祯不再追究字眼儿了,忙召大臣平台议事。

武英殿弥漫着一种迷惘、恐怖的气氛,崇祯就是这一气氛的制造者。群臣十万火急被召了来,第一眼看到的就是崇祯一副无奈、急躁和愤懑的面孔。

起初,崇祯说了一些话,大家甚至没有弄明白皇上把大家召来的用意。后来,大臣们终于明白了,崇祯的迷惘之情立即传染开来。进而,大臣们个个开始紧张了。

"东虏意欲向我全境进犯吗?"温体仁像是向谁发问,又像是自言自语,而他这句话却正好表露了在场大臣们的心声。

"看来正是如此。"礼部左侍郎兼东阁大学士张至发附和,并且描绘了一幅吓人景象,"东有锦宁受袭,西有十万众潜行,此已为我侦知者,谁能判定无尚未为我侦视者?明日,东虏东起山海,西至大同,自一片石、冷口、墙子岭、青山关、喜峰口、雁门关蜂拥入袭,其势又将如何?"

"兵部!"这是崇祯极为严厉的声音。

照理说,当日的武英殿应该是兵部尚书张凤翼唱主角。可自到达后,他一直龟缩一旁,没有半点声息,连礼部侍郎都讲了见解,还不见他的动静,不由得让崇祯恼怒。

被崇祯厉声一喝,张凤翼犹如梦里被惊醒一般,打了一下愣,忙奏道:"敌趁我大军进剿流寇,京畿及宣大、蓟密布防疏松之隙举兵而进,确不可小视。"

听到这里,崇祯拿眼睛盯着张凤翼,也不插话,也不问话,那目光使张凤翼顿感芒刺在背,冷汗不由得从脸上淌了下来。张凤翼意识到崇祯在等他继续讲下去,连忙道:"依臣之见,却敌之方略为拒之以隘口之外。"

这时，崇祯发问了："我军当布于何处拒之？"

这是一个要害问题。

"山海之一片石、蓟密之冷口、石人沟、马兰山谷、墙子岭、青山关、喜峰口，宣大之独石口、狮子沟、马市口、杀虎口……皆敌可入之隘。"

崇祯见张凤翼将其所知之隘口数了一遍，心中更为不悦，便问："如此朕知公之拒守处矣！该如何用兵？"话语之中流露出强烈的讥讽口气。

"令各路总兵分兵驻拒。"

崇祯听罢再也忍不下去了，厉声道："人道尔'才鄙而怯……巧于避患'，果然。身为兵部之首，朕之股肱，如此模样，悲夫！悲夫！你让总兵们分兵，他们兵从何来？饷从何出？若依了你之筹谋，自东往西，十几处分兵拒守，要多少人马才能西拒十万之众，东防山海之师？且不算张侍郎所惧怕的'尚未为我侦视者'。依了你的见解，每处驻师拒之，非以朕之十万拒彼之十万尚可。如此算来，得兴师百万之众矣！"

崇祯不想再与这帮蠢货理论了，立即宣谕：敌西行既潜师，必然致远走蒙古土默特诸部地段，由山西入袭。故传檄山西总兵刘泽清、大同总兵王朴用心守备，遣内臣李国辅守紫荆关，许进忠守倒马关，张元亨守龙泉关，崔良用守固关。

军饷的筹集是一大问题。

崇祯二年皇太极大军危及京畿时，崇祯尚可拿出四万金令申甫募兵，拿出七万金令金声造车。到了崇祯六年，全国欠赋一千七百万两。"剿匪"也好，"拒贼"也好，都要不断增兵，增兵就要加饷。新兵不能不增，否则无法对付日益强大的义军和羽毛日丰的金军。但无饷不能召集新兵，所以必须有饷。

饷从哪儿来？主要来自田赋。增兵日多，田赋日重，弄得百姓苦不堪言。所谓"国家选一番守令，天下加派数百万""国家遣一番巡方，天下加派百余万"。

但国家增加的钱财是不是真的用于兵饷呢？

崇祯三年，有人上疏就切中要害，说"今日民穷之故，唯有官贪"。加赋没扩了军，反助了贪。许多地方当兵的得不到军饷，有的地方甚至"欠饷三年有余"，每每引起兵变。而每查兵变之因，必伴有贪饷之将。

这样，有兵打不了仗，军饷却逐年增加；增饷来自加赋，加赋加重民负。一遇天灾,民不聊生,便起来造反;农民造反就要征兵镇压;征兵又需增加军饷。如此恶性循环,是崇祯根本无法解决的难题。

在此情况下,皇太极大军的入袭,无异于雪上加霜。除对付农民起义的军队之外,还得建立对付所谓"东虏"的辽军;除支付与义军作战的"剿饷",还要支付与虏军作战的"辽饷"。

这样,崇祯就越发显得捉襟见肘了。

放内臣到紫荆关等地去,空着手是不成的。他们去那里,就意味着要那里的士卒为朝廷效命。而要他们效命,起码的一个条件是让士卒们有饭吃,有钱花。这样,一要补足欠饷,二要不再欠饷。且不说别处,就那四名内臣去的紫荆关、倒马关、龙泉关和固关,没有几万两银子拿出来,李国辅等是无法上路的。

可几万两银子从哪里来呢?

户部哑了言,他们无论如何也筹措不了这么多款子。怎么办?崇祯自有主意。他的主意不是临时想出来的,自他见到边报,他就在考虑筹款的问题。最后,他终于想出了办法。

他见群臣大眼儿瞪小眼儿,没有半点主意,便拿出了自己的妙策道:"今有一策可行,亦唯此策可行,廷臣捐俸助饷,众卿以为如何?"

众臣听罢,面面相觑。

温体仁出班跪奏:"臣等受皇恩润泽始有今日,值国家急需之际,唯肝脑涂地,况捐俸乎?臣愿认捐半年之俸。"温体仁干别的不成,此类事却干得十分出色。

崇祯见罢甚为高兴,道:"卿知朕之忧矣。"随后是张至发表态,愿捐半年之俸。

兵部尚书张凤翼刚才被崇祯重重地数落了一番,心中正为自己的命运担忧。眼下见此情此景,忽然计上心头,想皇上方才对他张凤翼那口气,不说官俸,就是命也怕不保的。现在何不投皇上所好,捐上一年之俸?说不定,返还这一年之俸,不但救得一命,还可保住官职,确享终身之禄呢。

想到这里,张凤翼出班跪奏道:"臣受皇恩,每每思报。今国家有急,正做犬马之时,况臣乃兵部之首,首当也——愿捐一年之俸!"

崇祯见张凤翼如此,也高兴起来,口吻亲切地说了句:"卿亦知朕之忧矣。"

张凤翼加了码，一下子给下面表态的人出了难题——捐出半年之俸虽不情愿，但尚可接受，一年之俸就令人心痛难忍了。可如何把价码拉下来呢？

东阁大学士林焊解决了这个难题，他出班奏道："陛下英明，捐俸之谕恰合臣等之意。以臣愚见，众臣或一年之俸，或半年之禄，必无空缺者。如此虽难解全饷之虞，然可救燃眉之急。今事态紧迫，需办急事殊多，故臣奏圣上恩准，诸臣不必在此一一空泛奏表，请吏部主其总，立按秩收之。如此明后日可征集完毕，令李国辅等饱囊出京矣！"

崇祯一听大喜，即诏吏部办理，平台议事就这样结束了。

从整个议事的过程中看，没有一个人弄明白此次皇太极入袭战的作战方略，在用兵方向上也出现了重大差错，唯一的收获是廷臣捐俸助饷。

三日内，吏部果然把群臣助饷所收之银敛齐了，加上户部库存，李国辅等四名太监各携两万金出京赶赴四关。

这之后，从蓟州到大同各个关隘的守将均昼夜不宁，个个担心金兵——现没有一个人知道金兵已成为清兵，从自己的防地冒将出来。

六月二十六日，独石口很晚才迎来日出。

巡关御史王肇坤开始了自接到兵部檄文后的第十三个神经紧张的一天。

他没有与金兵打过仗，但金兵骁勇善战的传闻他听到了许多。他据守的关隘虽然险要，但他的士卒已八个月没有发饷，兵变的征兆随处可见。这样一支军队遇上骁勇善战的金兵会有何等结果，他心中自然明白。他知道一旦吃了败仗，照崇祯的处理方式，那只有死路一条的。所以，他日夜担惊受怕，眼前经常出现金兵满山遍野杀过来的可怕景象。但崇祯断定金兵由山西入袭的消息自京城传来，这使王肇坤紧张的神经松弛了许多。

防关士卒共三千人，分守在五个据点。上午，他到五个据点都跑过了。士卒们懒洋洋的，丝毫没有大敌当前与敌血战到底的那种紧张状态。关隘的许多设施需要修葺，可在双手空空的情况下，这一切只好任它去了。跑了一个上午，王肇坤已经很累了。午饭吃罢，血供胃蠕，脑子也空虚起来。所以，他很快睡去。

睡不多时，他被人急骤推醒。睁眼一看，全身已被眼前的情景吓软。俯视关下，敌军蚁附而上，这次真的是"满山遍野"了。

敌军不知得到什么信号，一齐呐喊起来，原来静悄悄的山谷，一下子发出震天的喊杀声。也就在此时,王肇坤又看到另一幕可怕的景象——他的士卒夺路逃窜,那势头似决堤的洪水。

"大人,走!"王肇坤的几个亲兵不由分说地把他拉下瞭望台。顿时,王肇坤被夹裹在逃窜的士卒之中,身不由己。

就这样,独石口失守。

清兵从后杀来,两千人成了俘虏,剩下的一千人死伤过半。王肇坤的亲兵给他寻得一匹马,王肇坤因此得以逃脱。傍晚前后,他收拢了三百余名残兵,向昌平奔去。

阿济格率十万大军顺利自独石口进入,在延庆集结。

之后,阿济格大军遂兵分三路,一路阿济格自领,趋昌平城外扎营;一路由谭泰率领,趋天寿山下驻扎;一路由阿巴泰率领,趋八达岭。

独石口失守的消息于第三日凌晨传到京师,崇祯当日的早朝有了内容。

清军独石口突入,说明崇祯判断出现了失误。他自己错了,就几句话敷衍了事,并当朝晓谕张之佐迁升兵部左侍郎,镇守昌平;派司礼监太监魏国征守天寿山。

七月初一日,不见崇祯有大的举动,阿济格决定实施大军行前皇太极布置的第二步方略——引四方之师集于京师。

七月初二日,天寿山战役打响。

天寿山是德陵所在地,崇祯的哥哥熹宗朱由校埋在这里。这是块风水宝地,却不是易守的军堡。两万清兵在谭泰的率领下发起攻击,喊杀声四起。

那奉旨前来护陵的太监魏国征接旨后即日启程来此。与同时接旨却迟迟三天不出城去昌平上任的兵部左侍郎张之佐形成鲜明对照。

崇祯当时就曾对阁臣说:"内臣即日就道,而侍郎三日未出,何怪朕之用内臣耶?"

当时"即日就道"弄得大臣们脸上无光的魏国征,此时还未见清军踪影,就第一个撒了丫子。清军掩杀过来,可怜那千余名守军成为无头的苍蝇,东冲西窜找不到逃路,多半被杀,余者成了俘虏。那早逃的魏国征逃至半山,清军杀来,将他从一丛短松之中揪了出来。

那几名捉他的清兵不知明朝有派太监监军的做法,甚感新奇,自然更不知道魏国征的身份。于是,有说要杀的,有说要留的,士卒们争论起来。

清军士卒们说的是满语,魏国征听不明白,但见喊杀的比比划划,做着砍头的手势,知他们要结果自己的性命,便浑身筛起糠来。

正在这时,一位将领模样的人赶过来。那人见这边捉住一个太监,过来后用汉语问:"你是什么人?"

魏国征见清兵中有人会讲汉语,倒像是遇到了亲人来救,忙道:"我是奉旨来守德陵的司礼监太监魏国征……"

那将领听罢笑了笑,道:"奉旨来守……就这么个守法?"

魏国征忙道:"败军之将,愿降大金效犬马之劳。"

那将领听罢笑道:"大金那是老皇历了,你既乞降,那就大营回话吧。"说完,那将领用满语向那几个清兵吩咐了几句,又用汉话对魏国征说,"委屈你了,跟他们几个走好了。"

魏国征见保住了性命,喜出望外,连连点头,随几名清兵下山。

这将领不是别人,正是此次天寿山战役清军统帅谭泰。

谭泰登上山顶,听各牛录章京禀告,知全山已被攻下,遂令各牛录分散放火。

不多时,大火四起,德陵建筑与山上松柏均化于火海之中。

那朱由校生前"好盖房屋,自操斧锯凿削",浸润于松木的清香之中,其乐融融。这下,他静卧于陵墓之内,那遍山的松柏被焚散发出的焦香,足够他闻上几日了。

在大火弥漫中,谭泰令鸣金收兵,他要审一审那位被俘投降的司礼监太监。

在审问的过程中,这魏国征向谭泰说出了他所知道的一切,目的只有一个,保住自己的性命。

谭泰快马向阿济格做了禀报,两人在交谈中一致认为魏国征这样的怕死鬼留之无用,但可以利用他做点文章。

做什么文章呢?

阿济格忽然想到巩华城的守将黑云龙曾投降金国,后来逃回。他计上心头,忙对谭泰讲何不如此如此。谭泰听罢以为可取。

两人商定，唤了名细心的牛录章京进行布置，然后令他率人押解魏国征直奔阿巴泰大营。

阿巴泰听到阿济格的吩咐后，遂给黑云龙写了一信，叫来魏国征。

阿巴泰讲不了汉话，便让军中笔帖式对魏国征说道："本帅给城中黑将军信一封，约黑将军有机密事。你投我大清，明朝不知。既愿效劳，可假装败逃，暗携此书往城中走一趟，亲给黑将军。如获成功，自有重赏；如生异志，败我事体，自领其咎。听明白了没有？"

"明白，明白。"魏国征又问，"何时动身？"

"即刻动身。"

魏国征又问："独我一个人吗？"

笔帖式把魏国征的话说与阿巴泰后，阿巴泰笑起来，道："独公公一个，必招疑惧，将有若干名败兵与你一起前去。"

魏国征听人译后心想："谅你也不敢放我一个人前往。"

当时已是深夜，魏国征仍穿着原来的衣服，不必乔装。他按照吩咐将书信在怀中揣牢，准备出营上路。出帐后，帐外已有十余名穿着明军衣服的士卒等在那里。他们个个衣衫不整，满面污秽，失魂落魄败逃的模样装得甚为逼真。

魏国征暗暗数了一下，见他们实数为一十有三。

阿巴泰用满语大声向那乔装的士卒说了一阵，通译将阿巴泰的话翻成了汉语："你们专听公公吩咐，你们的乡籍我是查明了的。假如谁有二心，违我大清的意愿，大军攻下你们的庄子，必杀你们全家。听明白了没有？"

众人答道："听明白了。"

魏国征率领十三名乔装士卒出营。七月初一日夜如漆。当时是初二日，已是三更，眼前漆黑一团，道路坑洼不平。魏国征深一脚浅一脚，几次摔倒在地。他自幼生活在宫中，虽是个奴才，但也养尊处优，哪里吃过这般苦头？两名士卒见他如此，过来搀扶，他因此才觉得好了些。

魏国征心乱如麻，他还难以判定自己的命运将如何。

黑云龙他不认识，但知道此人的一些故事。崇祯二年，黑云龙被金兵所俘投降了金国，不久逃回。崇祯对他表现了少有的宽容，没有要他的脑袋，只降了一级，由总兵官改任副总兵官，并令他镇守京郊重镇巩华城。

魏国征心中暗暗惊叹："皇爷呀，这回你又大错特错了。你的宽容正中了敌人之计，你哪里知道，你所重用的将领竟是一名可怕的奸细！"他进一步又想，"应该告知皇爷，那样我魏国征就立了殊功！可如何才能脱身进京呢？"

这时，路边突然响起一阵庄稼被急促拨动的沙沙声，这打断了他的深思。他回过头来，问："出了什么事？"黑暗中没有人回答他。

他又问搀扶他的两个士卒道："发生了什么事？"

"有几个人跑了。"其中一个平静地说。

"跑了？你们为什么不拦住他们？"

没人回答。

"跑了几个？"

这时，那个搀扶他回他话的士卒向后转了一圈儿，回来答道："五个。"

"那就剩下你们八个了。可他们逃跑，就不记住临行前阿巴泰将军那番话吗？"

"公公说的是跑掉杀掉全家的话吗？"

"正是。"

"公公，现时跟您说心里话，不用说逃了的，就是我们这不想逃的，也不认定那话是真的。"

"这倒是。"魏国征说罢自知失言，忙补充道，"可也难说是假的，大清向来是说到做到的。他们跑了，就让他们自领其咎好了——咱们去干咱们的事。"嘴里这么说，魏国征心里却想，你们逃个精光才好。

走到一个十字路口，有五个士卒彼此低声嘟囔了几句，站下不走了。

魏国征转身问他们道："你们怎么啦？"

那五人不说话。

魏国征又问："你们到底怎么啦？说话呀！"

其中一个道："公公去巩华城干什么？"

魏国征回道："阿巴泰将军派我前往自有他的道理，你等自管跟我前去，余者莫问。"

"公公，我们问的意思倒不是关心您老要去干什么，我们所担心的是自身。公公想想，您老一去成就大业，必有不少的好处。我们怕是凶多吉少！"

"必是肉包子投狗,有去无回的。"另一个说。

"话又说回来,"又一个道,"容小的狗胆说实话,公公跑这一趟能不能'成就大业'还两说。说句不好听的,这什么阿巴泰将军明明白白地是要我们去送死——不用问我也猜个大概,是要公公去劝降的。可那黑云龙将军既然回了头,就绝没有再降的道理。这样,为向皇上表忠心,献上的必是我们的脑袋。"

魏国征听罢心里自是高兴,嘴里却道:"休得胡言,快快跟我上路。"

五个人不动,道:"公公要去自去,我等是不去的。"

魏国征喝道:"大胆,你等敢违反吾命吗?"

这时,五人齐道:"倒看公公有何手段处置我们。"

魏国征假意气得转圈儿,嘴里不住地叫骂"蠢材",心里却怨恨五人既如此何不快快离开。

这样僵持了半天,魏国征遂问其他三人:"你们三人不致与这些蠢材一样的蠢吧?"

三人不语。

"嗯?"魏国征逼问他们。

这时,第一个搀扶他的士卒回话道:"公公,到这个节骨眼儿上,我们也只有跟您讲实情了。刚才他们几个说的全是我们心中想的,跟您说一句一竿子到底的话,我们是肯定不会跟您去那巩华城的。"

魏国征趁机问道:"那你们想如何?"

那士卒道:"我们都是天寿山败下来被俘的。这次清军差我们出来,给了我们重见天日的机会,我们只有逃跑一路可走。"

魏国征听罢思忖了半晌问道:"你们是想离军回家,还是想继续为大明朝立功?"

那士卒听罢笑道:"我等败落到这般境地,还谈什么立功?"

魏国征立即道:"立功的时机就在眼前,你等可听我一言吗?"

那士卒道:"那倒请公公说来听听看。"

魏国征大喜道:"我怀有机密,正要脱身入京去皇上那里禀奏。方才怀疑你们是敌人派来监视我的,故而拿话来试探你们。你们既心向朝廷,可随本公公就近寻我军军营,让他们快马送我入京,大功可成了!"

众军士中一人道:"话虽那么说,可一来能不能成功还两说着,二来这'功名'二字从来与我们这些人沾不上边儿,几个月来不见一厘官饷这倒是实的。我们家中有老有小,想着您老给的到不了嘴的果子,倒不如回到家中守着父母实在些。这样好了,由此向东十里,再折向北,就是一明军营地。三年前我是那里的驻兵,故对此地路途颇熟。我们护公公去那里,走至可见营中灯光处,公公可自去营中,我们则各自散去归家,这也算我们对公公一片好心的报答了。"

崇祯在宫中宣见了魏国征,这已是次日黄昏时分了。昨夜,魏国征在那些决定散去的士卒引导下,找到那处明军的军营。他向驻地长官报出自己的身份,说有军机大事要向皇上呈报,讨快马一匹,急赶京城。守营将领给魏国征选了一匹马,并派了六骑护送他进了京。

赶到金水桥时,他累得从马上摔了下来。魏国征按照路上想好的话向崇祯做了禀报,并从怀中拿出那封信。

崇祯接信展开,见信上写道——

黑将军别来无恙?蛟龙困于虎穴,其艰可知。幸今有出头之日矣。大清宽温仁圣皇帝遣武英郡王阿济格为主帅,吾副之,率先头之师伐明,旨在拿下明逆京城,待皇上亲率大军继到,征伐中原夺下朱由检江山。将军守城辖万众,此天赐我也;收函后吾等谋商合兵,京城可取矣!

饶余贝勒 爱新觉罗·阿巴泰

崇祯把信翻来覆去看了两遍,笑道:"今日你做了蒋干。"

魏国征一时没有品过味儿来,又听崇祯道:"然朕岂是曹孟德哉?金人借刀诛杀大将,何其毒也!"

这时魏国征才明白崇祯的意思,问道:"皇爷圣明,然奴才不解,何以知敌为借刀杀人之计?"

崇祯道:"金既与黑云龙设此密约,他大军就在巩华城外,黑云龙为守城主将,军前会面时机颇多,何劳一不知底细的降者投书呢?只这一层,即可断定有诈了。"

凭此就判明"有诈",岂不轻率？但顺水推舟是太监们对付崇祯的法宝。于是,魏国征奉承道:"皇爷圣明,奴才困于敌营,囿于一见,皇爷之言令奴才拨云见日了。"说罢,他忽又想起,方才崇祯说"金"如何如何,看来有必要把自己在敌营听到"金"改"清"的实情告诉崇祯了,于是又道,"皇爷,奴才在敌营中探得,金已于四月十一日改为清；虏酋皇太极亦改汗称帝,诸多贝勒皆被封了王。此次进犯主帅阿济格就被封了什么多罗武英郡王。"

崇祯见书中也说什么"大清宽温仁圣皇帝",说什么"武英郡王",难怪锦州四月底的塘报称之为"伪清"哩！

崇祯不由得怒上心头。

今皇太极称帝,与朕成二日并行之势。然天无二日,咱们就较量较量好了,看你蚍蜉如何撼得了大树！

军情紧迫,由不得考虑许多。崇祯让魏国征下去休息,宣兵部尚书张凤翼进宫进行布置:令兵部官员携阿巴泰信连夜快马向黑云龙传旨,晋升黑云龙为总兵官,让他将计就计,诱清兵入城设伏歼之。

且说黑云龙接旨后照计而行,给阿巴泰复信,差亲兵密送,约定七月初七日开城请清兵进驻。

阿巴泰接信后,又给黑云龙复信,说了不少好听的话,并答应七月初七日从距营最近的北门入城。

自北门入城正中黑云龙的下怀。因为清兵自营垒出,要穿越八达岭一道五里长的南北向的谷地,谷地两边全是高山,正好在此设伏。

黑云龙手下有军士一万五千人,自忖留五千人守城,自领一万人马伏于险处,杀清军一个措手不及。

一大早,黑云龙带十余名将领悄悄对设伏地形进行了侦察,指定了各队埋伏的位置,并对届时伏击战的打法做了布置。当晚,在险要处安置了檑木滚石。

即日凌晨,黑云龙令将士饱餐了一顿,黎明前,一万大军已埋伏峡谷两侧的山坡之上。

太阳出来了,不见清军动静。卯时已过,不闻清军声息。辰时过了一刻,仍无声无息。这时,黑云龙沉不住气了,意识到情况不妙。

就在此时,城池那边的炮声清晰传来。随后,又隐约听到了呐喊声。

黑云龙惊觉中计,忙传令将士山下集结,回师救援。

万名军士下到山谷中集结,个个如惊弓之鸟,恐惧万分。

队伍好不容易向城那边移动了,先头队伍飞速来报,说峡口出现清军。

军士们闻言,纷纷自动掉头,万人的队伍遂向北挪动。黑云龙与身边将领失去对队伍的控制力,虽砍杀了数名后退的士卒,也无济于事。

南面有清军掩杀,北面有大队拥堵,不多时,便出现了争先恐后逃遁、人马相踏的局面。

黑云龙知大势已去,心想自己先降清而复归,现又设伏暗算,必不为容,眼前只剩下死路一条了。乱军之中,他仰天叹罢,遂拔剑自刎。

且说阿巴泰早已识破黑云龙诡计,于当日凌晨自率七千人马,来到巩华城外埋伏已定,等候预定时间攻城。

辰时一刻,炮手们按阿巴泰的命令点火,炮炮中的。那巩华城的北门之侧,顿时被炸开了一个三丈宽的豁口。阿巴泰一声令下,清军龙腾虎跃,杀声震天,以不可阻挡之势向豁口处冲来。

守城的五千名明军士卒正在等待城北伏击战的胜利消息,却没有想到听到的是城外清军的讨命声。他们毫无准备,待清军杀进城来,逃的逃,藏的藏,全无战斗力。不到一个时辰,五千人马全部被歼,巩华城被清军拿下。

截住黑云龙大军回城救应的是谭泰率领的五千名清军士卒。谭泰先是率军在黑云龙埋伏圈外埋伏,一听城边炮响,谭泰就率军悄悄向峡谷南口逼近。待黑云龙的明军下山在谷中集结时,清军已占据峡谷南口。明军掉头逃窜,谭泰挥兵追杀,黑云龙的万名乱军大部分被杀。

原来,阿济格等设计让魏国征假借给黑云龙送信"约降",仍想用皇太极当年除袁崇焕的计谋,让崇祯怀疑黑云龙与金私通,借崇祯之刀杀之。跟随魏国征的所谓"败逃军士"都是阿巴泰挑选的在清军中服役多年的汉人士卒。他们在牛录章京乌格的率领下,当日按照阿巴泰的吩咐出色地完成了任务。此后,阿巴泰静观反间计的进展。不料,过了三日却收到了黑云龙的献城密函。这说明崇祯没有中计,反设计要暗算清军。阿巴泰遂将计就计,最终获胜。

同日,进攻昌平的战斗打响。

前几日，阿济格命前时所虏王肇坤手下一个明军头目给退守昌平的王肇坤写密书一封，言他们被俘假降，现要率领部分假降的士卒寻机逃回，请王肇坤开城接纳。

书信夜间送出，王肇坤信以为真。如此，作为攻城内应的几百人马潜于城内。

部署已毕，七月初七日，阿济格开始攻城。黎明，阿济格列营要王肇坤城头答话。

此时，崇祯派往镇守昌平的张之佐已经到任。城中尚有总兵官巢丕昌，户部主事王一桂、赵侊和守备咸贞吉等。清兵攻城，王肇坤守西城，张之佐守北城，巢丕昌守南城，王一桂等人守东城。

王肇坤已是惊弓之鸟，见城外敌军队列齐整，骑兵步将，浩浩荡荡绵延数里，已惧怕三分。再见城脚百步之遥，有数员战将立马阵前，个个摩拳擦掌，跃跃欲攻，那惧怕之情又增加了三分。

正在瞭望之际，只听从敌将中传过洪钟之声，那汉话说得蹩脚异常，但意思是明白的："城上的败将王肇坤听好，我是大清国宽温仁圣皇帝所遣多罗武英郡王爱新觉罗·阿济格爷爷。我的大军已把你的城围住，你插上翅膀也难逃了，聪明的人应该开城投降了。"

王肇坤壮了壮胆子，回道："吾受大明皇恩，岂肯降你东虏鼠辈，快快给我下马受死吧！"

"死活由你挑了！"城下传来一阵狂笑，阿济格将弓搭箭，喊道，"狗官，你右边一人当死！"吼声刚落，王肇坤右手之人面部中箭，登时倒地。

就在王肇坤转身之际，阿济格又吼了一声，第二支箭射出，正中王肇坤脊椎。在王肇坤倒下的一刹那，又有三箭射在他的背上，还传来了阿济格的嘲笑声："死前让你知道我神箭英郡王的名声！"

王肇坤背上中的另外三箭是什么人射出的？

原来，阿济格的身后列有三十名神箭手，按照阿济格的命令，或单发，或齐射，威力十分强大，称为"霹雳阵"，每每使敌人闻风丧胆。王肇坤不知厉害，毫无提防，自然难逃一死。

就在此时，潜于城中的降兵打开城门，清军长驱直入。头戴青匝以别明军的几百名降兵成了向导,故清军进城没有遇上什么大的障碍。

总兵巢丕昌投降,张之佐、王一桂、赵恍等战死,昌平被拿下。

随即清军兵分两路,一路进军京西,先头部队到达了西直门。另一路绕过京城向东,攻克宝坻,并向三河、平谷逼近,形成对京城的包围之势。

这下崇祯慌了,他速召群臣平台议事,急忙采取了以下措施:京师戒严;文武大臣分守城门;兵部传檄征山西总兵刘泽清五千人,大同总兵王朴五千人,保定总兵董文用五千人,山永总兵祖大寿五千人,关宁总兵祖大乐七千人,蓟密总兵李重镇五千人,入援京师;高起潜总监祖大寿军;辽东巡抚方一藻据守山海关;三屯营总兵王威率军调守涿州。

议事时,兵部尚书张凤翼自请出京总督各镇援兵出师,并调宣大总督梁廷栋出师配合,与他成掎角之势。

崇祯见张凤翼有了动作十分高兴,遂赐尚方剑,给万金、五百赏功牌备用。

至七月中,明军各路人马陆续到达京畿。七月底,各路大军五万余人在京南琉璃河集结。

阿济格的两路人马自七月初逼近京师,曾对北京周围的守城军队进行了攻击,但各路攻势均不迅猛。原来,阿济格此时进攻多为佯攻,目的是等待明军各路人马向京畿集结,以便完成皇太极部署的第二步方略。

在阿济格潜师西行时,皇太极派多尔衮等进攻了锦州、宁远等处。皇太极在锦州、宁远方向的军事动作是一种牵制行动。这在军事上是常用的,因此,也极易被敌方看破意图。但崇祯君臣当时没有一个人看出这一点,反认定是敌人的"全面进攻"。

为配合阿济格大军顺利进入关隘、站住脚跟,皇太极当时发动了对锦州、宁远等地的佯攻行动;等阿济格完成这些动作实施第二步方略时,皇太极则缓和了对锦、宁的进攻,一是配合阿济格实施第二步方略,二是为阿济格的回归做准备,在山海关到京东各县之间拉开一个巨大的空当。因为阿济格必携回大量俘虏、牲畜和物资。在如此重负的情况下,仍由原路返回是不可能的。

崇祯当然不明白这一切,他见京师危急,便不顾一切将兵力均收拢于京畿。这样,山海关一带,永平、遵化一带的可调之兵均被调驻京畿,果然腾出了一条宽数百里的巨大空当,以备阿济格从容归师。

且说阿济格探得明军集大军于琉璃河的军情后，连夜召固山额真以上将领商议实施第三步方略的有关事宜。阿济格军第三步方略是甩开集结的明军，向敌军薄弱且可多有虏获的方向进军。

主张东进的将领说："大军终将东归，既如此，可边走、边掠、边打、边归。"

阿济格摇摇头道："如此看似容易，执行起来怕是易归变成了难归。因为敌知我归途，必调大军于路，截、堵、追，使我们陷于被动。我向南，保定之军被调往京畿，大片空虚；而此地谷熟牛肥，我周旋一圈儿，饱囊之后东归，敌无备，方易归也。"

随后，他又部署了各旗进军路线，约定四更各营大军开动。

且说明朝兵部尚书张凤翼自将兵一万与大同总兵王朴驻扎于沙河以东。两日来，张凤翼借施"以静制动"之术，据营不出。第三天王朴欲战，张凤翼还是不动："复观一日再议。"第四天黎明，探马来报，说清营已空，清兵不知去向。

张凤翼听罢吃了一惊，忙令探马探查清军去向，并令全军整装待发。

张凤翼最怕清军绕过他的大营开向京师。果如是，他的脑袋就肯定保不住了。

此后陆续报来一些不确定的军情，但有一点倒使张凤翼心中一块石头落了地——京师近域没有发现清军。午间，京西其他各处的塘报送达，都是一句话：清军拔营，不知去向。次日黄昏收到有关清军位置的第一份塘报：清军攻陷房山。随后，平谷、香河失守的塘报送达。

这时，张凤翼才断定清军已南下。他令保定总兵董文用和蓟密总兵李重镇与自己会合，意在追击清军，这样又耽误了两日。此时，清军又陷定兴，下文安，袭大城。

此后，张凤翼率山西总兵王朴、保定总兵董文用、蓟密总兵李重镇军用了三天的时间才到达定兴地界。而此时与之成掎角之势的宣大总督梁廷栋才到达房山。这时，阿济格三路人马又攻下安州、漷县、遂安、雄县，到了永清。

又用了两日，张凤翼进抵雄县，而这时，阿济格的三路大军却回师北上京东，连克顺义、怀柔诸城。

几日前，崇祯闻张凤翼报"贼兵被逐出京畿"，曾松了一口气。现复闻京东告急，却没有张凤翼的半点声息，遂怒气荡胸。他除调京西的部队驻东直门一带防守外,又六百里快马檄张凤翼回师御敌。

张凤翼接旨后不敢怠慢,挥师北上,两日即进抵通州。而第三日逼近顺义、怀柔时,却又发现二城皆空,清军又去向不明。

这时已是八月十五日了。三日后,张凤翼闻报清军复在雄县出现。

崇祯怕京畿防御空虚,遂下旨张凤翼屯驻通州,以静制动。张凤翼巴不得接到这样的圣旨,于是,他率领的几万大军在通州驻扎下来。

阿济格打探到张凤翼军驻于通州,遂放心大胆地对雄县、永清一带进行抢掠后,率大军携战利品,经由武清、玉田走上了东归之路。

三屯营守将祖大鹏奉命到南方的大道边扎营,截击清军。

八月二十五日,他收到探马报道,说二十四日夜清军五千许及其押解的数千所俘男女村民在营南二十里的大路边宿营,今晨拔营东进。

祖大鹏认为大显身手的一天终于到了。

这祖大鹏是"祖家军"的少壮派,自幼就有报国之志。明廷的腐败令他痛心疾首,明将的无能令他怨恨有加。他与总兵王威分兵据守三屯营,王威军调京畿时,他刚被晋升为副总兵,辖七千人马。他廉洁奉公,赏罚分明,对所辖将士关怀备至,要求却很严,每日操练,一丝不苟。

他知道所守三屯营是一军事要冲,必有战事,故部下训练投入的时间多,训练中要求高。几次奉调率军东奔西走,虽未与敌接触,但军队行动迅捷,步调一致,纪律严明,有"祖家彪"之美誉。王威被调时,他就遗憾万分,感叹调去与清军格杀的竟不是他祖大鹏。

常言道,养兵千日,用兵一时。对祖大鹏来说,是练兵千日,用兵一时。此次清军送上门来,他如何不兴奋?

祖大鹏忙命诸将通令各营做攻战准备,待命出发,并命人备马,带领几个亲兵,并带着那个探得消息的士卒向东南方急驰。

急驰了将近半个时辰,祖大鹏登上了一个山头。眼下的大路上果有一股洪流向东缓缓而动,其首被一山岭所遮,故未知全队规模。大队人马中间夹裹着男女——皆负着重物,艰难而行。队尾是骑兵,数量有千余,马背上也有大包小包的重物。

祖大鹏拨马回营,但行不多远,猛然又拐向东,在山岭之中急驰了一阵,又登上一个山头。这回他看到清军的队首了,判定清军不止探马探报的五千人,而是在六千到七千人之间。

祖大鹏率领众人急促回营,又过半个时辰,明军出动了。

这一仗如何打,是祖大鹏侦察过程中一直费心思的。现在敌军已过,只有追杀一途了。敌先于自己一个多时辰,但行动缓慢,追上他们是不成问题的。敌疏于戒备,从后奇袭,可收奇效。但清军作战勇猛,可以力拒。行动缓慢,是因押有俘虏,携有重物。敌军多为骑兵,一俟紧急,他们可舍俘、弃物,轻装快马,可走可战。想到此处,他决定一是奇袭,二是速战,待敌溃败,纵情追杀,尽可能多地杀伤,争取全歼,方振军威。

祖大鹏在军前布置了三千骑兵,为怕道路拥挤,分三路奔大道;后随千名弓箭手;最后是三千名步兵紧随。这样,祖大鹏把七千人马全部调了出来,对付那过路的六千多名清军。

骑兵进入大道十分顺利,弓箭手和步兵一直跑步紧随骑兵。

行军的头一个时辰人欢马叫,队伍斗志昂扬。接下来快接近清军了,人马都静了下来,但前进速度不减。如此前行了半个时辰,所见清军的丢弃物渐多:空的粮袋,破旧的鞋子,最后还有刚刚被杀掉的俘虏尸体。

在一个拐角处,终于看到了清军尾部———一闪。

道路在一座山前拐弯儿,清军随后就不见了。

祖大鹏下达了进攻的信号,弓箭手插入骑兵中间,将弓搭箭,骑兵高举刀枪,喊声震天地向清兵大队杀来。

清军见后面有明军袭来,殿后清兵立即回马组成战斗队形。明军万箭齐发,第一排清军纷纷倒下。

说时迟那时快,就在清军重整队形之际,明军骑兵已经赶到,双方开始了激战。清军的先锋折回迎战,明军后队赶到,一场更大的混战开始。

清军后部在与明军酣战之际,听到鸣金之声,队伍开始掉头,且战且退。清军有百余名骑兵担当了阻击的任务,拼死厮杀,不让明军前进。在这些英勇骑兵的掩护下,清军大队终与明军脱离接触,拼命顺大道退去。

这时,清军的百余名骑兵已死七八,活下来的急促去赶大队,明军遂催马追击。

清军丢弃的重物满地皆是,被丢弃的牛羊在路边乱跑,逃脱的男女俘虏蹲在路边,吓得魂不附体。

明军与清军的距离越来越近,每眼看被明军追上,殿后的清军就有百余名骑兵停下拼死搏杀,阻击明军。如此追了近三里地,在一处岔路处,清军进入一条山路。这里路口较窄,明军赶到时,被二百余名持弓的清军骑兵堵住了去路。

一阵乱箭射来,阻止了明军的前进。祖大鹏大怒,率领数十骑冒着箭矢冲了上去。

二百骑兵再神勇也挡不住千军万马的冲击,但他们的抵抗赢得了宝贵时间。等他们大部被杀时,清军已逃入山谷半里之遥。

清军的速度显然加快了,祖大鹏率军又追了将近三里。

这时,天空云层变厚,也起了风,给人山雨欲来之感。祖大鹏又如此追了一里路的光景,便来到一宽阔地带。他右手的山脚下立有一石碑,上面有三字虽不清晰,但可以辨认:滚石峪。三字左下还有"至元十一年"的字样,显然这是前朝留下来的界石。再看左手的山坡上,有一巨石,上有"溅水谷"三字。

原来,有两条山谷在此处汇集,右手是滚石峪,左手是溅水谷。

祖大鹏勒马顺滚石峪向上望去,见山的顶端消失在阴暗的云水之中,显然那里在下着暴雨。而此时,他头上也开始落雨。

祖大鹏见此心中更觉急切,便冲坐骑紧抽了几鞭,率领众将士继续向前。

走了不多远,雨下得更大了。祖大鹏抬头向两边望去,见两边山势陡峭,云遮雾障,透出一股杀气。他不由得大吃一惊:呀!我如何没有想到中伏呢!

正在此时,右手山上滚下第一根檑木。檑木滚到祖大鹏眼前,见上面赫然写着几个大字:大清固山额真谭泰、阿山候驾。

原来,阿济格选定在建昌营冷口出归。他打探到在从山海关到京东的巨大宽阔带,只有三屯营祖大鹏所辖的几千人马有可能造成威胁。因此,他令谭泰和阿山率领本部两万人马在三屯营以东驻扎,以防祖大鹏。如祖大鹏出击,谭泰等可截击之;如他不出击,待大部人马出关后,谭泰等再率师殿后出关。

谭泰等按阿济格命令从三屯营东南过师,原准备在迁西扎营。当他大军路过滚石峪时,见此处地形险要,忽生一计:何不在此设伏,将那名声在外的"祖家彪"一勺儿烩了?

阿山欣然同意谭泰的设想,他们进一步察看周围地形后,便做了决定。

谭泰把两万人马分成三部分。一部分扮作过师,诱祖大鹏入伏,祖大鹏中伏后杀回;一部分在滚石峪设伏;一部分赶在迁西驻营。原打算只安排三千人,人少机动,行动方便,容易将祖大鹏诱入埋伏圈。后来一想,那样祖大鹏可能不会倾巢出动,达不到全歼的目的。最后决定安排六千人,设伏人数为五千人。

诱敌之师由阿山率领,他出色地完成了诱敌任务:先是潜师于二十四日四更初到离三屯营祖大鹏大营南二十里处大路边扎营并故作喧哗,让祖大鹏探得;后等祖大鹏来追,放慢了行军步伐;祖大鹏追到后,进行逼真地阻击,不让祖大鹏多心;从大道引祖大鹏入岔路是诱祖大鹏入伏的关键,阿山的设计容不得祖大鹏多想,使祖大鹏进入埋伏圈。

第一根檑木滚下之后,祖大鹏忙令身边的亲兵摇旗发出信号。

队伍按信号迅速移动,很快组成一个巨大的环形:骑兵居中,步兵在外,持长矛和弓箭的士卒挺矛、搭箭向外,像一个环礁圆堡一样,准备抵御四方之敌。

就在祖大鹏组队之时,山谷两边的檑木滚石打了下来,靠近山脚的有数百人伤亡。两边的大炮响起,炮弹在环礁之中开花,骑兵又有数十人倒下。

与此同时,大雨倾盆般下了下来。

正在祖大鹏万分着急之时,先是红夷炮哑火,接着,檑木滚石也稀少起来。

原来,谭泰费了九牛二虎之力在山谷两侧的山间各安放了几门炮。但开炮之前,南边有两门炮、北面有三门炮,因天下大雨,雨水浸泡了炮基,五门炮都滑下了山。其余安放在岩石上的大炮,每炮只放了一弹,就因大雨无法装进弹药而成了摆设。檑木滚石则因放置的地基下滑,哗啦啦成堆成堆滑下了山坡。因此,有目的下放的檑木滚石已经不多。

雨越下越大,看来上苍真的要助"祖家彪"一臂之力了。

下边祖大鹏的队伍没乱,埋伏的大军是不是出击呢?谭泰正在犹豫。

诱敌的阿山率军在一里之外等待杀回的时机。听到炮响之后,阿山以为伏击战打响,率军掉头,但行之不远又没了动静,忙派探马前来打探。

探马见祖大鹏军雨中组成环礁之形,山上伏兵未动,回报阿山。阿山遂停下等待。

如果祖大鹏如此原地不动,真不知道会有什么结果。说不定,老天真的帮了祖大鹏的忙,免除他灭顶之灾呢。

然而,祖大鹏移动了位置。而正因为如此,上苍站到了清军一边。

祖大鹏当然不清楚山上大炮和檑木滚石已无法施威。他想到,自己的部队所处的位置靠两边山坡太近,炮弹继续打来,檑木滚石继续打下,内核开花,外沿损伤,到头来是吃不住的。他想起了方才经过的那片开阔地。那里处于两谷交叉处,远离山体,可以免受檑木滚石的打击,炮位也离得远,难以瞄准,少受炮弹的袭击。于是,他让身边亲兵发出旗语,整个队伍照原队形向后移动。

见祖大鹏向后移动,谭泰担心敌军退出伏击圈,遂准备下令出击。令他吃惊的是,即使向后撤退,祖大鹏军的那刺猬队形依然保持完整。

快接近滚石峪口了,再不出击就让敌军跑掉了。谭泰下达了出击令,两面埋伏下的五千清兵呐喊着冲下山来。

祖大鹏见清军出击,令先锋加快步伐,以便赶到滚石峪口的开阔地带,与清兵决一死战。

就在此时,巨大的悲剧拉开了帷幕。从滚石峪的上方传来从来没有听到过的奇异巨响,而当靠近峪口的士卒转头向出声的山谷望去时,个个吓得魂飞天外——一丈多高的浑浊山水,排山倒海般涌来。而在士卒们反应过来准备逃跑时,他们已葬身于泥水洪流。

祖大鹏位于明军的核心。当时,他在马上正好面对那滚石峪的巨大峪口。那股洪流排山倒海般涌出峪口的那一刹那,他已经意识到了那不可抗拒的洪魔的意义,他合上了双眼。

后面的人马不晓得发生了什么事。而当他们明白的时候,也已葬身于泥水急流之中了。

一股可怕的泥石流,霎时间使祖大鹏的六千人马命丧黄泉。

从山上冲至半山腰的几千名清兵惊心动魄地目睹了大自然造成的这场可怕的悲剧。

阿山的队伍也处于下游。泥石流到达滚石峪的峪底时,下面遇到的是开阔地带,地形也平缓了,因此大大减缓了流势。阿山的军士发现泥石流后,急忙爬上山坡,惊心动魄地看着那股洪流在脚下滚滚而下,保住了性命。

滚石峪大捷解除了阿济格出关的后顾之忧。他命阿巴泰率本旗将士先行破关,估计会有一场硬仗。但出乎阿济格意料的是,阿巴泰冲击冷口关隘时,没有遇到任何抵抗。

开始,阿济格以为其中有诈,对大军过关做了应急部署。谁知一直到最后,一切平安。

原来,冷口守将崔秉德进行了阻敌的安排,但报到在建昌营坐镇的大监高起潜处,得到的回复却是待彼半渡而击之。何时进击,严听将令。

这样的将令,直到清军最后一个士卒过后才下达到冷口。崔秉德心中明白是怎么回事,接令后率军虚张声势"掩杀"了一阵回营。

清军过关可不是一时半晌的事。十万人马,所俘人员超过十万,牲畜近十万,还有抢掠的大包小包,能够一时半会儿过完吗?

过了多少时间呢? 史载"凡四日乃尽"。

在大明朝据守的冷口关隘,出现了这样一种奇特的现象:在不远的山顶上屯驻的明军的眼皮底下——有些地方,明军的旌旗飘摇可见——清军监护着自己的俘虏和辎重从容而过,如此一连四天四夜!

崔秉德最后的"掩杀"取得何种战果呢?

在清军路过的大道两旁,相距不远就有一棵松柏的树身之上被整齐地刮去一块树皮,显眼地露出长约两尺、宽约半尺的洁白树干,那上面均赫然写着四个硕大的汉字——各官免送。

直到这时,锦州才给京城送来边报,报告了皇太极称帝的消息。

第三章　三王案发，大清国内部动荡

在鼓楼大街中段路东有几家当铺，其中的一家，招牌是炭园。看这个名字便可知道，这家当铺是针对那些要断炊的穷人和需要救急的人家开设的。在当时的京城，这样的人家不计其数。这家当铺谈不上经营有方，但它抓住了一点：比起其他当铺，同类器物给的价钱高些。而仅此一点，这个当铺的柜台前，当出和赎当的人便络绎不绝。正因为如此，这个当铺的赚头儿就比其他当铺多得多，也吸引了富家甚至官宦之家的当品。

这天，一位平民打扮的中年人来到柜台前，把一个小包儿放在高高的柜台上。他等一名正在当一件皮袄的顾客把买卖做完，便把那小包儿推在柜台内的那典押员面前。

这时，又有一位顾客站在柜台前。那典押员正要打开那个被推过来的小包儿，就见推包儿的那只大手又压在包上，并听那小包儿主人道："这位先生年纪大，请先给这老先生看货好了。"

那在一旁等待的老人致了谢，把一顶皮帽和一条毛围巾拿上了柜台。

典押员看了小包儿主人一眼，便看那被送上柜台的皮帽和围巾。价钱合适，那老人去账桌那边取钱，小包儿复又被推到那典押人面前。

典押人慢慢地打开包儿，当他看到里面包的那串挂珠时，不由得愣住了。

典押人在慌乱中将目光移向小包儿的主人，那样子是要看清楚站在他面前的到底是一个什么样的人。

小包儿的主人见典押人如此看他，便从容地站在那里，静候着。

"相公要什么价钱？"典押员问道。

"无价。"

典押员听罢强笑了笑，道："这就奇了。相公报一个'无价'，这笔生意如何成交呢？"

"这就看贵当识不识货了。"

"这是真东西，是相公祖传的吗？"典押员又问。

"不，是它的主人奉送的。"

典押员听罢大惊失色。

这时，小包儿的主人道："先生，今日这串宝珠要物归原主了。请先生后堂通报一声，说有故人求见。"

"相公所指主人是谁？"

"自然是老板本人了。"

"老板又是指谁呢？"

小包儿主人笑了笑，道："先生不必打哑谜了。你心里明白，自然指的是魏公公。"

典押人听罢越发不自在起来，道："他今日不在这里。"

小包儿主人听罢，不再与他转圈儿，遂从怀中取出一信递与典押人道："先生错了，如不打探确实，吾等如何贸然闯店？先生速持串珠和信函交与后堂魏公公，并说有故人求见。否则，误了大事不好担待。"

这样，典押员才拿起串珠和信函，走进后堂。

魏国征果然在后堂，那典押员不是别人，正是魏国征的弟弟魏国福。他刚刚在后堂给魏国征报了近来的账目，回到前台后便碰上了这个可怕的典当人。

串珠是魏国征的，它曾是炭园的当品，后来魏国征相中拿了去，经常戴在胸前。

前些日子，魏国征去天寿山监军就戴着它。

回来后，魏国征告诉魏国福那串珠"失于军"，两人还为此叹息了半天。

魏国福忽然见到那串珠，立即想起哥哥"失于军"的那句话。"失于军"，清军胜了，串珠不是一般物品，自然落入清军之手。他近来听到传言，说北京城内，清军留下不少的奸细。正因为如此，自打看到串珠的那一刻起，他就怕了起来,担心站在自己面前的正是清军那可怕的奸细。随后,他有气无力地询问了几句。最后对方摊牌,他便拿着串珠和信函来见魏国征。

魏国福浑身哆嗦地向魏国征禀报了缘由,便把串珠和信函交给了哥哥。

魏国征见状也哆嗦起来,当他展开那封信时,第一眼便看到"大清饶余贝勒爱新觉罗·阿巴泰"的落款,差一点全身瘫软到桌下。

兄弟二人强打精神,把"故人"请到了后堂。

"故人"进入后堂后,魏国福回避了。

那人在魏国福退出时交代道:"先生自爱,在事情做完之前请待在前堂。先生应当明白,此行并不是我一个独闯的。"

"明白,明白。"魏国福拱手道,"相公只管放心办事,小的不敢有半点风声走漏。"

魏国征一看,自己并不认识这位"故人"。

来人见魏国征疑惑,便道:"公公果真不认识故人了?某月某日黑夜巩华城外,是小的搀扶您老的。"

魏国征似乎记起了声音,那时天黑,不曾看到这位故人的模样。他半天没有说话,弄不清这位故人突然造访的目的:是来惩罚他半途逃匿并向崇祯告密之罪,还是……

来人见魏国征精神恍惚,先给他吃了一颗定心丸:"公公不必担心吾等前来追命。先前之事,各为其主,我大清不查不追。"

"那……要我干什么,只管明讲。"魏国征一听,知不是来要命的,那出窍之魂又飘飘入体,重新变得精神起来。

来人听罢笑道:"公公莫急,还是先听小的说一些事情,免得公公猜忌,干出些没必要干的事来。我大清皇帝顺天地之道,行圣德之法,少则三年五载,多则十年八年,必取大明天下。那时功者赏,罪者罚,此第一等事,请公公思之;大清皇帝政布仁德,兵行孙武之法,巧妙使间,现布北京全城。公公的底细,不敢说全知二字,但略知是有余的。公公的动向,尽在吾等掌握之中。公公的家当,吾等更是全都探明的。除去炭园,前门大街有金瓯钱庄、瑞征祥绸缎庄,骡马市有全兴客栈,京北有东北旺百顷庄园,且不说老家山西的魏公村的家业。小的罗列这些绝不是要公公一厘钱,而是请公公自保自爱,更请公公为未来计。"

"明白,明白,小的明白……"

如此,魏国征成了大清在明廷宫中的间谍。随后,大清从魏国征处得到了第一批可靠情报——

> 兵部尚书张凤翼、宣大总督梁廷栋拒敌不利,均畏罪自杀。卢象升升为兵部左侍郎,总督京师各部兵马。崇祯宣谕兵部练兵买马,制器修边,以备清兵来年再次来袭。崇祯下谕,借武清侯李诚铭四十万金,发关宁治备。借驸马伍都尉和万炜、冉兴让各十万金,发大同。借太监田诏十万金,置甲胄。借魏学颜五万金,置营。

七月初一日一大早,成亲王岳托的原包衣、时任兵部启心郎的乌尔沁就将告发岳托怨上、谋上的密折送至宫内。当日午时刚过,六百里加急圣旨传至锦州前线,调睿亲王多尔衮务必于酉时前赶回盛京入宫见驾。

睿亲王接旨后,骑上原上风不到两个时辰,便于申末时分赶回京城,进宫见了皇太极。多尔衮给皇太极请安时,就发现他脸上的不快。皇太极简单地说了一句"辛苦了",便从御案上抽出一奏折,示意要他坐下翻阅。多尔衮谢了座,打开奏折。

这就是乌尔沁告发成亲王的那份密奏。看完之后,多尔衮的胸中翻江倒海般折腾起来。显然,皇太极正在等多尔衮说话。

"皇上,这真让人心惊肉跳。可细想起来,不足为怪。汉人有句话叫树欲静而风不止,皇上心怀圣意,愿我大清君臣一致,上下齐心。可伏蛟未除,必兴风浪;枭鸟不尽,必有哀声。而这与皇上往日经见的惊涛骇浪相比,臣弟以为它是算不了什么了。"

皇太极听罢点了点头,心情舒缓下来。

"调你回来,就是让你主断这个案子。"皇太极道,"让李云帮你。"

就在此时,执事官禀奏刑部承政李云奉旨见驾,皇太极宣他入宫。李云进宫后,先叩见了皇太极,又向睿亲王见了礼,遂侍立一旁候旨。

皇太极道:"李云……"

李云立即回道:"臣在。"

皇太极继续道："朕宣你进宫,是朝中出了一件大事。你先看看这个……"说着把乌尔沁的那份密奏递了过来。

李云连忙接了,看完折子,他竟无半点紧张吃惊的表情,而是平静地说道:"臣候旨。"

"朕定睿亲王主断此案,命你辅助。刑部满承政缺员,补之不及,辛苦你了。此案所涉虽为满人、蒙人,然大清刑部乃朝廷机构,凡违朝纲祖纪,一律查办。这是朕首先要向你说的,你不必为此瞻前顾后;第二,此次断案,朕送你们八个字:'缜密侦查,照律讼断。'本案涉及两位亲王,往后尚不知牵涉何人。断平民讼狱,要搞清楚是非曲直,尚需侦查周密,况此案乎?古训云:'王子犯法,与庶民同罪。'故侦查也好,讼断也好,管他什么亲王贝勒,一律以实为据,以律为则。自然,你们侦审后提出处罚之见,尚需朕与诸王贝勒共议而定,可共议的依据是你们侦审的事实。此案重大,朕意一不枉断,二不漏断。你们当十分经心,切勿有负朕意。"

多尔衮与李云齐道:"臣等绝不敢负圣意。"

皇太极道:"朕已下旨将成亲王收监,现可移刑部大牢。细替呼尔与乌尔沁是内亲,朕已收监并派人审过。他说昨夜乌尔沁向他讲了成亲王有怨上谋上之言,已禀告郑亲王。可问郑亲王,郑亲王说那细替呼尔并未禀报他。事实究竟是怎样尚未可知,故朕已停郑亲王管刑部事,细替呼尔亦要移交刑部。捕押琐诺木的圣旨朕已拟就,你们可携旨出宫。"

多尔衮和李云领旨欲出,皇太极又道:"一个时辰后朕即将案情及睿亲王主断事诏谕各亲王、郡王、贝勒、贝子和六部三院,有些事需在此前办理的,当从速办理。"

两人会意,急速出宫。

呼尔格、孙童儿原与多尔衮一起来盛京。多尔衮马快,两人赶不上,远远落在了后面。多尔衮出宫前不久,两人才赶到大清门待命。

出大清门后,多尔衮立即命呼尔格带腰牌飞马去正白旗盛京大营调五十名骑兵到睿王府待命。另命孙童儿速召颖王府勒克德浑到刑部,有事交办。随后,他与李云一起到了刑部衙门。

事态紧急,进入刑部后,多尔衮命李云主办三件事:一、派人将成亲王和细替呼尔押来刑部；二、派人将乌尔沁密奏中所提证人——成王府舞女纳木娜等四人押来刑部单独关押；三、派出捕快赶往开原，捕押琐诺木。

前两项李云当即派人出衙去办，这第三项却出现了一些周折。李云听睿亲王只派十人前往，便问道："王爷另有安排吗？为何只派十人？"

多尔衮听罢笑了笑，道："自然另有安排，承政可有人选吗？"

李云回道："宁托可往，他现在衙内。"

多尔衮立即道："快叫他过来见我。"

不一会儿，宁托到了——一个三十多岁的满人。

等宁托见了礼，多尔衮道："命你带十骑前往开原捕押谋主要犯琐诺木。你速去选人，人齐后集于衙门外，等候承政宣我手谕。你且记住，要按宣时到达铁岭。到达后直去八旗衙门，在那里将我手谕告诉他们，不得有误。"

"臣明白。"宁托答后退去。

李云又问道："敢问王爷，是派勒克德浑阿哥带人马前往吗？"

多尔衮不答反问："可有不妥之处？"

李云说道："臣冒昧，成王府与颖王府两家关系，派勒克德浑阿哥这等差事，万一有失，岂不是又毁上一大家子？"

多尔衮笑道："承政考虑得不是没有道理，可你只想到了一，没有想到二。勒克德浑是后生之佼佼者，你想到了这一层，他如何想不到？正凭这一层，加上我等精心调拨，他之精明强干，会保万无一失。只是本王所虑不在此，虑在勒克德浑未到之前有人先下了手。"

李云听罢连连称道："王爷神机非我辈所及。至于后一层，也是臣所虑的。琐诺木今晨启程，只带了四名随从，如有人暗算……"

"也只好听天由命了。"

多尔衮一边写将由李云宣读的手谕，一边问："狱卒可靠吗？"

李云回道："可靠。"

这时，勒克德浑到了。他向睿亲王请了安，肃立候命。

"皇上降旨捕押琐诺木来盛京。他今晨离京带四名随从赴开原，算来现在铁岭就宿。你携圣旨带我手令立刻飞马去正白旗挑五十名军士，选乘好马，连夜兼程从东道去铁岭，务于三更前抵达，宣旨捕之。捕到后即驻铁岭八旗衙门，明日晨换马速速押送回京。如已捕到,将此手谕留八旗衙口转示赶到的刑部参政宁托。如你到后琐诺木已有不测,则细心察看现场。捕到与否,一有结果,速令驿站六百里加急报我。此事干系甚大,不得有半点闪失。"多尔衮吩咐完毕,写好两个手令,连同圣旨一起交与勒克德浑。

勒克德浑领命而去。

勒克德浑走后,多尔衮问李云道:"成亲王等人该到了吧?咱们过去看看。"

李云陪睿亲王先到了细替呼尔的牢房,后到了成亲王的牢房。

一盏油灯点着,昏暗的牢房中空气令人窒息。

成亲王听见动静,见是睿亲王,立刻奔了过来,拜倒在地道:"叔父救我!"

李云道:"睿亲王奉旨侦断亲王涉嫌之案,亲王有话明讲。"

"这下岳托有命了!"成亲王听罢大喜,见睿亲王无话,成亲王又道,"侄儿天大的冤枉,望叔父明察。"

"皇恩浩荡,圣上待你不薄了,你却辜负皇恩,还有什么脸面叫我这个叔父!好汉做事好汉当。待本王查明,确属诬陷,自然有你的出路;可如不是诬陷,告人诬陷,那就罪上加罪了!"多尔衮说罢拂袖跨出牢门,李云随去。

只听茫然的岳托连声大叫:"叔父,冤枉……"

出狱门后,多尔衮吩咐道:"立刻换掉狱卒,膳房的人等全部撤换。本王调二十名军士,你派十名狱卒共同把守牢门,无你我二人共签手谕不许放人进入。撤下的狱卒不必管束,任他们外出行动。"

李云连连答应。

此时,宁托已集十骑在衙前待命。睿亲王让李云去宣读手谕,自上马回府去了。

李云自衙内拿出睿亲王手谕宣道——

尔等十一人奉旨去缉拿背主要犯,干系重大,当经心从事,不怯艰难险阻,务于明日黎明前抵达铁岭,捕捉琐诺木归案。逾期严惩不贷,立功定有升赏。

宣毕,十一骑离衙上路,顿时消失在夜色之中。

多尔衮回府后匆匆吃过晚饭,洗了个澡,回到中堂抄起一本书随便翻看。

不一会儿,呼尔格回报,说五十名军士已到。睿亲王即命呼尔格选二十名立即去刑部,听候李云调用。又过了一会儿,呼尔格禀报,说成亲王府罗洛浑阿哥要求谒见。

多尔衮回道:"说我鞍马劳顿,已上床歇了。"

呼尔格遵嘱回绝。不多时,又报郑亲王求见。

多尔衮道:"告诉郑亲王,就说福晋说王爷已上床歇息,未敢惊动。福晋问是否再报,请郑亲王定夺。"

呼尔格去不多时回报:"郑亲王告,'既如此,改日再来'。"

过不多时,又报颖郡王求见。

多尔衮一惊,然后向呼尔格道:"让他进来。"颖郡王阿达礼进中堂后,给睿亲王叩头。

睿亲王将阿达礼扶起,道:"不在你父陵前守孝,又进城来做什么?"

阿达礼复又跪下,道:"叔祖救伯父一家。"说着,眼里涌出了泪水。

睿亲王又将阿达礼扶起,道:"有些事情非尽如人之所愿,事情吉凶,谅三四日内便见眉目了。方才罗洛浑来,没见他。你回去告诉他好生守在府中,不要外出,并让他嘱咐家人小心从事,不可干出什么事来,授人以柄。"

"孙儿明白了。"

"去吧。"

阿达礼离开不久,呼尔格又报,说乌尔沁谒见。

睿亲王道:"请进来。"

呼尔格转身后,睿亲王又唤回嘱咐道:"别人来,回绝如罗洛浑;范文程、宁完我来,不要进来禀报,领他们到书房等我。"随后,又在呼尔格耳边吩咐了几句。

呼尔格听罢笑了笑,走了出去。

乌尔沁进入中堂后,跪伏于地道:"臣乌尔沁叩见王爷,听候王爷吩咐。"

多尔衮将乌尔沁扶起,并指定下位一把椅子让他坐下。乌尔沁谢了坐,道:"臣听说王爷领旨主断成亲王怨上谋上案,作为首讦者,臣觉得应该尽快来府上报到,听候王爷吩咐,可又怕耽误了王爷歇息,惶恐之至。"

好长的耳朵！多尔衮心里虽然这样想嘴里却道："你做得对。本王是个急性人，干事愿意早一些着手，早一些了结。你是原讦之人，此案干系重大，本王领圣命断讼，少不了用着你。只是赶了半天的路，回来又忙了一阵，顿感疲惫。原本命家丁一律谢客，可众人知本王奉旨断案，生死大权掌于手中，必前来游说。一律不见，必骂本王傲慢。故涉嫌者却之，疏远无牵者见而晓之以理。启心郎来，属当见之列。本王性虽急，然圣谕'缜密侦查'，故当细心听听启心郎之言。可今日实在疲惫了，听讼也非一时之事——改日吧。"

"既如此，臣就不敢多留了。"乌尔沁说罢，起身告辞。

乌尔沁的两名随从正由睿王府家丁陪同在侧院喝茶，见有家丁报告说启心郎离府，便从院中牵着三匹马跟上乌尔沁。呼尔格将乌尔沁等送出大门，即将两扇大门双双掩牢。

乌尔沁来睿王府不止一次，对附近的道路十分熟悉。他出门后，便上马徐行。

走过两条街道，灯火渐暗，前方是一条小街，十分僻静，石铺的路面坑洼不平。由于刚刚下过一场小雨，洼处的积水中映着闪闪的星光。马蹄声嘚嘚作响，清脆悦耳。

突然，从一个门洞里跃出五六个手执钢刀的蒙面人，将乌尔沁等三人围住，并冲到马前要动家伙。

这乌尔沁久经沙场，如动起武来，五六个人未必是他的对手。但思维敏捷的乌尔沁立即意识到这是一次谋杀行动，与自己的讦告案有关。

三十六计，走为上计。他立即向两个随从吼了一声："冲！"

随着这一声吼叫，三匹马向着同一个方向冲击。转眼的工夫，那五六个蒙面人已被甩下了几十步远。就在此时，前方的拐角处突然出现一队人马挡住了乌尔沁等人的去路。

乌尔沁大惊，正要拨马冲回去，就听那马队中为首的一人大喝道："你们是什么人？我等是巡夜官兵，快快前来回话。"

乌尔沁一听，立刻放下心来，策马近前。

一随从道："此兵部启心郎老爷……"

问话的那位巡夜官听罢，连忙滚鞍下马，单腿跪地道："小的不知是启心郎老爷,但听老爷吩咐。"

乌尔沁道:"请起,吾等出睿亲王府过此,一小撮儿贼人拦路抢劫,被吾等冲散……"

"老爷可少了东西,令小的带人捕捉贼人追回吗?"

"贼人被吾等冲散,不曾得手。"

巡夜官道:"此处僻静,常有贼人出没,不想今日惊动了老爷。此为小的巡查地段,有失职守,请老爷治罪。"

乌尔沁道:"有道是难防莫如亲,难治莫如贼,今后多多上心便好。"

巡夜官连忙做了布置安排,一干人护送乌尔沁回府。

且说乌尔沁走后,睿亲王走进书房,范文程、宁完我已在那里等候。

两人给睿亲王见礼,彼此寒暄了几句,谈话即进入正题。多尔衮把进宫见驾、去刑部及在府上接待来访者的情况向范、宁说了一遍。

范、宁二人把自己了解到的有关案子的情况以及个人的见解向睿亲王做了禀报,三人就已知情况从多个方面进行了判断,就已采取的措施的得失进行了估计,思考尚有哪些事该办而没有办,分析了案件可能出现的情况等。三人虽没有言明,但每个人都感觉到,事态若明若暗,尚有一层窗户纸需要戳开。

但这个待戳开纸的窗户在哪里呢?三人最后陷入无语的沉思。

就在这时,呼尔格禀报说梅勒章京冷僧机请求谒见王爷。

三人一听,不觉同时发出了惊喜声:"啊?"

有一种猛禽专吃动物的腐尸,靠腐尸过活的这类东西实在令人厌恶。其实,那些东西死了它们才去吃,怨它们有什么意义呢?

冷僧机是不是这样的猛禽?

一个包衣奴才,凭本事熬到了一个备御,这无可厚非。可这之后靠告发主子一步登天,一夜之间,有了丰厚的家业,有了显赫的官爵。这样的行迹,许多人实在不敢恭维。

接着,他招了非议。当时盛京便有民谣讥讽他,曰:

冷僧机,冷僧机,吃的是人肉,登的是尸梯。

两眼滴溜儿转,专拣缝隙看。瞧上倒霉蛋,送去阎罗殿。

当时,不但是普通百姓,就是朝中的贝勒、大臣,不少人对他的行为也颇有看法。当皇太极征求众贝勒、大臣的意见,问如何对冷僧机进行封赏时,不少人不愿意给冷僧机加官晋爵,说充其量也就是给他一个甲喇章京,即让他升到参将一级完事儿。可后来皇太极封他为三等梅勒章京,一下子让他升了三级,成了一名三等副将。

平心而论,人们对冷僧机的非议绝非公允。莽古尔泰谋反的任何事件,都不是冷僧机挑起的。不错,最后他舍弃了,或说得准确些,他并没有着力去拯救莽古尔泰。但莽古尔泰所干的诸种事项,没有一件是经冷僧机鼓动去干的。最后,他与莽古济分道扬镳了。可那怨得了他吗?

那民谣骂他"吃的是人肉,登的是尸梯",可那被吃之人是他弄死的吗?那被登的尸梯,是他摆在那里的吗?

且说当时听说冷僧机到,范文程、宁完我退入内室,听他来说些什么。

冷僧机向睿亲王见了礼,彼此寒暄了几句,就听他道:"听闻王爷领圣命断成亲王等人怨上、谋上一案,臣来,是听王爷吩咐。"

"果然奸诈。突如其来,开门见山!"宁完我听罢看了范文程一眼,心想。

就听睿亲王道:"你来是有事要禀,还是有话要问?"

显然冷僧机没想到睿亲王会如此截他,沉寂了片刻,就听他道:"臣岂敢问王爷话,只是有几件事臣悬着心,不知王爷是如何处置的。"

"你就问吧。"这是睿亲王的声音。

"王爷,琐诺木那边可派人去捕捉了?"

"刑部已经派出。"

"多少人?"

"百骑。"

随后便听到冷僧机的笑声:"不瞒王爷,臣知道只有十骑。"

"先派十骑,续九十骑接应,故曰百骑。"

"敢问王爷,后派的九十骑在何处接应?何时到达?"

"在铁岭接应,明日黎明前到达。"

又沉寂了片刻,冷僧机问道:"王爷要听臣一言吗?"

"请讲。"

"请王爷速速派人飞马赶上后续之骑,让他们尽快赶到铁岭。"

"这却是为何?"

"王爷主断此案是今日黄昏后外边知道的。琐诺木是判断此案的关键之人,有人自然不会放过他。据臣所知,清早已有十骑前去追杀。可直到臣来这里之前,他们尚未回来,估计是途中出了什么变故。所以,又有二十骑去了铁岭。如前一批不曾杀掉琐诺木,琐诺木他们现当在铁岭。"

范文程、宁完我听到了冷僧机话中所说"已有十骑前去追杀""又有二十骑去了铁岭方向"云云,不晓得睿亲王对此会有怎样的反应。

冷僧机停下后,就听睿亲王道:"如此说,照办就是。"

随后听到睿亲王边喊呼尔格,边走出中堂,往后再没有声息。片刻,又有睿亲王的脚步声。

"你还有什么问题?"这是睿亲王的声音。

"敢问王爷,监护作证的几个舞女是合关,还是单关?"

"单关。"

"狱卒可靠吗?"

"狱卒由刑部严选,应该可靠。且本王怕出意外,已命李云重换了一批人。"

"膳房人员也换了吗?"

"也已撤换。"

"外人入监,王爷有严令禁止吗?"

"本王自然已有严令。"

"敢问王爷,乌尔沁启心郎即将监护吗?"

"尚无监护之念。"

范文程、宁完我又听到了冷僧机笑声,随后是他的声音:"不瞒王爷,臣来前已知乌尔沁在十六爷府。臣还了解到,他今晚先到了王爷府上,回去的路上遇到了杀手,幸亏巡夜官兵相救才免遭毒手。由此看来,还不当监护吗?"

"有这等事?"接着,又听睿亲王呼孙童儿吩咐道,"去寻地段巡夜官前来回话。"

孙童儿应声而去。

接着又是睿亲王的声音:"怪,出事后乌尔沁为什么去老十六府呢?"

冷僧机的笑声传出,随后是他的问话:"难道王爷不晓得十六阿哥曾见皇上,推荐肃亲王主断这个案子吗?"

听到此话,宁完我、范文程倒吸了一口凉气,心中顿时豁亮,似乎一下子把案子看了个明明白白。

"这就是你来要告诉我的事吗?"睿亲王的声音十分平静。

"自然不是。"冷僧机说道,"臣要告诉王爷的是,十六爷、肃亲王知道皇上让王爷主断此案,乱了手脚。"

"这话怎么讲?"睿亲王问道。

"此事臣从旁冷眼看了多时了,若王爷让臣知晓往后详情,允臣回去——不用半日保有准信回报。"冷僧机回道。

宁完我听后心中道:"好不厉害!"

范文程此时也向宁完我使了一个耐人寻味的眼色。

接下来是睿亲王的声音:"没有别的话可告诉本王,今日就到这儿吧。再有什么话告诉本王,你也可再来。"

冷僧机一走,范、宁二人便从内室奔了出来。宁完我先说道:"这下一切都看明白了。"

睿亲王和范文程皆会意地笑了起来。

乌尔沁回去的路上与蒙面人相遇、碰见巡察官皆是睿亲王使的计谋,旨在造成乌尔沁讦告之后有人要报复杀人的假象,以便为对他实施监护创造条件。

方才,睿亲王并没有把这事告诉给范、宁二人。两人听冷僧机提到此事才问了睿亲王,知道后道:"此时就可监护他了。"

睿亲王点了点头,又叫来呼尔格盼咐道:"速去刑部命李云立即监护乌尔沁——选一安静、妥当之处,严令诸人不许向任何人透露。"

呼尔格领命而去。

两人又想到了冷僧机,宁完我喃喃自问道:"他如何会晓得这么多呢?"

是啊,他如何会晓得这么多呢?多尔衮与范文程心中有相同的问题。

多尔衮睡前告府中值勤的巴克什,夜间有铁岭急报送达即刻拆阅,如是已捕到琐诺木的报告,不必叫醒他,可明晨再阅。

次日天亮醒来,多尔衮一睁眼睛即想到急报的事。夜里他未被叫醒,看来有好消息。

果然,急报送过来了。他打开一看,勒克德浑报告,说琐诺木已捕,余事面禀。他悬着的一颗心放了下来,尽管"余事面禀"说明捕捉时曾有一些变故。当日要提审四名女证人,李云主审。屏风后设有三个座位,睿亲王携范文程、宁完我在此监听。

辰初审讯开始,睿亲王等人入座。

李云问道:"你叫什么名字?"

下面是证人的答话:"纳木姬。"

"前天成亲王设宴送琐诺木,你在场吗?"

"在场。"

"还有什么人在场?"

"吃席的,成亲王、琐诺木外,还有乌尔沁老爷。我和纳木娜、布扎拉扎、萨哈拉四人唱曲、跳舞。"

李云又问道:"乌尔沁老爷把成亲王、琐诺木告下,说他们席间说了怨上、谋上的话,你知道吗?"

"知道了。听说王爷还被禁了。"

"你知道什么叫怨上、谋上吗?"

"知道,就是怨恨皇上,谋害皇上。"

"当时你可听到他们说了些什么?"

"他们说公主和贝勒爷莽古尔泰谋反是皇上逼出来的,说皇上偏私,不喜欢公主和贝勒爷,处处寻他们的碴儿……"

"你识字吗?"

"识得几个字。"

"你说他们怨皇上偏私,何为偏私?"

"偏私就是处事不公平,向着一方。"

"他们说的这些话你明白吗?"

停了片刻,又传来证人的答话:"奴婢知道他们说的是贝勒爷莽古尔泰活着的时候与公主和其他几个人谋反的事……"

"当时你多大?"

"十八岁。"

"你刚才说的那些怨上的话是谁说的?是成亲王,还是琐诺木?"

"他们都讲了……"

"他们讲那些话时,在场的乌尔沁老爷有说话吗?"

"乌尔沁老爷是害怕的样子,说王爷喝多了,这种话不要说。"

"王爷听了怎么讲?"

"他说刚喝了两杯怎么就多了?还说都是心腹,说几句痛快痛快,你听了还去告我不成?"

"往下讲。"这是李云的声音。

"先是琐诺木起了头儿。他说当年莽古尔泰谋反,冷僧机却找到我,要与我各自举发。他说不管我干不干,反正他要举发。他说,当时他想,冷僧机既然自首举发,如我不跟着干,必遭灭门之祸。于是,稀里糊涂自首……说到这里,琐诺木又是用拳捶自己的胸膛,又是拿掌狠拍自己的脑袋……"

"成亲王有什么话?"

"成亲王不住地叹气。"

"乌尔沁大人呢?"

"乌尔沁大人劝了几句,说这方面的事休提了。琐诺木他们不听。后来,乌尔沁老爷问:莽古尔泰交出了御用木牌是怎么回事?"

"纳木姬,你知道这御用木牌是什么吗?"

"回老爷,莽古尔泰和哈达公主案发后奴婢就听人说莽古尔泰贝勒爷交出了那牌牌。那时就听说,那是只有皇上才能用的。席间,乌尔沁大人一问,奴婢就知道指的是那木牌牌了。"

"琐诺木如何回答?"

"琐诺木说有那些牌牌儿,并说,听莽古尔泰讲,那些牌牌儿是打大凌河时在一个叫什么白马寺的寺院的一尊佛像身中得到的,是什么'天启之物'。"

"往下讲。"这是李云的声音。

"他们说着说着,就见成亲王拿出一柄刀、两张弓,说了一句要紧的话,奴婢听得真切。成亲王说:'可用此弓射杀之!'"

停了片刻。

"往下讲。"李云的声音。

"这就是奴婢听到的成亲王的话。那恶狠狠的声音到如今还响在耳边。"

又停了片刻,李云的声音响起:"往下讲。"

"当时听了成亲王的话奴婢还不明白那'射杀之'指的是谁。随后发生的事简直吓死了奴婢……"

"往下讲。"

"看得出,在座的乌尔沁老爷听了成亲王的话慌了手脚,忙说:'王爷确是喝多了……'这话刚出口,没等成亲王说什么,琐诺木便大声地骂起乌尔沁老爷来,说:'你真是个耗子!老爷们说句痛快话你就吓得说我们喝多了,喝醉了!醉了!醉了!我等一直装痴卖傻,忍气吞声这么多年了……自家人面前说句痛快话也不得了?老爷就是说:'杀!杀!兴你逼死人,就不兴我说两句?砍!砍!砍!砍你个粉身碎骨!'边喊叫着,边拿成亲王给他的那柄刀向案上盘中的鸡连砍数刀,鸡和盘子都被砍碎。纳木娜过去收拾,琐诺木还说:'不要收,我也让他暴尸三天!'"说到这里,纳木姬又停了下来。

又是李云的声音:"往下讲。"

"成亲王站起来,让琐诺木小声。就是这样,府中不少人还是奔来了。"

"往后呢?"

"成亲王把来看热闹的人轰走后,琐诺木老爷又拿过了弓,空拉了几下,嘴里还叫着:'砍不着他,就远远儿地射杀他……'"

"你说的句句真话吗?"

"句句真话。"

"下去吧。"李云最后说道。

睿亲王、范文程、宁完我从椅子上站起来,在室内活动了一下。睿亲王叹道:"全是密折上的话,好记性,有的地方竟一字不差。"

第二个证人被叫到了堂上。

睿亲王等人落座。

"你是纳木娜吗?"李云问话,不见回声。

"老爷问你话哪！"还是李云的声音,仍不见回声。

"来人！"李云发怒了。

"在！"十余名衙役齐声应道。

"动刑！看她小小的年纪还敢不敢在本部大堂之上装聋作哑！"

这时,堂上突然发出哭声:"不！不！老爷,不是装……我怕……"

原来这纳木娜没见识过这等场面,上堂来一直在浑身哆嗦,吓得说不出一句话。

"不必害怕,好好回老爷的话,不会挨打,也不会挨骂。你是纳木娜吗？"李云问道。

"是。"

"今年十几岁？"

"十六岁。"

"纳木姬是你什么人？"

"她是我姐姐。"

"上月三十日,成亲王在府上设宴请琐诺木,你在场吗？"下面又无声息。

"老爷问你话呢,听到了没有？"

"听到了。"

"听到了怎么不回话？"

"这……"

"不必怕,方才说了,好生回答,老爷不会打,也不会骂。"这是李云的声音。

"姐姐……"纳木娜的声音。

"说下去。姐姐怎么啦？"李云又问。

"姐姐说……"

"姐姐说什么了？"

"姐姐说……"

"哦,明白了。"这是李云的声音,"姐姐嘱咐你到公堂上不要乱说,说错了担当不起,是不是？"

"正是,姐姐说,到公堂上由她一个人回话,不要我们仨开口。我说要是老爷问呢？她说老爷不会问我们仨的。可怎么今天老爷又问了呢？"

听到这里,睿亲王等相互交换了一下眼色,接着就听到李云的笑声道:"这下老爷我更明白了。你姐姐怕你们胡说八道,把真事说假了,可她不明白规矩。按规矩,你们四个人在场,老爷是必须人人都问的。纳木娜!你不要害怕。老爷不打你,不骂你,也不逼你。这样,你自然就不会胡说八道,把真事说假了。你把那天看到的、听到的照实说,看到了就是看到了,听到了就是听到了;没看到的就是没看到,没听到的就是没听到。这样难吗?"

"不难。"

"怕吗?"

"不怕了。"

"好,"李云便问道,"那天,都是一些什么人在场?"

"坐着吃酒的是王爷、琐诺木老爷和乌尔沁老爷,每个人一条案儿,王爷在中间,琐诺木老爷在东厢,乌尔沁老爷在西厢。姐姐和奴婢,还有布扎拉扎、萨哈拉四个在堂中央,唱曲儿、拉琴、跳舞。添酒添菜的不断进来,王爷的随从富察尔辛进来过几次,向王爷报告什么。"

"说得好,"李云称赞道,"比你姐姐还回得清楚明白。往下说。"

"吃酒不大的工夫——我们四个各唱了两三个小曲儿,不知老爷们怎么提起一个叫什么喇嘛来。一提起他,琐诺木老爷便不耐烦起来,几次止住我们,不让我们唱下去。"

"说的那个人可是白喇嘛吗?"

"不错,不错,正是白喇嘛。"

"往下说。"

"琐诺木老爷说这家伙躲在暗中鼓动、威逼,最终使莽古尔泰贝勒走上了谋反的道路。琐诺木老爷讲,为此他们还差一点儿遭了殃——就是事到如今,公主还转不过弯儿来,终日神神道道,弄得整个家庭失去了乐趣。他骂全是这白喇嘛作的孽。琐诺木老爷越说越气,最后竟拿起一把刀,看着案上盘里放着的那只鸡,连说看了这只被煮得浑身发白、圆滚滚的鸡,就想起了那白喇嘛。说着,举刀向那鸡连砍了好几刀,那盛鸡的盘子也被砍了个粉碎。他嘴里还大骂:'我叫你狗娘养的粉身碎骨!'"

"他使的是什么刀?"

"腰里抽出的腰刀。"

"你看得仔细吗？"

"不会有错儿！那是一口大片儿刀。砍完没有插进鞘里——放在了案上，明晃晃的，奴婢前去收拾掉在地上的碎盘片儿、碎鸡块儿，看得真切。琐诺木老爷止住奴婢，说：'莫收，莫收，让这狗娘养的暴尸三天！'这时，王爷的下人听见这么大的动静，赶在厅门口观看，被王爷训斥了几句，都走了。"

"当时有没有别的刀在琐诺木的身旁？"

"有一把，在琐诺木老爷的身后，靠墙戳着。"

"有弓吗？"

"对，有两张弓，与刀一起靠墙戳着。"

"那刀和弓是中间有人拿来的，还是一直在那里？"

"是琐诺木老爷进来时带进来的。"

"他们中间谈话可谈到什么牌牌儿？"

"盘盘儿？琐诺木老爷把盘子砍碎，奴婢心里想，这么好的一个盘子，一刀下去便碎了，好可惜。可老爷们谁也没有理它——没有人说到盘盘儿的事。"

"是木牌牌儿，不是瓷盘盘儿。有人提到上面刻有字的木牌牌吗？"

"没有——从头儿到尾我没有离开过，没人说什么木牌牌儿。"

"琐诺木可拿那弓射什么来吗？"

"弓？弓一直在那里戳着没人动它。"

"你再想想，琐诺木没有动那弓吗？"

"不用再想。奴婢胆子小，记性却好。"

"带下去吧。"这是李云结束问话的声音。

睿亲王听罢已心中有数，要留范、宁二人在此，自己回府处理其他事务。正在此时，勒克德浑到了。李云停下来，去处理琐诺木收监之事。

勒克德浑来向睿亲王禀报捕捉琐诺木的过程："原来，皇上昨日接到密奏后立即派出三十骑，扮作商贾追上琐诺木等，与之同行，至铁岭后同住一处，直等孙儿戌末到达……"

宁完我此时插话道："监而不捕，就是说把鱼儿放在网里，且看岸上人有何动作。"说罢，大家会意地笑了起来。

正说之间，有圣旨到，宣睿亲王进宫。

到了清宁宫，睿亲王向皇太极禀奏了刑部采取的措施以及案子的进展情况。皇太极听罢很是高兴，并道："昨日朕派出三十骑宫廷护卫由图赖率领扮作商贾追上琐诺木，以防不测——果然有浑水摸鱼者，好在琐诺木安然无恙。丑末朕接六百里加急快报，伏于琐诺木住处的宫廷护卫及你派去的人马共同行动，捉到十三名来路不明的突袭者——另有十七人被杀，十三人现正押解来京。你们对他们的审讯需暗中进行，以免打草惊蛇。"

睿亲王领旨出宫，十分兴奋，心想皇上果然圣明，出手处处令人称奇。

勒克德浑又向睿亲王报告了捕捉琐诺木等的详情。

午后，范文程、宁完我过来报告续审布扎拉扎、萨哈拉的情况。两人的口供与纳木娜大体相同。当日下午，被捕捉的那十三人已秘密押解至盛京。其中包括原肃亲王包衣、时任户部启心郎的素书。

李云随即审问了素书，又问了琐诺木，并在监中问过了成亲王。

第四章 抽丝剥茧，睿亲王厘清大案

第二日过去了，第三日也过去了。

过了四天不见动静，那单独被监护的乌尔沁再也沉不住气了，他开始对看守他的狱卒发动攻势。最终，那个看守他的狱卒被"收买"，愿趁换班儿的机会给乌尔沁带出一张小纸条。双方谈妥，狱卒将纸条送给收件人，可从那里得到白银一百两，收件人是十六阿哥费扬果。被"收买"了的狱卒立即将纸条送给了李云，李云不敢怠慢，立刻亲自将纸条送到睿王府。

睿亲王展开纸条，见上面写着：

有何动静？如何行动？望急示告。传书人可靠，可由他通风。即付银百两给他。

看罢，睿亲王吩咐呼尔格去找冷僧机，李云离去。

冷僧机到后，给睿亲王请了安，站在一旁听候吩咐。

睿亲王拿出乌尔沁那张条子递给冷僧机道："这是乌尔沁'买通'狱卒送出来的。你看，下一步当如何行动？"

冷僧机回道："王爷成竹在胸，臣听候吩咐就是了。"

睿亲王听罢笑了笑，道："这次要你使一些手段了，你把这条子拿去，想法交给十六阿哥，看看他会有何'示告'。"

冷僧机心领神会，领命出府。天赐良机，切莫错失。冷僧机手里握着那张纸条儿,找到了一个人,他叫宇羽儿。

之前,多尔衮、范文程、宁完我三人心中都有一个疑问:冷僧机为何会知道这么多呢?

是啊,这冷僧机又是如何知道岳托他们被告之事,且知道得这么多呢?

其实,这全凭了他准确的判断,凭了他敏锐的嗅觉,也凭了他多年来不惜成本的投资。既要准备吃这碗饭,就要在这方面下功夫。一般人不会思考"下一个是谁"这样的问题,可冷僧机思考过了。讦告莽古尔泰,如果那还不是他主动寻找的目标的话,那么,下一个目标他就主动来找了。

这人便是十六阿哥费扬果。

费扬果是宗室重要成员。如果比作鱼儿,个头儿是很大的。

他曾由于胡作非为被皇太极圈了整整三年,恢复自由之后,曾一度收敛。但随后又故态复萌,只是怕再度被关,坏事做起来有所节制罢了。这样的人一旦气候合适,最终必闹出大事。

看准了就下手。冷僧机下手的对象是十六阿哥的一名贴身随从,名叫宇羽儿。冷僧机先是与他交朋友,一段时间的考察后觉得此人可用,友谊便越交越深。后来,冷僧机将自己的小姨子嫁给了宇羽儿。一方面大大拉近了彼此之间的关系,另一方面,两个人的接触也变得自然起来,外人也难起疑心。

这宇羽儿是个极乖觉之人,冷僧机为什么对自己如此下功夫,那用心他已揣度个八成。

当天,十六阿哥费扬果与豪格、乌尔沁等人密谋,宇羽儿在场。他自然意识到了事情的重大,必须想法儿向冷僧机通报,两人一起谋划对策。

当日夜,他便派一心腹悄悄将冷僧机叫到附近一个茶馆,两人接了头。

冷僧机一听自然意识到一场牵动几名王爷的大争斗已经展开,这个机会一定要抓住。

他掌握了一定情况之后,到了睿王府,后来也时刻关注着事态的发展。睿亲王召他,他就知道机会来了。冷僧机拿到那条子,便去找宇羽儿。

冷僧机如此这般向宇羽儿做了交代,宇羽儿遂照计而行。

乌尔沁被关四天音信全无,连被关在何地都不曾打听到,费扬果如何不急?在此背景下,宇羽儿手里攥着那条子对费扬果道:"爷,臣今日要干一件令爷开心的大事情,爷可相信吗?"

费扬果听罢,叹了一口气道:"眼下还会有什么开心事好讲呢?"

宇羽儿道:"爷不是一直为得不到乌尔沁的消息着急吗?"

费扬果道:"是啊,他作为首告举讦,当晚就有人暗算他,后被刑部监护,竟再无音信,也不知监护之处安全否——此爷之所虑。"

宇羽儿道:"爷,今日臣可要毛遂自荐了。干别的事臣本事有限,可干这类事,自认为有些手段,只是尚未在爷面前露过脸。不是臣夸口,要吩咐臣去办此事,少则一日,多则二三日,必将乌尔沁被监之处找到,并与里面打通关节。"

费扬果听罢大喜,道:"你有这种本领?那你快去办,所需银两尽管支取。"

宇羽儿领命而去,临走前,费扬果又嘱咐道:"此事关系乌尔沁性命,关系案件的查处,一则要小心从事,二则要暗中进行,以免授人以柄。"

就这样,次日,乌尔沁的那张条子就到了费扬果眼前。费扬果甚为高兴,立即支银一百两交给宇羽儿。宇羽儿告诉费扬果他本人也无法见到乌尔沁,但买通的狱卒十分可靠,只要机密从事,与乌尔沁的信函联系是不会有任何闪失的。当晚,费扬果交给宇羽儿第一张条子,让宇羽儿转给乌尔沁。

这张条子先到了冷僧机手里,费扬果在条子上是这样写的——

　　里面打听不到动静。最让人悬心的是四个证人不知说了什么。琐诺木被押回了——我们的行动未果,且派出的人员至今杳无音信……

后面原有一些字,费扬果自己涂掉了,字迹已无法辨认。也就在当晚,传出了乌尔沁的第二张纸条儿,上面写着——

　　事凶矣。悔总以胜算为计而未及不胜当如之何。请爷立即收计,罪由臣一人担承便了。

当这个条子送达睿亲王时,冷僧机道:"王爷,臣探得前段十六阿哥是去肃亲王府,后密谋处改在十六阿哥府。"

睿亲王听罢点了点头,随即进宫见驾,奏请准许捕捉十六阿哥费扬果,皇太极准允。当日费扬果收监。审讯中,费扬果承认主使乌尔沁等人诬陷成亲王。

睿亲王再次进宫见皇太极,禀奏案子已侦讯完毕。李云审素书的结果,是素书承认自己参与了对成亲王、琐诺木的诬陷一案,并承认自己带兵去谋杀琐诺木灭口。但他一口咬定,此事是背着肃亲王干的。

成亲王和琐诺木的口供是一致的,也与事实相符,他们的口供得到了纳木娜、布扎拉扎和萨哈拉的证实。也就是说,乌尔沁密奏中所揭发的成亲王与琐诺木那些怨上、谋上的话,通通都是编造出来的。最要紧的第一件事——成亲王席间赠送刀弓,并说"射杀之"云云,是编造的情节,目的是直接指控成亲王谋上。实际上那刀和弓是设宴之前成亲王赠给琐诺木,由琐诺木带入席间的。最要紧的第二件事——"大金国皇帝之印"的木牌,席间根本没有人提到。最要紧的第三件事——控告琐诺木谋杀皇上的那些话是移花接木,琐诺木愤愤要杀的是仇人白喇嘛,而不是皇上。

审细替呼尔,他承认为避免主管刑部的郑亲王主审此案,他与乌尔沁合谋诬陷了郑亲王。

睿亲王将这些情况奏报给了皇太极,皇太极听完后半天没有讲话。

七月初一日乌尔沁进宫送告发成亲王岳托怨上、谋上的密奏,皇太极看完感到十分吃惊,立即召乌尔沁进行询问。乌尔沁讲了昨夜事发后他曾去十六阿哥府见了费扬果和细替呼尔之事,这使皇太极产生了怀疑:如此机密大事,事先为什么要见费扬果?就算想讲给他听,为什么又让那细替呼尔知道?就算像乌尔沁主动解释的那样,他与细替呼尔是内亲,如此机密大事,哪有他细替呼尔知情的份儿?还讲他们让细替呼尔去转告郑亲王,这就越发不真实了,他们有什么权力让刑部的一个启心郎去告知主管刑部的亲王?许许多多的问号在皇太极的脑中闪现。他立即召郑亲王和细替呼尔进行查问,细替呼尔咬定已经向郑亲王禀明,郑亲王则说细替呼尔确实见了他,可讲的是别的事,所谓成亲王怨上、谋上之事,半句也不曾讲到。不久,费扬果进宫,向皇太极奏报了昨天乌尔沁向他讲的成亲王的事,并推荐肃亲王主审此案。皇太极看出了破绽,问费扬果道:"如此大事,既然昨天夜里已经知道了,为什么到现在才来奏报?"

费扬果对这样的问题没有准备,支吾了半天才道:"因为知道乌尔沁会来奏报……"

皇太极闻言又问："既然有现成的主管刑部的亲王,你却推荐肃亲王,是何道理？"

经皇太极这一问,费扬果才想到,他们的设计出现了极大的漏洞。是啊,放着现成的主管刑部的亲王不用,让皇上用肃亲王,这是何道理？由不得他思考太久,费扬果脑子一转,只好说道："臣弟以为肃亲王更合适些……"

皇太极让费扬果去了,自己陷入了深思。他对所谓成亲王怨上、谋上的真实性越发产生了怀疑,觉得费扬果推荐肃亲王主审这个案子大有名堂,遂迅速做了一系列决定,调睿亲王回来主审。就是说从一开始,皇太极就怀疑豪格,认为他必涉嫌此案。可几次睿亲王奏报案情,都没有提到豪格的名字,豪格真的如此清白吗？

在这之前,皇太极曾召礼亲王代善进宫,询问外边对此案有何议论。代善自然清楚皇太极的用意,也没有提豪格的事。

出宫后,代善直接去了睿亲王府,向他讲了进宫的情况。睿亲王听后沉思了半天,方道："皇上的怀疑不是无据的,从种种迹象看,此案根子极有可能就在豪格那里,但能查他吗？一下子涉及两位亲王,且举报他们谋反,倘若查实豪格为诬陷,那就是定杀不赦的死罪。想想看,我大清刚刚立国,一位皇子、刚刚封了不久的显赫亲王受了极刑,那会引起朝野多大的震动！"

代善听后又半天没有开口。外面大臣们虽然不知其详,但说豪格在诬陷成亲王的议论不少,代善本人也觉得豪格极有可能做出这种丧尽天良的事。皇太极询问时,他自然不能把道听途说的东西讲出来,更不能把自己的猜测讲给皇太极听。现从睿亲王口里知道了真情,又听睿亲王对追查豪格后果的一番分析,觉得睿亲王讲得有理,只是既然认定豪格涉案,且极有可能是发案的后台,他们不向皇太极讲明,皇太极会依吗？他向睿亲王讲出了自己的疑虑。

睿亲王听后道："此事只好全由小弟包着,皇上既把主审的差使派给了我,案子进行至此,皇上一时不满,也不会更换主审,或许他会想清楚,此案不涉及豪格对朝廷更有利些。即使他在气头上想不明白,只要小弟审讯时掌握住不涉及豪格的原则,没有证据,皇上也就无可奈何。"

代善道："那就委屈十四弟了。真是的,早知如此,何必当初——当初我们要是不保举他,一定要皇上给他一个亲王,也许今日会更好些……"

睿亲王听后笑了笑,代善又道:"还有,这次便宜了这个孽种,他旧习不改,今日害岳托,明日可能又不饶硕托了,何日是个头儿呢?"

睿亲王听罢也沉思起来,半天道:"皇上一向对事情看得明白,或许会找个由头给他一点教训……"

最后,代善问:"岳托会解脱干系吧?"

睿亲王听后笑了一笑,道:"这点你这个做父亲的大可放心,要不,皇上千里迢迢召小弟回来做这个主审干什么呢?"

现时,皇太极沉思了半天后,明确问道:"此案没有豪格的事吗?"

事先既已有了与礼亲王的商定,睿亲王斩钉截铁回道:"并没有掌握肃亲王涉案的证据。"

皇太极又沉思了半晌,下旨将案情晓谕众亲王、郡王、贝勒、贝子,共议涉案之人当受的惩罚。众亲王、郡王、贝勒、贝子议决——

  费扬果主谋诬陷成亲王,诛;乌尔沁主谋诬陷成亲王,诛,家产收官;素书协谋诬陷成亲王,诛,家产收官。纳木姬做伪证,协谋诬陷成亲王,诛;琐诺木受诬陷,无罪释放;成亲王岳托受诬陷,无罪释放,续管兵部事;细替呼尔参与同谋,诬陷郑亲王,诛;郑亲王受诬无罪,续管刑部事。

这些决定奏与皇太极后,皇太极又压了两日,他依然为肃亲王的事而动着脑筋。最后,果如睿亲王所言,皇太极看明白了事体,同时也想清楚了睿亲王这样做的用心。但他决定这次要给儿子一个警告,让他心里明白,别以为自己的混账行为是可以瞒得住的。因此下诏曰:

  费扬果原有罪孽,被囚于高墙,后朕放他出来,他却不思悔改,又挟嫌报复,主谋诬陷成亲王,本当死罪,念兄弟之情,降为庶人,投入牢中,永不赦免;乌尔沁主谋诬陷成亲王,磔市,家产收官,家人复为成王府包衣;素书合谋诬陷成亲王,磔市,家产收官,家人收归颖王府包衣;纳木姬如议;琐诺木如议;成亲王岳托如议;细替呼尔如议;郑亲王济尔哈朗如议;肃亲王豪格属下之人与人合谋诬陷他人,有失教失察之罪,降三级,停管户部事。

因此,肃亲王豪格又成了贝勒豪格。

乌尔沁原是岳托府中包衣,细替呼尔原是济尔哈朗府中包衣,素书原是豪格府中包衣。

为鼓励上进,网罗人才,皇太极继位不久设立了科举制度。其中规定,凡下人包衣考中者,即可解除包衣身份,并可离开原来主人,另派官差。

此政令一出,许多有点才能的包衣便跃跃欲试。

另外,从主人方面来讲,为显示强将手下无弱兵,积极响应大汗的新政,自然也想自己的府中考出一两个这样的举人来。

乌尔沁等三人,一靠自己的聪明才智,刻苦努力;二靠主子提携,便成了第一批由包衣考中的举子。之后,三人按规定解除了包衣身份,而且皆有了官职。最后,他们都成了启心郎。

他们同时考中,可授官的时间却有先后之分,而升迁的主要因素是主子对他们的态度。

就拿启心郎一职来讲吧,他们之中素书是第一个,接着才是细替呼尔,乌尔沁是老末,而且还颇费周折。豪格争强好胜,老想处处冒尖儿,此事自然走在前头。济尔哈朗四平八稳,有人出了头,见跟上已无大碍,便也给细替呼尔办了。岳托老成持重,从不在这些方面与人争风吃醋。他也正直无私,认为无论从资历来讲,还是从能力来讲,乌尔沁都还不够一个启心郎的资格。人家索尼,那样的本领学识,那样的资历,眼下还是吏部的一个启心郎呢。

抱定这种见解,素书、细替呼尔启心郎都干了两年了,乌尔沁多次暗示恳求,岳托都置之不理,弄得乌尔沁眼巴巴地望着兵部启心郎那个位置,干巴巴地等着。

大概由于身份相近,特别是三人都是从包衣过来的,都有一段不堪回首的经历,素书、细替呼尔和乌尔沁很早便成了朋友。

不用说,不平的情绪也好,询问有无"过节"的关心也好,最后,他们抱作一团,将这种同情和关心变成了行动,他们要托人走门路。乌尔沁与细替呼尔是内亲,细替呼尔自然为乌尔沁的事奔走,十分卖力。但此事实际能使上劲儿的,还是素书。

在与素书结交的过程中,乌尔沁巴结上了豪格。豪格对乌尔沁表示了极大的同情,并毫不掩饰地就此表达了对岳托的不满。

素书抓住了机会,请豪格去找了瓦克达,让他去岳托那里说项。

岳托虽不太喜欢自己的这位弟弟,但事求到了头上,也不好不给面子。何况与素书、细替呼尔相比,乌尔沁的能力并不算差。启心郎这官差,素书、细替呼尔已经干了两年,尚未听到有太多不称职的议论。需要给年轻人出人头地的机会,而不能老以某某作比,压住后生们。

这样,岳托这一关过了,乌尔沁最后一个成了启心郎。

有了这样的交代,我们就可以把案子从头至尾捋一遍了:

六月三十日晚,成亲王岳托在府上设宴给即将返回开原的琐诺木饯行,席间作陪的是乌尔沁。因为莽古济的关系,乌尔沁与琐诺木很熟,请乌尔沁作陪是琐诺木提出来的。本来琐诺木还提出请富察尔辛,但富察尔辛与乌尔沁之间有隙,富察尔辛不愿与乌尔沁同席,找了个借口,没有上席。当晚席间大家高兴,一边畅饮听着四个蒙古女子的弹唱,一边山南海北地谈起来。闲谈中成亲王谈某事时提到了冷僧机,由冷僧机谈到了当年莽古尔泰的事,谈到了白喇嘛,谈到了豪格。

在谈白喇嘛时,琐诺木动了情,大骂了白喇嘛,说都是那家伙惹的事,害了大家,云云。谈到豪格,只是骂他不是东西,没有人性,竟为了自身的清白杀掉了自家福晋。自然,因为大家喝了酒,琐诺木讲到自己所恨、所喜之事,未免感情激动,或咬牙切齿,或喜笑颜开,或怒发冲冠,或仰天长叹。

每逢琐诺木发怒时,由于他嗓门儿大,府上的一些下人不知发生了什么事,便奔过来在门口伸头探脑。成亲王一见,便喝退众人,仍与琐诺木饮酒。

无论怎么说,这是一次寻常的宴饮。无论是岳托,还是琐诺木,都尽兴而散,没有一丝一毫别的什么想法。

可乌尔沁就不同了,一场普通的宴饮,他却做出了一篇大文章。

可能是席间提到的冷僧机刺激了他,他的所思所想开始对准了岳托。

参照冷僧机的作为,他觉得忠于主子,倒不如出卖主子。他乌尔沁在岳托的手下这么多年得到了什么?一个破启心郎还费了九牛二虎之力呢!要是……他往下想,最终竟有了一个大主意。

他想当日在场的,就这么几个人:岳托一个,琐诺木一个,他一个,还有四个唱曲儿、弹琴的蒙古女子。而那蒙古女子为首者纳木姬,是他的老相好。这样,如果他做通了纳木姬的工作,要她作假证,说岳托讲了这,讲了那,告他一个怨上、谋上,谁会说出个"不"字呢? 那只有琐诺木。

琐诺木次日启程就去开原了,如果在路上把琐诺木除掉,谁还会作证岳托没那样说,没那样做呢?

他立即找到素书说了这个想法,谁知素书听了竟拍手叫绝,立即拉他去见了豪格。豪格与岳托之间有隙,这已不是秘密。

天聪七年,金军攻取旅顺。豪格贪功,作为主帅的岳托成全了豪格,他却并不领情。天聪十年,多尔衮、岳托和豪格带兵去收林丹汗之子额哲。大军到达托里图时,打听到了额哲的下落。豪格又要抢功,提出要先行。多尔衮看出了豪格的用心,想同意他的要求。可作为副帅的岳托提出,大漠之中,路途艰险,气候变化无常,豪格单独行动,恐出意外。多尔衮听后觉得岳托讲得很有道理,便接受岳托的意见,拒绝了豪格的要求。

后来事情进展顺利,他们很快便找到了额哲,还得了玉玺。

这本有豪格的一份功劳在里面,可他不以此为满足,心想要不是岳托的阻拦,那所有的功劳便统是他豪格一人的。这种怨恨的积累,豪格对岳托就恨之入骨了。

素书领乌尔沁到时,十六阿哥费扬果也在,正与肃亲王下棋。

素书与乌尔沁向肃亲王及费扬果请了安。

棋局对肃亲王有利,他走子后费扬果正在苦苦思考。素书他们进来、请安,费扬果连头都没抬一抬。

"什么事?"肃亲王平静地问了一句。

"乌尔沁有要事禀报。"素书答道。

"哦? 说好啦。"肃亲王道。

没有一个人想到应该避讳十六阿哥,因为费扬果与岳托之间的仇口既宽又深。费扬果对岳托的怨恨由富察尔辛引发,当时富察尔辛已授参将之职。

前不久富察尔辛得了一笔银子,费扬果对岳托的怨恨就由这笔银子引起。

乌尔沁与富察尔辛原都在成王府当差,彼此熟悉。但由于两个人的秉性不同,他们之间的关系并不融洽。乌尔沁一心向上爬,有时甚至为此不择手段。富察尔辛看不惯,两人之间便隔着一层。

隔着一层就隔着一层好了,彼此之间各当各的差,各干各的事,井水不犯河水。富察尔辛虽看不惯乌尔沁,但也并没有做什么事对乌尔沁的行动造成妨碍。

可乌尔沁并不这样想。富察尔辛看不惯他,这让他感到不舒服,他总想找个机会给富察尔辛一点教训看看。

富察尔辛得银子的事传到乌尔沁的耳朵里,他听到之后立即有了一个整富察尔辛的主意,便去找了费扬果。

乌尔沁与费扬果早已沆瀣一气,干了不少见不得人的事。乌尔沁讲了自己的想法,两人一拍即合,立即行动起来。费扬果找到富察尔辛,说近日有一笔花销,可偏偏钱不凑手,要借些银子用。

富察尔辛听罢,心想费扬果名声不好,往日自己与他交往不多,他今天如何向我借起银子来?

才得了一笔银子,许多人都晓得,不好说没有。

另外,费扬果名声再不好,总是个阿哥。找上门来,就愣愣地回绝了,也不是个说头。可这样一个不讲信用之人,如果借他,还不是肉包子打狗——有去无回。这如何是好?

富察尔辛正在愣神儿之时,就听费扬果道:"不要让你如此为难,要拿不出银子我再去别处想辙。"

富察尔辛是个诚实的人,听费扬果如此说,便支吾了句:"不是……"

这时,费扬果又道:"要不就是担心我还不了你……"

富察尔辛又支吾了句:"不是……"

费扬果问:"那如何让你如此作难?"

富察尔辛遂问道:"阿哥需要多少?"

费扬果道:"不多不少,三千两。"

富察尔辛一听吓了一跳,心想我就得了三千两,全给他了!

这时,费扬果又道:"这样好了,你若借我,我不但以阿哥的名义向你担保,一个月内必一个子儿不缺地还你,而且照例给你立下字据——再放心不下,还可找一个中人……"

富察尔辛顺着竿子下,道:"这是不必的……"

费扬果道:"不!一定如此!本阿哥早就下定决心,洗刷往日的臭名声!"

富察尔辛倒待不住了,忙道:"阿哥何须如此……"

"不!一定如此!"费扬果来了劲儿,想了想又道,"需找一个你我都认识且都信得过之人……找谁呢?好,有了一个现成的——乌尔沁,如何?"

富察尔辛还有话要说:"只是……"

"对,就找他,就找他!"费扬果不由分说,便写了字据,并请来乌尔沁做了中人。

富察尔辛交了银子,收了字据。可过后一看,那字据上所写的是借银"三十两",而不是"三千两"。

原来交字据时,费扬果与乌尔沁故意将富察尔辛的注意力引到了别处,从而使他无暇去细看那字据,因此上面是"千"还是"十",并没有看得仔细,就将字据收了起来。

富察尔辛知道自己中了圈套儿,知道是乌尔沁与费扬果合谋算计了自己。他开始火冒三丈,想去找他们理论。可随后一想,银子还能要得回来吗?他们既做得出,就不怕别人怎么看——再说,有字据在,还有中人在,你说是三千两,哪个为证?他决定忍了,只是一口恶气憋在肚子里出不来。

一个月的期限已到,费扬果派人给富察尔辛送了三十两银子来,并要讨回那借据。富察尔辛一怒之下,当着来人的面将字据扯了个粉碎,并把那银子扔到了墙外。

问题是,这还不是富察尔辛最气恼的。事隔不久,家人过来急报,他位于大东巷的那所宅子突然起了火。富察尔辛赶快领人前去扑救,可到那里之后,大火已经将房屋统统烧光。火势之猛,让人难以想象。

富察尔辛心里明白,他又一次遭到了暗算。

原来,富察尔辛的那所宅子与费扬果新购下的一块空地相邻。费扬果对原宅不满意,大东巷地理位置好,一心想在那里修建一处新府邸。可只有那块空地面积不够,因此他就看上了相邻的富察尔辛的那所宅子,提出以高价买下。一来是富察尔辛本人看重那里的位置,不愿出手;二来,他晓得费扬果诡诈,不想与他打交道。费扬果三番五次来买,富察尔辛始终一口回绝,没有应他。

此时,看着眼前的一片灰烬,富察尔辛就想一定是费扬果见事不成,对自己怀恨在心,因此干出了放火烧屋这丧尽天良的勾当来。

这次富察尔辛无法再忍了,他找了岳托,将事情的经过讲了一遍,求他做主。

前时,费扬果诓钱的事,岳托听到了些风声。岳托对一般的事,总不放在心上。但他觉得费扬果如此欺负富察尔辛这样一个老实人,心中也不平起来。他先找了富察尔辛,问了事情的经过。富察尔辛却说事已过去,不要追查了。再说,追查了也没有什么结果。

岳托听了觉得确也难以查出费扬果捣了鬼,便听富察尔辛的劝解,把那事放下了。

如今又出了烧房之事,富察尔辛难忍,岳托就更难忍了。他将此事禀报给了皇太极,皇太极听了也十分恼怒,遂令刑部认真查处。郑亲王心里也明白,烧房的事一定是费扬果干的。诓钱的事,富察尔辛的陈述也一定不假。只是,诓钱的事不好办了。可那烧房的事并不难查,关键是找到证据。郑亲王也觉得费扬果欺人太甚,应该治一治。

在这样的情况下,火烧案很快查到了证据。费扬果指使下人蓄意纵火,罪责难逃,被判赔偿了富察尔辛房屋被烧所受的损失,另外还罚银五千两。事后,费扬果越想越气,他决心报复。

索海在办案中的表现让费扬果看在眼里,记在心里。费扬果伙同豪格寻了索海的一个不是,将他参倒,免去了刑部承政的职务。

他知道成亲王在立案查处的过程中起到了关键的作用,他更想报复。

乌尔沁把宴席上的情况和自己的想法一五一十说了一遍。

"使得!"豪格斩钉截铁地说道。

费扬果也道:"整死他!"

四个人一齐密谋开来,他们先是拼凑了所谓岳托怨上、谋上的情节和言论。而后对整个事件进行了分析。认定追杀琐诺木是此事成功的关键;而案子由豪格主审,是成功的保证;琐诺木无备,杀之于路,当不成问题。

如何才能保证肃亲王拿到主审权呢?

大家分析,此案必由亲王或郡王主断。睿亲王、豫亲王、英郡王均在外,京中只有礼亲王、郑亲王、肃亲王和颖郡王。礼亲王虽与成亲王有隙,但毕竟是父子,故不会派他主断。颖郡王年幼,且为成亲王之侄,亦不会由他主断。剩下能与肃亲王争的,就只有郑亲王一人了。

而郑亲王主刑部,由他来主审是天经地义的。因此,要达到由肃亲王主审的目的,必须先搬掉郑亲王这个障碍。可如何搬掉呢?最后他们想到了细替呼尔。他们要利用细替呼尔造成郑亲王涉案其中的假象,从而排除郑亲王主审的可能。他们还想到与纳木姬统一口供的问题,这并不难,交由乌尔沁去办好了。只要抓到主审权,她们的口供是怎样的,已并不重要。

最后他们分析,胜算的把握十有八九。

当晚,乌尔沁连夜写密奏,次日一早送达清宁宫;找在场的蒙古舞女纳木姬等确认统一证言;次日费扬果进宫见驾,推荐肃亲王暂管刑部,主断此案;次日清晨,由素书亲带十骑前往去铁岭的路上,截杀琐诺木等四人。

接到密奏后,皇太极分别召郑亲王、细替呼尔进行了查对,并诏谕监禁成亲王岳托,郑亲王济尔哈朗停管刑部事听候审处。与此同时,派出骑手追赶琐诺木等人。

费扬果按照计划进宫并荐肃亲王主断此案,回来后讲了皇太极的怀疑。但事情既然已经开始,那就要干下去。肃亲王故作镇静,说费扬果的担心是"做贼心虚",过于敏感了,他蛮有把握地说道:"等候皇上降旨,准备断案。"

可一等没有动静,二等没有消息,素书那边也泥牛入海。

酉初时分,传来一则可怕的消息,睿亲王被皇太极从广宁调回,进宫见了驾。

肃亲王等人闻讯立即乱成一团,不知所措。但乌尔沁保持着冷静,立即提出建议:一,立刻加派人马星夜赶赴铁岭,不惜一切代价追杀琐诺木;二,立刻让纳木姬与纳木娜等三人统一口供,胁迫三人照计而行;三,立刻告知刑部眼线,打探动静。

对乌尔沁的第一项建议,肃亲王接受了。他立即找来一名心腹向他布置了任务,并反复强调道:"选二十人,选好马,最迟当于丑末赶到;干起来要利落,现场不留痕迹;返回后径直入府。"

乌尔沁的第二条建议他也接受了,但肃亲王还想再等一等。通知刑部及各处眼线的事,他也令人去办了。事已至此,肃亲王还有一丝侥幸心理。

不久,又有一则消息传来,睿亲王去了刑部。

肃亲王最后的幻想破灭,遂命乌尔沁急去成王府,照其第二项建议行事。

乌尔沁去了,但不久肃亲王就收到了纳木姬等被收监的密报。乌尔沁没能见到纳木姬等人,也回来了。不久,传来睿亲王到狱中见成亲王的密报。睿亲王对成亲王严厉的态度,令肃亲王感到一丝安慰。 又过了不久,刑部眼线报来了刑部派十一名骑手连夜奔铁岭并要他们于次日黎明前抵达捕捉琐诺木的消息,这一消息亦让肃亲王感到宽慰。因为他们派出的最后一批人马也比刑部派出的人员早到两个时辰。不多时,有关成亲王怨上、谋上的通报及由睿亲王主断该案的圣谕送达。

肃亲王忙命乌尔沁去睿王府察看动静,并嘱咐乌尔沁回后直去十六阿哥府,今后的谋划一律改在那里进行。

此时最轻松的莫过于郑亲王济尔哈朗。起初,他因自己被诬陷感到十分恼怒。但细想起来,整个案子异常复杂。自己的事只是案中一部分,须案情水落石出之时方可还自身清白。自己涉案,已不可能主审,也不晓得主审会派到何人的头上,心中一直忐忑不安。后来知道由睿亲王主审,他便放下心来。他曾去睿王府,要向睿亲王讲讲自己对案子的看法。后来听呼尔格出来传了话,知睿亲王避免会见涉嫌人员,便说了声改日再来。他待在家中,静观事态的发展。

且说睿亲王在听到冷僧机要派去的人尽早赶到铁岭的建议后,他叫来孙童儿到厅外做了如下吩咐:"你骑我坐骑速去追上勒克德浑,告他事情紧急,先说三更前到达是最迟时辰,令他接令后加速前进,越早到越好,余事不变。"

当时,孙童儿赶了近一个时辰追上了勒克德浑。勒克德浑听后立刻领悟到争取时间是第一位的,于是,他们加快了前进速度。

由于速度快,途中损失了八骑,勒克德浑率其余四十六骑于戌末赶到了铁岭。也就是说,当日从早到晚,共有五批骑兵被派出赶往铁岭。

第一批由豪格于卯初派出,由素书率领,共十骑。他们的使命是在路上截杀琐诺木。第二批由皇太极于清晨派出,一行三十骑,走的是西路,半途随琐诺木前行,黄昏时分到达铁岭;第三批由睿亲王于当晚酉末派出,由勒克德浑率领,一行五十一骑,走东路,于戌末到达铁岭;第四批仍由豪格于当晚酉初派出,一行二十骑,走西路,规定当日子夜前到达铁岭;第五批由刑部于酉末派出,一行十一骑,走西路,规定次日卯初到达铁岭。

素书所率人马扮作商贩先于琐诺木四人到达虎石台,准备在那里动手。

可是当琐诺木等到达时,素书发现有三十余商人与琐诺木等人在一起,他无法下手。

素书下令放琐诺木他们过去,他自己则下了马走向路边一棵大树旁,假意在那里方便。由于素书背着大路,跟随琐诺木的图赖则化了装,且一闪而过,素书没有认出来。后来,素书率领手下人等跟在了后面,可一直跟到铁岭,那两股人马也没有分道。

铁岭城垣于天命年间攻城时毁坏,后未修,故夜间人马进城不必自城门入内。

素书派人跟着,知琐诺木与那三十余名商人均住在了一个叫"悦来"的店中,他选了隔街的"客从天来"旅店住了下来。

勒克德浑率领人马到达后,打听到了琐诺木的住处。

勒克德浑心细,他先把人马安排了,只身到了琐诺木住下的那家客栈侦察情况。还没进门,他就听到有人在轻声喊他。他转身望去,惊了一下,怎么是巴牙喇纛章京图赖?

图赖迅速把勒克德浑拉进店中,道:"阿哥是奉命来捕捉琐诺木的吧?"

勒克德浑道:"正是。你怎么在这里?"

图赖笑了笑,道:"要是没有情况,我将琐诺木交给你,便交差了。"

勒克德浑一听忙问:"有什么情况?"

图赖道:"路上碰上十余骑,他们一直跟来,并住了下来,想必是冲琐诺木来的。圣上真是神机妙算,不是派我等跟着,恐怕琐诺木有险了。"

两人决定当时不动琐诺木,以防惊动那些人。另外决定,两队人马伏于周围,候捕前来的谋杀者。商议既定,勒克德浑悄悄出店回队。

素书本想等琐诺木住下后再找机会动手,可他到后发现,那跟琐诺木一起的三十余名商贾也住在了那家客栈。这样,夜里杀琐诺木便变得困难起来。看来,只有等到半夜人静之时,突然杀进去解决问题了。他决定后,便派人监视着琐诺木所住的那家客栈。

勒克德浑进入客栈,素书派出的监视人员看到了。但既为客栈,人们出出进进便是正常的事,那监视者并不认识勒克德浑。其他的人,更不会引起他的注意。

勒克德浑的人马是晚到的。如果素书心细,他会派人对四周的情况进行一些侦察,但他没有这样做。他认为远离盛京,除了他和琐诺木,再没有别的人关心这桩事情。

对一直跟随琐诺木的那三十骑,他也没有丝毫的怀疑,一直认为他们就是一般的客商。

三更将近,整个铁岭渐渐静了下来。素书曾派人假装去住店相房,查清了琐诺木的住处。

就在素书一切准备就绪刚要发令之时,就听到店门那边传来了叩门声,素书赶紧命人吹灭了灯。

店主开了门,从传来的对话声中素书听出来人是府上的一名备御。素书连忙出来与那备御见了,并把那人拉入房内。经那人说明,素书方知豪格不见这边动静放心不下,又派了人来,正到处找他。素书大喜,他决定自带原来十人进店,直奔琐诺木住处,尽可能不惊动那几十名客商。其余二十人在店外埋伏,万一那些客商帮琐诺木,这二十人即可出动接应。素书再次强调,此次行动针对的是琐诺木,务将他们四人一个不剩地干掉,之后即可撤离,不留任何线索。

素书下了令,结果可想而知。

这之后,勒克德浑和图赖等押琐诺木、素书等移驻八旗衙门。黎明时,宁托所率人马赶到。他们得到了睿亲王的手谕,任务到此已经完成。

琐诺木被押回了盛京,被俘的十三人也被押回了盛京,办案有功人员全都得到了封赏。

那冷僧机又立了奇功,连升三级,成为一等梅勒章京。宇羽儿也晋升为三等甲喇章京。

第五章　政见分歧，卢象升壮烈殉国

此时，中原的形势发生了不小的变化。义军声势大盛，一时群雄并起——张献忠东趋蕲州、黄州，攻取江北；混天星掠商洛；过天星入洴阳、陇州；独行狼战于陕南；蝎子块打至河西；老回回入占郧襄。

崇祯九年七月，高迎祥战死，李自成在义军的拥戴下接替高迎祥称闯王，在义军之中名声显赫。他率领的义军活动于庆阳、凤翔一带，其势最猛。

崇德二年，即崇祯十年，义军的攻势又有发展。正月，张献忠自湖北攻入安徽、江苏。四月，又攻入河南。

义军的突起令崇祯大为震惊，急令兵部谋求对策。

二月，兵部尚书杨嗣昌提出"四正六隅十面网"的"剿匪方略"，深得崇祯赞赏。所谓"四正六隅十面网"，就是以陕西、河南、湖广、江北官军为"四正"，令四地巡抚分剿专防；以延绥、山西、山东、江南、江西、四川为"六隅"，责六地巡抚分防而协剿。"四正""六隅"合成大网十面。

但是，这个方略并没能遏制住义军的发展势头。义军避实就虚，官兵疲于奔命。

又过了一年，即崇德三年入秋，皇太极得到情报，说明朝内部正就如何对待"东房"的问题展开辩论。杨嗣昌为首的一派主和，他们强调在实施"四正六隅十面网"方略对付流贼的关键时刻，不应两线作战，腹背受敌。因此，对"东房"应款抚，以便集中力量对付"流贼"。主战派则认为，避免两线作战是主和派的借口，是惧怕清军。崇祯处于两者之间，拿不定主意。

这一情报十分重要,皇太极立即命令睿亲王多尔衮、成亲王岳托分率左、右路军伐明。

大军誓师后出发,两军商定,左翼军从青山关攻入,右翼军从墙子岭攻入,九月二十六日在通州会师。

右翼军绕道蒙古,于九月二十日午未之交到达墙子岭关下。此时天气突变,山谷之内狂风大作,飞沙走石,清军无法扎营。见此情景,岳托未让士卒们歇脚,立刻下令攀关偷袭。但攀登不久,清军的行动被守军发现。山上打下的炮弹在清军之中开花,矢箭如雨,滚石檑木亦打将过来,这遏制了清军的进攻势头。

在头一批炮击之中,岳托的坐骑即被炮弹所伤,不得不更换马匹,杜度本人则胸部中箭,跌下马来,在军士们的保护下退出战斗。

岳托下令暂停攀登,命炮手架好炮位,向山上发炮。一阵猛烈的炮击之后,敌炮哑火。岳托趁势发起攻击,此后形势逆转。

墙子岭属密云管辖,清军入侵的军报于当日黄昏时分送至密云。

密云的守将是总兵吴国俊,他接到军报时正蒙头大睡。当日是监军太监邓希诏的生日,中午吴国俊吃罢邓希诏的寿酒,已然醉有七分。晚上,吴国俊又豪饮不止,最终酩酊大醉。军报送达时,没有人能够叫得醒他。

当他醒来的时候,已是次日的中午。他看见军报之后,不敢相信自己的眼睛,即令点齐七千人马,向墙子岭急进。

岳托攻下墙子岭关后命军士就地扎营、吃饭,并向密云方向派出探马,打探那边的动静。当他探知吴国俊率军前来的消息后,立即进行了部署。

杜度的箭伤经治疗后无甚妨碍,岳托遂令他率一万人马绕道去断明军的退路,自带一万五千人马前去寻地设伏,截击明军。

吴国俊的人马上路后,不断碰上墙子岭败退下来的散兵游勇。问他们墙子岭的情况,没有一个人能够说得清楚。吴国俊仍睡眼蒙眬,也难得问得明白。

但进入一个山谷后吴国俊变得清醒起来。此地山高路险,两山之间不过百步,是设伏的最佳去处,敌人会不会设有埋伏?就在他狐疑之时,两边山上同时响起了炮声。

大事不好!

一阵炮击之后,矢箭飞至。接着清军杀声震天,巨大的石块一个接着一个地滚了下来。

明军军士本能地后撤逃命,但逃不多远,又遇上了堵截的清军。

前受截击,后有追兵,明军只好回头应战,与清军厮杀。顿时,山谷之中刀光剑影,昏天黑地。

岳托曾下令务必全歼明军,不许放掉一个。

但有一个人还是逃走了,而且还是一个重要人物——吴国俊。吴国俊虽然吓坏了,但保命的本能尚存。他见势不妙,奔至一片尸体时,假装从马上跌了下来,装死躺在死人中间,因而躲过了一劫。

吴国俊在死人堆中趴了很长的时间。最后,他断定清军走光了,便脱兔般逃回了密云。

截击战之后,岳托迅速将密云城围起。

且说睿亲王自青山关入关,没有遇到实质性抵抗,故较原计划提前进入蓟州地界。

离蓟州城五十里,睿亲王下令安营扎寨。然后派出探马,前去打探蓟州城防情况和岳托进军的消息。

派往蓟州的探马先来回报,说蓟州城平静如往,未见异常。

睿亲王听罢大喜,忙命勒克德浑选五十名军士,让他们扮作汉民模样,暗携武器混入蓟州城中。待大军围城后,但见城东营中三堆火起,他们要立刻在城中放起火来。同时,杀掉东、南二门守军,迎接大军入城。

布置完毕后,勒克德浑便回营待命。

这时,探马也回报了岳托的进军情况。睿亲王又将探马派回去传达他的命令——令岳托对密云暂且围而不攻,并令他准备两万兵马待命。

再说吴国俊只身逃回之后,才想到应该向京城、蓟州报告清军入侵的消息。这样,急报于他逃回的次日送达蓟州总督吴阿衡处。

无独有偶,军报送达之后,这吴阿衡也在醉睡。原来,吴阿衡得到一笔外财,他大摆宴席,又和一位知己豪饮,一醉方休。这样,军报送达时,这位总督酣睡如死。

醒来时,已是第三天的凌晨。他看到眼前的军报,不觉大惊失色。

军报没有把情况写清楚。清军何时进的关?明军有何动作?下一步打算采取什么方略?如此等等,报告之上通通没有,有的只是告急,说清军两三万人打来,乞求快快出兵救援。

清军数目倒是写了,但是两万,还是三万?糊里糊涂!

这吴阿衡与吴国俊不是一般关系。他除是吴国俊的上级外,还是吴国俊的亲叔。即使不是这种关系,也得出兵相救。因为邻军有急不救是要杀头的,何况是下级有急,子侄有急?

清军两万也好,三万也好,反正他手下就有两万人马。虽然蓟州地界尚无敌情,但总不好唱空城计,把人马通通拉光吧?带上一万五千人好了。

于是,吴阿衡点齐一万五千人马,奔向密云。

睿亲王探得吴阿衡的动静之后,立即派人去密云向岳托传达他的命令,要他即刻率待命的两万人马向这边靠拢。对明军形成合围之后,睿亲王要岳托立刻过来见他,听候布置歼敌方略。

一个多时辰后,睿亲王命阿巴泰调本部人马迅速围城,自率三万人向密云方向急进。

行进两个多时辰,睿亲王命大军减速前进,等待岳托方面的报告。又过了一些时候,岳托回报说大军预计将于未末到达平谷北。

按照岳托的报告计算时辰,睿亲王所领之师预计当于申末追上明军,在平谷北三十里处实施对明军的合围。

阿巴泰完成对蓟州的包围之后,按照预定在城东营中放火发出信号。已混入城中多日的清军见信号后立即行动,放火的放火,被分派突袭守门军士的也不迟慢,三下五除二,明军守门军士很快刀下做鬼。东、南城门被迅速打开。

清军见城门一开,便潮水般涌入。就这样,蓟州城被攻破,守城五千名士卒被杀的被杀,投降的投降。

睿亲王事先曾有严令,所以清军进城之后,城中未起大的风波。

睿亲王在预定时间和地点赶上了明军,此时,岳托大军也已赶到。

睿亲王和岳托的先头部队分作两股,在明军左右两侧飞速挺进,很快对明军形成合围。

岳托也来到了睿亲王军中,睿亲王向他说明了此次战斗的战法。说要打得猛,打得狠,给明朝众臣心理上一记重击。

突然被清军包围,明军一时被不可名状的恐怖情绪所笼罩。大家都清楚地看到,清军人数多,来势猛,声势大。也就是说,一开始,明军在心理上即处于劣势。

清军包围明军之后,并没有对明军发起进攻。

明军曾几次组织突围,但均被打退。每次突击,他们攻到哪里,哪里就迅捷地集中起大队清军,如雨的矢箭使明军无法靠近。

黄昏到了,清军没有进攻。

夜幕降临,清军还是没有进攻。

入夜后,清军点起了数不尽的火把,阵营耀如白昼。而相比之下,明军的火把显得稀稀拉拉。最令人想不到的是,清军的火把燃了不到半个时辰,突然一下子全都灭掉了,四方一片黑暗。

明军的恐怖情绪越发地厉害了。敌人近在咫尺,但是看不到。自己被围于垓心,随时都有被消灭的可能。

明军又组织了几次突围,每次冲向哪里,哪里的清军就燃起火把,猛烈地、大量地发箭,明军难以近前一步。明军收缩回去,清军便把火把熄灭,两军再次回到原来的状态。

恐惧、疲惫、困倦、寒冷……明军连坐下来歇一会儿都不敢。实在太冷,就几个人站立着相互抱一抱。

也有个别人豁出去了,实在熬不住,不管三七二十一,倒在地上睡去了。但这样的人也未必睡得踏实,清军不定时地擂鼓。这些人虽说豁出去了,但毕竟是在战场,他们还是很警觉的,听到鼓声便爬将起来。

当然,擂鼓是清军心理战的一部分。每擂一次鼓,就在明军之中引起一阵惶恐。

此时此刻,吴阿衡是什么精神状态呢?

他怨恨交加。怨不从一处来,恨不从一处起。他怨吴国俊的糊涂报,怨军士们的行动慢,怨自己的不当心……他恨自己不该在关键时刻灌了黄汤,恨自己不该在要紧的时刻失去警觉,稀里糊涂地中了伏。

从被包围的那一刻起,吴阿衡就已经预感到事情的不妙。事态进一步发展,令他的这种感觉进一步加深。他组织了突围,但突围的失败,使他的最后一点生还幻想破灭。

"大难临头,大势已去!"这是他的结论。

他考虑过投降吗?考虑过了。他想到在目前的情况下,这可能是保全自己和一万五千名士卒性命的唯一之策。

但是,吴阿衡不了解睿亲王所需要的,不是这一万五千个俘虏,而是这一万五千人的性命。

鸡叫了。

从一般意义上讲,天亮送来了光明,会给人带来希望。但是,此时走近明军的,却是死神。

当巨大的赤轮从东方露出它的轮沿之时,清军的东翼响起第一声炮响。接着,四周的炮声响成了一片。一时间,明军阵中人仰马翻,哀号震天。

炮击持续了一顿饭的光景,接着,一通战鼓之后,清军发起了冲锋。

十分明显,死神来到了身边。死是死定了,如何一个死法儿?躺下来,任人宰割,还是挺起来,抗争,战死,杀死一个敌手,不赔不赚;杀死两个,赚了一个。不躺下!站着战死!一时间,这成了明军全体将士的共识。

此时的清军一看明军来了精神,个个心中道:"嘿,竟有如此不怕死的明军!好吧,跟你们玩玩儿!"

虽然明军的拼杀无法改变这一结局,但也使战斗变得异常地激烈、残酷起来。

对于明军现时的表现,睿亲王没有估计到。他骑着原上风,立马于一个高岗之上,由呼尔格、孙童儿及十余名军士护卫着,观察战局的变化。

勒克德浑也在睿亲王身边,他几次要冲出去参加战斗,都被睿亲王止住了。睿亲王的意思十分明确,要勒克德浑学习"万人敌"。

勒克德浑看到了战斗的全过程,战局发展到这样的一步,他的内心受到了极大的震撼。

岳托则杀入了阵中,他挥动两把大斧,左突右冲,所到之处,人头和肢体就像被削的萝卜缨子那样,纷纷落地。他看到一个将领打扮的人,便拍马向那人冲去。

此人正是吴阿衡。

黎明时分清军的突然攻击,打消了吴阿衡投降的计划。

清军进攻之后明军军士表现出来的异常英勇,令他十分惊愕。明军的这种表现,也令他惭愧不已。是他把这一万五千名可怜的士卒带入了如此绝境,他心中十分清楚,士卒们这是做临死前的拼杀。

岳托追过来了,吴阿衡受军士拼杀精神的感染,也英勇起来,但他毕竟不是岳托的对手。战不多时,他先是被岳托砍去左臂,随后,半个脑袋被劈了下来。

主帅的死并没有影响到军士们的斗志,所以,战斗仍旧激烈地进行着。

战斗于午时结束,明军全部被歼。

此役之后,岳托回师,并命杜度对密云发起攻击。

岳托集中火炮轰击南门,守军以为清军要从南门突破,把兵力大量集于南城。此后,清军在北城利用云梯强行攀登,最终攻入城中。守城的五千名士卒全部被歼,监军太监邓希诏自尽,吴国俊投井自杀。

至此,清军入关后军事行动的第一阶段宣告结束。

这几次战役的情况很快传遍京畿,在明朝各个阶层之中引起了巨大反响。

百姓的反应是复杂的。他们震惊、感叹,甚至幸灾乐祸:

"呀!呀!了得嘛,三处一共五万人马,统统被一勺儿烩了。可怕!可怕!"

"不会错,一个都没有跑掉。真是上天无路,入地无门。听说密云的总兵官一头钻到了井里,最终还是没有逃掉,硬是被拖出来砍掉了脑袋。"

"草包!草包!他们哪里是人家的对手?"

"也难怪,人家是三十万大军呢!"

"不错,人家人多。可打仗胜负不在人多人少——小周郎人不多,才三万兵马,还不是大败曹孟德的八十三万大军?咱们的将帅没用,什么吴国俊、什么吴阿衡,什么……把想得到的统统绑到一块儿好了,他们能够算计过人家睿王爷吗?"

"这倒是真的,白吃百姓的钱粮!"

"说起钱粮,听说那三处光粮食就让人家得了十万担呢。"

"不错,刚刚征齐的公粮一股脑儿全给人送了去。"

"可这样下去,咱们的皇爷怎么办呢?"

"怎么办?吃不了兜着走就是了。"

"他会怎么办,照坐他的龙位,苦的还不是我们百姓?今日出夫,明日纳粮。可他们吃饱喝足,不是一打仗就溜,就是跑不迭挨宰——养了一批废物!"

有的甚至说出这样的话来:"难怪西边会反呢!"

听这话说出口,大家听罢沉默了。

官员们的反应也是复杂的。就多数而言,是怕。尤其是京畿一带的地方官,怕得要命。外敌如此杀来,其势不可当,作为地方官首当其冲,战败、失地,那是情理之中的事。说不定,还会丢命。即使暂时保了命,战败、失地,到头来,皇上问罪,依然是死路一条。

京官的反应不同些,他们被战与和的问题困扰着——

"说什么来着,战,战,有多少人马搁得住人家杀戮?"

"杀掉我们这么多的人,还有什么款抚可言?"

"如何是好?"

崇祯的反应如何?他首先是不敢相信:"事先如何就一点信息都未得到?"

随后,他不得不承认事实,因此而暴怒:"废物!一下子丧我三万之众!"接下来是怨恨,"敌两路大军行进,关东各卫竟没有一处发觉!敌军进犯,我蓟辽之师竟如此不堪一击!"最后,又来了他怨恨时必有的口头禅,"误朕!误朕!"

但眼下的问题是如何是好?崇祯也不知道。他知道在对"东虏"的问题上,朝中大臣们存在不同见解。有主和者,有主战者。谁是谁非,他自己也拿不定主意,还是听一听两派的见解好了。

兵部尚书杨嗣昌是主和的,可主战的领袖却不在京城。主战的领袖是定大总督卢象升,崇祯已召他入朝议事,正在来京的路上。

十月初,多尔衮和岳托率军抵达通州。

清军离通州城二十里分三营扎寨,豪格在西,多尔衮在东南,岳托在东北,成掎角之势。

　　崇祯待不住了,忙令京城戒严,并分兵各处严守。危急之中,崇祯在平台召见大臣,共议却敌之策,说道:"东房复入,朕已有却敌之策。今召众卿廷议,听各家之言,以坚朕意。卿等不必顾忌,朕明谕言者无罪,汝等切畅所欲言,勿负朕意。"

　　作为皇上,既然自己已有定见,还有什么必要"听各家之言"?还宣称什么"畅所欲言"?须知,事先宣告自己已有定见,还召人廷议,那就意味着在考验臣下,故而绝对不会再有什么畅所欲言。

　　自然,这只是崇祯的一种说法。实际上,他并没有什么定见,但他这番话起的作用是消极的。

　　半天没有人讲话。

　　"兵部!"崇祯见无人吭声,便点兵部尚书杨嗣昌。

　　"臣在。"杨嗣昌应道。

　　崇祯问道:"清军再次入侵,来势凶猛,何以却敌?战呢,还是款呢?"

　　话说得很清楚,廷议却敌的范围是,以战却之,还是以和却之?杨嗣昌早有准备,回道:"臣以为,战可,款亦可。"

　　殿中发出微微的嗤笑之声。

　　崇祯本人也不高兴起来,道:"卿之说,可谓模棱两可!"

　　"臣非模棱两可。"杨嗣昌道,"夫战有战法,款有款术。战有战利,款有款弊,反之亦然。故曰战可,款亦可。"

　　崇祯又道:"可战、款相比,哪个利更大些?这是朕想知道的。"

　　杨嗣昌回道:"臣以为,战弊大而利寡,款弊寡而利大。"

　　崇祯道:"愿闻其详。"

　　杨嗣昌分析道:"是战是款,事决于大局,非见一隅可定。陛下圣明,听臣之见,行'四正六隅十面网'之策,西厢诸将奋力,节节胜利,破贼有期,可贼尚未剿尽。此时,东房进犯,东厢吃紧。我当如之何?两厢作战,腹背受敌,军之大忌,这是三岁孩童都知道的。为大局计,臣敢言款。因此说:战,利寡而弊多,得小而失大;款,利多而弊寡,得大而失少。"

　　"误国!"有人大叫道,这是卢象升的声音,"谬绝矣,杨大人之言也。款!款!

款!敌大军临城,气势汹汹,我大言款抚,岂不愧杀人也!杨大人道款利多得大,弊寡失少。多是多多?大是多大?寡得如何?少得怎样?可得一闻乎?"

杨嗣昌道:"现圣上召我等所议,是战是款——言战款何者为利,故勿从旁生枝,讲那些日后之事。"

卢象升道:"大人的话我就听不明白了,何言'日后之事'?'从旁生枝'又指什么?"

杨嗣昌道:"具体讲起得失利弊为日后之事,不说是战是和而说往后之事,是为生枝。"

卢象升听罢大笑道:"真是聪明过了头!这样的伎俩,孩童玩的把戏。言战言和,譬如架梁;言利言弊,譬如设柱。杨大人,你要架梁,就得有柱子撑着它;等问到什么样的柱子撑它,大人就说此后日之事也。试问,不讲明柱子的粗细,如何能定架梁的事?故而还问大人,款既有利,怎么一个款法儿?"

杨嗣昌道:"战和之策未定,怎能言及如何与款之事?"

大家看得清楚,无论如何,杨嗣昌是坚守一条线,绝对不会说出与敌和谈将具体失去什么的。

卢象升发怒了。当然,当着皇上的面,他是努力自控的:"大人!我为你感到羞耻!清军戮我三万之众,现又兵临城下,不与之战,以何脸面对中原父老?以何脸面对列祖列宗?再说,款,敌军应吗?他们长驱直入,五战皆捷,现大兵陈于京畿,我与言和,怕是送上整个大明江山,他们才可作罢的。公所言款之失小,试问欲向敌呈我大明江山吗?"

杨嗣昌待不住了,转而求崇祯道:"陛下,臣遵旨廷议,最终竟成祸国贼子,乞万岁做主。"

杨嗣昌对款敌所失的竭力回避,给了崇祯以极大启发。经过听取卢、杨两人的争辩,特别是看到杨嗣昌对款敌之失的回避,他才发觉,对于对敌如何一个款法,款的代价究竟是怎样的一类问题,他并没有认真思考过。他明白过来,自己心中所想的,或者说自己所熟悉的,还是战。卢象升分析得也不无道理。在当前,即使要款,敌军答不答应?要款抚成功,将是何种代价!给他们整个大明江山,卢象升是言重了。但代价总归是巨大的,因此是不可付出的。想到这里,崇祯发话了:"卿等无须再言。朕意已决,与敌绝无款抚可言。令众卿畅所欲言,故言和者无罪。"

崇祯转向卢象升,道:"卿主战,可有退敌之策吗?"

卢象升道:"退敌之策易制,然退敌之策难行。"

话中有话,崇祯心里明白,因此道:"有朕做主,谁可奈何!卿奏却敌之策。"

卢象升道:"往日敌军袭来,我领军者惧敌,不敢与战,名之曰'跟击',实为跟而不击。这样,敌军便可驰骋中原,如入无人之境,有不可一世、无可与敌之概。今陛下求一不怕敌之将,一改昔日战法,取围堵截击之策,即可却敌矣。敌来,旨在抢掠。截其进路,断其粮道,其势必衰;他们的饷供,来自就地劫夺。截其进路,断其粮道,其饷必竭。这样,敌必生乱,我军乘势而攻之,胜在我也。"

不错!不错!崇祯听罢觉得他自己就是这样想的。往日他就主张截击,是那些无德无才惧敌之将总是"跟击",从而断送了却敌大业!崇祯眼前一亮,他似乎看到了一片光明的前景,道:"卢卿听旨……"

卢象升急忙下跪接旨。

崇祯道:"将军请起。朕将大计托于将军……"

卢象升刚刚爬起,一听还得跪下。

崇祯接着说道:"朕命将军为破敌平虏大将军,领尚书衔,赐尚方剑。将军可便宜行事,有违将令者诛无赦。"

事情就这样决定了。崇祯急调辽东前锋总兵祖大寿率三万人马,卢象升率本部三万人马,山东总兵刘泽清率青州、登州、莱州共六万人马,天津总兵何其率两万人马,汇集京南,听从卢象升调遣,行截堵破敌之策。

另外,崇祯还有两项任命:命兵部尚书杨嗣昌为总协调,太监高起潜为监军。

这样的两项任命,并没有让人感到意外。杨嗣昌是兵部尚书,不好不用;高起潜一向是京—蓟—辽一带的监军,此次任用乃是惯例。

可就是这两项任命,已足以葬送卢象升的任何一种战法了,管它是跟击也好,截击也罢。

明军按照卢象升的命令在清军营帐以南驻扎,此时,高起潜到了大营。

杨嗣昌主和,尚有一点军事因素——他顾及西厢,怕与清军纠缠误了"四正六隅十面网"战略的实施,而不完全是惧敌;这高起潜则不然,他主和是为避免与清军战场上的较量,求得自身的安全。

作为太监,高起潜虽然势大,但无权参加廷议。当然,这丝毫不妨碍他对廷议施加影响,他也用不着担心不了解廷议的情况。廷议之前,他和杨嗣昌进行了多次密谈。廷议之后,他从杨嗣昌那边及时地掌握了廷议中发生的一切。之后,他们又在一起密谋了对付卢象升的办法,一谈就是一夜。

高起潜来到大营,就是要给卢象升出难题。他提出应该把明军的一部分驻扎于京城与清军之间。卢象升回道:"清军不会攻城,无须在京城与清军之间驻扎人马。"高起潜听罢问:"如若清军攻城,当待如何?"

卢象升耐着性子告诉高起潜:"就算清军攻城也是佯攻,不必理他。"

两人各持己见,相持之时,杨嗣昌来到了大营。他讲明了在京城和清军之间驻扎明军的必要,但没有与卢象升争论。看来,他并不求得说服对方。

晚间一起用饭时,高起潜再次提出了在京城和清军之间驻扎明军的问题。卢象升坚持己见,杨嗣昌自然是站在高起潜一边,但是,他的态度有些不同。卢象升听他们讲后问道:"高公公,我还不知您是主战,还是主和?"

高起潜道:"此事与战、和无关。"

卢象升道:"有关——即便无关,也请告公公的见解。"

高起潜回道:"我主和,但圣上已决定与战,我遵旨行事。"

卢象升又转向杨嗣昌:"我知道杨大人是主和的,公等主和,是惧战吗?"

两人回道:"为社稷,为圣上,死且不惧,焉何惧战?"

卢象升听罢笑道:"既如此,有一事当问吗?"

杨嗣昌道:"卢大人但讲无妨。"

卢象升道:"圣上已准吾之战法,公等将如何行事?"

杨嗣昌道:"公之战法圣上准奏,吾等全力以赴,助公功成名就。"

"公等美意,不胜感激之至!然……"卢象升欲说又止。

杨嗣昌问道:"大人有何难言之隐?你我虽政见不同,但同朝为臣,现同心行圣上所准破敌之策,有话不妨讲出来听听。"

卢象升仍笑而不语。

杨嗣昌续道:"再说,公有尚方剑,吾等敢不遵乎?吾日夜小心备至,等公持尚方剑加吾颈矣。"

卢象升听罢笑道："笑话！加公之颈！我心里明白，这尚方剑非吾之颈莫加焉。可我虽不以剑胁人，但必以权拥兵。所议京城与清营之间驻军事，勿复再言。"

卢象升说到做到，没有向那里派一兵一卒。

在此期间，乌格来到了清军大营。

这乌格是皇太极安插在京城的谍报人员。魏国征投降清军后，成了乌格手下的一名特殊谍报员。魏国征了解了杨嗣昌和卢象升的纷争、有关卢象升的任命和他的战法，以及崇祯调兵的情况，都一一汇报给了乌格。

睿亲王和岳托听罢乌格的报告后十分高兴。

睿亲王还吩咐乌格，今后除继续了解原定的情报外，还要注意了解明朝的民情民意，注意了解西边义军的情况。

乌格在大营待了一夜，返回北京。

且说明军的勤王人马，除祖大寿外，陆续到达。

清军进入京畿之后，皇太极即率军攻打锦州、宁远，牵制关东之明军。守卫锦州等地的祖大寿受到牵制，不能遵旨率军前来。

明军到齐后，按照卢象升的命令在清军大营以南二十里驻扎，监视清军动静。

清军已在通州驻扎数日，卢象升从多方面做了防范。但多日来并不见清军有新的动静，他越发感到诧异。

在探得崇祯要调集各路人马勤王、大军统归卢象升指挥的情报之后，睿亲王便召集众将谋划了对策，他首先问了勒克德浑的见解。

多日来，勒克德浑对睿亲王的作战风格已多有领悟，便道："对于卢象升的拦堵之策，有两种对付办法。一、是在明军尚未集中之前离开，使明军的战法落空；二、是等待明军集中然后摆脱。两种对策各有利弊。第一种对策对整个入袭战而言，前段容易而后段麻烦；第二种对策则恰恰相反，前一段麻烦而后一段容易。原因是，如实行第一种对策，明军尚未集中，溜之乎也，自然不难。然而，我军下一段的进军方向是河北的南部和山东。而明廷所调之军，多为那边的人马。这样，在我军南下之时，就要迎头与他们相撞，这对我军在那里的活动有极大妨碍。相反,第二种对策是摆脱集中的明军麻烦些。可一旦摆脱掉,往后的文章就容易做了。那时,明军被甩在后面,我军所到之处,不会再有强力抵抗。那样,我军就可自由驰骋了。故此,当以实行第二种对策为佳。"

睿亲王听了十分高兴,众将也同意勒克德浑的见解。

在京畿等候,清军的粮草供应不存在问题。他们在密云、蓟州等地缴获的粮食足够大军半月之需。明军集中之后,睿亲王开始实施摆脱之术。

按照睿亲王的命令,清军拔营北进,大军在安定门—德胜门一线停了下来。

但明军没有追来。于是,睿亲王决定实施调虎离山之策,猛烈攻城。

卢象升识破了清军的摆脱之计,没有追赶清军,而是拔营绕京南向西,在丰台—卢沟桥一线驻扎下来。

此时,杨嗣昌和高起潜又出现在明军大营,问清军在北城猛烈攻击,卢象升却在此按兵不动,是何道理。卢象升回答道:"清军攻城,城中自有防军守卫。我奉命对清军行堵截之策,在此拦截清军,未敢轻动。"

杨嗣昌和高起潜听罢并未多说,转身回京。

崇祯早就沉不住气了。清军攻城的隆隆炮声,皇宫之内清晰可闻。而那炮声一阵紧似一阵,他如何不慌?

"卢象升现在哪里?"他问监军高起潜和总协杨嗣昌。

"回皇上,卢象升率大军屯于京南。"高起潜回道。

"屯于京南?清军攻城于北隅,他却按兵于南郊!口口声声说别人怯敌,他自己倒是如何?"崇祯大惑不解,又转向杨嗣昌和高起潜责问,"他如此荒唐,尔等又干了些什么?"

是啊,他们是监军和总协呀!

高起潜道:"启奏皇爷,奴才数次去大营向卢大人言明其做法之不妥,并晓以利害。奈何卢大人执迷不悟,不但不听奴才言,反骂了奴才许多难以启口之言。"

火上浇油嘛,杨嗣昌也道:"他说什么要'稳坐''守株',骂臣'添乱''多事',是'乱臣贼子'。在通州驻扎时,臣即向卢大人提出,当在京城和清军之间驻军,以防清军攻城。但当时卢大人坚持己见,说不会向那里派出一兵一卒。问及如清军攻城当奈之何,卢大人言清军绝不会攻城;现清军在北门真的攻了城,卢大人又说,城中自有守城之军,他的使命是堵敌,故按兵不动。"

崇祯听罢龙颜大怒,立刻降旨令卢象升率全军北上却敌。

这回不再是杨嗣昌和高起潜"进言"了,而是携来了圣旨。

接到圣旨,卢象升将如何是好?

兵法上有一条原则,叫作将在外君命有所不受。但他就在京畿,与君近在咫尺。圣旨下达,他做不到不遵旨。因为只要他稍有怠慢,就会被从主帅的位置上撤下来。闹不好,还可能掉了脑袋。

总而言之,卢象升左右为难了一阵之后,奉旨率军北上。

从拔营至到达清军营侧扎营,不到半天工夫,当天是十月十五日。

在北上的路上,卢象升就在脑海里酝酿着一项计划。扎营之后,卢象升把几个要好的将领召在一起,进一步商讨计划的细节。

这时,高起潜又出现了,卢象升不好瞒他。于是,就请高起潜参加了计划的会商,他想在当晚对清军大营进行一次偷袭。

把卢象升弄到这里来,就是杨嗣昌和高起潜陷害的。可没想到,崇祯还继续用他。现在,卢象升不老实待着,又要偷袭什么敌营,这是高起潜难以接受的。

听到要偷营的讲述之后,高起潜的第一个反应就是阻挠:"可行吗?今日十月十五日,皓月当空,夜如白昼,我之动静,敌尽收眼底,何曰偷袭?"

卢象升听罢不语。

高起潜又道:"吾辈只听说过'李愬雪夜下蔡州',未闻'月夜袭敌营'者也!"

这时,卢象升说了一句:"公公少见,故多怪耳。"

因此,高起潜的目的未能达到。

当夜酉戌之交,卢象升选定七千人,马去铃环,悄悄接近清军营寨。到达清军寨栅之时,不见寨内动静。卢象升大喜,忙下令毁栅而入。明军走进去一看,方知清军营帐个个空荡——一座空营也。卢象升怕己中计,忙命大军撤退。但走不多远,仍不见清军踪影。卢象升狐疑,命大军停下。

四周仍无动静,卢象升命大军返回,向纵深徐进。这时他才发现,清军里边的营帐已被拆走。

卢象升大悟,知清军施金蝉脱壳之计,已拔营而去。只剩下了靠外的若干营帐,迷惑了明军。

卢象升立刻回军,并率本部两万人急促南下。他有所准备,故除偷营的七千人之外,其余一万多人早在营中待命。

不到两个时辰,卢象升的两万人马绕过京城,到达了通州地界。当时已是次日凌晨,卢象升急忙问当地百姓,可见清军动静。

百姓说昨日黄昏清军便路过此地,最后一批过去,也已然过去两三个时辰了。

卢象升听罢仰天愤然道:"天!天!天!你如此不公,何以为天!大凡朝争,每每佞臣得势。可叹也夫!可悲也夫!可恨也夫!"

放走清军,崇祯龙颜再次布满乌云,他从来不想自己会有什么毛病。

还算幸运,虽然卢象升丢了官,但保住了性命。崇祯撤掉了他破敌平房大将军和尚书的头衔,收回了尚方剑。

杨嗣昌被任命为平寇大将军,领旨率军南下追击敌人。卢象升统本部人马,作为大军右翼,听从杨嗣昌指挥。

明军易帅,在原地耽搁了一日。杨嗣昌接手后,与众将谋划破敌之策,又耽搁了一日。待明军拔营时,清军已经到达保定、河间、沧州一线。

回过头来再说清军摆脱明军之事。

明军一拔营北进,探马即将情报报与睿亲王。睿亲王立刻下令,清军自东向西依次悄悄拔营绕京东南下,只留靠近西边营栅的营帐,以迷惑明军。

这样,在卢象升率军北上到达清军大营时,清军已撤走半数之军。明军等到深夜偷营,清军早已全部撤走。

摆脱明军之后,清军五路南进,犹入无人之境。

南进之中,清军沿路张贴标语,散放传单,宣传清军的威武无敌,明廷的腐朽无能,意在给京南民间造成震撼,动摇明廷统治的基础。

有一则传单是这样写的:

清兵战明军,驱之如牛羊;

>　　知县闻风走,知州早扬长;
>　　可怜明黔首,没爹又没娘。

另一则写道:

>　　兵部尚书英雄汉,奉旨追敌追不忙。
>　　三十六计跟为上,不即不离最安详。
>　　头上乌纱千斤重,身上蟒袍万丈长。
>　　保官保命保家产,管你百姓凄惶惶!

还有一则是这样写的:

>　　崇祯坐朝气象新,糊涂故事说到今。
>　　文不任事情有原,武不杀敌事有因。
>　　忠良除务尽,佞臣用如亲。
>　　可怜百姓事,谁为久上心?

　　清军的这些做法起到了预期的效果。清军之威武和厉害,百姓深有体会自不待说,百姓对明廷的怨恨和不满情绪也大大被激发了起来——
　　"说得不假,他们就会溜——咱们成了没娘的孩子。"
　　"他们这个样,皇上就不知道吗?"
　　"皇上?他如何会不知道?他有法儿治他们吗?"
　　"不也杀了不少吗?"
　　"杀归杀,那些当官的照样不给他干。"
　　"不错。你说,这是怎么回事呢?"
　　"柿子烂透了!就这么回事。"
　　"不错。小纸片儿上都说了,根儿在哪里?在坐朝的。看来,人家倒比咱们看得明白些。"
　　"咋办?"

"咋办？你说咋办？"

此时此刻，大家的脑海里闪现的，全是江南、河南、川陕等地义军蜂起的景象。

到达保定、河间、沧州一线之后，清军停了下来。睿亲王决定在此再打上一仗，彻底动摇明军的军心，使他们闻风丧胆，不敢与战，给清军一个更加自由的空间。

这一仗，睿亲王决定由豪格来打，并派勒克德浑跟随他行动。睿亲王将豪格召到营中，向他布置了破敌方略。

豪格回营后，按睿亲王的部署，将人马横向摆开，挥动大军南下，把百姓向南驱赶，使他们进入定州城内。

从保定地界到定州城下，清军用了将近一天的工夫。这一行动达到了效果，十余万百姓涌进了定州城中。

豪格大军在驱赶百姓途中，左翼路过高阳县，为争取时间，清军没有攻县城的打算。

这高阳县城住着明廷的一位大人物——孙承宗。天启二年孙承宗任兵部尚书兼东阁大学士，多年在辽东与清军作战。后晋太子太保、左柱国、太子太师、中极殿大学士，天启五年致仕。崇祯二年复出任原职，又赴辽东作战，当年致仕。这次清军入侵南下过高阳，他组织了上千名的乡勇，与官兵一起保卫县城。

清军没有攻城，城里人老实待着，井水不犯河水，等清军过去，也就相安无事了。不知道是谁出于什么动机，向清军开了一炮，清军死伤数十人。

这一下子惹了祸。县城很快被攻破，清军为了报复屠城，全城军民几千人统统被杀，孙承宗被俘。清军知道孙承宗的身份后，逼迫他投降。孙承宗哪里肯降？他向北跪伏，行了三叩九拜礼，后趁看管军士不留神，一头撞死在门环之上。

再说清军将定州城围住，故意留下西北一条通道，百姓虽不敢出，但官军可派人偷偷出城。

围城不到一日，城中果然派出了求救人员。

此时明军已到保定北部驻扎，杨嗣昌等人听求救人员讲述情况之后大惊失色。卢象升是定大总督,由他领兵前往,也是天经地义的。杨嗣昌下令由卢象升率本部三万人马急速发兵,往解定州之围。自己的父老乡亲有难,卢象升不敢怠慢,急促领兵南下。

睿亲王打探到明军这一情报之后,立即将阿巴泰的三万人马拨给豪格调遣。

一场激烈的伏击战在望都与清风店之间的地面上展开。

豪格对平原伏击战有自己的一套打法。拦腰突破,这与一般的平原伏击没有什么区别。但豪格的拦腰突破,不是从两面实施,而是从一面突入。

对于遭受伏击,卢象升想到了没有呢?

当然想到了。出发前,就反伏击之事,他还向众将做了布置。行进中,卢象升在队伍的前部,总兵虎大威和杨国柱在队伍的后部。明军中部被突袭时,前后两部分各自按照卢象升、虎大威和杨国柱的命令,向垓心收缩集中,以便形成抵御突袭的有效队形。但是,在清军的强大攻势下,收缩中的明军很难集中起来。军士们被分割,这注定了结局的不妙。卢象升知道清军善战。但他看到战场的实际情况后,觉得自己对清军的战斗力是大大低估了。

他预感到明军将会失败,随后产生了悲愤、无奈之情。

是佞臣贼子断送了这三万好儿郎,是他卢象升无能断送了这三万好儿郎,是……他想到了崇祯。是皇上,断送了这三万好儿郎。

他奋力拼杀着。

后部的两位总兵同样无法把队伍集中起来,他们看到了处境的极端危险。他们无法与卢象升联系,两人商定,由杨国柱杀出重围,去向杨嗣昌求救。

杨国柱武艺高强,杀出了重围,他拼命奔向杨嗣昌大营。

杨嗣昌得报之后命杨国柱到后帐歇息,答应即刻派兵救援。

杨国柱哪里能歇息?听杨嗣昌答应出援十分高兴,随后立即出帐上马急驰返回。

卢象升遇伏的可能性杨嗣昌早就想到了,他已料定卢象升此去凶多吉少,但杨嗣昌不能不派人前往援救。然而,急救不易,拖延不难。他慢吞吞点了兵,慢吞吞点了将。而所点之将自然对他的意图心领神会,于是又慢吞吞出发,慢吞吞行军。

援军走不多远,又碰上了拦截的清军——睿亲王料到明军大营必派出援军,早已在此设下一支人马——这正是援军所期待的。

当然,即使动作快也来不及了。杨国柱快马急驰,刚到半路,天就下起大雪来。这是入冬之后的第一场雪,杨国柱的心中突然产生了不祥的感觉,越接近战场,这种感觉越是强烈。

当他到达战场时,眼前的情景让他惊呆了。

战斗已经结束,大雪掩盖了将士们的尸体。只有被血染红了的积雪,表明此处曾经进行过残酷厮杀。

杨国柱是先到后部,他扒开许多尸体上的积雪,找到了虎大威的尸体。

他含着冰冷的泪水,到了队伍的前部。

他一连扒了几十具尸体,都没有找到卢象升。当时,他的眼前一亮,难道总督走脱了?

卢象升并没有走脱,他根本就没有打算走。他早已下定决心,与大明的将士们一起,战斗到最后。

他不是最后一个死的,他被杀死之后,明军将士还在与清军厮杀着。

当他倒下去喘完最后一口气的那一刹那,天开始下雪。很快,他的尸体之上就盖匀了厚厚一层洁净的白雪。

明军的三万人马全部被歼。

其实这一仗清军打胜并不容易。而且,从某种意义上还可以说,清军打得十分艰难。甚至还可以说,照清军这次用兵之法,打胜这一仗实属侥幸。

这并不是由于明军在此次战斗中表现得特别英勇顽强,也不是总体战略存在问题,这主要是豪格在用兵上出现了偏差。

出征一开始,豪格就不满起来。岳托被任命为大将军,统领右翼军,他弄了个副职,因此,他对皇太极不满。进入中原之后,他越发地不满了。别人都立了战功,他没有被派上重要用场,因此对睿亲王不满。

这次,睿亲王命他打这一仗,他暗下决心,一定打出个样儿来,叫人看一看。当探知明军出动三万人马前来救援时,为保证伏击援军时全歼敌军,睿亲王把阿巴泰的三万人马统归豪格调遣。但豪格没有调用阿巴泰的一兵一卒,他要用自家的人马创造奇迹。这样,他用了两万七千人去与卢象升的三万人马厮杀，因为他还得留下三千人围城。

在一旁的勒克德浑晓得睿亲王的安排，他见豪格不用阿巴泰之军，大为震惊，遂提出了异议。豪格哪里会把勒克德浑放在眼里？说了句"我自有道理"便堵住了勒克德浑的嘴。

勒克德浑虽然感到事情不妙，但还是被豪格催促着投入了战斗。

虽说，豪格侥幸地打胜了这一仗，但清军为此也付出了惨重的代价，伤亡八千余人，豪格本人也受了伤。

死伤如此之多，自己又挨了一箭，他气恼异常，遂领人马向定州进发。

他要屠城。

勒克德浑正在后悔之前没有阻止豪格孤军出击，现听到豪格要屠城，就派人急报了睿亲王。

当睿亲王接到战报知死伤了这么多人时，勃然大怒。又听豪格要去屠城，大惊失色，急忙奔向定州等待豪格。

豪格大军到后，睿亲王亲自到豪格军中慰问。说豪格一举全歼明军三万，立了头功。经几日奔波，又经苦战，人马应当好生歇息。他已在河间大营备妥酒宴，要犒赏参战之军。此处剩下的事情，可由阿巴泰完成。

豪格一肚子气还没有出来，但听睿亲王如此说，只好率军快快而去。

阿巴泰忠诚地执行了睿亲王的处置方略，他命城中派人出来谈判，最终双方谈妥：一、清军不攻城，也不进城；二、城中守军自行解散，军士各自回家；三、城中原有居民照常生活，进入城中的难民去留自行决定；四、卢象升家属可到战场收尸，将卢象升葬于祖坟；五、城中派出一万名壮丁，由清军供应食品，到战场掩埋尸体。

五天之后，在原战场出现一片坟地。军士们的尸体被就地埋葬，双方的坟墓混在了一起。在卢象升战死的地方建起一座不大的祠堂，名曰卢公祠。内有一块石碑，上写"明都督卢公象升殉焉"。

第六章　掉以轻心，岳托命丧济南城

定州的截击战在明军之中引起巨大恐慌。

此前，大学士刘宇亮在明军南下时即向崇祯提出要南下视师。有人主动请缨，崇祯欣然允诺，并亲自给刘宇亮饯行。可能他自己所想要做的是阅师而不是视师，于是崇祯饯行时，刘宇亮改说自己是要阅师。

崇祯不悦，但任他去了。

这刘宇亮行至保定北，正好传来卢象升被歼的消息。当刘宇亮途中听到这一可怕消息时，竟然吓得跌下马来。众人重新把他扶上马，刘宇亮急急奔向杨嗣昌大营。到达后，他依然惊魂未定，几天少食少饮，躲在后帐，连"阅师"都不能了。

明军各部闻风丧胆，没有哪支明军再想与清军战上一场。

休息两日后，清军仍按原来的五路人马南进。

豪格军为西路，目标是正定、赵州、顺德；睿亲王与阿巴泰军为中路，目标是深州、冀州和东昌；岳托和杜度组成的东路，目标是德州和济南。

五路大军进军顺利，没有遇到任何实质抵抗。

东路大军进入山东地界后，越过了封冻的大运河。河面上冰结得很厚，也许是为了捕鱼，也许是为了取水，平平的冰面上，隔不很远便有被凿开的巨大冰窟窿。

岳托过河后，立马在岸边，督促后续人马过河前进。

队伍中押解着大批的俘虏。当一群男女俘虏过河时，突然，一名少妇一头栽入一个冰窟窿之中。就在这名少妇投河的那一刹那,俘虏中的一名少女急喊了一声"夫人",并紧赶几步要跳入水中搭救。

"夫人"这一称谓立即引起了岳托的注意,他忙命军士下水救起那投河的少妇,又命人将那个呼叫"夫人"、欲跳入水中的少女带到岸上的一僻静处,给落水者换衣服。

之后,少妇和那少女被带到岳托马前。

岳托用蹩脚的汉语问道:"你们是什么人?"

那少妇扭过头去,拒绝回答。

岳托见状,遂以马鞭指着那少女道:"你来说!"

那少女看了那少妇一眼,犹豫起来。

这时,在旁一名清军参将怒对二人道:"尔等休得无理。此乃我征明右路军主帅,大清王爷。问起话来,尔等敢不回答吗?"

这参将并没有意识到自己讲的是满语,对方是听不懂半个字的。

见那少妇少女二人仍不回话,这参将大怒,举起手中的马鞭就要打下去,岳托制止了他。这时,一名随军笔帖式将参将的话翻译成了汉语。

那少女听后,立即跪在岳托马前回道:"我等是……"

这时,那少妇转过身来,厉声对那少女道:"休得与他们唠叨!时至今日,一死而已。"

那盛怒不止的参将命笔帖式将少妇的话翻成满语。一听此言,参将道:"要死还不容易!"遂拔出剑来。

那少女一见,忙磕头道:"我等是景州人氏,这是我家少奶奶……"

笔帖式做了翻译,参将听了,怒斥道:"这里没有什么'少奶奶'!"

岳托又制止了他,对那少女道:"说下去,她为何要跳河?"

那少女回道:"少奶奶有病,受不了连日的辛苦……"

岳托又问:"你们家是干什么的?"

那少女回道:"少奶奶家世代良民……"

"种田的?"

那少女回道:"种田的。"

听到这里,岳托想,如此一个如花似玉的娇娘,又有寻死、拒答种种非常表现,怎会是种田人家中之"少奶奶"?但此时难以弄出个究竟。于是,他命军士对她们好生守护、照料,打算日后再说。

到达济南后,岳托和杜度的七万大军将济南城团团围住。恰在此时,清军之中闹起了天花,岳托和玛占均被传染。对满人来说,出痘是一种要命的病。岳托染病后,全军上下都紧张起来。这时,俘虏中有一名自称梁闲生的汉族郎中出了头。

在这名郎中的医护之下,岳托和玛占出痘十分顺利,没有出现任何问题。其他得病人员也得到了医治,传染得到了控制。

解决济南的问题,岳托手中有了两张牌。

一张是孔有德给巡抚颜继祖的信。孔有德曾在山东为官,与颜继祖是故交。此次清军入袭,预定攻进山东,孔有德致信劝降。此信原在睿亲王之手,岳托围济南,睿亲王遂将信交与岳托。

岳托还有另外一张牌。

一日,岳托在营中设宴。他所宴请的,是给他和玛占等医好病的梁老先生及其老伴。另外,还有过大运河时投河被救起的那位少妇以及那位少女。

少妇和少女是被告知要放她们回家,才肯到岳托大帐来的。梁老先生及其老伴先到,当少妇和少女在大帐门口出现的时候,双方都愣了一阵。

众人坐定后,岳托道:"本帅今日设宴,是为梁老先生及夫人,"说着,又手指那位少妇道,"还有这位少夫人及其仆人钱行……"听到这里,梁老先生及其老伴愣了一阵。

岳托继续道:"你们都可以回家了。"

"谢大帅宽恩。"这时,梁老先生及其老伴,少妇和少女才离开座位,纷纷跪倒在地。

岳托让众人起身复座,又道:"梁老先生有惠于我军,有恩于本帅,我等终生不忘。你们困于我军,我们相识,按你们汉人的说法,是一种缘分。今要送你们回家,虽不舍,但终归是要做的。"说着,他问那少妇,"夫人的家是……"

那少妇看了席间少女一眼,回道:"景州。"

岳托问道:"种田的?"

少妇回道:"种田的。"

岳托听罢笑了笑,又对梁老先生道:"先生的家是……"

梁老先生回道:"亦是景州。"

岳托问道:"行医的?"

梁老先生回道:"行医的。"

岳托听罢又笑了笑,问:"你们并不认识?"

四人齐声回道:"并不认识。"

岳托听罢又笑,问:"我说一人你们可认得?"

"什么人?"

岳托道:"山东巡抚颜继祖。"

四人听罢,吓得魂不附体。但那少妇并未表现失常,遂道:"并不认识。"

岳托听罢又笑了一阵,遂向站在帐门口的军士做了一个手势。不多时,有两个身穿明军服装的人被领进帐来,岳托对四人道:"这两个人你们可认得?"

那两个人向少妇这边走了两步,然后跪倒在地,道:"小的给夫人请安。"后转向梁老先生及其老伴,道,"给员外、老夫人请安。"

四人见状,越发地呆了。

岳托见状,对那两人道:"退下吧。"

梁老先生及其夫人和那少女三人赶快离座跪在地上,道:"请大帅饶恕我等隐瞒之罪……"

那少妇却依然坐在那里,表露出视死如归的样子。三人见那少妇如此,焦急万分,个个一时不知所措。

岳托笑罢,离座将梁老先生及其夫人搀起扶到座位上,又示意让那少女起身复位,对依然不动声色的少妇道:"夫人不必如此,本帅绝无歹意。方才是不得已而为之。我有话带给巡抚大人,不如此,你们焉能承认自家的真实身份?你们不承认自家的真实身份,我等又焉肯放你们回去带话给巡抚大人?"说着,即让有司取过两封信,对那少妇道,"此为巡抚故人、大清怀顺王孔有德给巡抚大人的书信,此为本帅致巡抚大人的书信。席后,请诸位略做收拾,即可携书上路了。"

这回四人心里皆一块石头落了地,那少妇大喜,遂离席下拜道:"谢将军宽恩,放我全家回去,另谢将军救命之恩。小妇不明将军深意,多有得罪。将军海量,令人敬佩。此番回去,实情告于巡抚,谅巡抚必以其行利将军。"

岳托听罢大喜。

原来,这少妇姓逢,名春风,是大名鼎鼎的山东巡抚颜继祖之爱妾,娘家在景州。数日前,逢春风之母病重,逢春风思母心切,不顾清军南下,去了景州。

颜继祖自然放心不下,派了一队人马随行保护。清军来势很急,逢春风到了不几日,清军就到了景州地面。逢春风闻讯大惊,遂带着重病的母亲和父亲及其一家,在护卫官兵的护卫下逃奔济南。但走了不远,护卫官兵即被清军前头打散,有两名军士做了清军的俘虏。逢春风等一家被清军擒获。逢春风早就听说,中原汉民被清军俘虏带到关外,将终生做奴。她此次景州之行,颜继祖劝过多次,但她执意成行。被俘后,她后悔莫及。她又想到,自己是巡抚之妾,一旦身份被清军查明,必死无疑。与其被俘受辱受罪,不如一死了事,遂生寻死之念。

投河被救后,见清军对自己并无加害之意,当清军营中出现天花时,特别见到岳托染病,便与父亲暗中商定,由其父出面给岳托等人看病。她们想给岳托等人看好了病,或许会有出头之日。

这逢老先生不但给岳托、玛占等人看好了病,而且给清军多人看好了病,还使天花得以控制。于是在军营之中,一时名声大振,被称作神医。

人一出名,就会招祸福。捉俘逢老先生一家的清军军士知道岳托正在打听逢春风的身份,便找到了曾护送逢春风一家被他们俘虏了的那两名明军军士。如此这般,岳托便知道了逢春风的真实身份。

颜继祖被困于济南城中,焦虑万分。

这颜继祖字宗溪,号山溪,四十岁不到,已任山东巡抚多年。与济南南山济清观道长山芹、千佛山千佛寺住持山空,合称释道儒"三山",名冠齐鲁。

这一日,他正在堂中与下属会商却敌之策,一参将进门急报道:"大人,一彪清军送逢夫人及家人至西门之外。清军喊话,要大人亲自去接。"

前几日,颜继祖派出护送逢春风被清军击散的几个明军军士逃回,向他报告了逢春风等被清军俘虏的消息,他万分悲痛。为了不使逢春风终身为奴,他正打算托人给好友、已经降清被封为王的孔有德带信,请他务必搭救逢春风。

但近来兵荒马乱,颜继祖实难找到投书之人。正在为此焦虑,不想清军将逢春风送了回来。

颜继祖又喜又惊,遂出厅上马,直奔西门而去。上到城楼,颜继祖看到百步之外,果有一彪人马,大约百人,军前有两辆马车。

大概那边看到了颜继祖,只见从车上下来四人。颜继祖看去,果是逢春风等人。随后,逢春风等步行向这边走来。颜继祖竭力控制内心的激动,注意观察清军的动静。

清军并无后继人马,而那百名清军此时也退走了。

颜继祖断定清军无诈,便下了城楼,上马出城向逢春风等人奔去。

逢春风等被放回,颜继祖自然喜出望外。但是,他的心情并未感到丝毫轻松。

当晚,颜继祖打开岳托的那封信。信是用汉文写的,字迹工整,文句通顺,遣词造句很有讲究——

巡抚颜大人惠鉴:

我大清二十万众,伐明逆无道,毁墙而入,袭京畿,过河北,下山东,所向披靡。军至齐鲁,天降不幸。我等生痘,疾染大营。然天不绝我,滋吾高手。前路遇巡抚泰山,扁鹊、华佗莫及也。彼手到病除,吾等复康——天降不幸天复佑之;另又与尊夫人识。凡此种种,非缘而何?

有恩图报,有惠思复,仁人之道也。然吾负圣命,未敢轻负。是故兵趋贵府府城而围之。今日之事,军情形势,昭然若日月经天。吾致书大人,望早做良图。

大清扬武大将军、征明右路军主帅、成亲王　爱新觉罗·岳托

颜继祖又打开孔有德给他的信——

继祖仁兄钧鉴:

齐鲁一别,数载飞过。你我兄弟,天各一方。每思携手阡陌,息息相通,谈古论今,觉无用武之处,无知遇之人,常有英雄失意之叹,如在昨

日。时日悠悠,瞬过数年。每每思之,似往又今,好不令人怆痛也。

弟附大清,初为势迫。及至,始喜出望外,实侥幸之事也。

兄必知也,弟已封王——王者,朝中高位,国史悠悠数千载,其数不过百千。故在明,你我兄弟虽怀天胆而未尝欲得之者。兄德高弟之不及,才盈弟之难比。然兄久困涸辙,步履坎坷,实实令人大有枳桔之慨矣!明廷腐朽,毛难存焉;大清政治清明,君贤臣能,实良鸟所择之木,良臣所择之主也……

看着看着,颜继祖不觉有了睡意……

他心想,吾意虽决,然如此大事,何不去济清观一趟,请好友山芹参斟之后再行酌定?

一路之上,他飘飘忽忽,不多时便到了济清观观门。道童慧颖正拿了一把扫帚在清扫地面,他听有人来,抬头向这边看了一眼,又扭过头自去扫地。颜继祖喊了一声:"慧颖,老爷在此,焉何如此无礼?"

那慧颖扭过头来,依然是满脸的冷漠,并道:"老爷在彼,小道在此,各守一土,各行一道,又有什么有礼无礼的?"

颜继祖听罢,觉得好生奇怪。往日来,这慧颖远远地便认出了我,并迎上来,亲近得不得了。今日却不但与我生分如此,还向我谈起禅来,是何道理?

颜继祖不想与他认真,遂问:"师父在哪里?"

慧颖答道:"山有基,树有根。云飘九际,人行四海。今日嬴秦,明日刘汉。依此动静之道,世态之变,师父行止,我怎会晓得?"

颜继祖见慧颖如此,不再理他,径直到观内去找济清道长。

这济清观颜继祖是经常来的,院落本应很熟,可此次入观后他感到经过的院落、庙宇似熟非熟,路段亦觉模糊起来,好在他最终还是找到了济清道长常待的"松斋"。

入院后,颜继祖唤了一声"山芹",内里不见有什么动静。颜继祖疑惑道:"难道不在吗?"

平日,济清道长是待在松斋东斋的。颜继祖径直进了屋,见济清道长在里边,正在地上一个蒲团上打坐。

颜继祖见状不悦,道:"入境如此,入境如此。慢说迎我,连应我一声都不得了。"

这时,济清道长才转过身来,道:"应与不应,一息之差,又何必计较如此!"说着下了蒲团,问,"不在府中做你的官,深更半夜进观做甚？"

颜继祖听罢感到不是滋味,道:"今天却是为何？到观后,第一个碰到的是门首的慧颖变怪;到了你这里,又是一脸冰霜,半腔怨调。我做了怎样大逆不道之事,叫你们如此这般？何苦来哉！"

济清道长不语。

颜继祖又道:"你又不语。《诗》曰:'伐木丁丁,鸟鸣嘤嘤。出自幽谷,迁于乔木。嘤其鸣矣,求其友声。相彼鸟矣,犹求友声。矧伊人矣,不求友生。'鸟有警惧,尚眷其友,知不弃之道,况人乎？山芹不闻:'自天子至于庶人,未有不须友以成者。亲亲以睦,有贤不弃。'我怀诚而来,求心心相印之友,无乃得拒乎？常言道……"

济清道长这时打断颜继祖道:"自家不诚,反唠叨如此,怨天尤人,又有何益？"

颜继祖不平道:"'自家不诚',山芹是何所指？"

"其事已决,然你道事尚未决,何以言诚？"

颜继祖听罢道:"事实未决,故来求见。"

济清道长遂道:"你说未决,我说已决,又何言心心相印？"

颜继祖心中恍惚,似觉气馁,一时无言,等了片刻才道:"事关重大,致使难达心心相印。事实未决,此吾心知之。吾心诚如山,外力难撼也。吾夜来求教,山芹竟不告一言吗？"

济清道长停了片刻,道:"事关重大,山芹已失断决之慧。幸好今有一真人驻观,此刻山空正在陪他,或可指点迷津。"

颜继祖听罢大喜,道:"天佑继祖,现在可去拜访吗？但山空前日已去五台山做佛事,现今如何也在这里？"

济清道长并不回答山空之事,道:"你可在此稍候片刻,我去看看真人愿不愿出见。"

济清道长去了,颜继祖独自一人留在室内等待。室内比往日多了一案,案上放满了经卷。颜继祖走至案前拿起一卷,发现是《太平洞极经》。这《太平洞极经》不是失传了吗,这里为何有此宝卷?他也顾不了许多,遂打开翻阅。翻时,他发现卷内夹一小笺,那上面写有一首诗,是济清道长的笔迹,诗曰:

> 春梦无痕秋鸿过,风樯阵马雪车来。
> 东劳西燕两不见,去住两难愤难排。
> 厉世摩钝巡抚困,冰肌玉骨完璧来。
> 西林责言咎犹偿,来者可追是清白。

  颜继祖看出这是一首藏头诗,每句第一字相连为——春风东去,厉冰西来,乃"春风冬去,厉兵袭来"的谐音。他既感到高兴,又感到诧异。高兴的是,山芹表面上对他的来访表示淡漠,实际上对他的事却十分关心。诧异的是,由于时间急迫,他并未把逢春风归来的事告诉给济清道长。可从诗中看,济清道长对事情的来龙去脉以及对他的苦衷却了解得如此清楚准确,真是令人不解。
  正在这时,济清道长和山空一起来了。颜继祖手里还拿着那小笺,忙问:"如何?"
  济清道长道:"无缘相见。"
  颜继祖甚是懊丧,手中的那小笺也一时被他忘掉了。
  济清道长道:"他虽不见,但放了一个指头出来。"
  颜继祖明白这是济清道长的常用语,转而喜曰:"他指点何处呢?"
  济清道长回道:"指向南瀛。"
  颜继祖不解。
  济清道长深深地叹了一口气,道:"看真人那深邃的目光,看他指示之时长久不放下的那只手臂,我二人商定,只有由山空陪你去一趟了。"
  颜继祖听罢大喜,他跟山空出观,于路之上,又是飘飘忽忽,似醒似睡。
  不多时来到一处,但见茂林修竹,溪水潺潺,鸟鸣兽嬉,蝶舞蜂飞,透出一股仙气。
  再往前行,一山挡路。再看那山,山势巍峨,云雾缭绕,奇石峥嵘,草木怪异。在一石上,写着一组大字,看时,并不识得。山空在前领路,绕过山去,又是一派光景。先是看到一池一望无际的清水,水中绽放着万朵的白莲,碧绿的莲叶接天映日。微风吹过,莲瓣轻轻地颤动着,阵阵清香传来。再往远方望去,却见缥缥缈缈,似有许多琼楼玉宇,层层叠叠,忽隐忽现。绕过一片密林,原来的景象全然消失,一片大海出现在眼前。岸边有一石壁,上面勒有两组大字,颜继祖看去依然认它不得。

绕过石壁,山空手指石壁背面。颜继祖看去,见上面勒有诗文。这次诗文是汉字勒就的,其文曰:

妙法从来净六根,善缘终可化元真。
观空观色都无觉,音若能闻总去寻。

颜继祖知道这首诗的故事,心中暗想:难道山空是领我见大士吗?
山空催他前行,他们又往前走。
但见陆上宝树参天,绿竹匝地,珍禽翻飞,异兽嬉戏。海中碧涛千顷,仙雾缭绕。看这景象,颜继祖觉得似曾相识,像在哪里见过。
正在疑惑之际,忽见万道金光自海面升起,使人不敢直视。金光过后,徐徐响起仙乐之声,但见金光升起之处,涌出一巨大莲苞。随后,那莲苞越升越高,且边升边绽。等莲瓣绽开之后,便有观音的仙身现于莲花之中。
颜继祖看时,心中顿起杂念:呀,人道倾城倾国,我在人间已历近四十载,却从未领略,今日……
正胡思乱想时,山空已拜了下去。颜继祖遂急忙收念,也跟着跪下。
只听山空道:"小徒……"
此时,听那边传来仙声,打断山空的话:"无须赘述,汝等来意吾已知晓。然天意不可违,天机不可泄。本可不告片言只语,奈何汝等千里而来,不可空手而归。"说着,便对身旁道,"慧使……"
这时,颜继祖不觉一愣。原来,他的爱妾逢春风小字就唤"慧使"。之后,就听大士道:"你把那张小笺拿来,送与巡抚。"
颜继祖暗暗抬头,就见从莲座之后走出一人。细看时,不由得大吃一惊。这被大士传唤向这边走来的,竟是逢春风。

等慧使走近，颜继祖问道："春风，你怎么会在这里？"

来者并不理会颜继祖的问话，看上去像是没有听到。见此光景，颜继祖又重复问了一句："春风，你怎么会在这里？"

来人这次有了回话："我是慧使，并不知春风是何许人也。巡抚无须多言，自接书笺便了。"说着，将那小笺递了过来。

颜继祖心中疑惑，接过小笺。

原来，小笺之上是一首诗。他迅速溜了一眼，刚看清了第一句，就传来大士的仙声："欲知其详，巡抚带回细观便了。"

颜继祖将那小笺捏在手中，忽又想起来时手中捏着的济清道长那张小笺，看时已不在手中。正疑惑之际，眼前一道闪电，接着一声响雷，随后景象全无——原来，是南柯一梦。

醒后，颜继祖下意识地提起手来，看了看，意思是瞧瞧那梦中紧紧捏住的小笺是否还在自己的手中。这一动作做罢，他自觉荒唐，遂讪笑了一阵。但随后，这离奇的梦引起了他的深思。他苦思冥想，想回忆起观音给的那诗的内容，那好像也是一首藏头诗。第一句他记住了，是"降龙伏虎是伊家"。其他的句子没有来得及读，各句的第一字，当时曾有些印象，但现在无论如何也不能想起了。他正为此而感到遗憾时，就听身边嗡嗡一声："降清封王，去路茫茫。"

颜继祖大惊失色，这不就是那诗诸句第一字的连句嘛！不错，不错，这下他很清楚地记起了。

与此同时，他也越发地怕起来。是天……他疑惑着抬起头来，看那声音究竟来自何方。只见鹦鹉笼子挂在那里，笼中的鹦鹉正在缓缓地跳着。哦，原来是鹦鹉在叫。他心中稍安。但转念一想，不对，这鹦鹉如何学得我梦中之语？

就在此时，家人报告，说济清道长来访，颜继祖急忙迎了出去。

进堂后，没等颜继祖说什么，济清道长劈头就道："我在观中北望，见红光自城中冲天而起，直干东北之域——此凶象也，府城恐有兵血之灾。故连夜前来，问宗溪城防御敌之策。"

颜继祖听罢不觉心惊，忙道："清军有数万人马在城下驻扎，城西不远处还有几万人马。济南城中守军不足一万，城中除原有八万居民外，还有六七万被赶入城中的难民。我方援军远在东北百里的高唐地界……"

之后，他又把逢春风之事向济清道长做了说明，说岳托逼他投降，孔有德亦有劝降信到。

他拿出信来递与济清道长。济清道长看罢沉思片刻道："事急矣。眼下别无他途，只有两条路好走：一、是效高阳方式，被清军屠城；二、是效定州方式，与清军谈判，军士投降或遣散，给百姓一条生路。"

颜继祖沉吟过后，把自己的难处向济清道长做了说明，然后，又把自己刚刚做的梦一五一十地讲给了济清道长。

济清道长听后暗惊，表面上却平静如水，淡淡地说道："此梦足见宗溪意决之难，但不必把它放在心上。宗溪究竟打算做何决断呢？"

颜继祖道："山芹知我。城中十万生灵是我第一要考虑的，倘可保全之，我即被打入地狱也是无憾的。"

济清道长听罢道："既如此，城中百姓兵血之灾或可幸免。"

颜继祖稍感平静，道："以山芹之见，清方可允我行定州方式吗？"

济清道长道："诸多迹象表明，我行定州方式亦清方之愿。现且看我方能否照此行事。"

颜继祖道："吾意既决，谅事可成。"

济清道长道："如此有一事必做！"

颜继祖忙问："何事？"

济清道长道："除掉吴国俿！"

颜继祖听罢想了片刻，道："此吾何忍？"

济清道长道："事关十万黎民祸福，断不容行妇人之仁。"

颜继祖又道："虽然，容吾再思。"

济清道长有些着急，道："事重且急，必早做决断。"

颜继祖一时无语。

济清道长越发着急，道："宗溪不忍亲做决定，此事就交由山芹来做好了。"

颜继祖沉思半晌，道："既如此，你我共同策办便了。"

济清道长听罢大喜，遂对颜继祖道："此事刻不容缓。"

颜继祖依计而行，唤来一护府军士吩咐道："你速到吴府见吴大人，说济清道长在此，请他立即来府中议事。"

军士应声去了。

这吴国俫不是别人,乃蓟辽总督吴阿衡之侄、密云总兵吴国俊之弟,现为山东副总兵。自总兵刘泽清奉旨率山东兵马北上后,吴国俫即握有济南兵权。济清道长担心吴国俫心怀旧怨,妨碍与清军谈判,酿成后患。济清道长无法忘记他所看到的那道道红光,认定这吴国俫就是凶象的酿造者,所以必欲除之。

且说吴国俫亦为清军大兵压境而焦虑不堪。夜已深,但仍无睡意。正在思虑之际,忽报巡抚有请。他叫过来人,知济清道长在,遂无半点疑心,整装出府朝巡抚衙门而来。

刚进巡抚衙门,突然从四方涌上十余名武士,不由分说便将他绑了起来。吴国俫正不知何故,只见院中闪出济清道长的身影,遂大喊道:"山芹救我!"

济清道长不语,向武士们做出砍杀的手势。正在此时,便从黑暗中传出颜继祖的声音:"且慢!"

济清道长对颜继祖大叫道:"却是为何?"

颜继祖道:"姑且囚之,以观事变。"

济清道长急道:"事将败矣!宗溪此时不忍,必为所累!"

鬼使神差,颜继祖最后一刻变了卦,且执拗异常:"山芹无复再言……"

济清道长顿足仰天叹:"事败矣!"

颜继祖遂命将吴国俫押去大牢,吴国俫咒骂着被押出府门。济清道长稍稍平静了些,遂对颜继祖道:"当在牢中严加看管。"

颜继祖回道:"那是自然,山芹宽心。"

济清道长道:"还有一事当做。你我急去二王府,请二位王爷连夜收拾,随我去济清观,以防万一。"

"此意甚好。"颜继祖说着,两人离府。

次日,颜继祖到清军大营来见岳托。

双方很快谈妥下列条款:一、颜继祖投降大清;二、清军不进城;三、城中守军遣散;四、清军撤围,以便百姓自由出入,清军对出入百姓不加伤害。

双方还商定了执行协议条款的一些具体安排,诸如遣散守军要在三天之内完成、从守军遣散到清军离开这一段时间之内城里的治安,以及颜继祖本人何时跟清军离开济南等问题。

岳托将协议文本报到睿亲王处,睿亲王同意所谈条款。

由于岳托和玛占出痘需要静养数日,睿亲王随即作出部署:岳托、玛占之军在济南城西十里驻扎;豪格之军由于刚刚打完伏击,伤亡过多,也需要休整,亦在济南城西驻扎;他自己和阿巴泰率两部人马继续南进,少则七日,多则十日回到济南,然后全军回师。

睿亲王特别嘱咐,济南城中情况不明,将领们切勿进城。

勒克德浑则随睿亲王南下。

颜继祖与山芹请入济清观暂住的两位王爷,一是德王朱由枢,一是郡王朱慈爖。

颜继祖回城之后,立刻请济清道长给二位王爷带去了一信,向他们报告与清军谈判结果,并告两位王爷在那里安心住下,一定等清军确实退后再行返回。就在此时,出了一个岔子。

岳托早就听说了济南城的美处。即使是冬季,济南城的魅力依然强烈地吸引着他。机会难得,过了这个村就不会再有这个店。于是岳托的心中萌发了入城一览的念头。

他把想法跟玛占一说,玛占也十分向往。但是,睿亲王已有明令,不许将领入城。

许多事情都是经鬼使神差而成的,岳托说服了对进城持否定态度的杜度,将自己和玛占进城"休养几日"的决定告诉了颜继祖,要他进行安排。

颜继祖十分为难。军士的遣散工作正在进行之中,百姓的疏导刚刚有了一点头绪,城里原有居民的情绪才被安定了下来,如此等等。在此状况下,他很难保证岳托等人的安全。但颜继祖闹不准岳托等入城的真实意图,他不好提出否定的见解。

他在西门内选了两处既清静又安全的宅院,派人打扫干净,并从要遣散的军士中选了百余名可靠的,留下保卫这两处宅院,等岳托等人的到来。

岳托和玛占带了富察尔辛及十余名亲兵,大家把辫子盘在头上,戴着厚厚的帽子,穿上汉人的衣服进入济南城,在颜继祖安排的地方住了下来。

两处宅院的主人是当地有名的商贾谷书信和谷书坚兄弟。他们消息灵通,在清军进入山东时,便携家人和细软逃往济东的乡间去了。

岳托和玛占各占一处住下,觉得处处舒适异常,心中称赞颜继祖确是一个干练的官员。

次日,岳托和玛占等在颜继祖的陪同下——颜继祖自然也是乔装的——游了趵突泉。

这趵突泉真是名不虚传。前两天刚刚下过一场大雪,院子里积雪甚厚,这趵突泉在周围银白之中,黛色的泉水不绝而涌,足显其绝妙美姿。溪面上冒着的水汽,缕缕如烟。一人多深的溪水之中,绿草随着溪水流淌的方向婀娜而动。其美,其绝,令人不可思议。

就连与溪水平行的街巷,也因这趵突泉而变得奇了起来——揭开一块铺地砖石,人们都会看到下面的流水。而且无论天有多冷,这水是绝不会结冰的。

第二日看了金线泉、珍珠泉和黑虎泉等,各泉各有其特色,令岳托等赞叹不已。

且说济清道长知双方达成协议,且协议在顺利执行中,十分高兴。但他对济南民众及颜继祖的命运仍放心不下。

近日,他被告知清军主师进了城,一颗悬起了的心便越提越高。在观中他又向北眺望,那天他所看到的可怕景象再次出现。他被吓得魂不附体,急忙下山奔向济南城中。

刚进巡抚府,他已发现气氛紧张,人员进进出出,个个脸色凝重。院内灯火通明,岗哨林立。济清道长预感到情况不妙,遂急奔后堂。颜继祖正在后堂,见济清道长到,急道:"悔不听山芹之言,始有今日之变。吴国俱被人劫出狱去……"

济清道长急问:"被劫几时了?"

颜继祖答道:"已有两个时辰。"

济清道长问:"可派人查找捉捕?"

颜继祖道:"已经派出。"

济清道长坐下,半天无语。两人对坐半晌,济清道长又问:"清人住处可加了戒备之军?"

颜继祖道:"原有百人,现又派五十人前往,谅无事了。"

又过了大约一盏茶的工夫,军士急报,说吴国偶已经拿到。

济清道长、颜继祖大喜过望,忙问:"现在何处?"

军士回道:"现已押解至府外。"

济清道长拉颜继祖出堂,道:"快去看看。"

出堂后,吴国偶已被押至院中。

一起被捉的,还有三人。

见济清道长、颜继祖后,吴国偶破口大骂:"降贼孽种,今日又犯在尔等之手,实天不助我。吾等生为大明之臣,死为大明之鬼。现既就缚,或杀或砍,快些动手,免得与尔辈共戴一天。"骂罢,挺身闭目,意在等死。

济清道长看清楚了,眼前确是吴国偶无疑,遂向颜继祖使一眼色。颜继祖会意,然后向军士下令,立将吴国偶砍于院中。

其余三人有两人当场被杀,留了一人——要从他口中探知劫狱、脱逃、被捉之事。

经审得知,策划者只他们四人,劫狱是为了逃脱。济清道长将信将疑。

有鉴于此,济清道长、颜继祖商定岳托等人的游玩暂停几日,岳托应允。几日过后,不见有什么异常,济清道长回观,颜继祖仍陪岳托出游。

这一天是游览大明湖,然后去蒋家池并在那里吃午饭。当日,岳托和玛占起得很早,颜继祖也很早就来到了岳托的住处。

大明湖自然是春夏秋三季的景致最美。所谓"三面荷花一面柳",说的皆是这三季景色。但冬季的大明湖,也有它的妙处。当日,雪刚下不久,平平的万顷湖面之上厚厚的积雪,一片莽白,远远若有似无的一线堤岸……美不胜收。

"该回家了。"这深深地勾起了岳托的思乡之情,他似乎在家乡的什么地方看见过这样的景色。

这句话颜继祖也听到了,他认定岳托对冬日的大明湖没有兴趣,便问历下亭还去不去。

对这历下亭,岳托自然全无概念,倒是蒋家池那边对他更有吸引力。

见颜继祖问,倒是玛占问了颜继祖一句:"那边有趣吗?"

"倒未必有趣。"

岳托便道:"在岸边转一转好了。"

颜继祖带众人匆匆转了转,便结束了对大明湖的游览,奔向蒋家池。

这蒋家池是一处馆子。它闻名遐迩,一是这里是唐代山东好汉秦叔宝与江湖英雄豪杰结拜会餐之处,世代相传,名气很大;二是这里的环境自有特色。

这蒋家池以楼下一池得名。这池子地下与趵突泉相通,池水清澈见底,终年不冻。这还不奇,其奇在不知从哪朝哪代开始,这里成了放生的去处,每到八月十五或正月十五,人们就把活鱼拿来在此放生。所以,不大的池塘之内,鱼儿你靠我,我靠你,你压我,我压你,多得不计其数。

由于水清见底,鱼儿的各种姿态,一目了然。由于这层意思,又加它是古代英雄会餐之所,所以,人们不但特别喜欢来这里观赏池鱼,尤其喜欢来这里进餐。

蒋家池的环境和历史引起了岳托的极大兴趣,最令他兴奋的是那个神奇的放鱼池。他向颜继祖和馆子的掌柜问这问那,精神头儿十足。一直到午餐时,他的问题还没有问完。

午餐的餐桌设在池畔的楼上。这儿更像一个亭台,它三面无墙。亭顶由八根雕柱支撑,柱间有齐腰的雕花栏杆相连。这样的结构可以让人们边饮酒边俯视鱼池,玩赏池鱼的千姿百态。

此处的结构还有一种妙处,即靠里一侧的墙面上有一面大镜子。它通过外面檐上的一面镜子,把鱼池映入其中,使冲里坐着的人不用转身,便可以从镜子里看到池塘。

当时,亭内只有岳托等三人。岳托冲西,正对池塘,玛占坐于岳托左手,颜继祖坐于岳托右手。

酒过三巡,颜继祖无意间向镜子里看了一眼,发现有几个陌生人鬼头鬼脑紧贴墙根快捷地向楼这边凑过来。颜继祖赶紧站起身来,向栏杆那边奔去。没等他走到栏杆旁,他就看到院中又有几个陌生人向楼这边靠近。当他走到栏杆旁向外再看时,院中一下子涌进二十几人,个个手持钢刀,一齐向楼这边飞奔。

颜继祖跳起来,大叫了一声:"来人!"

岳托和玛占见颜继祖如此,一时不知何故,连忙站起问:"出了什么事?"

就在两人发问的那一刹那,楼下之人动了家伙。

看来,对方已经来了不少人。颜继祖带来的人抵挡不住对方的攻势,退到了楼上。

岳托和玛占身上各藏有一把短剑。岳托一只手拔出短剑,一只手抄起身后的椅子,准备迎击敌人。

颜继祖和玛占也拿起了身边的椅子。岳托这边一共九人——退上来的富察尔辛和几名乔装的军士。抵御中,已有几个受重伤倒地,有几个已经战死。

对方无人答话。

双方对峙了片刻,颜继祖问:"你们是什么人?"

颜继祖喝道:"本巡抚老爷在此,休得无理!"

"杀的就是你们!"终于有人吭声了,"上!"

一场残酷的拼杀开始了。

攻上楼来的是什么人呢?他们是吴国偶的人。

将吴国偶捕捉收监后,济清道长提醒颜继祖要对吴国偶严加看管。颜继祖也采取了一定的措施,但吴国偶自有他的办法。

吴国偶的人不惜重金,成功地收买了狱卒。这样,外边的情况吴国偶了解得一清二楚。

吴国偶对收买了狱卒的两位参将说:"妖道第一个是可杀的。我与此孽种情本不薄,可他必欲置我于死地。恶巡抚也是该杀的。我与他情分更是不薄,可他认贼作父,引狼入室,虽留了我一条性命,可把我打入监牢,全不顾往日情分。他虚情假意传过话来,说清军撤后即可放归。然清军向来多诈,我军一旦解散,清军入城再无阻挡。待他们杀入,玉石皆焚,还谈什么'放归'?吾等必急除之,以保守军不散。"

他们策划了除掉颜继祖的几种方案,但均未成功。济南守军大部已被遣散,吴国偶十分焦急。就在这时,他们打听到了岳托等进城的消息,决定策划对岳托等人的袭击。

外边的人这时也发现了劫狱的绝好机会,便将吴国偶劫了出来。

吴国偶被劫出之后,知道这必令济清道长、颜继祖等警惕起来,使对岳托等人的袭击成为泡影。

就在逃脱的路上,吴国偶采取了极端行动——自己送上门去。为使事情逼真,他还安排了另外三人与他一起,形成被"一网打尽"的假象,麻痹济清道长等。这样,剩余之人就可继续行动了。

此计果然奏效。

其他人在那两名参将的组织、率领下实施了对岳托等人的袭击。

经一阵拼杀,死掉二十余人。

剩余者又赶到巡抚府,杀掉了颜继祖的全家,其中自然少不了逢春风。做完这些事之后,他们消失在慌慌乱乱的民众之中。

清军主帅和降清的巡抚被杀的消息很快传遍济南城,全城一片恐慌。

跟岳托等一起进城的部分清军保得性命,急奔清军大营报告。杜度闻讯惊得魂不附体,一面派人飞报睿亲王,一面召豪格及其他将领来帐中商议处置措施。

众将听到通报不敢相信,一直惊魂不定,杜度又吩咐本部将领道:"速将济南城重新围起,我自带一千人马进城查明事情来龙去脉,然后再做道理。"又对豪格道,"你可率本部人马驻西北,以防高唐一带集结之明军趁机来袭。"

豪格闻言发怒了,大叫道:"还有什么查不查的?什么叫'再做道理'?查清了会如何?查不清会如何?他们杀了我们的主帅,我们只有杀将进去'再做道理'!"

将领中立即有人附和道:"对,杀了再说!"

杜度仍然坚持按照自己的想法进行部署,但豪格亦坚持己见,并且不由分说,离座而去。

豪格是左翼军副帅,杜度是右翼军副帅,豪格没有听从杜度命令的义务。因此,对于豪格的任意胡来,杜度没有制止的办法。

见豪格如此,杜度重新进行了部署。他不再围城,他自己也没有必要领兵进城了。从大局计,他要移军黄河以北,防备明军趁火打劫。

杜度又派出人员,急报睿亲王。

这一次,豪格真的要屠城了。他这样做,并不排除为岳托等报仇雪恨的成分,尽管他与岳托之间有隙。细想起来,大清的一员主帅,就如此死在汉人之手,作为大清的一名重臣,他豪格如何咽得下这口气!当然,他主要还是要为自己出一口恶气——定州突击战憋在肚子里的那口恶气。他率领全部人马冲向济南城,大叫道:"杀进城去,玉石俱焚,鸡犬不留!"

济南已是一座不设防的城市,豪格的两万多大军从西门杀入。

入城之后,清军犹如饿狼进入了羊群。一时间,只听鬼哭狼嚎,只见天昏地暗。

睿亲王接到岳托等遇难的报告时,正在从巨野到鱼台的途中。他听罢来人的报告,急忙下令回军。不久,他又接到了豪格要屠城的报告。他意识到大事不妙,下令大军日夜兼程赶回济南。当他赶到清军大营时,一切都结束了,全城被杀十三万余人。

杜度已自黄河以北移师济南城北,豪格之师则在杜度营寨之侧驻扎。

岳托和玛占的灵柩停在杜度大营之内。

睿亲王直入杜度大营岳托、玛占的灵柩停放处。他见灵柩后,快步走至岳托灵柩之侧,泪如雨下。

勒克德浑在睿亲王身边,他毫无精神准备。看着自己伯父、叔父的灵柩,他失声痛哭了起来。

睿亲王在灵柩之前向众将训话,道:"不听我的话,以致如此——事虽然过去了,其咎不可追及;可是,屠城之事吾必究之。干出这等事,单见兽性,不见人性,实实在在是我不屑提及的。我大清伐明,各项举动是为了什么?得中原之天下。这样的一点,军中执戟摇旗的小军不晓得,吾等大将当明明白白。你们如此荒唐的行径,山东之民怎么看我? 中原之民怎么看我? 天下之民怎么看我? 临行时皇上已有明旨,严令吾等行事当从大清社稷着想,切勿囿于一己之利,而伤国家之誉名。看看你们的行为如何?"

豪格沉默不语,众将个个心情沉重。当场,睿亲王对下一步行动进行了部署:一、大军立刻进城收尸,将死尸运往城外掩埋,此事限三日内完结;二、豪格率军到黄河以北驻扎,防备驻于高唐的明军来袭。

此外,睿亲王还询问了颜继祖一家安葬的情况。

杜度道:"颜继祖和被杀家人的尸体已经装殓完毕,灵柩停于巡抚府,由清军军士看守,等寻找到其亲友,以备他们埋葬。"

睿亲王听罢道:"在此情势下,他的亲友如何敢出头?"

当晚,清军军士将颜继祖等人的棺椁运出城,在城南无主的山间选一处埋葬。第一,要做到除清军之外,不许别人知道被埋葬者的身份;第二,要在那里同时埋下一些其他被杀居民的尸体，以掩人耳目。

此次屠杀有一个意外的收获，这就是俘虏了明朝的两位王爷。

事情的经过是这样的：当清军军士追杀一名汉人时，那汉人突然停下来比比划划向清军军士说了一通话。清军军士不懂汉话，但其中一个算是有点头脑。他见如此光景，想到此人可能是有重要的话要讲。因此，这名清军军士抓住那人，把他送到了一名懂汉话的军士面前。

那人向懂汉话的清军军士说了这样一句话："你们愿意拿我的一条小命换两位王爷吗？"

原来，此人曾应颜继祖的派遣给暂住于南山的两位明朝王爷送信，因此知道了他们的下落。此时此刻他被追杀，眼看小命不保，急中生智，遂想出了以两位王爷换自己性命的主意来。清军军士听罢向上做了禀报。豪格听罢将信将疑，便派人跟随此人前往南山。他们快到济清观时正好碰上那两位王爷与几名道人走在路上，遂将他们捉了。

有司在向睿亲王报告此事时，杜度在场。他曾从逃回的岳托随从那里得知，颜继祖有一好友，是南山济清观道长。还听说这道长道号山芹，与十几年前两次去沈阳的道士同名，遂把这一情况向睿亲王奏报了。睿亲王听后便派勒克德浑带人去济清观看个究竟。

勒克德浑去后回禀，说那日道长听得城中事变，担心清军来这里，吩咐几名道人带两位王爷到观北十里处一农家暂避，他则急忙奔向城里去了。那两位王爷走在路上，正巧碰上了清军。一小道逃回，王爷与其余道人被清军带走了。道长一去不返，吉凶未知。至于那道长是不是去沈阳的那位道士，那小道并不知晓。

睿亲王听后嗟叹了半晌，命派专人对两位明朝王爷好生照料之。

诸事完毕，睿亲王在大营授回师之计：令杜度率本部三万人马自济南向西，经东昌、大名，趋邯郸，然后北上顺德，过正定、保定、易州，然后向东，经涿州、固安、东安、武清，入宝坻，趋玉田，在那里赶上由东路北上的主力。

其余人马在他的率领下，由济南趋禹城，过陵县、宁津、东光、青县、杨柳青，进武清，过宝坻、玉田，然后在那里与杜度之师会合，一起从青山关出关。

睿亲王讲完之后，众将提出疑问，杜度孤军西进，杨嗣昌大军岂不追去？

127

睿亲王回道："派军西进,就是要杨嗣昌追去。"

众将不解,又问："杨嗣昌有大军近十万,杜度之师将何以拒敌?"

睿亲王笑道："不必拒敌,遵吾所指路线行进而已。"

众将依然不解,问道："杨嗣昌大军追杀,如何说'不必拒敌'?"

睿亲王道："多日来,杨嗣昌率大军在我之后,不即不离,为了什么?奉旨追杀,不得离我而驻,故不离;不敢与我战,故不即。此时他在高唐。我北进,那就是逼着他与我战。我派一军西进,他必掉头追去。他知道我大军主力要回师,对杜度之师必取追而不杀之策,免我主力回师与战。此曰搭梯下房之策也。"

清军按照睿亲王的部署行动,杨嗣昌果然掉头跟杜度师而去,且追而不杀。

两路人马行进顺利,并在预定地点会师。之后,未经像样的战斗即行出关。

清军此次远征历时五个月,消灭明军近十万,俘青壮五十余万,擒德王朱由枢及其子郡王朱慈爌,并获大量财物。

清军损失也是惨重的,两员大将陨落,尤其是岳托的死,对清军的损失是难以估量的。

清军退后,崇祯与有关人员算了账。最终,州县有关官员三十二人被治了死罪,其中包括吴国俊、吴阿衡、邓希诏、颜继祖等已经死去了的。

奇怪的是,杨嗣昌和高起潜竟平安无事,这引起了朝野一片哗然。不得已,崇祯才将他们免职。但过了不久,又让他们官复原职。

第七章　孤注一掷,洪承畴督师辽东

为策应睿亲王出师,皇太极亲自带兵去了宁锦一线。他得到岳托、玛占殉难的报告后,悲痛不已,急忙领兵赶回盛京。

岳托、玛占的灵柩停在城外的白马寺。皇太极见到灵柩后大哭不止,经众人劝说,他方才离开白马寺回宫。

几天来,皇太极不思茶饭,经常黯然神伤。

岳托葬于盛京城南万柳塘。在安葬的前一天,岳托的大福晋那拉氏,向家人声明要随亲王而去。照满人的习俗,这是不能阻挡的。

这位大福晋的举动加剧了皇太极的悲恸,以至于安葬岳托的前夜,他病倒了。

代善虽然与岳托关系不够融洽,但岳托毕竟是自己的亲骨肉,想起自己对不住儿子的种种作为,又加上另一个儿子玛占同时死亡,白发人送走黑发人,更加悲痛欲绝。

岳托、玛占安葬之后,为安慰这位痛苦的兄长,同时自己也想散散心,皇太极特意安排了一次射猎活动,陪代善在郊外待了一日。

对于岳托、玛占的死,大家均十分悲痛。而豫亲王多铎除悲痛之外,还十分悔恨。岳托、玛占等出征后,皇太极责备了他,说"大军出征,你临时托故不送,是朕准了的。可说心里话,朕却是大大地不高兴。往日,派人远行互市,亲人们还出城相送,相拥而哭。今有征伐之事,你的哥哥、你的侄子等远行中原,朕虽然在避痘,但还是出来送了他们,你却托避痘之借口在家胡作非为。倘若某人或有事故,这次出征回不来了,不送他们见上一面,你就不后悔"? 现在他悔恨自己当日荒唐,没有出送。他已经记不清楚,与岳托、玛占最后的见面究竟是哪一日了。

岳托既死,皇太极念岳托生前之功,封其长子罗洛浑为衍僖郡王。

之后,皇太极对此次征伐有功人员进行了封赏。睿亲王除分得战利品之外,另奖三年双俸;杜度除分得战利品之外,另奖两年双俸;豪格定州杀敌有功,当奖,但济南滥杀无辜,当罚。功过相抵,过重于功,免分战利之品,另罚银万两,收五牛录。颜继祖生前归降功高,追封烈顺王。

这些稍稍安定之后,北京的乌格有重要情报送达:

一、崇祯从西线调孙传庭和洪承畴,任命前者为宣大总督,总领河北、山西军务;任命后者为蓟辽总督,总领蓟辽军务。同时,洪承畴还奉旨从陕西将五万秦军带入蓟辽。

二、义军趁明军东调之际复起,张献忠反出谷城,罗汝才响应,破房县、保康,两军有会合入川之势。

三、明廷除原有的"剿饷""辽饷"以外,为应付西线增加新兵的训练,又加了"练饷",合计增赋一千六百七十万两。百姓不堪重负,怨声载道。

皇太极命人将情报抄与诸王、贝勒和固山额真以上的官员和将领,并让大家随时注意中原形势的变化,以谋求对策。

清军对中原的征伐,给西边的义军发展创造了机会。同时,动摇了崇祯"安内为先,攘外为后"的战略思想。清军退走后,崇祯把西线对义军作战最为得力的孙传庭、洪承畴调到了东厢,用意十分明显:加强东线,以防清军再次来袭。

义军各部均抓住了这一难得的机会,伪降于朝廷、被久困于谷城的张献忠趁机起事,杀出明军的重围。

困张献忠于谷城的是杨嗣昌极力保荐,总理河南、山西、陕西、四川、湖广军务的熊文灿。

在这之前,洪承畴在梓潼大败李自成。崇祯十一年十月,又在潼关平原包围李部,击杀农民军数万,李自成只率十八人杀出重围,进入商洛山中。张献忠则被左良玉击败,张献忠本人中箭,几乎丢掉了性命,遂率残军退入谷城。在这样的背景下,熊文灿实施安抚之计,张献忠表示接受,实为保存实力,伺机再起。

熊文灿不但贪人之功为己有,还给张献忠请官、请饷,闹得不亦乐乎。岂不知这样做,正好搬起石头砸了自己的脚。

洪承畴和秦军一调,张献忠便在谷城起事。熊文灿速命左良玉追击,左良玉却在罗猴山中伏,全军覆没,只身脱逃。

张献忠乘胜攻入湖广,欲谋入川。罗汝才起而响应,破房县、保康,有与张献忠合兵之势。

谷城之变的消息传入京城,朝野惊愕。崇祯立即对熊文灿进行了最为严厉的制裁——磔市。因此,杨嗣昌再也难以在京城待下去了。

杨嗣昌的"平贼之计",即"四正六隅十面网"深得崇祯的赞赏,他说凭借此策可将流贼一网打尽。经过一段时间的准备,他向崇祯夸下海口,说"下三个月苦死功夫,了十年不结之局",明确提出次年即崇祯十二年二月即为"灭敌之期"。

前些年,袁崇焕曾提出"计五年,全辽可复"的设想。当时,崇祯听罢兴奋不已。最终辽不但未复,东虏反日益强大,袁崇焕本人还丢了性命。这一次更了不得,要用三个月的时间,了结十年未了之局。

对如此大话,崇祯本应保持清醒的头脑,或姑且听之,或棒喝之。但他对其言坚信不疑,对其人委以重任。

三个月很快过去了,不用说,十年之局远未了结。

但当时的局面给了朝野一种幻象,张献忠被困于一隅,并且接受了招安;李自成大军被歼,其人等进入商洛,死活未知;其余的义军亦陷入困境。这样,对于他的"灭贼之期"即到,虽并未了十年不结之局,朝野也就不再计较了。

不管怎么说,"灭贼之期"已到,而"平贼之计"未果,杨嗣昌总要有点表示。他曾上疏引罪,请求辞职。崇祯自然不允,反而宠信有加,言听计从。

然而好景不长。从五月开始,自西线传来一个又一个的可怕消息,杨嗣昌

不得不向崇祯提出要督师讨贼。临行前,崇祯在平台召群臣面谕:

> 辅臣屡疏请罪,诚恳愈加,尤见守法振玩之意。目今日叛寇猖獗,总理革任,以辅臣才识过人,办此裕如,可星驰往代,速荡妖氛,救民水火,凯旋之日,优叙隆酬。仍赐尚方剑督师,各有兵马自督、抚阵以下俱为节制,副、参以下即以赐剑从事,其敕印等项,速与办给。

杨嗣昌看透了崇祯的心思,当即表示已经做好了赴敌的充分准备。崇祯听罢非常高兴,道:"卿能如此,朕复何忧?"

九月初四日,崇祯特在宫中设宴,为杨嗣昌壮行。席间,崇祯亲自向杨嗣昌敬酒三次,并当即挥毫题诗一首:

> 盐梅今暂作干城,上将威严细柳营。
> 一扫寇氛从此靖,还期教养遂民生。

十分明显,崇祯对杨嗣昌此去寄予莫大希望。杨嗣昌跪接御诗,并问皇上有何明示。

崇祯道:"张献忠曾惊祖陵,罪不可赦,余者剿抚并用可也。"

杨嗣昌到达襄阳之后,立即大誓三军,拿出从严治军、与敌决一死战的气概。副将刁明忠、监军佥事殷大白战中失职,前者受鞭挞,后者遭处斩。

另外,杨嗣昌忠诚地贯彻崇祯有关张献忠不赦,其余剿抚并用的方略,悬赏捉拿张献忠,对其他人,如罗汝才等有剿有抚,看上去甚有章法。

随后,左良玉在玛瑙山大破张献忠,这越发让众将和朝野看到了灭敌之望。

不用说,最为感到兴奋的,莫过于崇祯。

崇祯十三年二月,念及杨嗣昌征战辛劳,崇祯特发银一万两犒赏,并赐斗牛衣、良马、金鞍各二。使者未出京城,传来左良玉在玛瑙山大败张献忠的捷报。崇祯大喜过望,又增犒银五万两,并封杨嗣昌为太子少保。

就在崇祯对杨嗣昌大加褒奖后不久,李自成冲破官兵的围追堵截,率千余精兵突出商洛山。随后,张献忠入川。这无疑是对杨嗣昌的重大打击。

张献忠入川后,杨嗣昌将大营移至重庆。他欲取关门打狗的办法,利用四川地形,在川内将张献忠部歼灭。为表示决心,杨嗣昌在行署衙门题匾自勉,上书"盐梅将军"。

一方面,杨嗣昌调兵遣将,做好围堵张献忠主力的部署。另一方面,仍像在湖广那样,到处张贴通缉令,悬赏缉拿张献忠。

通缉令上画有张献忠的头像,并附有《西江月》一首:

此是谷城叛贼,而今狗命垂亡。兴安、平利走四方,四下天兵赶上。　逃去改名换姓,单身黑衣躲藏。军民人等绑来降,玉带锦衣升赏。

杨嗣昌以为川中一战大可毕其功于一役,竟命"多备绳索,届时缚贼"。岂知此时,不论是内部,还是外部,情况都较前有了重大变化。

玛瑙山大捷,是左良玉和贺人龙两部共同作战的结果。然而,功劳大多记在了左良玉的头上。因此,贺人龙迁怨于杨嗣昌。而左良玉则嫌杨嗣昌未能充分肯定自己的战功,也对杨嗣昌不满。两人遂拥兵自重,不听调度。

此后,明军便渐渐出现"总督之令不能行于将帅,将帅之令不能行于士卒"的局面。而张献忠则找到了对付杨嗣昌围剿的办法:以走制敌。广大的川中成了张献忠驰骋的舞台,他率领精兵强将,一会儿北取绵阳,一会儿南攻泸州。有时,一昼夜急行二百余里,神出鬼没,经常使杨嗣昌失去目标。八月,张献忠败杨嗣昌部将孙应元于夔州。九月,又败杨嗣昌军于观音岩。

几个月过去了,张献忠渐渐取得了作战的主动权。崇祯十四年正月,张献忠出没于川东,在开县设伏,大败贺人龙部。开县一战打开了出川的门户,张献忠顺长江而下,急行八天八夜,到达当阳。然后从当阳北上,直抵襄阳。

此时此刻,"盐梅将军"仍守着他那一堆绳索,等待张献忠就擒呢!

且说张献忠行至离襄阳城不远的地方停了下来。他让一部分队伍扮作官兵模样,诈言为督师所派,前来调兵。守城军士见来者着官兵服装,又听说有督师急令,便打开了城门。

早已准备好的张献忠大军乘势入城，守军尚不明白是怎么一回事，便个个丢掉了性命。

襄阳是襄王朱翊铭的封地。朱翊铭就在襄阳城中，他懵懵懂懂做了义军的俘虏。

张献忠是一位颇有幽默感的人。如他看到杨嗣昌对自己的那张悬赏榜后，在军中也弄了一张悬赏榜，说谁能捉到杨嗣昌，他将奖赏白银三钱。这次抓到了襄王，他摆了一桌酒菜，请襄王赴宴。席间，他举杯向襄王敬酒，道："王爷，张献忠今日请你吃酒，是要借你一件东西，还不知王爷舍得舍不得？"

襄王不知底细，忙道："倘为大帅所喜，本王献之非难，必遵大帅之命。"

张献忠一向不喜别人文绉绉，襄王的话他虽未能全懂，但意思他是明白的，便说道："喜欢大帅我是喜欢的。王爷你哪，拿出来也说不上为难。你说遵命，那咱们就说妥啦！"说罢，他放声大笑起来。

襄王摸不着头脑，也跟着放声傻笑了一阵。

"大帅索要何物，即请明言。"襄王倒先问了起来。

张献忠听罢道："王爷不后悔么？"

襄王又道："本王献之非难，必遵大帅之命。"

"非难，非难。"张献忠道。

"所索何物？"襄王问。

"你的脑袋！"

襄王听罢吓得魂不附体，忙下位跪求道："大帅宽恩，留得小王一条性命，愿在大帅麾下，牵马坠镫……"

张献忠听罢笑出了眼泪，道："牵马坠镫倒用不着你这种材料。我本要宰那个杨嗣昌，可叹那小子远在川内，我一时抓不着他。这回你自认倒霉吧，就算杨嗣昌欠你一条小命好了。"不由分说，一刀砍来，那襄王顿时身首异地，好不可怜。

襄阳是明军的重要军事基地。杨嗣昌入川前，这里又是督师行营所在地。因此，所屯军资极为丰富。张献忠得军饷兵器无数，遂发饷银十五万两赈济灾民，深得民众拥护。

就在明军集中兵力于四川与张献忠作战、鄂西和河南官军防备薄弱之际，李自成轻装突围,经均州进入河南。

时值河南大旱,斛谷万钱,饥民相拥于路。李自成一路收李岩、牛金星、宋献策等一批谋士,听他们的谋划,大肃军纪,提出对百姓"杀一人如杀我父,淫一人如淫我母"的口号,并提出"均田免粮"的主张,饥民应者以万计,一时间,闯王名声大振,遂入南阳,下宝丰,过密县,攻偃师,后将河南重镇洛阳团团围住。

几乎与张献忠攻下襄阳的同时,李自成攻下了洛阳,大明福王朱常洵成为义军的阶下囚。

这朱常洵是一位骄奢淫逸的王爷,百姓对他早已恨之入骨。李自成心中明白,杀朱常洵方可进一步得到民众的拥戴。因此,福王第一个成为农民军的刀下之鬼。

两个重镇先后失陷,两位王爷接连惨死,京师的震动是空前的。朝廷一时乱了章法,崇祯陷入深深的悲痛之中。三宫六院人心惶惶,大臣们不知所措。

杨嗣昌已经回到了湖北,他在荆州的徐园度过了人生的最后一天。

那一天,他的心情倒格外平静。前一天是他的生日,他没有操办这一特定环境中的诞辰。几天来,他一直把自己关在屋子里。

在崇祯十四年二月三十日的傍晚,当下人在门口问他要不要进晚餐时,喊了半天不见动静。那下人推开门,走到他的面前时,才发现杨嗣昌已经饮鸩自尽了。

杨嗣昌死后,三边总督丁启睿被崇祯任命为兵部尚书,代杨嗣昌督师,总督陕西、湖广、河南、四川、山西军务。他出潼关赴荆州与义军作战,走上了往日明军对入侵清军名为"跟击"实际跟而不击的老路子,不敢与战。对李自成,他甚至连跟都不敢跟。在李自成挥军攻打开封时,这位督师竟丢下李部,去跟较弱的张献忠。开封告急,崇祯催令督师援救,丁启睿竟回朝廷:"今有事于献忠,不赴矣。"崇祯无奈,只好自己想辙。

救援开封的重任交给了新任三边总督傅宗龙,他领四川、陕西两万人马携总兵贺人龙、杨文岳往救。李自成探得傅宗龙的动静,遂在由新蔡至项城的路上设伏,并在洪河之上架设浮桥,佯攻汝宁,引傅部追击。傅宗龙果然中计,引兵杀来。李军伏兵突起,傅部毫无戒备,仓促应战。贺人龙、杨文岳先走,傅宗龙被俘。

李自成乘胜拿下南阳,杀唐王朱聿镆。随后,与罗汝才合兵猛攻开封。

如果崇祯不把洪承畴调到东线,而是让他留在西线对付义军,那将会是一种怎样的情景?

当然,历史不能是假设,命运把洪承畴交给了另外一个更加难以对付的对手。

洪承畴是崇祯十二年十月到任的。

当时,张献忠在谷城复起已经过去了五个月,张献忠在罗猴山大败左良玉已经过去了三个月,熊文灿磔市已经过去了一个月。

这些消息先后传到了洪承畴的耳边,他心里十分复杂。

首先,洪承畴深为愤怒。是孙传庭和他成就了西线的胜局,而杨嗣昌一面把平贼的功劳记在熊文灿招抚的账上,一面暗中向皇上大进谗言,奏他与孙传庭无功而有过。同时向皇上说西贼即将被歼,致使皇上将他和孙传庭调离西线,结果……

洪承畴又为朝廷担心。

当得知张献忠谷城复起的消息时,他坐不住、躺不下,一连几天不思茶饭。后来,又传来张献忠在罗猴山大破左良玉的消息,他仰天长叹不止,又是坐不住,躺不下,一连几天不思茶饭。他设想农民军用兵的方略,出兵的阵势,也设想官兵用兵之计,何处得,何处失。他想得最多的是自己会如何对付已经被打翻在地的农民军,不致让他们翻过身来。他几次想上疏言事,把自己对西线平寇的想法向皇上讲一讲,但都展卷而搁笔。

不在其位,不谋其政。虽然西线的事他心里放不下,但是,他的怨情、恨情逐渐平息了,一门心思地做起了自己当做的事来。

从京城出来,到达他上任的第一站——蓟州,他就感慨万分。关防设施陈旧、破烂,将校们无精打采,军士们懒洋洋。蓟州处于要冲地位,西北有墙子岭,东北有青山关,清军多次由此两关入侵,如此陈旧、破烂的城防,实实不堪一击。而守将们对此却无动于衷,其麻木不仁到了惊人的程度。

洪承畴将所有明显不称职的将领统统撤掉了,对城防的修筑亦做了安排。

他本想到长城那边去一趟,他想象得到,那边的情景定会更加糟糕。但他不能顾忌过多,他的主要阵地是辽东,他不能在此耽搁过久。

他率三万从关中带出的人马。他命几位副将带领人马走玉田—丰润—永平一线,自己带少数人走遵化—迁西—迁安一线的山路。因为这里靠近长城,清军入袭每每自此出入。

他一路东行,一路感慨。

迁西守将是副将马文申,手下有一万人马。他的军士却成了名副其实的"乞丐兵"——军服褴褛,面黄肌瘦。他们已经半年没有领到军饷,许多人为生计所迫,不得不出城抢掠。而对这些人无法无天的行为,马文申却是"睁一只眼,闭一只眼"。原因十分简单,上边发的那点可怜的军饷,大部分被装入了他的腰包。不允许士卒这样干,士卒就没有了活路。

洪承畴一到,马文申被当即正法,他的家产被查抄。多年来第一次,士卒们按时、足额领到了军饷。士卒们敲锣打鼓,唱着"迎来洪青天,送走马瘟神"。一时间,这一向死气笼罩着的山城出现了新的气象。

在这里,洪承畴去了"祖家彪"的殉难地。

祖大鹏率军遇难时,洪承畴在西厢。当他听到噩耗后,十分震惊,深为那几千名将士的不幸而悲痛,同时对祖大鹏的抗敌壮举产生了深深的敬佩之情。

秋日的山谷,给这片昔日的战场平添了几分苍凉。写有"滚石峪"三个斗大的苍劲有力草体的巨大石碑还竖在那里,左手边一块三间屋那么大的巨石平面之上书写着"溅水谷"三字,每字一人多高,远远就看得分明。

溅水谷的山之阳是一片墓地,但这里并没有坟头。冲南有一巨大墓碑,碑文记载着祖大鹏和六千名军士抗击清军悲壮殉难的事迹。墓地上栽满了松柏,与松柏相连的是泛着绛紫色混杂着枫树红叶的杜梨林。这杜梨林是原有的,滚石峪的诸岭,溅水谷的诸岭,统统覆盖着这种绛紫色。

洪承畴在那高大的墓碑前站定后,就见北坡上的杜梨树由山顶开始,叶颤枝伏,满山遍野,从东到西,一字展开,形成绛紫色的叶浪,无声地向山下涌来。随后,传来瑟瑟风声。不多时,风声和叶浪便自洪承畴身边掠过,他不禁打了一个寒噤。

不多时,洪承畴耳边响起了他所熟悉的炮声、喊杀声、马嘶声、刀枪的撞击声,另外还有风雨声……渐渐地,他听到了一种他从来没有听到过的声音,脑海里闪现出一种他从来没有看到过的景象。他不由得扭过身,抬起头,朝着滚石峪的上方望去……

他不禁又是一个寒噤。

回迁西的路上,有人告诉他那片墓地、那高大的墓碑,是迁西城中一商贾出面,联络各界筹银建起的。对此,洪承畴又思绪万千。

从出京到山海关,洪承畴路上走了近一个月的工夫。

说来凑巧,与多年前袁崇焕一样,洪承畴一到山海关也赶上了一次兵变。

此次兵变的规模不亚于袁崇焕那次,共有十余营五六千名军士卷入。可怕的是,兵变的规模还在迅速扩大,形势十万火急。

洪承畴到达的当日,总兵马科、巡抚邱民仰就紧急求见,请示平息之策。

洪承畴问兵变的原因,马科回道:"因多日欠饷。"

"这就奇了,本督离京之前,虽费周折,然户部、兵部均抬手对辽东格外照顾,给了一笔不算小的数目。据本督所知,此款现已到达下发。既如此,哪里又来了一个'多日欠饷'?"洪承畴说罢,见马、邱二人面面相觑,又问,"起事士卒提何要求?"

马科回道:"要求发还足额欠饷。"

洪承畴道:"这一条并不难做,你们可做了?"

马科回道:"已经做过。"

洪承畴又道:"既兵变仍不平息,他们自然是另有所求了?"

马、邱二人仍面面相觑。洪承畴不语,等待二人回答。

邱民仰见势只好回道:"他们另外要求惩办千总刘文藻。"

又是此人!老夫在京中已闻到此人的肮脏名声。不料,老夫未到,他已向老夫这边伸了手。如此太岁头上动土,老夫岂能容你!洪承畴想到这里,便问:"他们为何要求惩办刘千总?"

邱民仰回道:"他们说是刘千总贪掉了他们的饷银。"

洪承畴又问:"起事者所求,可有根据?"

邱民仰看了马科一眼,然后道:"并……并无根据。"

洪承畴问:"既如此,这如何是好?老夫下马未曾找个地方坐下,就碰上如此难题,你们有何良策教老夫?"

两人无话以对。洪承畴命两人退下,立命亲兵去召刘肇基。

刘肇基时任总兵粮饷督办。洪承畴在京时,刘肇基曾奉命进京督办粮饷,见了刚刚被任命为辽东总督的洪承畴。询对之中,洪承畴发现刘肇基头脑清醒,对辽东战事颇有见地。几次接触后,两人渐渐熟悉。最后,刘肇基向洪承畴讲了刘文藻依仗高起潜的包庇,肆无忌惮地侵吞粮饷引起公愤的事。因为将领们惧怕高起潜,对刘文藻难加管束,更谈不上缉拿查办。当时,洪承畴即命刘肇基回来暗中查访,掌握证据,日后寻机除之。

此次洪承畴筹来大批粮饷,这刘文藻贪婪成性,便不顾深浅地伸出了罪恶的双手。

刘肇基到了,他三十上下的年纪,看上去比在京城憔悴了许多。刘肇基见礼后,洪承畴让他坐下讲话。

刘肇基谢过,坐于下位后,洪承畴问道:"今日事急矣,京城所议之事办得如何?"

"诸事已妥,大人即可行事。"刘肇基有备而来,说着便从衣袋中取出一沓纸,交与洪承畴。

洪承畴粗略翻了一遍,大喜道:"你肯用心,有大功于朝廷,本督必奏报圣上为你请赏,令你续为朝廷出力。"

刘肇基谢过,将所记种种证据留下,辞去不提。

洪承畴遂令有司起草牒文,并立即由驿马发出,令中前所、前屯卫所、中后所、宁远、塔山、杏山、松山和锦州等地千总以上将领于次日辰时前来中督行署,有重大军机处置。

次日辰时,辽东所有千总以上将领及巡抚邱民仰统统到齐,刘文藻自然列于其中。

众人集于厅内,均不知新任总督会有何等"重大军机"有待处置,心情未免紧张。

洪承畴露面了,他谁都没有瞧上一眼便道:"本督上任,上苍就给了一个下马威——十营兵变,此上苍劳我也。恰好本督疆场征战三十年,最不怕的却就是这个'劳'字。区区几千人的兵变,谅也难不倒老夫。今日召众将前来,是让你们看一看,老夫是如何做事的。夫风无源不起,水无源不流。此次兵变,必有其源。源在何处？在我等座中……"说到这里,洪承畴停下,静观座中动静。座中人亦相互对视,哑然无语。

如此静了片刻,洪承畴又道:"今日本督当众明示,此次兵变,源在在座人中。座中有罪的如识得时务,我给十字之数——十数之内自言知罪,我便以督帅之命奏请圣上,免其死罪。否则,自取其咎,莫怪本督铁心了。"说罢,洪承畴转向有司示意。

有司遂大声喊道:"一,二,三,四……十！"

十数完了,不见有人应声。见状,洪承畴道:"无人出面认罪吗？好,我再限十数。"

有司遂大声喊道:"一,二,三,四……十！"

仍无人应声。

见状,洪承畴又道:"仍无人出面认罪。好,我再限十数。"

有司遂大声喊道:"一,二,三,四……十！"

仍无人应声。

这时,洪承畴将堂木狠狠一拍,大声吼道:"将刘文藻拿了！"

三下五除二,刘文藻被绑了起来,他挣扎着,大叫"不知罪"。

洪承畴不去理他,遂对众人道:"诸位将军,众位大人,现在跟本督去见兵变军士。"

洪承畴在山坡的一张太师椅上坐定,两侧百余名将领站着,八字排开,身后是几百名武士。再往后大约百步,有万名军士整齐列阵,全副武装。

前面与洪承畴等人相对的是几千名哗变的士卒。在将领们"八"字形成的空当中央,竖着一根高竿。高竿之下,刘文藻被五花大绑跪在那里,他的身旁是四个刀斧手。

山风自山顶吹来,现场的气氛紧张到了极点。午时一到,洪承畴即命有司宣读判书。有司宣道:"千总刘逆文藻,贪赃枉法,罪行累累。本督查究,铁案如山。今缚之于刑场,就地正法。"

刀斧手一刀下去,刘文藻人头落地,鲜血自断颈处喷出。

现场爆发了一阵欢呼声,洪承畴又命有司宣读总督令。有司宣道:"本督严于治军,亦宽于爱军。查我军一部,违纪哗变,当受严惩。然念尔等初犯,本督姑且宥之,以观后效。尔等即刻回营,履尽本职。有不遵者立斩勿赦。切切此令。"

宣罢,洪承畴对众将道:"小小一个千总,如何有偌大的神通,得以动得皇上下发的饷银?军中必另有贪赃枉法之徒,与他上下其手。今刘已治罪,余者自爱,自今而后,洗心革面,加倍为朝廷效力,本督一概不查。如仍有敢顶风作案、在老夫头上动土者,以刘为鉴。"

当时辽东的形势是,明军占据着山海关、中前所、前屯卫所、中后所、宁远、塔山、杏山、松山和锦州等几个据点。山海关以北是中前所,距山海关三十里;再往北是前屯卫所,距中前所五十里;再往北是中后所,距前屯卫所六十里;再往北是宁远,距中后所五十里;再往北是塔山,距宁远五十里;再往北是杏山,距塔山三十里;再往北是松山,距杏山二十里;最北是锦州。

这些据点虽然已经失去了进攻的作用,但还有其存在的意义:一是成为东部保护关内不受清军进攻的屏障,二是对清军从其他地方进攻中原进行牵制。清军以往每次进攻中原,不得不费时费力,绕道前去;而每次进入中原,不能站住脚跟,更不能占领城市,很大程度上就是由于存在着这条防线。

兵变平息之后,洪承畴便开始了对辽东各个据点的巡视。

巡视中发现的一切都让他感到痛心疾首。将领们盲目的傲然不逊;军士们莫名的麻木不仁;工事年久失修;粮饷严重不足;由于当官的贪污成风,将领与军士之间矛盾尖锐,军士对将领普遍有强烈的不信任感;由于清军对宁—锦多年采取避而不攻、略而不取的方略,不论是将领还是士卒,对清军攻取宁、锦的可能性,都没有丝毫的警惕,等等。

辽东的粮草安全也是洪承畴所操心的一件大事。

在辽东,军粮有两大集散地:觉华岛和笔架山。

觉华岛在海中,离陆地较远,这里相对较为安全。清军船只极少,对觉华岛难以构成威胁。但一到冬季情况就不同了,海水结了冰,清军可以轻易地到达那里。十多年前,努尔哈赤就曾趁海水结冰,袭击了守粮明军,焚烧了岛上的粮草。

最令洪承畴担心的是笔架山。由吴三桂陪同,洪承畴一大早就到了笔架山的对岸。因为他听说,笔架山与陆地之间有一"天国神路"相连,而这"天国神路"在那个季节只有在早晨才露出水面。

不错,他们赶到时,"天国神路"正在海面之上。它呈现出粉红色,平平的,直直的,在波涛汹涌的蔚蓝大海之上,一线展开,从陆地一直延向被称为笔架山的海岛。逶逶乎,蔚蔚乎,真是一大奇观。

但是,洪承畴没有心思去欣赏大自然赋予的美景。他登船驶向笔架山,船儿沿着"神路"急速向前,他心中则思虑着对付这条险路的种种方案。

运粮的木船从他的船边划过,去陆地那边。上船时,他已经看到,从岛上用木船运来的粮草,卸下船,然后被装上车运到内地的军营去。

起初,他曾想到,清军无船,但可趁退潮"神路"露在水面之上之时,从这攻过去。为避免清军从此路袭击,当在"神路"之上搭建若干栅门。但看到自己一方向外运粮如此费力费时,他改变了主意。

从笔架山回来的路上,洪承畴向吴三桂讲解了自己的方案。

他的方案是在"神路"之上凿洞竖桩,搭建固定木桥,桥宽要二车并行。相隔不远,要安排吊桥。陆上建两个营地,作为桥头堡,内各驻军一千。这些人马要在内死守,不许外调。

洪承畴走后,吴三桂很快便将总督的设想变成了现实。

在锦州,洪承畴待了十天,他与祖大寿有了更多的接触。祖大寿一直保持着清醒的头脑,对清军的看法比较接近实际。因此,无论是对城防的部署,对工事的修筑,还是对士卒的训练,以及对粮饷的储备,在锦州做得都是极为认真的。

尤其可贵的是,祖大寿总结了作战的教训,形成了自己的一套看法。他说辽东明军历来的失败,有三个共同的原因:一、傲。对对方能力估计不足,轻敌。二、莽。作战中盲动,不顾敌情我状,一味追求速战速决。三、束。受制于京师,被拴得紧紧的。更令人无法忍受的是,辽东行令受朝内党争制约,某派的消长沉浮直接决定着这里战场的胜负得失。

对于祖大寿总结出来的失败"三字经",洪承畴是极为欣赏的。当然,品味之中总免不了尝到难以忍受的苦涩。

经过几日的交往,洪承畴一下子拉近了与祖大寿的距离。这可能是由于两人存在着共同语言,但即使如此,洪承畴心中的隐情,仍然没有向祖大寿坦露。

祖大寿是一个直人,对他认为可以信赖者,从来都是直来直去。同时,他又是一位细心人。他看出在谈话中,但凡说到朝廷,洪承畴总是不答言。充其量,摇摇头,或叹口气。

祖大寿还注意到,当他两次问到洪承畴对此次辽东作战结局的看法时,洪承畴都是沉默不语。

由于是初次见面,洪承畴又是自己的上司,祖大寿虽然看出他有心事,但也不好询问。

到了十一月底,洪承畴临行前,祖大寿设宴为其送行。

席间,他们又谈起清军会不会在近期向锦州、宁远发动攻击的问题。在此问题上,他们之间存在分歧。祖大寿认为,清军有在近期对锦、宁发动进攻的可能。他的根据是农民军活跃、发展起来,从而弄得官军被动、挨打。而清军会抓住时机,对明采取军事行动。而清军刚刚结束了入袭战,因此,这次用兵方向将是锦、宁。

洪承畴则认为,清军对中原的入袭战刚刚结束,他们需要一段时间的休整;西部的农民军虽然不可避免地活跃、发展起来,但这也要有一段时间的酝酿过程。因此,清军的进攻也不是眼前的事。

当然,洪承畴和祖大寿有一点是一致的:清军必然利用中原形势的变化对明用兵,而这次用兵的方向是锦、宁。

祖大寿趁机又谈到战争的结局,道:"我看凶多吉少,大人以为如何?"

洪承畴听罢看了祖大寿一眼,然后说道:"你带兵多年,自会知晓胜负之事,有的可以前定,有的难以前定。尚有成事在人,谋事在天一说。你何苦自寻烦恼,苦苦思虑未来未定之事呢?从今日起,你做好应战准备便了——有一事总想提醒你,每每忘记。锦州所备粮草可供一年之需,这自然很好。可人们往往只怕粮草之不备而无虑烧柴之匮乏。然敌久困城池,有时烧与吃是同等要紧的。"

祖大寿听罢大悟,想到烧柴的问题确是自己忽略了的。

之后,祖大寿细细回味洪承畴像是老生常谈、泛泛而论的那些言语,实际上是很有内容的。那一番话,表达了洪承畴对辽东未来之战的认识。

洪承畴心中明白,就辽东的战事而言,最为要紧的是战略。具体说,明军对清军的作战是持久,还是速决。

洪承畴来辽东之后将问题看得十分清楚,对清作战只能持久,不能速决。他还发现,这差不多也是辽东将领们的一致见解。可悲的是,如此清楚不过的问题,却在京城引发无休无止的争论。

未雨绸缪。洪承畴确立了战略考虑之后,很快给皇上上疏,说明今后对清作战当取且战且守之策,长远打算,并着重阐明持久作战之必要。凡能想到的根据,洪承畴都想到了,写明了。为了影响皇上,洪承畴还让祖大寿等也呈递了奏折。

他之所以这样做,是因为当时西边的战事处于相对稳定时期,农民军失利。在这样的形势下,容易取得崇祯的赞同。

果不出洪承畴之所料,当年年底,洪承畴收到了崇祯的回复,完全赞同他的作战方略,还对洪承畴上任之后的举措赞扬了一番。

众将十分高兴,但洪承畴的脸上并没有许多笑容。众将没有在意,因为他们觉得这位主帅从来都是如此的,喜怒不形于色。

其实,洪承畴内心并不是一味地高兴。他了解往日许许多多的事例,知道皇上除去刚愎自用这一点是永久不变外,一切都是反复多变的。今日听了他洪承畴的进言,可以降旨持久作战。明日情况一变,他又可以听从速战派的主张,降旨速战速决。

这种隐情更是不能向任何人表露的。"但愿这成为老皇历。"他暗暗想。

时间过得很快,从上年的十月到这一年的二月,过去了五个月,清军一直没有动静。

洪承畴说对了,清军没有很快地发起进攻。

农民军也没有像祖大寿想象的那样,很快地活跃、发展起来。相反,二月间,还传来了张献忠在玛瑙山被左良玉击败,几乎全军覆没的消息。这说明,对农民军起伏消长的规律,洪承畴比祖大寿了解得更为透彻些。

但是三月刚到,便从祖大寿那里报来重要情报,清军在义州大规模筑城。

在洪承畴看来,清军的这一行动比直接出兵更为可怕,直接调动了明朝整个辽东防军。

第八章 兄弟情深，孙童儿悲别铁汉

义州城是作为进攻锦州的基地而建的。

皇太极觉得自己的哥哥礼亲王代善确实是老了。关于进攻锦、宁的基地，代善坚持选定广宁。义州距锦州九十里，广宁距锦州近二百里。代善认为义州距锦州近，出击是方便的，但一遇不测，因与锦州距离太近而不易守住。广宁离大本营盛京近，易于与大本营联系。还有一个因素，广宁是现成的，用不着像义州那样费时费力去修筑。

这是稳当又稳当的方略；但也是典型的保守。讨论中，连一向以稳健著称的济尔哈朗听了代善的阐述之后都笑了，道："老哥是过于谨慎了。"

对代善的意见，皇太极自然不予采纳。但是对代善重于防守的一面，皇太极也十分重视。他反复考虑了守的问题，从战略角度考虑，不存在明军进攻的问题。接下来的战斗，是清军进攻，明军防守。因此，此次选距锦州较近的义州做基地是正确的。但是，这并不排除战役之中明军进攻的可能性，也不能排除清军自己做战术的退却。只做这方面的考虑，九十里的距离足够了。再不成，在保住义州不失的前提下，队伍还可以回撤，反正义州以北都是自己的地盘。这样，皇太极下定决心在义州筑城。

年轻将领的积极性很高，许多人自领筑城任务。皇太极决定派睿亲王多尔衮、豫亲王多铎、武英郡王阿济格、郑亲王济尔哈朗和饶余贝勒阿巴泰和贝勒豪格等人分批轮流前往。睿亲王、豫亲王、武英郡王和饶余贝勒为首批。

大地已经开冻，工程进展顺利。很快，新城便初具规模。新城便是照军事要求而建的,城墙高、厚、牢。城墙之上炮台、箭楼比比皆是。城内可屯五万人马,简易的营房,宽大的演兵场,可容一年之需粮食的仓廪和草料场,还打足了水井……

选定义州作为军事基地还有一好处,那就是城郊有大量无主、可耕之地。清军可以在此屯田,平日自给自足,缓解粮草供应的紧张状态。在春季播种时,清军已将土地耕耙就绪,不失时机地撒下了种子。

且说孙童儿正在帐中与呼尔格闲聊,就见一护军进帐禀道:"外面有人要见爷。"

孙童儿一听,心想什么人这么晚了来找?他一边想着一边走到帐外,一看,来人并不认识,二十几岁的年纪,一副疲惫不堪的模样。

护军向那人说了声"这就是孙爷",那人便屈膝请了安,道:"小的是与铁汉在一起的。他眼下病得不行了,要小的前来告诉爷一声,说请爷千万过去一趟,见上最后一面。"

孙童儿听罢一惊。

铁汉来这里筑城,不久前孙童儿去见了他。那时还好好的,怎么半月不到就病得不行了?

孙童儿忙问:"得的什么病?怎么就这样厉害?"

来人回道:"不晓得是什么病,只是烧得炙人,已烧了好几天,且滴水未进……"

孙童儿一听也不再询问,召来一名亲兵,让他带来人到伙房去用饭,自进内帐去见多尔衮。

孙童儿向多尔衮讲了情况,多尔衮知道孙童儿有铁汉这样一个自幼要好的朋友,但他们之间的关系到底如何,多尔衮从未上心问过。听孙童儿讲后,多尔衮便道:"那就快去瞧瞧,求十五爷给他找个郎中看一看。"

原来,天聪末年,正白旗与镶白旗所属某些地段进行了一次调整。在那次调整中,原属镶白旗的石佛堡划归了正白旗。所以,睿亲王才让孙童儿去找多铎。

孙童儿说了声"谢主子",便退了出来。

刚到了帐门口,又听多尔衮问:"他是不是未被编出的?"

孙童儿回道:"是。"

多尔衮又道:"看来就是医好了他还需养一养。要那样,你可求十五爷让他暂且到这边来养上一段。"

孙童儿听后甚为感动,呜咽着又道了声"谢主子",便出了帐。

孙童儿找来两匹马,不顾那来报信的年轻人是不是吃完了,便叫护军把他从伙房里喊出,两人上马而去。

孙童儿赶了一炷香的时间,由那报信人领着先去看了铁汉。

铁汉躺在一间矮小的窝棚里。孙童儿到时,有几个年轻人正守在铁汉的身边。众人见孙童儿进来,便都躲了出去。

报信人讲得不错,铁汉烧得炙人,孙童儿刚一凑近,便感到了铁汉身上的热度。他伸手摸了摸铁汉的头,热得烫手。

铁汉处于昏迷之中,孙童儿轻轻地叫了一声:"铁汉!"

先是铁汉的嘴唇微微动了动,接着,铁汉慢慢地睁开了眼睛。

见是孙童儿,一颗晶莹的泪珠从铁汉微微睁开的眼睛里滚了出来。

孙童儿伸手握住了铁汉的一只手。尽管铁汉浑身发烫,孙童儿觉得,自己的那只手握住的却是一块冰。

也许真的不行了!见了这般光景,孙童儿的泪水也涌出了眼眶。

铁汉见孙童儿哭了,轻轻地摇着头,示意孙童儿莫要伤心。

不伤心,可也不能这样就死了!孙童儿紧握铁汉的手,道:"绝不能!"

铁汉明白孙童儿指的是什么,他听罢又轻轻地摇了摇头,然后合上了眼睛,又有一颗晶莹的泪珠从紧闭着的眼缝里流了出来。

孙童儿站起身来,说了一声"你等着",就奔出了窝棚,骑马赶到了多铎的营区。

下马后,孙童儿急急奔向了多铎的营帐。在帐门口,孙童儿停下来向内里观看。

多铎正在与阿济格下棋,图格身子背着帐口,与其他人围着观棋。

从人缝中可以看到,多铎正在抓耳挠腮,想必是棋局不利。

孙童儿在门口站着,等待着机会。

不多时，图格挺起腰，转身去拿了一条手巾，悄悄递给了多铎。在他再转过身子时，就看到了站在帐口的孙童儿。

图格悄悄走了出来，他看到孙童儿脸上的泪痕，便问："出什么事了？"

孙童儿将见铁汉、来找多铎的事讲了一遍，图格听了想了想道："真不是时候。"

孙童儿知道图格可能指的当时多铎棋势不利，心中不快。而在多铎心情不佳时有事求他，怕是难以办成。

图格又想了想道："你在这里等着，咱们见机行事。"说罢又去看棋。

不一会儿，阿济格便催促多铎道："走一步棋比生个孩子还难些——总得走一步吧，又不输宅子不输地！我方便回来还不迈步就算你输了！"说着，阿济格站起来。

阿济格起身走到帐外，图格跟了出来。孙童儿见阿济格走出，便给阿济格请了安。

阿济格问道："什么时候到的？"

孙童儿回道："到了半天了。"

阿济格又问道："你小子怎么在这里不进去？"

孙童儿回道："怕搅了爷的棋局。"

阿济格点了点头，又往远处走。

图格向孙童儿使了个眼色，紧赶了几步赶上了阿济格，道："臣有事求爷。"

阿济格道："你小子好不长眼力！爷的一泡尿憋了半个时辰了，你又赶过来啰唆，要憋死爷吗？"

图格一听跪下道："这次爷就是骂死臣，臣也不会放过这机会了。"

阿济格一听乐了乐，道："爷也是无论如何得去出这次小恭——要是真像你小子说的那样重要，你就在这儿跪等着……"

孙童儿已经明白了图格的用意，便也过来跪了。不一会儿，阿济格返回，一见孙童儿也跪在了那里，便道："这其中还有你小子的事？要不你又凑什么热闹？"

孙童儿禀道："是臣有事求爷。"

阿济格道："什么事？讲！"

图格说道："求爷叫十五爷赢了那盘棋。"

阿济格听后笑道："原来是你们有事求他！"

图格、孙童儿齐道："臣等的心事确是没有一丝一毫能不让爷看透的。"

阿济格笑道："这倒是句让人听了心里舒坦的奉承话——可你小子们不要妄想动动嘴儿、讲上几句奉承话就蒙混过去，不实实在在地谢爷了。"

图格笑道："爷要臣干什么，尽管吩咐。"

阿济格笑道："细想想，爷能要你们的什么呢？只是从今往后，一别叫爷生气，二爷吩咐了的事别溜尖耍滑，三……"

图格笑道："爷别再往下讲了，就是摆出一百条来，无非是空口嘱咐罢了。爷想一想，爷说出的这两条，哪一条不是臣等无时无刻不随时随地诚心诚意千方百计给爷做了的？"

阿济格摆摆手道："嚼不过你们……可你小子们给爷出了一个难题——要是这盘棋旗鼓相当让他赢去，那倒好做。可现大兵压境之后，他已处于落花流水之势，在此情况之下，让他转败为胜，又要来得自然，不能让他看出我在有意让他，那岂不是难事？"

图格道："如是臣，确实是难事。可爷做起来，岂不易如反掌？"

阿济格道："看来求起人来还真不容易，光奉承话得想出几篓子呀！"

图格与孙童儿闻言，都笑了起来。

阿济格回到位上之后道："图格！"

图格道："臣在。"

阿济格道："你小子别顾了里就顾不了外——茅房派人清扫清扫。一进去臭气熏天，出来好饭菜也吃不香了。且不说别的，爷这一去，手首先就被熏臭，这还会走出什么香棋哩！说不定，这盘赢定了的棋，也会输掉呢！"

图格听了暗乐。阿济格又催多铎道："想好了没有？走啊！"

多铎走了一步，阿济格一见道："嘿！怎么想出了这一招儿？"他也思考了起来。

现在该多铎催他了："十二哥不是在茅房没生下孩子来，又到这里来等时候吧？"

阿济格一听道："兴你想三天三夜，不兴我想一个时辰？"

多铎并没有放松下来,他知道自己的这一招儿棋虽算厉害,但仍不足以扭转局面。

阿济格走了一步,他刚一落子,就要悔棋。多铎抓住阿济格的手,道:"悔招儿便要认输。"

图格也道:"爷这是不成的。有臣等在,如何好意思反悔?"

阿济格道:"好好,不悔招儿。你们以为这一招错棋就让你们赢得了?你走!"

多铎很快走了一步,阿济格又走了一步。多铎边走边道:"咱弄个车尝一尝,看它是怎样一个味道!"

说话之间,阿济格的一只大车已经捏到了多铎的手里。

阿济格显出一副懊恼的样子,对图格道:"要是这盘棋输了,看我怎样扒你的皮来熏我的手!"

图格笑道:"爷可不晓得,臣的皮比茅房臭十倍,那岂不越熏越臭?"

多铎则道:"技不如人,怨什么茅房!快走!"

接下来棋局急转直下,阿济格终盘告负。多铎赢了棋,十分兴奋。

不一会儿,孙童儿进了帐。他假装初到,给阿济格重又请了安,然后又给多铎请了安。多铎有点疑惑,问道:"这么晚了,过来有事?"

孙童儿道:"正有事讨爷的示下。"

多铎又问:"什么事?"

孙童儿道:"臣有一自幼一起长大的朋友,现在爷的帐下当差……"

多铎问:"是个汉人?"

孙童儿道:"是。"

多铎问:"他怎么啦?"

孙童儿回道:"他病了,高烧几天不见退……"

多铎道:"那就请个郎中给他瞧瞧。"

孙童儿道:"谢爷了。"

阿济格一听是为了这事,便在一旁插言道:"看来得歇些日子。"

孙童儿站在那里,在等多铎发话。

多铎对图格道:"你陪他去安排安排,该怎么办就怎么办,又不是什么大不了的事！"

孙童儿一听,跪下说了一声"谢爷",又向阿济格道了声"也谢过十二爷",便由图格带领出帐去了。

图格与孙童儿先找到了随旗郎中,三人骑马到了铁汉的窝棚。图格、孙童儿陪郎中见了铁汉,铁汉仍在昏迷中。郎中给铁汉诊过脉,鼻子使劲儿地闻着,问:"哪里长了什么疮吗？"

前去给孙童儿报信的那年轻人在一旁答道:"出工时他大腿上被扎破,现还在流脓。"

郎中一听忙将铁汉的裤子解开,大腿上碗口大的一处伤,翻着烂肉,并发出了奇臭。

郎中指着这处伤道:"病根在这里。"

孙童儿一听便问:"是说这伤处令周身发了烧？"

郎中点了点头道:"是这样。"

孙童儿又问:"可好治吗？"

郎中回道:"看来治得。"

孙童儿高兴起来,前去给孙童儿报信的那年轻人和在场的其他人也高兴起来。

郎中又说道:"开些敷的药,再开些吃的药,谅三日后烧就退了。"

众人听郎中如此说越发高兴起来。当晚,前去给孙童儿报信的那年轻人去郎中那里拿了药。

最后,孙童儿问明那年轻人叫萧立,是与铁汉一起干活儿的一位朋友。萧立请孙童儿放心,说铁汉有的是朋友,有了郎中的诊治,他们就有办法救铁汉了。

孙童儿临走要给萧立留下十两银子备急,萧立坚决不收。

孙童儿又过来看了铁汉。

说来也真是神了,郎中开的那敷药刚涂了一日,铁汉腿上的烂处周围就见消肿,肉皮则开始打皱,人也清醒了许多。

一连三日晚上,孙童儿都过来陪铁汉。第三日,果然像那郎中说的,烧退了,铁汉又活了过来。

下一步怎么办？

铁汉是一名奴隶，他不能躺在这里让别人侍候。多尔衮明白这一点，所以他说可把铁汉接来，让他在孙童儿这里养一段时间。

孙童儿把多尔衮的话向铁汉讲了，铁汉却无论如何都不接受，问孙童儿有没有办法让他回去。

孙童儿说那做起来并没有什么难处，因为多铎王爷已经发了"该怎么办就怎么办"的话。但铁汉回去，身子这样虚，谁能照顾他呢？

铁汉半天没有说话，最后道："也不用谁来照顾。"

后来，好说歹说，铁汉还是执意回村。无奈，孙童儿只好依了。最后，要郎中开了几服药带着，孙童儿和图格给铁汉找了一辆车，让萧立赶着送走了。

孙童儿要让铁汉带五十两银子回去，铁汉依然说什么都不要。

当时是四月。铁汉坐在车里一面观看着周围的田园风光，一面思考着心事。

他可从来没有这样从容过。从他记事之日起，他就在匆忙之中过日子，而且还伴随着艰辛和泪水。前不久，他出工受了伤。由于没法医治，创伤化了脓，他高烧了起来，那种无力的感觉是他从来未曾有过的。他看到过他父亲的死，看到过他母亲的死，看到过他奶奶的死。自己那些日子的状况与他们死前的状况一模一样，他觉得自己要死了。

他的一些朋友在照顾他，他们见他那样子也十分焦急和害怕，他们知道铁汉有孙童儿这样一个朋友，觉得应该请他给予帮助。但每次他们提出，铁汉都不答应。他的病情越来越重，最后铁汉觉着真的不成了，便主动提出去叫孙童儿，目的不是别的，仅仅是在死前见上最后一面。

他得的那病其实并不难治，加上他没有用过药，那药的疗效自然强劲。还有一层，就是铁汉有一般人所没有的强健体质。他觉得力量已被耗尽，那只是长期高烧的人的一种自我感觉而已。这样，他便很容易地被救了过来。

对于孙童儿的作为，他十分感动，他再一次体验到了朋友的真心实意。

当年，铁汉祖母的死，抽掉了铁汉生活于世的精神支柱。这个时候，不少人向他伸出了援助之手。这些人中，自然有他的好友孙童儿。但对他的人生产生了重大影响的，不是孙童儿。

常言道,远水解不了近渴。当时,孙童儿在睿王府当差,身不由己,无法前来陪他。而经常来陪铁汉的,是庄上的一位年轻人,这人就是萧立。

铁汉与萧立早就认识,但不是很熟。铁汉的奶奶一死,铁汉处于苦闷与绝望之中,萧立便出现在了他的身边。经萧立的劝解,铁汉的心境竟然很快平静下来。

那事过了不久,萧立告诉铁汉,他是善友会的。

善友会以前铁汉听说过,口号是"我已无宝,唯善为宝;我已无亲,唯友为亲;我已无家,唯会为家"。

友情是铁汉所需要的。可在他失去了父爱、母爱后,最后又失去祖母之爱时,来自朋友孙童儿的友情已不足以让他再在这个世上活下去。就在这时,又出现了另外一种爱——世人的关爱。他与萧立虽难说素不相识,但原无友情可言。可就是他们在他绝望之时,向他伸出了援救之手。

这些帮他、关心他的人,绝大多数是汉人,是庄上当牛做马的那些穷苦人。他们像牛马一样地干活儿,像牛马一样地吃喝——而且那待遇远远赶不上他们的牛马。如果满人的一头牛病了,他们会千方百计地进行救治。在牛染病期间,他们从不会再叫它们干活儿。最后牛没有救活,他们会十分沮丧。可对于汉人,他们从来没有那样的感情。汉人生了病,满人从不张罗着给看病。只要死不了,病中还要被赶着干活儿。

相比之下,铁汉如何不看重这些穷苦朋友的友情?

再说,这善友会只是交友,没有强制,没有索取。

他铁汉没有别的,有一个好的身子骨儿,有使不完的力气。别人如果要他出力,他不吝啬,但他得干得愿意。可自打从他记事之日起,他所出的力气大多是他不情愿的。

按萧立的讲法,善友会让人付出的不是力,而是情。这越发地没问题了,他铁汉对人从来都报以真情。他话说得不多,但胸中的热情不比谁少。

可入会不久,他便有了一个新的发现。

入会之后,会友们说话便直截了当些。他很快发现,善友会是反对满人的。

虽没有这样的章程,但谈吐之中,这种现象十分明显。

这铁汉并不觉得可怕——非但不可怕,心中还是欢喜的。

他铁汉为什么不能反满人！但有一件事不得不考虑,那就是他与孙童儿的关系问题。

这如何是好？

但有一条铁汉是认定了的：与孙童儿的友谊不能因此而终结。

他们打小就是朋友,十几年前,部分汉人单独编庄,孙童儿的一家被编入了汉人村,铁汉一家则留了下来。铁汉虽为与孙童儿的分离而痛苦,可也为自己的小伙伴一家跳出了火坑而高兴。

人分开了,他们的友谊并没有结束。他们相距不远,仍有机会经常见面。

后来,孙童儿的父亲升了官。孙童儿也进了贝勒府,成了多尔衮的贴身侍卫,他铁汉依然是镶白旗石佛堡上的一个汉人奴隶。

铁汉虽憎恨满人,但没有因此憎恶孙童儿。孙童儿也没有因为自己的升迁就疏远了自己的这位穷朋友。

铁汉加入善友会,善友会反满,可铁汉不会因此去反自己的朋友。

但他也不能像往日一样,与孙童儿之间的关系一成不变了。至少有一点他是不能了,他不能再继续接受孙童儿的资助。

既然善友会是反满人的,而且这种情绪越来越厉害。这样发展下去,总有一天要闹将起来。一旦那样,就难免要将孙童儿牵扯进来。

事情到了后来,善友会通过萧立向铁汉做工作,要铁汉利用与孙童儿的特殊关系尽量多地创造机会接近多尔衮,以便做眼线的工作。

铁汉打心眼里讨厌这类事。一听说要他亲自去做眼线,而且是要通过自己最要好的朋友去做这种事,他就感到恶心。他明确向萧立表示不能干这类事,如果他因为拒绝干这事而不能待在会里,他宁愿退出。

正是由于这样的原因,从那之后,与孙童儿的接触便在铁汉的心中成了极为敏感的一件事。

四月的辽西大地已经苏醒,青逐黄色,满目已显葱翠。柳丝低垂,平添了大地的绿意。鸟儿已经褪去了冬日的厚装,个个拿出春日的精神在欢唱,歌唱新的一年的开始,迎接下两季——一年之中最富有季节的到来。

是啊,夏季,秋季,对鸟儿来说是最富有的。它们不愁吃,不愁喝,不太费劲,就能够过上好日子。看起来,鸟儿比起世上的穷人来说都强些。一年当中,鸟儿还有一两个属于自己的季节,而穷人则没有这样的季节。

当年辽东大清国治下未曾自编庄子中的汉人便属于穷人之列。他们比一般意义上的穷人更穷,除此之外,还是奴隶。

他们不是没有土地,不是没有收获。只是,他们是在自己的土地上为别人耕种,他们的收获不归自己。这样,他们除了贫困之外,还有不平。一年到头地干,在属于自己的土地上干,收获却归别人。他们能平吗?

如果归别人的东西不涉及生计,不平就不平好了,那只是心理上的一种不满足而已。可那些归了别人的东西正是维持生计所必需的,这样的话就不仅仅是一种心理的不平和不满了。

可他们还要活着。活着,对他们来说,那意味着什么呢?对此,铁汉有答案。活着就意味着煎熬,无限期地煎熬。加入善友会后,铁汉多了一种答案,熬不过去了就反。

反,过去不是没有。有聚众造反的,有投毒的,有暗杀的,还有一种消极的反抗——逃跑。那善友会用什么方式反抗呢?铁汉没有问过。他从旁听来,觉得大家的见解也不一样,但似乎聚众造反的呼声最高。

成吗?铁汉不止一次在内心里提出过这样的问题,他不晓得在大清国到底有多少人参加了善友会。

不过,不管成与不成,他都主张反。

这一点他与萧立的见解一致,但又有一些不同。

萧立认为,反,或许会反出一条活路,或者被杀。反成了自不待说,就是反不成,被杀了,也比这样熬着要好。人生在世,熬呀熬,熬上一辈子,又有什么意思!轰轰烈烈干它一番,也可威风几日。

铁汉更实际些,也想得更远些。他主张反,并不想自己如何如何。他听老年人讲过,过去虽然穷,但自由。穷也不是年年不好过,季季不好挨。满人来了他们失去了自由,且变得年年不好过,季季不好挨了。他的父亲、母亲、祖母都是饿死的。父亲死于灾年,可他的母亲、他的祖母都是好年景时饿死的。加入了善友会后,他听到了一个"反"字。也觉得反不但是自己的出路,也是那些挣扎在死亡线上的人的出路。他不知道善友会中有多少人,但他知道挣扎在死亡线上的人是成千上万。怎么都是个死,反了兴许会活下来,活得有点滋味。

路上他们走了两天。回到村里,他们没有遇上什么麻烦,因为手中有多铎王爷的听差图格写给村上备御的一封书信。信中交代,在铁汉养病期间,不要派差干活。萧立陪铁汉回村,也是经王爷首肯了的。村里在派差出工方面,对萧立也要给予照顾。

有了图格的那封信,村中备御给了铁汉特别关照,还不时地过来瞧瞧。但经常来看铁汉的,还是村中善友会的那些会友。这中间,一名叫轩辕法师的和尚也来看了他。

铁汉听萧立讲,会中有三位首领,通称"大师友"。第一位首领被称为"大师友",第二位首领被称为"二大师友",第三位首领被称为"三大师友"。而这轩辕法师就是"三大师友"。

铁汉真是受宠若惊了,刚刚入会的一个小小的会友,竟惊动首领来看他!在这期间,铁汉与萧立跟他学了武功。

光阴荏苒,不觉一个月过去。铁汉的腿伤已经完全愈合,身子也渐渐康复了。你别看他憎恨满人,知道所干的活计完全是归满人所得,但是,你叫他闲着无事可干,他还受不了。

身子刚一恢复,铁汉就下了地。又过了一段时间,铁汉觉得身子已经完全恢复了,往日浑身那用不完的劲儿又重新回来了。

一天,铁汉一个人在一块地里掰高粱叶,这是田里最重的活儿之一。大热的天,钻进高粱地里,仰头弯腰,一只手上上下下一片一片地掰那叶子,另一只手臂则要将那掰下的叶子夹在腋下,又热、又闷、又累,这是谁都怵头的活。

一块坟地在中腰将这块地断为两段。地的南端顶着一条大道,铁汉掰下的叶子集中在南端的大道上,摊开晒着,干了好打捆扛回去。

日头在头顶斜着高照时,铁汉已经干了好几个来回。这回又掰了回来,南端地头的大道眼看就到,他已经满身大汗。他紧干了一阵,便到了地头儿。他用力一甩,腋下的大抱叶子均匀地散开来,落在了地上。

"不要命啦?瞧你满身的汗,像游了大河……"就在叶子散落的同时,铁汉的耳边飘过了一个女人清脆的声音。

铁汉转过头循声望去,先是看到一个很大很大的高粱叶捆成的捆。再细看去,才看到了背负着那个大捆说话的女人。

她是庄上的雪姑娘春新。雪姑娘是春新的外号,因为她周身白得像雪。

就在春新朝着铁汉咯咯笑着的时候,她背上的那捆高粱叶散了架。叶子从她身上滑落下来,顿时,春新成了一个光杆儿站在那里。

春新穿了一件短衫,一条黑色的长裤。满身的大汗使短衫长裤贴在了身上,露出了撩人的轮廓。

"你呆什么呆?还不快点帮我捆起来!"春新俨然一位将军在发号施令。

铁汉一听,赶紧过来给春新收拢散落的叶子,并帮她打捆。

春新却站在那里,一动不动地看着铁汉在忙活,好像那活儿根本不是她的。

捆打好了。春新背过身去,娇滴滴地说道:"给我搭上!"

铁汉提起那捆叶子,送在了春新的背上。

春新抖了两抖,让那捆叶子在背上落实,然后转过身来,一只手将那散开的叶子拨开,露出脸来,向铁汉嫣然一笑,走了。

铁汉发了半天的愣,又进入高粱地,去掰他的高粱叶。他眼前闪现的,总是春新走时那一笑的模样。他们从此相识了,而且关系越来越密切。

义州城的修筑到了收尾阶段。镶白旗尚需待上一段时间,而正白旗奉命按期撤回,豫亲王多铎随军而行。

大军经过石佛堡,多铎要随大军在这里住上一夜。

晚饭后,图格悄悄找到村中备御,说王爷要"歇一歇",让他找一个"年轻有味儿"的来侍奉王爷。

备御会意,他想到的是雪姑娘。

难道他不晓得雪姑娘与铁汉要好吗?当然知道。就因为知道,他才决定把春新送到豫亲王那里。他不喜欢铁汉,铁汉见了他总是满脸阴云,有时还讲些难听的话。其实,铁汉是恨满人,并不是只对这位备御没有好脸色。

当晚,春新被逼到了多铎的卧房。

但春新不从,多铎则想尝一尝这强扭的瓜。于是,次日便把春新带往盛京。

铁汉觉得自己失去了一切,他要发疯了。

盛京的八月,秋风萧瑟。豫王府后花园的树叶,家人们一天扫上八遍,到了晚间,依然将地面盖满。

春新正坐在一个亭子里,静听落叶落地发出的瑟瑟声。她惆怅,也忧虑。一阵风吹来,春新打了一个寒噤,她想站起来回房去。

就在这时,她听到身后一阵树叶响。她回头一看,简直吓得魂不附体。

是铁汉。

惊魂之下,春新低声问道:"你怎么到了这里?"

铁汉凑近道:"我来找你。"

春新听罢更惊了,又问了一句:"你逃亡了?"

努尔哈赤时,许多汉人被迫出走,官方把这称为"逃亡"。为加以制止,官府制定了极端严厉的刑罚,并多方宣传。这样,"逃亡"二字也就家喻户晓。皇太极继位后,对汉民的逃亡政策做了调整,逃亡者不再一律定为死罪,但仍是大罪。

"我跑出来找你……"铁汉不承认自己是在逃亡。并不管三七二十一,扛起春新就进入了一个过道。

郑亲王得到一重大情报,活动于东南境内的一伙名唤"压墙草"的强盗潜入盛京,准备在八月十五那天夜里作案,抢掠银两。他们选中的都是大户,其中豫王府是被他们选中的目标之一。

八月十四日,郑亲王与多铎讲明了情况,并且商定了蹲守擒拿入府之贼的部署。

铁汉背着春新正想上房,一声惊天动地的炮响平地而起。接着,全府突然灯火四起,与那天空的皓月相映生辉,把豫王府照得如同白昼。随后,府中"捉贼""哪里跑"的喊声,响成一片。

这突如其来的变故弄得铁汉一时不知所措。他先是将春新推到墙下,用身子护着她,观察周围的动静。

过道儿的尽头,一队官兵向他这边涌来。花园的后门那边已有一队官兵严阵以待,前院似乎有了打斗的声响。铁汉已来不及多想什么,他一只手死死地拉紧春新,一只手挺起朴刀,冲向花园后门。官兵从四面八方向铁汉他们逼近,惨烈的格斗开始了。

铁汉已放倒了好几个士卒,他拉着春新到了一座假山之下,这样他就避免腹背受敌了。

多铎就是在这后花园赏了月的,众人散去后,他便到了中院。那里是府库的所在地,他要去看看那边的情况。他知道济尔哈朗已经撒下了天罗地网,这中院便是瓮中捉鳖之地。

在那里,他被告知已一切准备停当,便回到了自己的房间。

他叫过图格,要图格与他摆上一盘儿棋。大约过了半个时辰,炮响了。

不多时,听到前院的喊杀声渐渐停息。有司进来向他报告,说进府的八名蟊贼三死五伤,活着的已全部落网。

多铎听罢问:"既全部落网,后花园如何还喊闹不停?"

没等那人开口,多铎便问:"后花园那边出了什么事?"

从后花园过来禀报情况的到了,道:"一个汉子劫持春姑娘要从后门逃走被围,众人怕伤了春姑娘,不好靠近他,臣来讨爷的示下。"

"有这等事?"多铎起身道,"去看看。"

春新被铁汉紧紧护于身后,花园中的官兵越聚越多,她知道逃是逃不掉了。

在这之前,她曾几次劝铁汉杀出重围,只身逃命,但铁汉哪里肯把她撇下不顾?

到了假山下,格斗曾又进行了一阵。铁汉的肩上被刺了一枪,他又放倒了三个。其中一个脖子被砍了一刀,躺下了,但还没有断气,那人丢下的刀就在她的脚下。不知道为了什么,后来格斗停了下来。但是包围圈越来越小,聚在外面的官兵越来越多。

怎么办?

剩下就两条路,一是两个人一起死在这里,一是她死在这里,让铁汉一个人冲出去。她注视着周围的一切,看看有什么办法。突然,她看到花园的前门那边有了动静——一伙人打着灯笼在给什么人照路,是他。春新看到,多铎在众人的簇拥下来到了后花园。她看不到多铎的表情,只看到多铎在那里一动不动地站着。

她盯着他。最后,她看到多铎扭头走了。就在多铎离开的那一刹那,春新一下清楚了下面将要发生什么事情。果然不错,从那边传来了令人惊心动魄的喊声:"杀!"

春新已经拿定了主意,她大声对铁汉喊了一句:"你一定要活下去!"

然后,她捡起脚下那把刀,猛地向喉间一挥,倒下了。

铁汉大吼了一声,向冲上来的官兵扑去。就在这时,铁汉听墙上有人大喊了一声:"快逃!"

接着,从他面前一直到后门口那边,官兵纷纷倒下,给他开出了一条通道。铁汉心里明白,这是萧立使出"夺路标"的结果。

说时迟那时快,铁汉使出"草上飞"的本领,踩着倒下去的官兵的躯体,从这条被扫出来的通道里冲了出去。

皇太极习惯每日入夜后,骑上他的山中雷围城转上一圈儿。每次出来,时间并不固定,路线却大致相仿。这样做的好处是,在宫中待了一天,出来转转,可以调节一下精气神。另外,骑上半个时辰的马,也可不忘祖训,避免髀肉复生。

皇太极每日出来,图赖便率多名宫廷护卫护驾。但皇太极马快,有时奔驰,图赖等人便被抛在后面。

当日八月十五,原在宫中安排赏月,皇太极心想城外碧空万里,赏月岂不比宫中强些?于是,骑上他那心爱的山中雷便出了宫,图赖率领十名护卫也跟了出来。

每次出大东门,一直奔向东南,到达辉河河堤,沿河向西。从砂山折向北,到达北教场附近再向东。从福胜门外折向南,然后进抚近门回宫。

这次出来为了赏月,如按原来路线,不多久就要背月而行。当日,出大东门后,皇太极与图赖等奔向了东北方,这是在迎着月亮升起的方向前进。

出城不多时,皇太极就陶醉在了这一天一地的美景之中。他的马也加快了步伐,奔驰开来。他向东北飞奔,图赖等人已经被他远远地抛在了身后。

前面就是福陵了,皇太极急赶了一阵,到陵前下了马。守陵参将迎了出来,他令护军接了马,然后跪拜请了安。

皇太极要进内拜祭,令参将等在这里,图赖他们到了,也令他们在此等候。

参将问是否派人护驾,皇太极摆了摆手,便自去了。参将遂派了一名护军先行,好通知里面人员开启各殿殿门,迎候圣驾。

图赖等人赶到后,接令在陵园门口等候。

皇太极登上一百零八蹬,进隆恩门后,便直奔隆恩殿。

城外与城中相比,景色确实不同,而景色的不同就出在了这宽阔二字之中。在这里,无论向哪里望去,都是无限的空间,四面八方的地平线都可以看到。这是在宫中所不能看到的。

此时此刻对皇太极来说,他的感受与一般人又会不同。

他看到了四外的地平线,看到了那茫茫的天边,看到了那个极限。他意识到,其实那里并不是天之边,地之限,从而想到天外有天,地外有地。

但是,他心目中的天,他心目中的地,不像一般人那样泛泛无定,那样空洞无物。在皇太极的心目中,天也好,地也好,都是具体的。因为那天,那地,都是他的。暂不属于他的,最终也将是他的。天无论有多大,地无论有多阔,统统都属于他。他是这天,这地的主人。

眼下,他站在了父母的身边。这里是这天、这地的中央。

皓月当空,它洒下的光照耀着天空,照耀着大地,照耀着他父母的长眠之所。这皓月是在为他的天添彩,为他的地增辉,也是他父母长眠之所的长明之灯。

他的母亲生了他,养了他。他的父亲培育了他,带着他打天下。如今他们正在这里长眠。他,皇太极,现时的大清皇上,绝不会让皇考开动起来的战车停下来。他要驾驭它,滚滚向前,永不停息。

是啊,永不停息。

先要打江山,打下江山还要治理江山,治理江山还有终期吗?

治理江山,他的目标不仅仅是保住它。既是治理,就像一名郎中行医一样,就像一名河工治河一样,要让人去病健体,要让江河去害致福。

天是他的,地是他的,天底下的黎民也是他的。他要让国家富强,要让黎民安康。

这样,在宝顶,皇太极独自待了差不多半个时辰。

他下了宝顶,穿过隆恩殿,下了一百零八蹬,到了陵园门口。他跨上山中雷转向东南。又是一阵急驰,图赖等人在后面紧紧追赶,不多时到了辉河大堤。皇太极让坐骑放慢了步伐,图赖等人赶了上来,他们在河堤之上并辔而行。

月亮的倒影映入水中,被粼粼的水花儿打散,像是一个抖动着的金盆。

瑟瑟的秋风之下,堤上树木萧萧,落叶覆盖了堤面。马踏落叶发出的窸窸窣窣声,河中潺潺的流水声,路边似断又续的虫鸣……这一切合成了秋的交响曲。

河中的一条篷船引起了皇太极的注意。先前,皇太极以为那船是在江中行驶着的。后来皇太极勒马停下来看了一阵,才发现那船实际是静止不动的。

图赖等人从皇太极的动作中已经晓得他在注意什么,奇怪地自言自语道:"夜里船不靠岸停放,却在江心下锚!"

皇太极只是好奇而已,对图赖的话没有认真对待,便又缓缓向前,他在想着别的事。

近来刑部奏报,盛京周围各旗的庄上逃亡之人增多。与此相应的是,盛京的流民数量也在增加。刑部的见解是,庄上逃亡的人可能来到了盛京。

皇太极十分注重这一奏报,下旨让刑部密切注意盛京流民的动向。

盛京是全国最富足之地,出逃者在这里云集,是很自然的事。可是秋收了,年景又不错,这样的季节人们是不应出逃的。现在的情况是,不但有人出逃,而且出逃的人数在增多,这是为什么?

皇太极心中将此事与另一件事联系在了一起。

前些天,刑部接到镶红旗的报告,说他们那里出现了一个叫作"善友会"的会门,加入者多为"苦奴",近期在白马寺每五天晚上聚会一次。

按照日期推算,明日即八月十六日晚,当是善友会白马寺聚会之日。

皇太极思索着,不觉已经到了砂山。他在这里离开了河堤,转弯向北,又走了不多远,皇太极问图赖道:"往西不远,就是白马寺了吧?"

图赖回道:"是的。"

天聪年间阿敏从永平败回,在白马寺屯兵要挟他,他冒着巨大的危险去那里会了阿敏。打那之后,他再也不会忘记这个白马寺。要不要去那里一趟,探个虚实,看看这些人究竟在做什么?

他们依然是策马而行,拐向东之后,皇太极还是作出决定:明晚去白马寺一趟。

山中雷加快了速度,最后风驰电掣般奔了起来,不久便到了抚近门。

皇太极远远地看到,大门徐徐打开,他马不停蹄进了城。

原来,守门参将阿巴鲁已经晓得皇上有夜间外出骑马的习惯。当日,他见皇上出,还未见皇上入,城里又不太平,他一直悬着心观察着。远远地,他看到了皇上的坐骑,便飞快地下了城楼开了门。

往日,皇太极单独入城时,阿巴鲁遵照皇上的吩咐,并不派兵护驾。今日不同了,阿巴鲁带着十几名骑兵跟在皇太极的马后,一直把皇上送到了大清门。

郑亲王早已等在宫中,他向皇太极奏报了抓捕"压墙草"匪帮行动的结果:七处现场共杀死匪徒九人,擒获三十一人;七处(包括四家王府)钱物分毫无失;对逃走的余孽,现正在全城搜捕。他还奏报,在抓捕行动中,豫王府发生的一件意外的事:多铎筑城回京从庄子上带回一名丫头,竟有两个人来劫她。最后,那丫头见无法跑掉自尽而死,那两个劫持者却走掉了。

皇太极听后想了一想,没有说什么。郑亲王退下,继续他的搜捕行动。

铁汉和萧立一路无话,赶到了辉河边。快到岸边时,他们就听到了大堤上的动静。两人伏下身子,一动不动地看着堤上的情景。十几匹马在堤上正从东往西缓缓而动,待那些骑马人走远了,萧立击掌三声,江心的一条篷船便划了过来。

这正是皇太极看了觉得奇怪的那条篷船。

萧立来盛京之后,便住在这条船上。遇上铁汉之后,铁汉也住在了这里。而住在这船上,是萧立和铁汉的老师、会中的三大师友安排的。

萧立被告知,白天那船要逆水而上,驶出盛京的水面。黄昏时船再回来,靠岸送萧立进城活动。关城门之前,萧立回到岸边,击掌三声,船来接他,然后船离开盛京水面。万一有了情况,在城门关闭之前萧立没回来,船就在江心等待,不离开盛京水面。

划船的是一名老人,船上除生活用品及渔业所需简陋工具外,不放别的什么东西。如萧立在船上,则看上去他们是父子俩。万一遇到官兵检查,他们很容易过关。

船划了过来,两人上了船。萧立叫铁汉脱下了衣服,换上了存于船中的他的一件上衣、一条裤子,因为铁汉的衣服都被血染红了。血衣裹上一块大石头,被抛入江中,沉入水底。

　　他们是蹿房越脊到了城边的。无疑,城门已经关闭。他们听到了官兵们的吵嚷声,守城官兵已受命关闭了城门,要捉拿凶犯。

　　当时的城墙是天聪四年修起来的,高三丈五尺,外墙的墙皮是用砖砌起来的。

　　萧立早有准备,他腰里带了一根绳子。他迅速将绳子的一头系在了一个垛口上,让另一头垂下。他先让铁汉顺着绳子滑下,自己也下了城墙。

　　城墙外有两道护城河,都宽三丈有余,他们一一泅过了。过河后,他们怕官兵追来,拼命跑了好一阵。快到岸时,他们正好碰上了皇太极等从堤上走过。

　　铁汉的伤口好歹包扎了一下,两人依然无话,倒在舱中各自想心事。

　　萧立看到,一串晶莹的泪珠挂在了铁汉的脸上。他凑上来,用手在铁汉的手臂上轻轻地拍了两下。

　　次日,篷船便到了盛京预定的水面。情况发生了变化,下一步如何行动,萧立需要得到指令。船刚停下不久,就听到了岸上的击掌声,一个人在等他们。

　　这人萧立认识,他初到盛京时,就是由这人做了安排的。那人告诉萧立,要他与铁汉一起于酉末之前赶到白马寺,到时自会有人向他们布置任务。

　　船继续下行,在砂山,萧立与铁汉上了岸。萧立是一身青,铁汉穿了一件紫色的短衫,一条黑色的裤子,腰里系了一条蓝腰带。

　　时间尚早,他们决定先找个安全的地方吃点东西。这里差不多是一片荒野。官道边上有一小镇,看上去也就百十户人家。小镇东首有座三官庙,小镇也就以此命名,叫三官庙。两人进镇观察了一番,街上人不多,在各干各的事。店铺中的人也按部就班张罗着自己的生意,不见有官兵打扰的迹象。

　　他们找到一个饭铺,向里望了望,已有几位顾客在内吃饭。两人相互看了一眼,便进了店门。

　　萧立身边带着银子,这是会里发给他的。这几天来,铁汉游移于盛京,吃不好,睡不安,现又出了倒霉的事,身子一定十分虚弱。萧立便要了四样菜:一只烤鸡,一盘儿青豆炒肉丁,一盘儿熏鱼,一锅炖吊子。

菜上了，统统是铁汉很少吃到的美食，可他吃不下。

萧立一个劲儿地劝他，让他多少吃点儿。铁汉听朋友的劝告，拿起了筷子。他们正低头吃着，便听有人在一旁道："你们怎么在这里？"

两人抬头一看，见是孙童儿，感到惊愕，也问道："你怎么在这里？"

"回来给王爷取东西，路过这里，到了饭点，便想进来吃点东西，歇歇脚，不想碰到了你们。"孙童儿说完，又问了一句，"你们怎么在这里？"

萧立抢先道："被派出来办差，想不到在这里碰上。既然你也要吃饭，就一块儿好了。"

孙童儿对萧立道："有幸碰上，就不客气了。"

孙童儿又要了两个菜，三个人一起吃起来。

三人吃着，萧立道："这次办差银子倒给得富裕，不吃白不吃。"

孙童儿听了笑了笑。

铁汉提起了精神，一是因为在这种时候见到孙童儿心中高兴，二是要强打精神，免得垂头丧气让孙童儿看出破绽。

孙童儿又问道："身子可全好了？"

铁汉道："全好了。"

孙童儿打量着说道："气色看上去还好，只是显得憔悴些，想必是出差办事辛苦。"

萧立接过来道："不错，限期办妥，累得很，特别是睡得少……"

孙童儿又问萧立："办差的事怎样了？可有难处？需要我出力，请尽管说。"

萧立道："倒还顺利。若遇到麻烦，自然免不了打扰。"

三人又叙了些离情别绪，不觉半个时辰过去。

三个人同时站起，孙童儿又道："要是在外吃住不便，可进府去住。"

萧立道："这就不必了，又打扰又招摇……"

孙童儿付了饭钱，萧立并没有死乞白赖一定要付。出门要分手了，铁汉问孙童儿道："你几时回去？"

孙童儿道："多说三日。"

铁汉垂下了眼睛。

孙童儿问："回去前，你有空来吗？"

铁汉道:"看吧。"

孙童儿道:"你们住哪里?"

铁汉见问又道:"还是去看你吧!"

孙童儿上马依依别去,一串晶莹的泪珠又挂在了铁汉的脸上。

萧立和铁汉按时来到了白马寺。

这是一座千年古刹,坐落在一个高坡之上,占地足有十亩。两人到了山门,便有一僧迎出问道:"两位可是萧立、铁汉?"

两人答是,那僧人便道:"请随小僧去见法师。"

两人随那僧人进寺,穿越多重院落,便到一殿前。一到大殿前,萧立与铁汉就听到了一阵对话声,听双方讲话的那急切劲儿,像是在吵架。

带他们来的那僧人愣了一下,停下道:"两位请稍候。"说着便穿越大殿的外廊,拐进一院落。

他们站在殿檐下听着,那里面的对话声,一方就出自他们的老师轩辕法师。

"有什么不好?用这种方式,短短的时间内会员数就翻了一番……"这是轩辕法师的声音。

"你只看见这,却看不到危险。公开聚会,他们会容得?"这是另一方的声音。

"你倒是只看到危险,却看不到干柴迅速铺开,便可燎原!我的头已然白了。像你说的那样,来什么'渐进',是不是等你的头也白了再说?"

"我倒不在乎自己的头会是如何,只求善友会不断地成长壮大!把今晚的聚会停下来,而且今后不可再搞!"

萧立与铁汉听明白了,两人正为该不该搞公开聚会而争辩。而令萧立与铁汉感到吃惊的却是,那一方对他们的师父讲话的口气——这样对善友会的第三号人物轩辕法师讲话,难道是大师友或二大师友到了吗?

随后,是轩辕法师无比坚定的声音:"今晚停下来?那是万万不可能了。水已泼出去,哪个会愚蠢地动手去停下它?"

接着,两人听到了咆哮声:"那你就作孽吧!好端端一个善友会,就毁在你的手上!"

他们又听到了摔门声,一阵风向他们身边吹来,一个农夫打扮的四十多岁的人掠身而去。

片刻,去禀报的那僧人出殿,道:"法师唤你们进去,小僧失陪。"

两人进殿后,一阵声音传来:"你们来了?"

循声望去,先是萧立大吃一惊。接着,铁汉也吓了一跳。眼前站着的人还是他们往日见到的老师、被会中称为"三大师友"的轩辕法师吗?

过去,法师身上总是整整齐齐地穿着袈裟,头上要么戴一顶僧帽,要么光着。此刻法师身上却穿了一件普通百姓穿的蓝布袍,头上一顶瓜皮帽,从后方的帽檐儿下还冒出了一条辫子。再一看,法师的脸色也变了:满脸古铜色,且显现着饱经风霜的刚劲,与往日白得显眼、嫩得出奇的面容形成了巨大反差。

法师并不理会两人的惊愕,又问道:"你们吃过了?"边说边摘下那瓜皮帽,连那帽上的假辫子一起,扔在了身边的一个案上。

如此等了片刻,萧立张嘴回法师他所领命干的事:"昨日,我和铁汉进了豫王府……"

"不必讲了,那事我已晓得。"法师打断萧立,又对铁汉道,"此后要跟定萧立,不得再任意胡行。"

铁汉点了点头。

法师又道:"你们是从三官庙过来的?"

两人回了。

法师又问:"那边还太平吗?"

两人明白法师的意思,萧立答道:"太平无事。"

法师又沉默了一会儿,道:"今晚教友聚会,你二人就在现场睄着,一有什么异常立刻报我。"

这重重的"睄"字,萧立听起来觉得既不像是法师讲出的,又不像是他亲耳听到的。

两人退出,来到院子里,都深深地吸了一口气。

第九章　阴谋暴动，善友会最终覆灭

　　皇太极带着郑亲王济尔哈朗、豫亲王多铎、衍僖郡王罗洛浑和巴牙喇纛章京图赖进了白马寺。

　　济尔哈朗是分管刑部的，要办的善友会这桩大案就由他负总责。白马寺在镶红旗的地面，罗洛浑是镶红旗旗主，皇太极便召了他来。图赖是宫廷侍卫的总头儿，他来是保驾。

　　此事本与多铎无关，但他听说皇太极要来白马寺探察善友会的行迹，出于好奇便要求前来，皇太极准了他。与他在一起的，是他的侍卫图格。

　　寺院没有大的变化，院子里已经站满了男男女女。

　　皇太极看到，众人见面先是相互问候，讲的都是"会话"："你好！"

　　"好！大家好。有了善，有了友，有了会，就好了。"

　　接下来攒三聚五，谈论着，像是久别重逢的亲友。

　　当时，皇太极自然是化了装的，他穿了一件青衫、灰裤，光着头，辫子在胸前垂着。其他人也化了装。

　　进入寺院后，他们分开了，罗洛浑跟着皇太极，他穿了一件褪了色的紫布衫，乌黑的辫子盘在脖子上。图赖穿了一件深色旧布衫，也跟着皇太极。

　　他们凑近一伙人，学着说道："你好！"

　　那几个人都回道："好！大家好——有了善，有了友，有了会，就好了。"

　　天渐渐黑了下来，仍然有人进寺。看得出，人们穿得不是很好。但是，个个干干净净。

这几个人的话题被皇太极他们打断了,回了他们之后,那些人继续原来的话题,一个说道:"这么说,那福晋还有点良心……"

另一个原是主讲人,回道:"可她主不了事。"

一个人问道:"后来呢?"

那主讲人道:"还不就活活地饿死了?"

众人叹气,都道:"还不如一条狗!"

这时,皇太极问:"老人家说的是什么人?"

那主讲人见问,便道:"我们这里正讲我们屯儿上近来发生的一件事:有一个小伙子叫武敬,还是咱们会里的人。他从一条水沟里抓到一条鱼,要拿回去给生了病的老奶奶熬汤喝,不巧路上碰见牛录章京正牵着狗走过。那狗闻到腥味儿便扑了过来,武敬舍不得那条鱼,便高高地举着。那狗厉害,蹬着武敬的身子把那鱼抢下来吃了。也怨这武敬年轻气盛,当天夜里寻了一个机会把那狗揍了一顿。这可惹了祸,牛录章京把武敬绑起来,叫那狗去咬他。牛录章京的福晋知道后可怜那年轻人,央求饶了那武敬。牛录章京放了武敬,可提出要武敬陪那狗睡三天觉。武敬是个血性青年,哪里依得?不依就被锁了起来,不给饭吃。哪会儿愿意了,哪会儿放他出来陪狗,给他饭吃。武敬的奶奶跪求过几次,要东家饶了武敬,牛录章京都不答应。牛录章京的福晋也求过多次,牛录章京照样不依。武敬呢?宁愿饿死也不受辱。奶奶偷偷给武敬送点吃的,也被看守的人给倒了。就这样饿了八天,他死了。"

听到这里,皇太极问道:"不说他是会中人吗?会里就不想点儿办法?"

主讲人道:"会里有什么办法好想?眼下还是那话:有了善,有了友,有了会,就好了。"

皇太极又问:"既说'没办法',怎么又说'就好了'?"

主讲人道:"今日不好有明日,明日不好有后日。"

"明白了。"皇太极又问那主讲人,"老人家是哪个庄子上的?"

"镶红旗,双仓屯。"老人回后反问道,"教友是汉人吗?"

皇太极回道:"不,满人。"

"教友是哪个屯的?"

"我住在城里。"

说完,皇太极先离开了。

图赖留了下来,就见这边的人们愣了半天,其中一个道:"他是满人……倒听说满人也有入会的,可看他那样子,细皮嫩肉的,哪里像是穷人……"讲后发现图赖还在,便问,"教友与刚才那位高个子的教友是一事吗?"

"一事,一事……"图赖说完,便去追皇太极了。

皇太极离开这里后又凑到了另外一堆儿,这里有几个年轻男人,有两个上了年纪的老妇人。

三个人与他们彼此问过好,便站在那里听这些人讲些什么。

一个老妇人在讲一件奇事。

原来她们村东有一个破庙,本来安安静静的。可从前天起,那里就热闹起来。原来,村里一个人叫张保,生了一种奇怪的病,身上先是起红斑,大块儿大块儿的,大得有碗口那么大。原先,那红斑不疼不痒。可不几天,那红斑变紫,并开始溃烂,发着奇臭。眼看人快完了,前天那庙里住下了一个全身发白的老和尚。村里的小孩儿好奇,去看他。他问你们庄上是不是有人生了恶疮?小孩子们想到了张保。那和尚说,你们告诉他,明天一起早儿,让他亲自来这里,把我脚下踩过的地刮下一层,回去涂在疮上,那疮就可治了。小孩子们当作一件新鲜事回去告诉给了张保。病急乱投医,那张保听孩子们讲后竟挣扎着去那庙里会那和尚。孩子们瞧热闹,跟他到了庙里,和尚已然无影无踪。张保便在孩子们的指点下,刮那和尚曾站过的地方的土。回去敷上,果然灵验,那烂疮开始收口,原来变紫了的地方颜色也渐渐变好。这一下子村上的人都去庙里刮地皮,生了外疮的抹它,有内病的熬水喝它,没病的便宝贝儿般留了起来——那庙堂眼看就被刮起一个大坑了……

一个年轻人问:"刮了一层又一层,那还是那和尚踏过的地吗?"

另一个年轻人则问:"后来刮起的那土还灵验吗?"

那老妇回道:"怎么不灵?用过的个个都有起色,要不,谁还去取?"

这时,皇太极问那老妇人道:"老人家,您也去刮过吗?"

老妇人看了发问人一眼,道:"怎么没去过?我的一双老寒腿涂上它,就像被烧了的一般热——原来是不能走动的,涂了没过两天,瞧,我这不是走出来了!"

皇太极听后笑了笑,又问:"您老人家是哪个庄上的?"

老妇人又看了发问人一眼,道:"哪个庄上的?我那里离这里可够远的……"

皇太极一听老妇人如此回答,又笑了笑,便不再开口。

皇太极在前,罗洛浑与图赖在后,进了中院。院子里站满了人,在院子的深处是一座巍峨的大殿。当年,阿敏的大帐就搭在这个院子里,极有可能是当时大殿被阿敏的大帐遮住了,这大殿没给皇太极留下任何印象。

眼前有一伙人,十来个,其中一个中年人正讲昨夜城里刚刚发生的事。

三个人不想打岔,没有再问"你好",那些人自然也就没有回答,他们只是向转眼看他们的人点头示意,便站在了一旁。

只听那中年人道:"这些好汉分作八起,在同一个时刻进入了八个王府——自然是飞檐走壁进入的。神不知鬼不觉,他们就靠近了银库。银库都是由府兵府将把守着的,好汉们使出了绝招,那些护库兵将便一个个倒了下去。"

这时有一年轻人问:"什么绝招儿?放了熏香吗?"

那中年人不喜欢别人打岔,道:"什么招儿?什么招儿谁会晓得!要知道了,还叫什么绝招儿?话说好汉们打开库门一看,奶奶!人们都说王府里金银财宝堆积如山,看来是一点也不假的,那白花花的银子连装都不装,就在地上堆着。箱子里自然是更加贵重的,不用说别的,光大东珠就有两大箱呢……"

这时,刚才发问的那位年轻人又说话了:"八家王府都是两箱?二八一十六,光他们那里就十六大箱!皇上的宫里会更多。加上其余王府、贝勒府的,算起来,天下的大东珠不就都聚在盛京了?"

这回那讲话的人不高兴起来,停下不再讲了。

这是一个热门儿话题,昨晚城里刚刚发生的,许多人已经听到了风声,传言很多,但不闻其详,大家都想知道到底那边出了什么事。讲话人刚开了个头儿就被人堵了回去,谁会甘心?

"讲下去,讲下去。这位朋友有疑问提出来,也是想闹个明白……"

"对,讲下去,讲下去……"

"咱们别打岔……"

那讲话人的积极性显然受到了打击,见几个人安慰他,便懒懒地说道:"也没有什么惊天动地的事好讲了,无非是如何如何抢出了金银财宝,如何如何运走,如何如何与赶来抓捕的官兵厮杀,如何如何赶在关闭城门之前把金银财宝运出城去……"

"这些还不惊天动地?就说搬运这些财宝吧,其中就必有故事!请讲一讲他们是怎样把财宝运出去的?"

"自然是高头大马。它们个个训练有素,等人抢了东西一放在它们的背上,它们就穿街过巷,行走如飞,一次次躲过官兵的拦截围堵……"

"神,神!"那人惊叹不已,"要合起来,他们会抢出多少财宝?"

那讲话人回道:"这就说不清楚了——过后,刑部,要不就是户部,也许会公布一个数儿……"

"传说,好汉们没有一个被他们捉着,是这样吗?"

讲话人道:"这有什么假?不用说捉到人,就是一根汗毛他们都没有丢到官兵的手里!"

"神,神!"

讲话人又有了精神,道:"还有一桩奇事同时在盛京发生了……"

"哦?什么奇事,说说看……"

就在这时,就听有人大喊了一声:"三大师友与众会友见面……"

场上一下子静了下来,所有的人都转向那喊声发出的方位。满场马上发出狂热的欢呼,场面乱了套。

"三大师友,您好!"

"三大师友,您好!"

"三大师友,您好!"

三大师友何许人也?

皇太极正在疑惑,就听大殿那边有人大声道:"好!大家好!有了善,有了友,有了会,就好了。"那声响犹如洪钟。

人们争先恐后,一个劲儿往前挤,皇太极等人也被拥了过去。

萧立和铁汉被派监看场上的动静,也混在了人群当中。法师一说话,远远地,他们也看到了法师。

法师身着一件袈裟,光着头,奇白的面容在皓月的照耀下,在洁白的胡须映衬下,发着夺目的光彩。

铁汉也好，萧立也好，都是心地善良的纯朴青年。刚才，他们不明白老师为什么要换装还化了装。后来，他们又听到了那刺耳的“睄”字，心中便泛起莫名的感情。

现在，众人涌了过来，他们有些紧张了。他们有保护老师安全的任务，生怕发生什么意外。

一想到任务，那个令人不快的“睄”字便又回来了。

当然，首先要看看有没有官府的人来到现场。

但是，他们的疑虑并不在此。

他们曾听到了老师与另外一个人就是否应当搞今晚的聚会进行了激烈的争辩。是什么人用那种语调儿、那样强硬的口气与会中的第三号人物进行争辩呢？那人一定是会中的头头儿，说不定就是大师友或者是二大师友。

他们看到了那人，但不认识。他们只知道大师友叫李国梁，二大师友叫康养民。既是他们，那说明会里的头头儿并不是铁板一块。在他们的心中，善友会是权威的，因而是神圣的；是神圣的，因而也是纯洁的。可头头们的不和，便大大削弱了这种权威性。

就连老师的法号也让他们起了疑：信的是佛祖，为何有了个道教色彩的法名？

总而言之，他们心中乱了套。

善友会，善友会，一要讲善，二要讲友，三要讲会。不是说“有了善，有了友，有了会，就好了”吗？为什么不以善待友，不以友待会，而是相互提防？官府没人来，要“睄”什么人呢？

人们涌过来了，但并没有出现混乱。当前面的人到达一定的位置时，便自动地停了下来。法师站在大雄宝殿廊下的坛台上，以他为中心，外面是一个直径为五步的空半圆。再往外是人群，也是半个圆。

场面安定下来之后，铁汉和萧立不再为老师的安全担心，分头去执行命令。

众人站定之后，郑亲王凑到了皇太极身边，他们身处那半圆的外沿。

皇太极身高，站在那里觉得有鹤立鸡群之感。这容易引起人们的注意，被人认出来。但也有一个好处，就是场面上的动静他可一览无余。他悄悄问郑亲王:"那人就是称为轩辕法师的?"

济尔哈朗回道:"正是。此人的来历尚未查明。"

皇太极道:"且听听这人讲些什么。"

那法师开始讲话了,一阵洪亮的声音开始震荡着寺院:"会友们,今天与大家见面,要与大家一起探讨本会教旨教义的真谛。本会教义的那几句话,大家很是熟悉。它所包含的深意,大家也明白。那么,既然记住了教义,又明白了深意,还有什么好探讨呢?其实,记住了教义,明白了深意,事情并没有完。本会教义那三句话是隐了义的。自身无宝,以善为宝;孑身无亲,以友为亲;只身无家,以会为家。它当是:'我已无宝,以善为宝;我已无亲,以友为亲;我已无家,以会为家。'会友们一定会说,这两种说法没有什么区别。既如此,我们就探讨探讨这后一种说法。'我已无宝''我已无亲''我已无家',这三句话的前前后后有什么内容呢?它告诉我们什么呢?人生下来不能赤贫,人生下来不能无亲,人生下来不能无家。因此,这三句话之前,至少会有这样的三句话:'我曾有宝''我曾有亲''我曾有家。'那么,我的财宝哪里去了?我的亲人哪里去了?我的家园哪里去了?"

话讲到这里停下了,全场鸦雀无声。如此过了片刻,法师又道:"对这样的问题,我想大家心里都是明白的。但是,我们的心里话,我们之中不论什么人,在失去了财宝还没有得到亲善之前,在失去了亲人还没有得到善友之前,在失去了家园还没有得到新家之前,是没有地方好讲的。我们只好闷在心里,最终让它烂在心里。现如今不同了,我们有了一个新家。在这个大家庭里,我们要讲讲我们的心里话,我们要把憋在心里的东西倒出来,不能让它死在心里,烂在心里……可这不是最为重要的。"他又停了下来,过了片刻才道,"最为重要的是,要把它放出来,把它撒在地上,让它晒一晒,然后点上一把火,让它烧起来,烧个精光,最后,在那烧过的土地上,撒上我们自己的种子,让它长出属于我们自己的庄稼……对!这才是最最要紧的!"

这声音似乎在哪里听到过。在哪里呢?皇太极一边听着,一边迅速地整理着自己的记忆。

难道是他?皇太极想起了白喇嘛。皇太极看到白喇嘛还是在天聪元年,当时,他所见到的白喇嘛是一个年轻的和尚。现时,在台上站着他疑为白喇嘛的人已经白发苍苍。十五年过去,不至于就老成这个样子吧?

但是,声音像,体态也像。

皇太极悄悄吩咐身边的图赖,让他去把多铎找来。不一会儿,多铎到了。

多铎已经失去了耐性,他悄悄对皇太极道:"咱快离开这里吧!回头把这些孽种一个个都抓了,特别是那个什么法师……"

皇太极止住他,悄声问道:"你到前面去看看,看能不能认出那法师?"

多铎不解,悄声问道:"什么认不认的?"

皇太极又道:"看他是不是那白喇嘛?"

多铎大吃一惊,看了皇太极一眼,他缓缓地向前移动。

他明白皇太极找他的缘由,皇太极曾单独与白喇嘛接触过,两人谈了很长的时间,尽管那已是十五年前的事了。

在他的记忆中,那白喇嘛的左耳前有一小痣,上面有一撮白毛,要看到那痣那毛就可判定了。但是眼下,月光虽亮,却看不清脸的细部。

他无法再向前移,便使劲地看着。突然,多铎心里叫了一声:果然是他!

这个狗娘养的! 多铎在心里骂了一声。

原来,白喇嘛还有一相貌特征,那就是一颗门牙的下端有些变色。当那法师讲到某处自己发笑的时候,那一特征便露了出来。

多铎属于那种粗中有细的人,他意识到事关重大,便耐着性子慢慢地移到了皇太极身边。

皇太极悄声问道:"如何?"

多铎轻声回道:"就是他!"

皇太极一听,立即吩咐多铎带图格离开现场。然后让罗洛浑告诉他的那名侍卫留下来,继续注意寺内的动静。等皇太极看到多铎与图格离开后,便带济尔哈朗、罗洛浑及图赖也离开了现场。

萧立与铁汉是分开来巡察的。

人们都在聚精会神地听三大师友的讲话,稍有一点动静就会引人注目。

萧立不住地转头,四外观察着。突然,他的内心猛地一动,他看到了一张脸。那张脸一定是在哪里见到过,他紧急地调动着自己的记忆。

呀！不得了了！那是图格——是多铎的贴身侍卫。

在铁汉生病后,孙童儿曾把这人领来给铁汉找了郎中。他当时在场,看到了这图格。对,就是他!

这时,图格的头朝这边转了过来。有那么一刹那,他们的目光相碰了。

但对方的目光没有在他的身上停留。

萧立略略低了低头,向图格那边观察着。他又有了新的发现,站在图格身边的竟是多铎!

多铎是主旗贝勒,也是大清最年轻的王爷。特征十分突出:矮矮的个子,有一身的朝气,黑黑的面皮,头任何时候都在不停地转着,一双小眼睛总是射着好奇的光芒。本旗的人出夫、打仗,有机会看到他。在不同的场合,萧立已不止一次见过多铎了。

萧立转过头去,在人群中找到了铁汉。他看到,铁汉的眼睛正死死地盯着多铎与图格。

当萧立转过头再看多铎这边时,他又有了新发现。

一个四十多岁的男人移到了多铎的面前,向他说了些什么。接着,多铎随那人向外圈走去。两个人到了一个身材高大的人那边停了下来。

那个高身材的男人曾引起萧立的注意,但他并未发现有什么异常。此时此刻,更大的惊疑出现在了萧立的心头,难道皇太极也来了?

多铎到那高身材的人身边说了几句话,就离开了。

多铎慢慢地挤到了人群的前面站定了,看样子他在观察什么。不一会儿,多铎离开那里,回到了那高身材人的身边。他们说了些什么过后,多铎与图格便离开了现场。随后,那高身材的人带领另外三个人也离开了。

不得了! 看来确实有值得"瞧"的地方,萧立立即向老师那边走去。

皇太极他们出寺之后,都奔向了三官庙,那里是皇太极的临时大本营。

那里有三百镶红旗骑兵在待命,皇太极带来的三十名宫廷侍卫也等在那里。

多铎、罗洛浑等正在半路上等着皇太极,皇太极赶到后立即下旨:一、罗洛浑带领三百名镶红旗骑兵速去三官庙包围白马寺,务必将白喇嘛抓捕。二、郑亲王立即返回京城，连夜赶到李国梁、康养民所在庄上，将他们拘捕。三、派人前往双仓屯拘捕那个草菅人命的牛录章京。四、郑亲王回京后，要向范文程等人通报情况，要他们连夜起草三份诏书：其一，要立即取缔善友会，并讲明拘捕李、康的理由；其二，要公布擒拿"压墙草"匪徒的经过，以正视听；其三，要在双仓屯公布那牛录章京的罪恶行径，并诏令村民举报他的其他罪行。五、诏令各旗固山额真、牛录章京，对于善友会，要掌握"内紧外松"之原则，本着"斩草除根，勿使滋蔓，妥善安置，勿使失控"的圣谕，既当作一件大事来办，又不要影响大局。

到达三官庙后，众人分头行动。

罗洛浑扑了个空，他的那位侍卫在一个殿角被发现：被捆绑着，嘴里被塞满了棉花。

那侍卫报告说，他独自留下后不久，就有两个人凑近了那三大师友说了什么。随后，那法师停下来说了句"天要下雨，大家快回家去"的话，人们便神情慌张地开始散去。没过多久，他便被偷袭拖到那个殿角绑起来，嘴里还塞满了东西。后来发生的一切，他就全然不知了。

罗洛浑无奈，命那三百骑兵分头在周围搜寻了一阵，不见任何踪影，便留下五十骑，自己带领其余人等回京复命去了。

原来萧立与铁汉早就注意到了罗洛浑和他的那位侍卫。他们看到，几个人都离开了，唯独剩下一人没走，就断定他是留下来进行监视的。

轩辕法师解散众人后，领着萧立、铁汉和众僧人出庙向西跑去。走出十余里路，法师觉得安全了，便停了下来。他让众僧人分散躲避，众僧人个个带着茫然的神情离去了。

这里前不靠村，后不靠店。轩辕法师领着萧立与铁汉穿过一片树林，登上一个高冈。他自己在一棵大树下坐了下来，对萧立、铁汉道："睡一觉吧，这里会很安全。"

萧立和铁汉各找了一块有草的平整的地段躺了下来，不一会儿，轩辕法师那边便传来了鼾声。萧立也好，铁汉也好，又经历了一个惊心动魄的夜晚，他们谁也睡不着。

但身心终究是过于疲惫了，后来，他们先后睡了过去。不知睡了多久，他们被一阵急促的马蹄声惊醒了。马蹄声是从不远的大道上传过来的,一队官兵,大约有五十人。再细看去,队伍的中间有十几名步行的。再看,那些步行的被绑了双手。

萧立也好,铁汉也好,立即觉得不大妙。他们相互看了看,就一溜烟地下了坡。他们穿过那片树林来到大路旁,隐身等着。

那队人马过来了,骑马的,步行的,一个接着一个地走了过去。

月光之下,他们看得清楚,其中一个被绑着步行的,就是他们初进寺时,在大殿的廊下一阵风般从他们身边走过的那个人。

这时,他们听到身后有动静,便急忙转身准备格斗。一看原来是师父,轩辕法师按住了两人的胳膊。待那队人马远去了,轩辕法师道:"跟着他们,进城去。"

返回盛京的路上,心情最紧张的莫过于图格。

事情的严重性图格是看得一清二楚。最后又查出了个白喇嘛,事情不但严重,而且复杂了。

图格知道,天聪元年,这白喇嘛作为袁崇焕的使者之一,在当时的沈阳露了面。天聪五年,他不知又从哪里蹿了出来,助桀为虐,帮莽古尔泰谋反。多少年过去了,再没有他的声息。现在,不知怎的又蹦了出来。

当晚善友会聚众的情景图格看到了。十分明显,善友会是在竭力散布汉人对满人的不满,是在挑唆这种不满,矛头对准了大清的江山。

在现场,他先是看见了萧立。萧立他只见过一面,但他认出了他。他认出了萧立后,心中产生了怀疑,立即想到了铁汉。

他果然在人群中看到了铁汉。他们怎么在这里?当时,图格的心情就开始紧张起来。图格尽可能地避开二人,不让他们看到。

他与多铎在一起,听在场的人讲话。多铎表现了极大的不耐烦,有时甚至表现得难以容忍。图格得时时扯他一下,咳一声,有时不得不悄声说上一两句。他生怕在主子这里闹出变故,扰乱了皇上的计划。

最后,他们离开了。路上,他从皇上的谈话中知道了,那讲话的法师原来就是白喇嘛,不禁感到心惊肉跳。

呀！铁汉他们如何与这白喇嘛搅到了一起？

当皇上要罗洛浑速速赶到三官庙率领那三百骑返回捉那白喇嘛时，图格曾大胆地说了一句："人马到时，怕他们就散了。"

当时，皇上、郑亲王、多铎都看了图格一眼。但此后，谁也没再注意他。

路上，图格又把昨夜府上发生的事捡了起来，是怎么回事呢？

在这之前，石佛堡送来了一份逃亡者名单，铁汉的名字就包含其中。那名单多铎看了一眼，便抛在了一边。

多铎不晓得铁汉何许人也，图格也没有向多铎讲明铁汉与孙童儿的关系。他以为那铁汉是通常汉人的那种逃亡，逃了就逃了，今后有机会跟孙童儿讲一声就完了。

可昨天夜里，听说有人来劫持春新，当时他陪多铎去看了。他吃了一惊，认出了那劫持者就是铁汉。

多铎在那里看了一会儿，便甩手离开了。下人们了解多铎离开的含意，便喊出了一个"杀"字。图格也听到了那声惊人的杀字，这他倒放心些，杀掉了比活捉强。活捉了，便被问这问那，说不定要把孙童儿带出来。杀掉了，一埋了事。可后来图格听说铁汉被救走了，救出去了也好，连身份都无从查起了。可铁汉为什么来救一个女奴？他不晓得利害吗？他不晓得被抓了，那是要砍头的吗？

现在，事情似乎有了一个轮廓了：铁汉与那姑娘同在一村，两个人相好，便拼了性命前来救她。萧立是铁汉的朋友，是一起来的，最后救走了铁汉。可他们怎么就与善友会搅在了一起？那死去的叫作春新的姑娘也是善友会的吗？他们闯府救她，与善友会有关？那叫"压墙草"的匪帮难道也与善友会是一伙儿的？是他们共同策划了这一连串的行动？

越想越感到事情复杂，图格觉得自己方寸已乱。但有一点他是清醒的，得想办法尽快与孙童儿取得联系，把事情告诉他，好让他心里有个准备。

就这样，他随皇太极、多铎一起进了城，又随多铎一起回了府。

回府后，便有人插了一个空子告诉他，说孙童儿来了半天了，还在他的房里等他。

他听后惊了一下，心想他怎么就来了？图格尽快地侍奉多铎歇了，便急不可耐地回了房间。他见了孙童儿第一句便道："你怎么来了？"然后把门关好。

孙童儿道:"我来打听昨晚的事……"

图格又问:"你几时回来的?"

孙童儿道:"今晚刚到。回来办差,一进门就听人讲了那事。"

图格道:"眼下要告诉你的,除了昨夜那事,还有今夜的事。"

孙童儿听了愣了一阵。

随后,图格把他知道的有关铁汉的情况和皇上对善友会将要办的几件事一五一十都讲给了孙童儿,又问道:"眼下怎么办呢?"

孙童儿叹了口气道:"他是一个不识劝的人,也只好由他了。"

图格又问道:"你怎么办?"

"也只好听天由命了。"孙童儿想了想又道,"只是你呢?你一直不报……"

图格道:"也只好由它了!"

孙童儿听罢离座谢了,道:"如此大恩大义,将终生不忘。"

图格又道:"虽说如此,还是找他再劝一番。倘若听劝,远走高飞,免得他搅在那里边没好下场。另外,我们也免了一场灾难。"

孙童儿点点头道:"说得是。找他眼下是找不到的——也许他会来看我。"

两人又商议了一会儿,孙童儿辞别。

回府之后,孙童儿一直幻想着铁汉的出现。一个上午过去了,没见任何动静。一个下午过去了,依然没见任何动静。这一天来,他的弦绷得太紧了,但无论如何都松弛不下来。他想,也许自己应该到府外转转。

月亮出得很晚,大门口上的灯早早地点燃了。孙童儿出了院子,来到府门前,守门的几名家丁向他请了安。他站在府门,向外张望。

街上行人不多,孙童儿幻想着大街的另一头,铁汉在快步向他走来。

突然,他真的看见一个人向他走了来。

果然是铁汉,孙童儿迎了上去,邀他进府。

铁汉道:"既是在这里碰上了,就在这里说会儿话好了。"

孙童儿见铁汉执意不进府去,便继续携了铁汉的手,在街上遛着。

孙童儿开门见山,把图格与他讲的都讲给了铁汉。

铁汉听后,半天没有说什么,最后说了一句:"我把你们害苦了……"

孙童儿听后怒道:"你这讲的是什么话!我只是想知道,你下面打算怎办？"

等了半天，铁汉才道："还能怎么办？只是舍不了你们就是——另怕再连累你们……"

孙童儿听到铁汉说"怕再连累你们"，便想从这里岔开，忙道："既怕连累我们，我们倒有个主意……"

铁汉听了，问道："远走高飞是不是？"

孙童儿道："正是。"

铁汉停下脚步，眼里噙着泪水，自语道："我铁汉生来就是一个负义之人，但不忘恩……生时，因对不住朋友而饮恨；死后，还因对不住朋友而怀憾……"

孙童儿这时也已泪流满面。

铁汉又道："咱们还是讲讲小时候的事吧……"

次日，查处善友会的诏书公布了；搜捕白喇嘛的告示也贴了出来；在镶红旗双仓屯，抓了那个逼死人命的牛录章京，并在当地出了告示；在盛京及其附近地区，还张贴了抓捕"压墙草"匪帮的公告。

那取缔善友会的诏书有这样的文字：

> 今查有李国梁、康养民及喇嘛白姓者，合群结党，秘建善友之会；惑世诬民，扰乱朝廷纲常；私造印札，毕露不轨之心……
>
> 自古僧以供佛为事，道以祀神为宗，善友密党，非僧非道，一无所归，乃邪教也。自今而后，严旨取缔，永行禁止。不论男女老幼，如有不遵禁约者，杀无赦。
>
> 朕仁慈为本，宽大为怀。已抓捕归案之教首李国梁、康养民，有司正施训化，以观其效。喇嘛白姓者暂遁法网，已诏令各旗搜捕之，量不日归案。其余为首者捕后略加规训，不日可释……

萧立醒来了，他一睁开眼睛就觉得情况不对，赶紧爬了起来。他知道坏事了！

昨天，老师与他们一起回到了盛京。他们没有进城，而是到了辉河上的那条船上。不一会儿,老师自己走了,嘱咐萧立与铁汉待在船上等他回来。

晚饭前,老师回来了,向铁汉布置了任务:次日上午辰时前,要到达大清门。届时,将有十七个人从不同的方向同时到达那里。到达那里之后,便有人出面组织他们,要铁汉到时听从安排。

铁汉与萧立均已意识到那将是一项什么样的行动。

往日,老师说一他们不二。眼下,经历了如此大如此多的变故,他萧立就要说个"不"字了。

老师听了有些吃惊,但很快就平静了下来,问道:"既然铁汉去不妥,那你去?"

萧立道:"我去。"

铁汉道:"不,我去!"

"那你们谁去自己商量!"老师说罢,便走了。

萧立争着要去,铁汉没有再争,心里自有主张。晚间,他进城去了睿王府。

萧立没有睡,一直等到铁汉回来。铁汉带回了一些酒菜,他们对饮后便躺下了。

他们并排躺着,谁也没再说话。萧立先睡去了,他醒来时,日已当空,铁汉已不在了。

他断定,铁汉已去了大清门。

他觉得头重脚轻,才知道是铁汉昨晚在他们的酒菜里搞了名堂。

萧立问那划船的老者,铁汉走时可有话留下。

那老者回道:"铁汉叫我告诉你,说他去了,再无甚牵挂。"

萧立听罢赶紧要老人把船划过岸去,不顾自己头重脚轻,上岸后直奔城里。

赶到抚近门,他就感到了城中的紧张气氛。

城门并没关,但马队分列于门内门外,军士个个持矛掌刀,一脸的杀气。萧立顾不了许多,向大东门飞奔。

大东门也没关,但众多的骑兵已将门口堵了个水泄不通。

萧立找了一无人处,上了房,拿出他的蹿房越脊的本领,奔向大清门。他上房向前走了一段之后,便听到大东门那边响起了一种奇怪的声音,先是像沉重的滚雷,接着像狂风中卷起的波涛翻滚。那声音越来越近,他这才意识到,那是万马在奔腾……

萧立吓得魂不附体,赶紧靠向大街,向那声响处望去。

呀!天哪!

铁汉准时到了大清门,其他的人也在同时到了这里。铁汉暗暗数了一下,除他之外,果然还有十七个人。那些人到达后,有一个人发了号令:脱去长衫。铁汉看到,脱去长衫之后,每个人的背上都有一些字露了出来。铁汉并没有得到要穿长衫、里面的衣上要写上字的命令。

一个人的背上写的是:"我已无宝,以善为宝;我已无亲,以友为亲;我已无家,以会为家。"

另一个人的背上写的是:"非僧非道何罪之有?"

还有一个人的背上写着:"正黄旗非僧,镶黄旗非道,邪教乎?"

再看另外一个,写着:"解禁我会,释放我友!"

铁汉再也懒得看了,他等待着那发令人的指挥。

十八个人被编成三排,离大清门十步,在大街的中央,按照大街的方向东西排好,然后坐下了。

铁汉的位置是最后一排的最东一个,他盘腿坐下,把双手放在膝上,什么也不再去想。

大清门守门的护军不知所措,急忙报了进去。图赖闻报不敢怠慢,立即报与皇太极。皇太极闻报随即下旨:一、各派三百骑将大东门、抚远门堵了,断绝来往行人,但此二门不必关闭;二、大清门前静坐者先不必动他,看看他们要干什么;三、要谨慎从事,防止事态扩大;四、城中加强警戒,但不可惊慌失措。八个城门不要关闭,除抚远门外,其余七门均可允行人出入。

在大东门率领三百骑负责把守的是参将阿巴鲁,他的坐骑在最前排,即三百骑最西的位置。

一只鹞鹰正在盛京皇宫的上空追捕一只小鸟。那小鸟为了逃命使出了全身的本领,它上下翻飞,躲避着鹞鹰的魔爪。

在大东门的上空,那只小鸟突然俯冲了下来。那鹞鹰穷追不舍,也跟着冲下。

天哪,那小鸟和鹞鹰正好冲到了阿巴鲁的坐骑的头部。坐骑受了惊,它先是前蹄高高地跃了起来,随后,四蹄跳了一阵就向前冲去。

阿巴鲁大惊失色,赶紧勒紧缰绳。可是不灵,那马飞也似的向前奔着。其余的马见主帅的马冲了出去,还以为得到了冲锋的命令。不管怎么说,反正它们也跟着蹿了出去。

后面的骑手不晓得是怎么一回事,见前面有了行动,以为有了冲锋的将令,便拍马紧随,唯恐赶不上主帅的步伐。

三百匹马,就这样向着大清门狂奔。

萧立最初所听到的,就是这三百匹马起动后的奔驰声。

铁汉也听到了马群的奔驰声,他觉得大地在身下颤动着。那祸水汹涌澎湃,很快地来到了眼前。

那十几名会友包括那发号施令者,慌乱得不知所措,他们爬起来要逃走。

铁汉一动没动,他知道自己的死期到了。他合上了眼睛,让眼前出现两个人。一个是孙童儿,仍在阳间的朋友;一个是春新,已在阴间等着他的恋人。

萧立紧紧地咬着自己的一只手,才没有叫出来,他是外面唯一目睹了这一惨剧全过程的人。

萧立没有再去找善友会的人,他去了深山老林,落了草,在那里竖起了"替天行道"的大旗。他在聚义厅中央并排设了两把交椅,一把他坐,另一把空着。

李国梁、康养民没有被驯化。反正杀戒已开,大清门事件之后不久,皇太极见教化不成,就将李、康等为首的十八人杀掉了。

白喇嘛怎么样了?

二大师友康养民曾提出疑问,这白喇嘛为什么会不顾实情胡作非为?

其实,在这件事情上,这白喇嘛并没有那么复杂的背景。他那样做,只是错看了形势,以为大清国的天下已布满了干柴,只要一点,就要星火燎原了。

这之后,他又在盛京附近继续做他的煽动。但是,大清门事件之后,白喇嘛再也没有了号召力。

不久,他去了宁远、锦州一带。但那里将要成为战场,遍地会是清兵。他料定在那里难以安身,就入关去了。

之后,就再也没有他的消息传出。

第十章　兵围锦州，八旗军围点打援

前方筑城，后方的军队抓紧了攻城野战的训练。

与此同时，皇太极频频派出使节，加紧与蒙古、朝鲜的联络，请他们做人员和物资方面的准备——蒙古主要是出人，朝鲜主要是供粮。最后，最重要的事情自然是确立作战方略，制订作战计划。

在此期间，皇太极不断地把将领们召入宫中，听取大家的意见，分歧主要在作战的稳急方面。

阿济格、多铎和阿巴泰属于"急派"。他们不把关东明军放在眼里，认为可以一举拿下锦州、宁远，甚至山海关。

睿亲王、郑亲王和礼亲王属于"稳派"。他们认为关东的明军不可与中原的明军相比，另一个不可小视的因素是洪承畴的到来。从洪承畴上任后短短的几个月的所作所为来看，此人确比他人高出一等。还有，此次作战有攻城的任务，而这是清军的短处。

经过多年的经营，又加洪承畴来后做出的努力，无论是锦州，还是塔山、杏山、松山和宁远，城池都是坚固的。另外，仗打起来，明军必定从关内调兵过来。这样，在人数上清军难以占到优势。因此，要做长期作战的准备。

唯独豪格取模棱两可的态度，说一切都不是固定不变的。闹好了，可以很快消灭敌人，拿下锦州、宁远，甚至山海关；闹不好，可能三年争斗，一事无成。

经过几个月的争论，反复斟酌，皇太极确定了作战方略，决定用三年的时间最终解决关东的问题。这包含：一、消灭关东明军——含关内增援的明军；

二、拿下锦州、塔山、杏山、松山、宁远和山海关;三、肃清明朝在关东的一切势力和影响,把关东建成进攻中原、夺取大明江山的强大后方。

作战分三步走:一、围城。先将锦州围起,长久困之,吸引山海关和关内增援之敌;二、打援。集中兵力歼灭救援之敌;三、攻取锦州、塔山、杏山、松山、宁远和山海关。

这期间,乌格陆续报回明廷内部和义军的有关信息。如张献忠入川与罗汝才会合,杨嗣昌被逼出京督师等,李自成并没有死,他隐于商洛大山之中,有突击复起之势。接着到了九月,乌格报告说,河南大旱,粮食绝收,百姓拥于路途,呼天叫地,如义军到此,必一呼百应,其势不可当。

皇太极对后一条情报异常重视,他召睿亲王、范文程和孔有德等入宫,问他们这意味着什么。

大家异口同声道:"这意味着机会。此形势必为义军所利用,中原局势必有大变。"

不错,是机会。皇太极随即下令,兵围锦州。

这一天到底来了。

从清军筑城到清军围城,洪承畴度过了一百五十多个忙碌、艰苦的日日夜夜,他已经做好了准备。接到祖大寿清军围城的急报,他即点齐本部五万军马,亲自率领往救。

他的大营扎于塔山和杏山之间,扎营之后,他便派出小股人马冲击清军大营,试探虚实。

清军派出了不多的人马迎敌,亦做试探。次日,明军又派出近万人向清军冲击,清军失利。第三天,洪承畴大举向清军进攻。困于城中的祖大寿听到城外厮杀声,也率军从城中杀出。清军抵挡不住,在殿后骑兵的掩护下退入义州,锦州之围告解。

皇太极下了那么大的决心,制定了一整套的战略战术,为何如此不堪一击,这么快地败下阵来呢?

其实兵不厌诈,这正是皇太极用兵的特点。试想从一开始,就拉开一个围城打援的架势,把锦州围起来,单等援军一到就下手,那还算什么作战艺术?那样干,叫人看得明明白白,哪个会上钩挨打呢?更何况,他的对手是以善于用兵著称的洪承畴?

当然还有一个可能,皇太极认为眼下这五万人马不够他吃的,他要等来的人多了再行下手。

清军的失利、撤退是假的,又是真的。不真的失利,那能骗过谁?失利做真了,撤退也就做真了。

事实上,洪承畴曾经思考过清军是真败还是假败的问题,结果断定清军是真败。他的主要根据,就是清军人少,三万人无法顶住六万人的攻击。

洪承畴没有撤,他断定清军会卷土重来。

果然,清军再次包围锦州,这次清军的兵力是五万人马。

清军人数多了,战斗变得激烈起来。清军对锦州的攻势加剧,包围圈缩小,城中的明军断绝了与洪承畴大营的一切联系。

随后,清军又增兵一万。洪承畴意识到,只靠本部人马是无法解锦州之围了。

洪承畴给皇上发了救援疏,并提出了救援的具体人选:宣府总兵、大同总兵、蓟州总兵各率一万五千人马来救。

令洪承畴喜出望外的是,崇祯竟全部满足了他的要求。下旨令各路人马火速前来,听候洪承畴调遣。

这是很不容易的。要知道,当时李自成刚刚破洛阳,杀福王朱常洵,张献忠刚刚下襄阳,杀襄王朱翊铭,中原局势危急。当然,崇祯之所以肯在关东下如此赌注,也说明他对关东战事的成败是十分看重的。

关内援军陆续到达。这样,洪承畴手下已有十一万人马,号称十五万,有八大总兵,计山海关总兵马科、宁远总兵吴三桂、前屯卫总兵王廷臣、宣府总兵杨国柱、大同总兵王朴、密云总兵唐通、玉田总兵曹变蛟、蓟州总兵白广恩。

洪承畴将大营移至松山的石门南北列阵,令吴三桂、杨国柱、王廷臣在西,唐通、曹变蛟、白广恩在东,王朴在前,左右互应,前后兼顾,采取且战且守、步步为营的战略,向清军逼近。

当时,清军围城的主力在锦州西南的乳峰山,在东石门和西石门各有一万名骑兵,总兵力依然是六万人。

双方几经激战,互有胜负,处于相持态势。

就在此时,战局酝酿着巨变,根源却在各自的京城。

崇祯十四年五月,崇祯在中极殿召见文武大臣,朝议关东战事。崇祯十分忧虑,锦州被围几个月过去了,非但不见解围,反而围势渐紧。锦州会不会丢掉？这是崇祯忧虑的焦点,自然牵涉洪承畴的战法是否妥当？

当时,兵部尚书杨嗣昌已自尽两个月,兵部主位已经坐上了新人——陈新甲。

陈新甲打心眼里是不赞成洪承畴的所谓步步为营、且战且守的打法的。步步为营,一步一步迈去,何时迈到锦州的北城把清军赶走？且战且守,战到何时,守到何日？

陈新甲最关心的是辽东军队的供应问题。十万大军且战且守,半年的工夫将需多少粮草？缠上一年,又要多少粮草？这些数字别人不知道,他兵部尚书心中清楚。再说,眼下要紧的是西线,那里保不住,保辽东之一隅又有何用？剿饷、辽饷,还有练饷,名义上一年增赋一千六百七十万,可钱在哪里？增赋、增赋,赋没增,贼倒增了。赋越增收得越少,贼越剿越多。

但是,陈新甲是一个聪明人,他知道皇上是赞成洪承畴的战法的。他不想明着与皇上对着干,去做什么"苦谏"让皇上改变主意。他一向认为,大凡苦谏者,除去迂腐一点不去管它外,实皆无能之辈也。能者要像《孙子》里讲的那样,不战而屈人之兵。不战,在这里就是不与皇上争辩。要创造条件,表面上不争,甚至顺着来。但利用创造的条件,改变皇上的主张,让皇上按照他陈新甲的一套降旨行事。

朝议中,对辽东的战事,陈新甲表现得比皇上还着急上火。他强调按照皇上的旨意,辽东的战事明军实际上已经取得了若干次的胜利。锦州之围不解,因素颇多。说到这里,他轻描淡写地提出在已有小胜的基础上,是否再胆大些,加快一下进攻的速度。

说完,他看了崇祯一眼,见他微微地点了几下头,便趁势道:"圣上之心愚臣深明,锦州,祖宗之地也,岂能容夷蹂躏！锦州之围一日不解,万岁一日不能安枕。辽东战法,事体重大,以臣愚见,今不做最终的决定,容臣回衙与几位大人会商。同时,派员前往关东,与洪大人共谋,听洪大人见解,后臣将议案奏请皇上钦定。"

崇祯听罢认为有理,遂恩准陈新甲急办。

陈新甲确实有两下子,话说得丝丝入扣,理讲得透透彻彻。

但是在这背后,有一点所有的人都没有觉察:皇上定了的事,他陈新甲提出了改变的主张,而皇上在不知不觉之中竟同意再行商议。

陈新甲说回衙与几位大人会商,他找了哪几位大人?实际上,对陈新甲的这种说法无须认真看待,这样说只是一种幌子而已。

那么,派了什么人"前往辽东,与洪大人共谋,听洪大人见解"呢?

陈新甲派出的人叫张若麟,时任兵部职方郎中,五品。别看他官不大,但权势压人。他去之后,是兵部尚书的代表,负有与总督洪承畴商讨重大军机的使命;后来他留在了前线,是兵部的代表,掌"征讨请命出师"之事,有"悬赏罚,调兵食,纪功过"之权,并有权向皇上密奏。因此,前线诸人,无不怕他三分。

张若麟不愧为陈新甲的心腹,不但对陈新甲的意图心领神会,而且在把陈新甲的意图付诸实施时大有创造性。张若麟被派知道事体紧急,一路之上没有耽搁,很快到达山海关。

十余日的鞍马劳顿,张若麟没有放在心上,出关之后直奔洪承畴大营。

见到洪承畴之后,张若麟首先拿出一封信函,是陈新甲以私人名义写给洪承畴的——

督台大人钧鉴:

近接三协之报,言敌欲进兵袭扰,不知实否?若是,则锦、松将腹背受敌,其势不可支矣。大人挥军救锦半年有余,耗饷累累数十万计,锦州之围未解,且敌围愈固,令人焦虑之至。今大人滞兵于松山一隅,锦州之围几日得解?如敌越进,逼于三协,我果承腹背受敌之累,计将安出?主忧臣辱之事,谅大人必深虑之也。

学生派张若麟就大人,与大人共谋对策,敬请大人赐言。

突然接到这样的一封信,没头没脑地一顿训斥,收信人会做何种感想?

洪承畴不愧为经世之重臣,看罢信后,他慢慢地将信纸折起装入信封,然后对张若麟道:"大人一路鞍马劳顿,老夫已让人安排好营帐,请大人歇息。晚间老夫有一宴,为大人洗尘。"

张若麟拱手道:"多谢大人。有关战事,还请大人早日赐言。临行时,圣上和陈大人盼学生早日见到大人,其心之切,非亲见者不可知。"

洪承畴听罢笑了一笑,道:"老夫在大营安排大人之食宿,以备随时讨教于先生。"

张若麟无话可说,只好随一名小校退去不提。

张若麟一走,洪承畴就对着陈新甲那封信思考起来。

他用不着像一般人那样,拿出那信来读了一遍又一遍,边看边琢磨。他已将信的内容记得很牢很牢。

信中劈头提出"近接三协之报,言敌欲进兵袭扰",洪承畴知道这是指前段军中所传清军要突击三协的谣言。当时,洪承畴就断定那是清军的疑兵之计,意在声东击西,故未曾放在眼里。不想,此事传入京城,竟成了兵部攻击他的口实。

是他自己的意思吗?洪承畴在问自己,看那口气,倒像圣谕。然而,是什么令皇上改变了主张?是不是陈新甲玩的花招儿?他对陈新甲是绝不信任的。

新任兵部尚书陈新甲,在京城素以"智多星"著称。信中这种看了令人感觉难以名状的文字,确实代表了这位新尚书的风格。

如果是他自己的意思,可那口气未免大了一些。虽他陈新甲是兵部尚书,可我洪承畴也挂着兵部尚书衔并兼副都御史呢。你摆什么臭架子!论资历,你是晚辈;论年龄,你是后生。以如此的口气致老夫,真是岂有此理!

也许不是他自己的意思,因为那口气又大得令人敬畏。为什么?

可能在陈新甲的身后站着皇上,陈新甲是在以自己的名义,复述着皇上的意思。这样看,那信与圣旨的效力是等同的。就是说,皇上给了他洪承畴一个转圜的余地,不想直接表露对他的不满,而通过这种方式加以警示,让他洪承畴自己转过身去。

但是,这套战法是经皇上肯定并褒奖过的。皇上认为应该掉转船头,完全可以直言而不用多此一举,兜这么大的圈子。可是这位皇上不但见解易变,而且一向透过于人的。所以,兜这种圈子也不是没有可能。

或许,是皇上对辽东战事有了不满,陈尚书知道后写了这样一封信,要他洪承畴有所准备。如果那样,圣旨很快就要到达。

可他又想到,如此的揣度没有来由。第一,他与这位尚书大人以往只见过一面,既谈不上深交,更谈不上密友。这样,尚书大人何以有如此的深情,肯干这种事呢?第二,他洪承畴已年过半百,虽自认尚有些本事,但在朝中没有什么根基,自己并非新任尚书拉拢、网罗的对象。因此,陈新甲也就无须干这种事。

到底是怎么一回事,还一时拿不准,洪承畴决定先从张若麟口中探知一二。晚间餐桌之上,洪承畴先问候道:"先生休息了两个时辰,可觉清爽些?"

洪承畴知道,张若麟并没有休息,而是要了一匹马,在几名小校陪同下到前沿阵地兜了一圈儿。

张若麟回道:"学生此来,身心疲惫与否已麻木失觉,而只感泰岳压顶,不堪重负——想早日回京赴命,以卸为快。故阵地前沿转了一圈儿,免得督台大人赐言时,不知东西南北。"

洪承畴听罢笑了笑,道:"大人勤奋如此,陈大人伯乐再世,所传不假。"

张若麟听罢忙道:"尚书大人知人善任果如大人所言,然吾辈平庸,焉堪大人挂齿。"

洪承畴听罢没再接茬,转而问道:"大人既已出巡,有何见教,望明示老夫——常言道,当事者迷。居于庐山之一隅,难知庐山真貌之谓也。"

张若麟是个十分敏感的人,一听此言,便体味到了一股讥讽的味道。因为他想起了陈新甲给洪承畴信中"大人滞兵于松山一隅"的句子,忙道:"督台大人如此说,如何不愧杀晚辈!在大人面前,岂敢沾'教''示'的边际?此番来,此一转,便给了学生三个字:一曰雄。大人列阵,犹布天罗地网,恢恢撒撒,大矣哉,如天地无边。二曰缜。大人布兵,犹棋盘置黑白之珠,洋洋洒洒,密矣哉,如天衣无缝。三曰奇。大人用兵列阵,多点多面,左右携手,前后交足,点可成面,面可成点;左可转右,右可转左;前可为后,后可为前。变化多端,鬼神莫测其深。学生往日素听大人威名,今日见阵,知大人名不虚传矣。"

也难为张若麟一口气说出这样一套恭词来。看来,这位兵部职方郎中还是有两下子。洪承畴初见这位使者就没有好印象,但听了这一番话,心中还是美滋滋的。

洪承畴自谦了几句,两人对饮之后又问:"陈大人请大人带给老夫的信笺,对老夫未能解得锦州之围甚有责辞,不知大人来时尚书大人有何吩咐?"

张若麟听罢放下酒杯,假作思索半晌才道:"学生本不应讲,但久慕大人盛名,今得与大人同桌共饮,得大人耳提面命,有得宠忘我之虞。故不避怨而明告大人,陈大人责怨,非得已也。"

洪承畴听罢不慌不忙问了一句:"那就是说,圣上怪罪下来了?"

张若麟轻轻点头,不语。

洪承畴见状又问:"既如此,陈大人差大人前来,岂不是多此一举?"

张若麟不是能轻易问倒的,他听罢回道:"大人所言极是。来时学生以同一问题曾问陈大人。"

洪承畴问:"陈大人如何回答?"

"陈大人道,此圣上之意。"

既是圣意,他就要争斗一番,为了自己的信誉,为了手下十多万将士的命运,为了大明辽东所剩土地和臣民的命运……

次日,他把八位总兵召来大营,要按照兵部的指令,就辽东的作战方略问题,与兵部的使者进行商讨——实际上是让这位使者听一听前线将领的见解,以期不是让前线听从京城,而是让京城听从前线。他已经下定决心,对看来可能难以挽回的局面挽上一挽。

商讨的过程中,八大总兵一致表示坚持原有战法的必要和不可动摇的决心,表明唯有坚持原有方略,才有解锦州之围、克敌制胜之可能。

洪承畴则全面、系统地讲述了明军和清军各自的作战特点,此次作战的性质,明军采取且战且守、步步为营的根据,以及不得追求速战速决、莽动轻进的理由。

张若麟的聪明之处表现为,在如此的场合,他并不对众人的见解进行反驳,不与众人进行争论,甚至不表明自己的观点,而是申明自己是兵部尚书派来听取洪大人和诸位大人的见解的。他的使命就是听明白大家的主张,回去一五一十地向尚书大人报告。

有几位总兵被这种表面现象骗过了。既然如此,那就把自己的见解一五一十讲出来,让这位使者传回去好了。洪承畴当然明白是怎么一回事,他之所以大讲了一番,一是要警示众将,坚定信念,不受干扰。二是向张若麟表明,他洪承畴不是那种任人摆布、可以轻易就范的软骨头。

对于洪承畴的用意,张若麟心里自然也一清二楚。

这之后,张若麟该走了吧?但令洪承畴不解的是,他并没有走。

他对洪承畴解释说,来时陈大人曾有吩咐,如他认为有必要留下来,就可以留下。洪大人和其他将领的见解,他可以书面向兵部报告,由兵部奏请御准。

就这样,有两份文件同时送往京师。一份是洪承畴给皇上的奏折,一份是张若麟给陈新甲的密报。

就在此时,清军有了新的动作。

一是清军进行了大规模的换防,这从清军大营的旗纛的变换便可知晓;二是围城的清军对城池的威逼加剧,清军的先头部队均已处于离城墙不到二里的距离;三是清军增强了队伍的移动,尤其是骑兵,很多时候是在营外奔驰游击。

另外还有传言——从俘获的清军探子的口中可得证实——近期清军将要增兵。

这是清军在施展计策,要引导明军走上清军设计好了的一条路吗?并不是的。

明军且战且守、步步为营的战法,使清军的围城打援的目的难以实现。明军来援,但十万大军左右相协,前后相顾,结成一个整体,且战且守,步步推进,无缝可入,无懈可击,使得清军抓不着,吃不动。

当然,清军不是无兵可增,但皇太极考虑到,如果增兵不得其时,不但改变不了战局,反而使洪承畴用兵更加谨慎,越发坚持这种且战且守、步步为营的打法。因此,火候不到,增兵不是解决问题的办法。清军要做的,是诱导明军改变战法,让他们分散开来,然后将分散之敌一口口吃掉。要做到这一点,一是在战场上调动明军,迫使他们改变打法;二是以压促变,用战场上的形势,强令明朝的皇上下命令,让洪承畴改变打法。

皇太极并不知道当时崇祯正在等待兵部使者张若麟的报告,但是,皇太极知道在辽东的作战方略问题上,明廷必定存在着分歧,最终要由崇祯做出最后的决定。因此,清军上述的动作,是皇太极基于对战局的分析和对崇祯处事原则的认识,为改变战局所采取的军事步骤。

刚进七月,辽东的两份文件便到达京师。

看了洪承畴的奏折之后,崇祯认为洪承畴言之有理,稳扎稳打是保险的,十万生灵的性命不说,这些人马是他蓟辽地面的支柱,不可贸然从事,伤了东厢的元气。但是,如此下去,锦州之围解无时日,又令他坐不安席。因此,到底孰轻孰重,他难做判断。究竟如何是好,仍难下决心。

他复又打开洪承畴的奏折,找到了那几句话:

> 锦守颇坚,未易撼动。敌军粮草有限,越今秋,不但敌穷,即朝鲜亦穷矣。此可守而后可战之策也。

就是说,要拖,要拖过今秋,拖到明年,等敌军粮尽,供清军粮草的朝鲜也无力供应了,再做道理,再解锦州之围。

可届时敌不穷,朝鲜亦不穷,锦内我军弹尽粮绝,当待如何?崇祯提出了问题。显然,他对"待变"的做法已经变了态度。

洪承畴的奏折崇祯给陈新甲看过了。崇祯万万不会想到,陈新甲正在暗地里策划着要崇祯接受他的那一套战略。

崇祯自然要了解被派去的那个职方郎中对战事进行实地考察之后有什么见解。对崇祯的询问,陈新甲做了这样的答复——职方郎中大体赞成洪承畴的做法。

崇祯听罢反问了一句:"也要朕等到明年再说?"

"不尽其然。"陈新甲趁此向崇祯进言,洪都督总的战法是对头的。但,臣与职方郎中一致认为,在现有战法的基础之上,还可以将步子迈得大些。

说到这里,陈新甲提醒皇上,说在职方郎中的报告里,有清军最近全线换防、围城加剧、大军活动频繁的内容。

而洪承畴则在奏折之中没有提到清军最近所采取的换防等加紧进攻的行动。

崇祯听罢忙问是怎么回事。

陈新甲随即将张若麟报告中有关清军换防等三项内容详细奏过。

"有塘报来吗？"显然，崇祯不高兴了。

"没有。"陈新甲回答得十分平淡。

"如此重大的动静，为何不报？"崇祯又问。

陈新甲没有回答，而是说："还有情报说清军即将增兵。"

崇祯沉默了，难道洪承畴隐瞒军情，以便让朕首肯他来年再战的战法？

随后的几天，陈新甲又做了下面几项事情：

第一，他问户部尚书要粮，要钱，指责户部所供军饷不足所需之二分之一。还特别提到辽饷，虽然比之剿饷、练饷多一些，但那边战事吃紧，人马集中，如此的军饷数目，一是难以叫辽东官兵久支，二是战中欠饷，难保不出不测。

户部尚书则强调，河南绝收，河北歉收，江南水涝，全国收赋不足往年的半数，要他拿出更多实属让他做无米之炊。

官司打到崇祯面前，弄得崇祯无可奈何。但有这个效果，那就让崇祯觉得辽东的战事久拖不得。

第二，将张若麟陆续报来有关清军最新行动的情报汇集起来，奏请崇祯御览——这些情报旨在说明，清军即将有大的动作。

第三，陈新甲暗地指使一些人纷纷上本参劾洪承畴，说洪承畴怠于战事，贻误战机，致使辽东战局渐渐利于敌军，锦州之围解无时日；现仍滞兵杏、松之间，畏首畏尾，言且战且守，实惧敌怯阵，守而不战。

崇祯接到这些奏折之后，再也难以沉得住气了，忙命兵部尽快拿出加快辽东战争步伐的作战方案来。

制定方案不是难事——陈新甲早已准备妥当。他的方案是分兵出击，全线进攻，一鼓作气打退敌军。具体为将大军分为四路，一路出塔山，趋大胜堡，攻敌之西；一路出杏山，绕锦州，攻敌之北；一路出松山，渡小凌河，攻敌之东；另一路亦出松山，作为明军主力，攻敌之南。

虽在表述上陈新甲仍坚持洪承畴的提法，且战且守，步步为营，但明眼人一看便知，陈新甲的方案已完完全全改变了洪承畴的战法，成了彻头彻尾的分兵、速决。

可笑又可悲的是，崇祯看不透这一层，竟然批准了这样的方案。

趁势，陈新甲奏请崇祯提议高起潜为总监军，已在关东的张若麟副之，崇祯也准奏。

不用说,这一切从根本上注定了锦、松之战的结局。

七月中旬,高起潜携旨到任。圣旨有两项内容:一是御谕洪承畴执行兵部的作战计划;二是御谕对高起潜、张若麟的任命。

洪承畴一见圣旨急得几乎哭了出来,他预感到大事不妙,心中不住地大骂陈新甲。从这份名为且战且守实为莽动出击的作战计划便可知晓,陈新甲在京施展诡计,改变了崇祯的主意。

对高起潜和张若麟的任命也加重了洪承畴的忧虑。他知道,这高起潜是有名的成事不足,败事有余者。高起潜原有一个绰号,叫作白公公,因其皮肤周身白皙而得。后来,军中都背地里叫他"败公公"。有一句话在军中流行:哪里不败,白公急派。就是说,他到了哪里,哪里就要吃败仗了。洪承畴忧虑还有一个原因,那就是他上任伊始,就将高起潜的心腹刘文藻除掉了。由此,高起潜必寻机报复。

张若麟原就令洪承畴不悦。这次战法的改变,必是张若麟与陈新甲狼狈为奸所致。而更令洪承畴感到讨厌的是,任命一下,张若麟随即变了脸和身段,一下子趾高气扬了起来。

悲归悲,怨归怨,恨归恨,圣旨还得照办不误。

如果不是有监军在,他洪承畴还有回旋的余地。他可以拉开照圣旨行事的架势,短时间之内来个分兵进击,一旦清军明白过来,他便迅速收缩,回到原来且战且守、步步为营的状态。而后,隔上几天,再来一次。可高起潜、张若麟监军情况就不同了。他无法瞒住他们,更不存在争取他们的任何可能。

他也想过再做一次努力,紧急上疏,讲明兵部作战计划的不可行,让崇祯改变成命。他没有动笔。一来,他断定再次上疏九成九是白费工夫;二来,没过两天,松锦的形势变化已使他断定,那样做不再有任何必要了。

七月二十六日,明军誓师。次日,明军开始行动。洪承畴亲统三万大军出松山,由玉田总兵曹变蛟相助,向北攻敌之正面。宣府总兵杨国柱、大同总兵王朴统大军两万出塔山,趋大胜堡,攻敌之西。宁远总兵吴三桂、山海关总兵马科统大军两万,出杏山,绕锦州,抄清军后路。蓟州总兵白广恩、密云总兵唐通统大军两万出松山,渡小凌河,攻敌之东。另有前屯卫总兵王廷臣统一万军马,在宁远、松山之间机动接应,并守护觉华岛及笔架山粮草辎重。

从洪承畴的用兵不难看出,他拉开了全面出击的架势,几乎是倾巢出动了。他的打算是,如此声势浩大地来一下子,打清军一个措手不及,而待清军醒悟过来,组织有效的反攻之前,明军便收缩回来。那时如何对付两位监军,届时再依形势变化情况而定。故此,这次军事行动属突击性质。洪承畴只命各路军马带了几天的粮草,而把辎重留在了后方。

明军中有关战法的争执,是重大军机,清军是不容易了解到的。但高起潜被任命为监军,清军却晓得了。乌格通过魏国征及时地掌握了这一军机,并跟踪了解了高起潜启程赴任的确切日期。乌格的报告到达锦州前线清军大营,比高起潜到达明军大营还早了几日。

接到睿亲王转送的来自北京的情报,皇太极的兴奋劲儿远远超过了睿亲王。

驻扎于盛京周围的四万人马早已准备就绪。这四万人马之中有三万正黄旗军,可称皇太极的御林军,是清军精锐之师。另外五千人马是蒙古骑兵,这一部分人马是皇太极从蒙古骑兵中选出的精华,他们的突击能力无与伦比。此外,孔有德、尚可喜、耿仲明的汉军八旗五千名也在时刻待命。汉军八旗以装备优良而著称,他们的红夷大炮威力无比。不用说,他们是承担攻城任务的。

皇太极没有声张,亲率这四万人马日夜兼程到达义州后,迅捷进城驻扎。

皇太极连夜来到位于锦州以西的睿亲王大营,并召多铎、济尔哈朗来大营议事。皇太极还带来了范文程、刚林诸人。

恰在这时,洪承畴擂响了进攻战鼓。先是接到探马报告,说明军有异样的行动。随后,松山方面的探马报告,说明军大规模出动,一支大军向西开去,另一支大军向清营正面奔来。接着,杏山、塔山相继送来明军大军出动的报告。午时,清军东、南、西、北四面同时受到明军的攻击,同时还收到了被围于锦州的明军拼命突击的报告。

皇太极等一边调度军队迎击明军,一边观察、分析明军的作战意图。申时,皇太极、睿亲王、多铎、济尔哈朗、范文程、刚林等还分别到东线、西线、中线实地进行了考察。

清军与明军同时在几个战场展开了激战,傍晚,整个战局情况已明。

皇太极、睿亲王、多铎、济尔哈朗、范文程、刚林一致得出结论：明军改变了战法，实施预定作战计划的时机已经到来。

"天助我也！"皇太极难以抑制兴奋的心情。随即，众人很快地敲定了下一步的作战方案。

皇太极命济尔哈朗和刚林速去义州传令，率驻于城中的四万人马星夜赶到锦州以西待命。

这四万人马到达之后，皇太极亲往率领。

这四万大军没有参战，而是急趋杏山、松山之间扎下了营盘。

当洪承畴得到皇太极突然出现于松、锦战场并亲率四万大军驻扎于杏、松之间的报告后，登时出了一身冷汗，并且顿感天旋地转，一时乱了方寸。

明军各路人马听到皇太极出现于战场、清军插入杏山和松山之间，自己的后路被截的消息后，无不大愕。

在没有洪承畴的命令的情况下，王朴、杨国柱率领的西路军自行后撤。吴三桂和王朴率领的北路军、白广恩和唐通率领的东路军则就地驻扎，听候命令。

洪承畴听到清军在松山以南扎营的消息时，下令向松山撤退，并派出人员向其余各路人马传达命令，要他们向松山靠拢。

清军见明军退去，全线向明军杀来。洪承畴安排了强劲的断后之师，清军见得不到什么便宜，追杀了一阵便收兵回营。

洪承畴认为清军善于用围城打援之计，极有可能在他回军的路上设伏突袭明军。为探明虚实，他派出一支人马在前面探路，并向将领们下达命令，要大家时刻戒备，迎击清军的突袭。

明军小心谨慎地走了十里路，仍平安无事。洪承畴遂下令加快行军步伐，又前进了五里，仍不见什么动静。

洪承畴暗暗谢天谢地，并祈求上苍给他一次机会。明军又快速行进了三四里，松山城堡遥遥在望，洪承畴这才喘出了一口大气。

不过他有点奇怪。一向以围城打援为拿手好戏的皇太极，此次如此好的机会为什么不加利用？是他们刚刚赶到，人困马乏，不宜连续作战，还是另有所图？或者是……

就在这时,不远的山上响起了炮声。随后,四面杀声震天,清军人马犹如洪水般涌来。转眼间,清军的前锋已插入明军之中,后续者跟着层层揳入,明军的大队顿时被冲散。

实施突袭的就是皇太极的御林军——三万名正黄旗军和五千名蒙古骑兵,一场可怕的大规模的混战在距松山堡二至五里的广大地带展开。

清军三万五千人,明军三万人。从人数方面讲,双方旗鼓相当。但是在士气方面,在战斗力方面,清军占有压倒优势。

清军将士个个精神抖擞,斗志昂扬。他们了解战场的全局,怀有必胜的信心。

明军则个个是惊弓之鸟,大多预感到凶多吉少。能不能保住性命,心中都是一个未知数。

受突袭之前,大家的精神一直处于紧张状态。眼看就到松山了,并没有什么动静,精神就松弛了下来。可刚一松弛,清军就出现了。

皇太极并没有全歼明军的打算。虽然清军的战斗力大大强于明军,但单靠战斗力,在这样的环境下是不能全歼敌人的。他的意图是尽可能多地杀伤敌人,把敌人打一个落花流水。有可能就趁势拿下松山堡,把敌人困于郊野,然后再慢慢收拾。

也该洪承畴有一点点幸运,正当他的三万人马死伤大半,残兵败将在清军苦苦纠缠、追杀之下欲退向松山而不得之际,从侧路杀来一彪人马。为首的是宣府总兵杨国柱、大同总兵王朴。他们无命而撤,赶巧没有遇上清军。行至松山之郊听到喊杀之声,便派探马前来打探。知这里主帅被困,便前来解救。

此时,率军在后方做机动的王廷臣听得探报,也率五千人马从松山杀出接应。

皇太极见敌有了增援,便鸣金收兵。

洪承畴与王朴等退入松山,他们清点人马,损失两万余人,遂另谋对敌之策。

此战给洪承畴留下最为深刻的印象是,正黄旗清军的骁勇和训练有素。进攻时,他们的速度极快,万分凶猛,如潮水,似猛兽。他们一直保持着很好的队形——大体是三人一组,三组一队,三队一梯,层层推进。战斗中,他们依然保持着阵形,以三人一组为基点,或横或纵,变化多端。在此过程中,清军骑兵给步兵开路,而后骑兵穿插于各个组队之间进行策应。这样,步兵和骑兵之间又构成另一种的连环,极大地增强了清军的战斗力。

相比之下,明军的阵形显得零乱、薄弱,因此不堪一击,很轻易地被清军突破了。

还有清军的撤退。一般地说,一支队伍撤出战斗,采取的是首先且战且退,而后组织殿后之师进行掩护。可正黄旗清军听到鸣金的号令之后,先是各个三人小组就近互相靠拢,逐步形成更大的战斗队形,最后结成一个个大的圆形结构,骑兵在内,步兵在外,最外圈是那些身穿锁子甲、手持盾牌的士卒。这些圆形梯队在且战且退之中彼此靠拢,最后退出战斗。令人惊愕的是,从鸣金收缩,到最后退出战斗,整个过程是在自然的演变之中以很快的速度完成。这样,清军避免了通常由于撤退而遭敌军掩杀所不可避免出现的那种损失。

"果然名不虚传!"洪承畴心中赞叹道。

再说城中的祖大寿突击后,一方面遇到清军的顽强抵抗,另一方面,他们发现无法逾越清军所挖的一道道既宽又深的壕沟,因此不得不退入城中。

北路军接到撤军命令之后,吴三桂与马科商量,如果靠近清营撤退,必遭清军暗算,于是决定向西绕道撤回。这样,北路军果然避开了清军的锋芒,完整无损地把队伍带了回来。

东路军就没有这种幸运了。撤至东石门附近时,他们遇上从松山战场上撤下来的那五千名蒙古骑兵。这些蒙古人杀了半日正在上瘾,突然鸣金收兵,大为扫兴。归途遇上了送上口的美餐,一个个乐得正合不上嘴。

也该白广恩、唐通这两万人倒霉,别看这蒙古骑兵只有五千人,靠他们的快速突击性,靠他们的无比机动性,靠他们凶猛的拼杀,靠他们娴熟的搏技,对付这两万名明军并不是什么难事。

五千骑兵犹如一股强劲的旋风从明军侧翼卷将过来。

明军仓促应战,前突后挡,被弄得分不清东西南北,个个失魂落魄。

一时间,哭号动地,红光冲天。可笑这有两万大军存在的战场,竟成为五千清军跃马拼杀的演兵场。

更为不幸的是,蒙古骑兵如此痛快淋漓地杀了半个时辰之后,走在后面的正黄旗清军也赶到了。

明军四散而逃,其奔跑速度之快,令追杀的清军赞叹不已。

最终,两万人马全部报销。总兵白广恩、唐通只身逃遁。

清军的损失是什么呢?

蒙古骑兵死一百二十人,伤千人,有五十余匹战马死掉,二百余匹上等良马永远地失去了战斗力。正黄旗清军死三十六人,伤四百零八人,战马死二十匹,伤六十匹。

当晚,无论是明军还是清军,都是不平静的。对明军来说,形势仍在恶化。当晚戌初,东南方升起冲天的火光。洪承畴见罢连连叫苦,这定是笔架山明军的粮草辎重被清军焚烧了。

洪承畴从听到清军插入杏、松之间那一刻开始,就惦记着那边的粮草。在他最艰难的时刻,王廷臣出兵救援,当然令他高兴。但也就是王廷臣出现在他面前的那一刹那,他的眼前闪过的是笔架山那堆积如山的粮草辎重。在他的眼里,粮草辎重更为重要。王廷臣跑到这里来,那里的粮草谁来保护?

因此,进入松山还没有安顿下来,洪承畴就急忙派王廷臣和刘肇基率一万人马急奔笔架山。如果能够派出更多的兵力,他会派出更多,但眼前他调走一万人马实际上已是在下赌注了。

此时派兵去那里是十分冒险的。因为清军一定在监视着明军的一举一动,那一万人马很有可能在路上被清军吃掉。但没有别的办法,眼前只有冒险了。总不能眼瞅着任清军去那里把明军的救命粮草给抢走吧?

看来清军来了个绝的——不是抢,而是烧。而且,烧在夜深人静之时,让火光冲天而起,它的震慑效用比起全线的叫降声要强烈得多、持久得多。

对困于松山之敌的动静,清军当然在日夜监视着。

进入松山的明军还剩两万两千人,其中包括王廷臣的五千军马和原守军七千人。为便于内外接应,形成机动,洪承畴命令王朴和杨国柱的两万人马屯于城外,筑好坚固的车寨,以防清军的袭击。当天,洪承畴派王廷臣、刘肇基率一万人去了笔架山。除王廷臣本部五千人之外,从王朴等的人马中调了五千人。这样,松山城中只剩下了一万七千人,外面的营中只剩下了一万五千人。

白广恩和唐通的军队不存在了,吴三桂和马科的情况如何,洪承畴当时一无所知。

皇太极现阶段的作战目标,是打运动中的敌人。攻坚不是没有能力,而是避免牺牲。他的打算是待将敌人的有生力量消灭得差不多了,城自然而然地就拿下了。

故此,尽管松山空虚了,皇太极仍然没有动它。而从松山出动前往笔架山的王廷臣、刘肇基率领的那一万人马,就成了皇太极的目标。

收拾这支人马的,是郑亲王济尔哈朗率领的镶蓝旗清军,他手下有两万军马。

王廷臣、刘肇基的人马开出之后不久,就发现后面有一支清军骑兵在不即不离地跟随着。

王廷臣、刘肇基商定不理他们,继续赶自己的路。

那支清军如此跟随了半个多时辰之后,不见了。过了一段时间之后,又出现在明军前方半里之遥的一个山坡上。而等明军走近时,清军又不知去向。

后来夜幕降临,明军点起火把继续前进。

不多时,在明军的左侧的山冈上出现了晃动着的火把,看上去有几百个。王廷臣、刘肇基断定,举火把的还是那支清军骑兵。

明军继续前进,没过多久,山上的火把不见了。明军又走了大约半个时辰,到达一条小河边。

照往日的了解,这条小河只有齐腰的水流,完全可以蹚过。所以,临行之时,谁也没有把它计算在障碍之中。但眼下到达河边一看,展现在众人面前的,是一条宽数丈、深不见底的河面。

前锋停了下来,向后传话,等待王廷臣的命令。王廷臣、刘肇基赶到见状后,心急如焚。

后面的人马继续赶了过来,到达河边的人马越积越多。

王廷臣连忙一边命令两名参将各带几名亲兵分别看附近有没有现成渡桥,一边命大队人马就地待命。

"不好!"刘肇基大叫了一声。

王廷臣看了刘肇基一眼,不晓得出现了什么情况。

"不好!"刘肇基又叫了一声,"吾等中了贼人之计!"

经刘肇基这一说，王廷臣也恍然大悟。

是啊，这小溪之中一向没有这么大的水。近日并没有下雨，不存在突然涨水的可能。小溪突然变成了大河，肯定是清军所为，要在此……

没容王廷臣再想下去，当然也没容王廷臣下达任何命令，只听四周轰轰轰三声炮响。接着，杀声震天，火把齐明，清军以山洪暴发之势杀将下来。

清军如狼似虎，冲将过来。明军呼天号地，喊爹叫娘，早已失去抵抗的能力，个个成为清军的靶子。

王廷臣、刘肇基无法收拾残局，只好在混乱之中泅水渡河逃向笔架山。

笔架山距战场不到五里路，王廷臣、刘肇基凭借路熟，最先到达。

之后，王廷臣下令将守卫在"桥头堡"两营中的两千人马调上了笔架山。对此，刘肇基曾以为不妥，道："总督有言，两营之内的军马要'雷打不动'。今全部调走，失去了'桥头堡'，清军杀来，如何抵挡？"

王廷臣道："总督固有此言，然机变用计，军之常理。清军人多势众，掩杀过来，区区两千人岂不干等送死？与其如此，不如调过山去，加强那里的防卫。"

刘肇基听王廷臣说得似有道理，遂不再言语。

他们立即命令在山上守备粮草的三千人马和"桥头堡"退入岛内的两千人马做好准备，严阵以待，但仍感守备兵力不足。

好在泅渡逃来的明军军士陆陆续续地到来，补充了防守力量。王廷臣心中暗喜，不想还有如此多的人得以生还。

当日正是大潮期，"天国神路"已被海水淹没。滔滔的海水在桥下翻滚着波浪，冲击得木桥吱吱作响。

大约戌初时分，又有一批溃散的明军赶至桥头。这次人数不少，足有一百人。有伤的，有残的，个个失魂落魄，狼狈不堪。

守卫的军士放他们走上吊桥，然而，这批明军没有一股脑儿地进入营寨。他们在桥头留了十余人，在每一个吊桥边也留下了十余人。留下的多数是伤残，说再也走不动一步了，其余的人进了营寨。

就在这些人进入营寨之时，桥头以西不远的岸上燃起了三堆大火。刚刚过桥的这批人同时在各处动了家伙——在桥头的，在吊桥旁的，在寨门口的，都亮出佩刀，以迅雷不及掩耳之势将守军全部杀掉。

差不多与此同时，清军的大队人马涌上木桥，杀入寨门。

与此同时，山寨冲东边大海的一面突然火起，乔装成明军早已进入山寨的二百名清军趁势大喊："清军从海上杀来了！"

果然，东山坡上杀声大震，无数的清军杀了过来。

突然出现的两面夹击，使明军军士个个晕头转向，不知如何是好。五千明军被全部消灭，王廷臣战死，刘肇基被俘，粮草辎重落入清军之手。

占领笔架山之后，济尔哈朗命军士在山头之上堆起干柴点燃。火光顿时腾空而起，照红了半个大海，照红了半个辽东。

这就是松山堡内洪承畴望而胆战的那片火光。

攻下笔架山后，济尔哈朗率部照皇太极的命令驻扎笔架山，负责看守粮草。

次日，吴三桂、马科的两万人马完整无损地回到了松山。

洪承畴知道后大喜，命他们在城西扎营，与城中以及王朴、杨国柱的人马形成掎角之势。

这样，明军王朴、杨国柱尚有一万五千人，松山城中有一万七千人，吴三桂、马科有两万人，加上锦州城中的一万人，共有六万两千人。

清军当时的兵力部署情况是：

锦州城外，是睿亲王多尔衮和豫亲王多铎率领的清军，两万五千人。

在松山和杏山之间，是皇太极亲领的四万清军，包括三万名正黄旗军和五千名蒙古骑兵。此外，还有三顺王的五千炮兵。

从皇太极的营帐到锦州西南睿亲王的营帐，依次是豪格、阿巴泰和杜度率领的清军，分别是六千人、七千人和八千人。

济尔哈朗率领近两万人驻守在笔架山。

清军一共是十一万一千人。

第十一章 松山攻防,洪承畴自取败局

吴三桂、马科到来的当天晚上,洪承畴在松山召集各总兵商讨下一步的军事行动。

要突围出去,这是用不着讨论的。

明军在人数上和士气上均处于绝对劣势,尤其不能回避的,是明军的粮草断绝。现在六万人马只靠松山原储的粮草,已不足一月之需。如不早做决断,待粮尽食绝,大军会不战自乱。

需要讨论的问题,是何时突围,从什么方向突围,如何突围。

突围的时间越早越好,这一点大家的看法也是一致的。

突围的方向是西面,突击后再向南,迂回曲折地奔向宁远。这一点,经过讨论大家的意见也趋向一致。

要多少人突围出去,哪些人突围出去,如何实施突围,具体选定何时,这是大家颇费心机的。最后确定了突围的人数——四万五千人。

谁去谁留,关系到生死存亡的大问题。好在洪承畴首先说明,他要留下,并且声明这一点不容争论。这样一来,那些一心自顾的人就增加了顾虑,不敢争着加入突围的行列。

在此情况下,几个总兵和辽东巡抚邱民仰倒都争着留下来,就连监军高起潜、张若麟都做了留下来的表示。

最后由洪承畴点了将,邱民仰、曹变蛟与他一起留守。其余将领,包括高起潜、张若麟在内,率军突击。

关于突击的方式问题，经过长时间的商讨，最终由洪承畴拍板定案。

对于长期留守松山的问题，对于以后解救松山和锦州的问题，大家也商定了办法。

留者，走者，都照所定方案各自进行了准备。

次日凌晨丑末时分，明军的突击开始实施，各有两千明军偷袭皇太极大营、豪格大营和阿巴泰大营。与此同时，明军的四万五千人，在吴三桂等人的率领下，分三路悄悄擦过杜度大营，向西飞奔。他们个个轻装，没有马匹，越营行动进行得非常顺利。这一现状让大家不敢相信，因此众人不但没有高兴，反而个个胆战心惊，不知清军又想出何种奇招妙策来算计他们。

大营越过了，仍不见清军的动静。

豁出去了，爱使什么奇招妙策就让他们使去好了，向前，向前，向前，再向前。离开清军大营已经三里，五里，十里……

这是怎么回事？难道清军没有防备明军要突击？难道清军中了明军的"声东击西"之计，在明军三个方向偷袭清军大营时，清军顾此失彼？

原来，探得明军吴三桂、马科的人马撤回并在松山城外扎寨的军情后，皇太极召多尔衮、多铎、豪格、阿巴泰、杜度、范文程、刚林和孔有德、尚可喜和耿仲明等人来帐中议事。

形势是再明朗不过的。明军半数被歼，退路切断，粮草断绝。他们龟缩于松山周围是暂时的，必谋出路。

出路也是摆在那里的，突击，奔向宁远和山海关。看来锦州的被围之敌，他们是顾不上解救了。

问题是明军会何时突击？从什么方向突击？如何突击？这是此次议事的中心。

明军突击的时间就在近日，他们不会在此待得时间过长，因为时间越长对他们越发不利。因此，一定要做好堵击敌人的准备，这一点大家很快形成共识。

在明军会从什么方向突击的问题上，众人的意见也没有大的分歧。从海路撤走，作为一种假设提出后接着被否定了。明军没有现成的战船，在笔架山仅有的几十条运粮船也成了清军的战利品。宁远、山海关、威海，近期都不可能派出船来。

沿海岸突围出去,这种可能性不是不存在,但不会很大。沿海地面开阔,有些地段又十分难行,明军人数处于劣势,不大可能走这条路。即使走,也较好对付。

从正黄旗大营突击,这无异于以卵击石。因此,可以排除这种可能性。最终大家一致认为明军会先向西突围,下面接着商讨对策。

在别人都还没有说话的时候,多铎突然冒出一句:"叫我看,应该放他们一马,让他们走,这样才万事大吉。"

豪格也附和道:"好主意!"

皇太极听罢道:"新鲜!说说看。"

多铎道:"兵法云,知一口不能吃个胖子者,小智者也;知适可而止者,中智者也;知来日方长者,大智者也……"

阿巴泰好奇地问道:"这是哪家的兵法?我怎么从没有读过?"

多铎笑道:"《爱新觉罗·多铎兵书》,传子不传亲,老哥自然不会读到。"

众人听罢,笑了起来。

皇太极也笑起来,道:"既不传亲,朕也无幸拜读了。那兵书说过这几句话后,又有些什么话讲?"

多铎道:"我们从上一年的十月围起锦州到前天,差不多一年的工夫,还未曾抓到一条大家伙。皇上洪福齐天,一来不到两日,明军五万之众即被我们吃掉。连上瓮中之鳖——锦州那一万人,他们充其量还剩五万人。他们要突围出去,会走多少人?锦州那一万人走不了。松山堡总不好拉空吧,总得剩下万儿八千的,这些通通会是我们的盘中好菜。下一步该干什么?该拿下锦州、松山、杏山,闹好了还捎带上塔山。四座城池,六万军马,这还不是空前的大胜吗?一口不能吃成胖子,适可而止好了。跑掉的,无非让他们多活上几天,来日方长哪!再说不放他们走会如何。他们向西突围,这不会错。这样,我们需要在他们突围时一口吃掉他们。否则,一是让他们突围出去,二是将他们打回去。让他们突围出去,我们不知他们的行军路线,需分兵几处等他们,说不定却没有一处是他们所经之处。如要逼他们回去,他们缩在乌龟壳里,会大大不利于我们对四城的攻取,闹不好,会旷日持久围下去。不错,我们断了他们的粮源,但松山城中存有多少粮草?这是我们难以判定的。锦州围了差不多一年,他们仍然扛着。与其如此，不如放他们滚蛋，我们轻轻松松取我们的城池。当然也不是就让他们大摇大摆地走掉，要追杀之，这就全当白捡的饽饽好了。"

当多铎说完这些话时，大家相互看着，都沉默了。最终，皇太极打破了沉寂，笑道："嘿嘿！深哉，妙哉，《爱新觉罗·多铎兵书》也……就依将军！"

事情就这样定了下来，最后，皇太极更来了一个彻底的，明军突击时，干脆不要理他们。

"咱们也累了。他们走他们的，咱们睡咱们的大觉。"最后皇太极这样说。

明军突围的次日，盛京宫中派出的人员到达清军大营，向皇太极报告说宸妃有疾。

接到这一报告，皇太极心中非常着急。他断定宸妃病情一定很重，否则，她不会允许人到前线来报告的。

皇太极决定返回盛京，临行之前，他做了三件事：一、对下一阶段的战事重新进行了部署；二、按照新的作战部署，对将领及部队进行了相应的调动；三、给被围于锦州城中的祖大寿留下一封劝降信。

新的作战部署是不再在杏山、松山之间驻扎军队，而由三支清军分别包围松山、塔山和锦州。待时机成熟，即攻下三城，全歼城中明军。

他回沈阳后，由睿亲王统率全军。多铎被任命为围攻锦州的主帅；豪格被任命为围攻松山的主帅；阿巴泰被任命为围攻塔山的主帅。孔有德、耿仲明、尚可喜的军队留了下来，作为机动，主要任务是待攻城时发挥他们火炮的作用。

五千名蒙古族骑兵留了下来，在两军之间策应、机动。

多铎自领的一万两千名正白旗军，外加睿亲王留下来的一万三千名镶白旗军，共两万五千人继续围困锦州。待从义州调来一万三千名正白旗军之后，留下来的这一万三千名镶白旗军再行调走。

豪格自领的六千名镶黄旗军，加上皇太极留下来的一万四千名正黄旗军，共两万人，继续围困松山。待从义州调来一万四千名镶黄旗军之后，留下来的这一万四千名正黄旗军再行调走。

阿巴泰率本部七千人包围塔山。

杜度率领的八千人马在锦州以北驻扎，亦作机动。

济尔哈朗率本部两万人继续在笔架山及附近陆上扎营，除原来守卫粮草的任务外,还要监视宁远、山海关之敌。一旦那里的明军出动救援,即截杀之。

皇太极特地给多铎留下"三不许"的训谕:一、不许饮酒;二、不许妇人出现于军营;三、不许离营做无关军务之事。多铎一一应允。

部署完毕,睿亲王返回义州,皇太极则返回盛京去了。

随后,多铎对祖大寿发动了攻势:一是军事攻势,二是宣传攻势。就在此时,刚林来到了多铎大营,一到就问多铎:"王爷知道皇上对祖大寿的心意吗?"

多铎哼道:"三岁小童都看得清楚,我如何不知道?皇上是一心一意让这个老朽投过来。"

刚林笑了笑道:"老朽老朽,既老又朽,不禁摔打之物也,可皇上又要它。那王爷有保全此物不让它受损最终交给皇上的良策吗?"

多铎问道:"我正为这犯愁,学究有什么高招儿?"

刚林答曰:"那只有一个等字。"

"等?"多铎问,"等他自个儿跑过来?"

刚林笑道:"差不多是如此。"

"会有这等好事?"多铎摇摇头道,"皇上费了十年的工夫不成的事,到我这里会不费吹灰之力,让他自个儿跑过来?"

刚林笃定道:"必会如此。"

多铎还是不信,道:"学究,我不信有这等便宜事——咱们打赌如何?"

刚林听罢笑道:"臣不嗜此道。然可以军令相许。"

"怎么着?你要立军令状?"

"要不照臣的说法结局,愿提头来见王爷,以许军令。"

多铎听罢琢磨了片刻,道:"得了,你不拿小命儿当回事,我还拿它当回事呢!你是皇上缺不了、离不开的心肝宝贝,立下军令状,真栽到我的手里,我如何承受?得,得,我就算信了你。可你给我讲一讲,那祖大寿如何就会自己跑过来?"

刚林分析道:"常言道,人有活路不寻死,军有活路不投敌。王爷想一想,十年前祖大寿为何降我?那还不是他无路可走了?"

多铎回道:"那倒是。"

刚林又问道:"可一放归山,十年不降,又是因为什么呢?"

多铎道："那自然是他有路可走。可是学究,他城中尚有万把人马,不去动他,干干地等着,他会自己跑出来投降？"

刚林道："等,待机而动也,并非不干什么事。"

多铎又问道："你所说的'机',指什么？"

刚林回道："吴三桂等拥兵四万在宁远,塔山、杏山、松山又是坚城,其主帅尚在松山。这些都是祖大寿的活路……"

多铎忙道："你的意思不会是等吃掉宁远之师、攻下'三山'之堡,逮住明军主帅,然后祖大寿才跑出来投降吧？"

刚林一笑道："是,可不全是。吴三桂的四万之众,凭借宁远坚城,我们一时怎去吃他？可他们远在百里之外,远水解不了祖大寿的近渴,是指望不上的。祖大寿看作活路的,是塔山、杏山、松山俱在他们手中,洪承畴人也在松山。松山陷,塔山、杏山守军少,城虽坚,不足为凭,攻下塔山、杏山,洪承畴也被我捉了,或被我杀了。这就绝了祖大寿的活路,届时必降。现在的问题是,松山、锦州,唇齿相依,相互指望。我军下之,当孰先孰后？先下,费力、损失大,然而立头功;后下,省力、损失小,然而立次功。还有一层,如锦州先下,王爷不但费力、损失大,我军猛攻猛打,敌军拼死抵抗,这又难免'老朽'不受到伤害,王爷也就难以做到把祖大寿完好地交给皇上;松山下在先,不但省力、损失小,而且可确保王爷'完朽归赵'。孰轻孰重,孰先孰后,王爷自己掂量、自个儿拿主意好了。"

多铎坚定地回道："我要次功。"

刚林道："王爷如此决定,这就是王爷之福分了。虽为次功,可得皇上十年未得之得,功莫大焉。"

多铎有些疑虑,又问："先下既如此不合算,豪格那小子也不想先动手,那待如何？"

刚林笑道："王爷放心,他立功心切,必抢先下手。何况还有臣的三寸不烂之舌在呢！"

多铎听罢,会意一笑。

最后,刚林又问："如此说,王爷决意要等了？"

多铎回道："要等。"

刚林又问："王爷等得？"

"等得。"

"真的等得？不会反悔？"

多铎叫道："君子一言，驷马难追。本王君子也，如何反悔？要不，我也给你立个军令状如何？"

刚林听罢笑了笑，道："谁要王爷立什么军令状！臣只是担心王爷闲不住闹出事来，置王爷于易错之地，一误了圣上大事，二害了王爷自身……"

多铎忙道："那怨不得你，谁让我是位'错王爷'呢！可话再说回来，你这一个等字，却会害得我好苦。朝中人们有一句顺口溜儿：'文官动动嘴，武将跑断腿。'这一次是文官一声等，武将睡下莫敢醒。一为社稷，二为自身，我可以忍它一忍。可忍着挨日子，还有什么欢快可言？终日里闲着，吃起来无酒，不闻酿醇之香；玩起来无妓，不尽丝竹之悦；无军务不得外出，又舍行猎之娱，这样的日子跟蹲大牢也差不许多了！"停了一会儿，多铎又道，"学究，话说到前头，到时拿下锦州可要来痛快的。憋上十天半月，到时仍扭扭捏捏，我可受不了。"

刚林听了一笑，没有再加理会。

随后，刚林来到豪格大营，旨在让他率先冲锋陷阵，攻取松山，为多铎不费力地拿下锦州、擒获祖大寿创造条件。

豪格见刚林来，抢先道："大学士自叔王大营来，必有妙策教我，神机可得闻乎？"

刚林回道："贝勒爷说得不错，臣已授计王爷。"

豪格问道："授了什么计？可以讲给咱听听吗？"

刚林说道："臣教王爷缓攻锦州，待松山拿下后，锦州省力、少损而得之。"

豪格听罢不悦，道："好一个厚面皮的鼓舌秀才！还有脸到我这里来说呢！出主意让他省力、少损。费力、多损之事让我干。可我不是傻瓜，我不出一卒，不发一箭！等锦州下了我这边再动手。"

刚林听罢笑了起来。

"有什么好笑的？"豪格越发恼怒起来。

刚林仍大笑不止。

"你到底笑什么？眼前的事有这么好笑吗？"

"臣笑贝勒爷不识人耳。"刚林道。

"且落了个'不识人'。再识人,连人带马都要掉到坑里去了。让人省力、少损;让我费力、多损。这种人,要我视他为亲近吗?"

"贝勒爷此言差矣。夫凡事如剑,皆有两刃。松山、锦州二城先下者费力、多损,然得头功;后下者省力、少损,然得次功。豫亲王惰散,贪省力之便,占少损之宜,吾故以后下说之,然他失去了头功;贝勒爷勤奋,不辞劳苦,不怕牺牲,吾故以先下说贝勒,然贝勒能得头功。洪承畴,明辽东主帅也,擒之,其功非同一般——如是,贝勒复亲王之位易如囊中取物也。"

豪格一听认为讲得确有道理,便转怒为喜道:"讲得好!讲得好!懒惰的'错王爷'也只配得次功。先生教我,我反怨先生,不明事理之故也,望先生见谅。倘得头功,日后必有厚谢。"

刚林听罢道:"贝勒爷已有攻下松山的良策了?"

豪格道:"并无良策,正欲问计于先生。"

刚林道:"贝勒爷欲智取,抑或强攻?"

豪格回道:"自然智取为上。"

刚林却道:"可依臣之见,松山、锦州皆危卵也,当以强攻为上。然敌军虽疲而城坚,兵虽弱而将强,又是不可轻视的。敌军疲,可连续攻击之,使无喘息之机;敌城坚,可重炮轰击之,使无完墙之保。敌帅虽为宿将,然'强弩之末,势不能穿鲁缟'。说强攻为上者,为主之谓也,非不得用智。故此次攻城,当以强力为主,震慑之;辅以智谋,诱惑之。力谋交替,虚虚实实,方为上策。"

豪格闻言点了点头道:"先生所言极是。为上者,为主之谓也。极当力谋交用,虚实并举。然如何使力,如何用智,仍祈先生不吝赐教。"

刚林笑道:"事有万变,腹中之策如何会一成不变?若贝勒不辞,臣便在贝勒身边侍候,听贝勒随时调用。"

豪格大喜,遂偕刚林、孔有德等察看了松山四周地形,并重新安排了炮位,对围城清军也重新进行了部署。

回营之后,刚林问豪格道:"贝勒可注意到明军城外的守军吗?"

豪格回应道:"我看到了,都是蒙古大兵。"

刚林问道:"贝勒既然看到了,可有用兵之法?"

豪格茫然摇头。

刚林分析道："这些蒙古大兵，都是明军的老军。这些年蒙古各部陆续归顺我大清，明军绝了蒙古兵源，故知他们必是明之老军。老军者，必老事奇多。老事奇多，用计之隙奇多。我力智交用，这就是用智之地了。"

豪格问计，刚林道"如此如此"。豪格听罢大喜，遂依计而行。

松山城堡近海，北、东、南三门地势陡峭，唯西门地势平缓，故平日南来北往之人多出入于西门。松山被围，明军加强了城防，不敢有半点的麻痹和松懈。

松山城外，与其他城池一样，多有碉堡炮台，配备箭手炮手守卫，散于要害之处。碉堡炮台周围挖有宽而深的壕沟，以防敌军靠近。这些碉堡炮台和壕沟遍布于城郊，构成城防系统的一部分。故欲取城池，必先清除城外这些碉堡炮台。

清军围困松山，先是在这些碉堡炮台之外三五里挖出一道道既宽又深的壕沟，一防明军突围，二防明军派人到城外筹粮。随着时间的推移，这些壕沟离明军的碉堡炮台越来越近，对守军的威逼越来越大。

尽管明军将领知道这道防线的极端重要性，但因为在城外守卫碉堡炮台危险，条件艰苦，所以，明军将领总是把这一差事派给那些非嫡系的营伍。而在辽东，这种事则多派在蒙古军士的头上。

洪承畴被困于松山之后，几经努力，要改变这一要命的现实，但他没能取得成功。

没能成功的主要原因，一方面是囿于以往的成见，被派前去替换的军士，包括将领在内，认为这是贬谪，多不愿意被派到那里去。而如果强下命令，又怕在紧要关头发生变故。另一方面，原守外城的蒙古军士尽管叫苦叫怨，现时从首先与敌对阵的外围被撤下，又认为是对他们的不信任。所以也表示绝不撤出，无协商的余地。

不但如此，由于有了撤换之议，这些蒙古军士反产生了强烈的不满情绪。

为安抚这些蒙古军士，洪承畴不得不采取措施。一方面，向他们做出说明，表明绝对信任。另一方面，在粮饷十分匮乏的情况下，不得不给他们额外加粮加饷。而这些措施，又引起了城中守军的不满。

一支蒙古族清军来到北城前沿，隔壕向待在碉堡炮台之中的蒙古族明军喊了话,用的是蒙古语——

"成吉思汗的子孙们,我们是弟兄。"

"你们的父兄妻子通归大清,他们天天盼你们回去。"

"你们的长官待你们如牛马,把你们放在险恶、艰难的地段,吃的却是他们的残羹剩饭。兄弟们过来吧,咱们一起过好日子。"

"明军已成瓮中之鳖,弹将尽,粮终绝,为我囊中之物。我成吉思汗子孙,不值得为他们殉葬。兄弟们过来吧,咱们一起过好日子。"

一日过去,碉堡炮台之内静悄悄。次日又喊,碉堡炮台之内静悄悄。

清军的喊话惊动了明军将领。洪承畴深感忧虑,亲自到前沿进行了视察。

清军对碉堡炮台圈儿内的动静看得一清二楚,他们虽不认识洪承畴本人,但从多名军士簇拥在碉堡炮台间活动的将领的气派看,可以认定来者是一位大人物。

洪承畴来后,清军的喊话停止了。但停了一日,喊话重新开始。此后,碉堡炮台派来了一部分汉族明军。将领们的解释是加强防卫力量,而蒙古军士心中明白,自己已受到监视。

从城中派来的军士带领蒙古士卒也开始向清军喊话——

"'与士卒共甘苦'是我大明的领军之道,你等所言待之如牛马,纯属诬陷,是离间的伎俩。我军亲如兄弟,可不是你等一句话能离间得了的。"

"我山海、宁远、塔山、杏山、松山、锦州相连互应,坚固如山,可不是你等能撼动的。松山、锦州暂为你等所围,你等欢天喜地。待援军一到,或十万,或百万,那时候你等就当哭爹叫娘了。"

"城中积粟可支三年,你等可长围,岂能久困?"

……

且不说这些喊话不辨事体的轻重缓急,弄得这些话言辞文绉绉不得上口;它的效果也是消极的。因为蒙古族军士认为自己不被信任,心中有气。

"屁!'与士卒共甘苦!'清军说得对,把我们当牛做马。眼下怕我们不规矩,才加了点儿粮,增了点儿饷。亲如兄弟?哪些人亲如兄弟?反正对我们从来没有什么兄弟的情分。"

"山海、塔山、杏山、松山、锦州'相连互应'。说起来轻巧,可相连在哪里?一座座皆为孤城。互应在哪里？我们看不到，也没有与哪一边做过什么互应。"

"积粟可支三年。屁！三旬都难支了，打肿脸来充胖子！"

他们心中如此骂起来。

针对明军的喊话，清军又有了一套新的喊词。与此同时，清军在靠明军的壕沟边摆出数堆粮袋和宰杀了的牛羊，向明军蒙古族军士喊话道："大清皇后是蒙古公主，如今万寿，念同胞之情，赏赐大家细粮百担，精肉千斤。请你们拿了去，共贺皇后万寿。"

一石激起千层浪。蒙古族军士欲去取回，新派来的汉族士卒则强行阻止。前者的理由是，不管她公主不公主，有了粮就取来吃家伙——等断了粮，这可是一粒千金之物，不取，那是傻瓜。后者的理由是，这是诱饵，是清军离间之计，不能上当。前者又说，我们一起把它取回，一起食用，不被他们离间，他们岂不是偷鸡不成反蚀一把米？这一说弄得后者没了词儿，但仍然坚持不许蒙古军士过去取粮取肉。

蒙古军发了火儿，许多人要强行冲过去。此时，蒙古军的一名参将出了头，他叫乌达。他止住了蒙古军的冲动，提出请长官做出决断。

洪承畴很快便知道了这件事，他做出决断把粮肉取回，按蒙古军士提出的解决办法，粮肉由那些蒙、汉士卒共同食用。同时为防止矛盾激化，他将原派的那一批汉兵撤回，另派一批——而趁机派入了更多的汉兵。

一波未平，又起一波。

一日清晨，几名汉族明军军士出堡巡察时，在蒙古族军士的一个碉堡外角落里发现了一身清军军服，他们立即将这一发现向上司做了报告。

此事惊动了明军将领，洪承畴派总兵曹变蛟进行查处。

曹变蛟将发现了清军军服的那个碉堡的十几名蒙古族军士集中起来进行了查问。被查问的军士个个否认与清军有任何的接触，更否认他们与清军进行了勾结。曹变蛟心中疑惑，对现场进行了一番考察，看看是否是清军设的圈套。

考察的结果令曹变蛟难以做出确切判断，他如实向洪承畴讲了自己的想法，说是疑为清军设的圈套。

洪承畴也有同样的看法，遂与曹变蛟商量决定此事暂不做处理，看看各方有什么动静。

发现了清军军服的那个碉堡的蒙古军士长了心眼儿，晚间轮流在碉堡外藏身观察，看看会发生什么事。

蒙古军士的长官，参将乌达此时也派人暗藏于附近观察着。他听到在自己的防区发现了清军的服装，感到极为震惊。这是怎么回事？是清军的圈套，还是这些军士背着自己真的与清军在暗地里进行交往？他要查个究竟。

在进行暗地观察的，还不止他们两家。

发现清军军服的汉族军士见守堡的蒙古军士被抓，心中高兴。一来是由此可能受到奖赏，二来是蒙古军士这些一向被踩在脚下，近来却屡占便宜，神气起来，他们以为这一下可要杀一杀这些人的威风了。可没想到，上司又放了他们，这些汉族军士不甘心如此，也不相信这些人无罪，也在周围设下了暗哨。

可是各方面蹲守了几天，并未见任何异常。如此又过了几日，仍然不见任何动静，各方的蹲守者陆续撤去了。

一日清晨，这一碉堡又有了新情况：一军士起床时发现堡内少了一人，少的那人名叫忽尔闯。大家出堡各处找遍，仍不见他的踪影。

此事报与上司得知，这又引出了各方新一轮的蹲守。这一次就不像上一次那样太平了，当夜的三更时分，各方的蹲守者都发现，在远方的壕沟边出现一个人影。处于不同位置、互不知晓的蹲守者个个竖直了耳朵，睁大了眼睛。那人从沟里爬上来之后，迅速地径直走向碉堡。碉堡中派出的蹲守者早已看出，那是前一夜失踪的忽尔闯。

这位蹲守者站起身来跑向忽尔闯——后者听见碉堡之外有动静，吓得魂不附体。此时，碉堡的门已经打开。几声惊呼声过后，大家进了碉堡。不到半个时辰，乌达派来的军士已将碉堡团团围住，忽尔闯和碉堡之中的十几名军士全部被抓。

乌达首先对忽尔闯进行了审讯，忽尔闯这样诉说了自己的行为："前天夜里，我从碉堡出来小解。刚到厕所，就觉得天旋地转，随后便不省人事，醒来后发现自己待在一处陌生的地方。后来才知道，原来自己是被清军抓到了清营。在清营，清军什么也没有说，什么也没有问。夜里，他们又把我送了回来。"

这话会有人相信吗？乌达就第一个不相信。但是无论怎么问，忽尔闯不改自己的口供。

乌达还问了碉堡中的其他军士，军士们都众口一词："早晨醒来不见了忽尔闯，找遍了各处都没有找到——我们禀报了上司。夜里，谁知他回来了。我们问他咋回事，他便说了刚才一样的话。"

正在审讯时，洪承畴派人过来将众人押走。临行，众人皆对乌达道："我们说的句句实情，大人要为我们做主。"

众人被押解到城中，又由曹变蛟进行了审问。大家的口供不变，这又引起了曹变蛟的思索。

忽尔闯会通敌吗？如果忽尔闯通敌，就不应是他一个人的行动。既不是他一个人的行动，他走后，众人当对他的离去隐瞒、掩盖才是，如何他一走众人就报告了？所以，忽尔闯的通敌一事应当排除。看来是清军设计的又一个圈套，继续进行反间。

可他转念又想，清军一向狡诈，且手段高明。是不是清军与这些蒙古人如此设计好了，故意迷惑我们，让我们钻入其圈套，以售其奸？这也不能排除。

哪个是真，哪个是假？关系重大，想来想去，曹变蛟还是决定将自己的两种分析向洪承畴如实相告。

洪承畴也疑惑起来，但他的疑惑只是片刻的。作为一位军事统帅，洪承畴具备这样素质，凡事难决之时，宁可信其有，不可信其无。

洪承畴要宣布忽尔闯等私自通敌，一个不剩地处以绞刑，并将尸体悬竿三日，以儆效尤。

在宣布之前，他将乌达召至帐中，向他讲解自己的意图，道："将军，清军屡使反间诡计，事情被弄得急如星火。身处危难之中，你我为将者，当全军为上。我与将军素昧平生，为了社稷，今日才共卧于一壕之内，同甘共苦。事情危急，我也用不着以为将军请功邀赏来许愿。可有一点我必许将军：与将军共生死。为将之难，将军是知道的；为将之道，将军更是知道的。舍一保十，全军之策也。为保证全军不失，有一事与将军相商：我意已决，宣布忽尔闯等通敌叛国，处以极刑，以儆效尤，望将军允诺。"

乌达听完，不觉潸然泪下。他为洪承畴的真挚之情所打动，为洪承畴的坦诚态度所打动，更多的是，他被这意想不到的宣判所震撼。是的，洪承畴的判决他是没有想到的。可对于洪承畴的良苦用心，他是理解的；对其合理性，他也不能否定。

　　乌达正要起身离去,曹变蛟慌慌张张进来报告道:"大帅,大事不好了!"

　　原来,近千名蒙古军士聚于西门吊桥之外,要求立见督台大人。

　　洪承畴、乌达听罢大惊,一边听曹变蛟报告,一边奔出行署大院,急令快快备马。

　　洪承畴和乌达、曹变蛟上了马,直奔西门。下马上城楼,未见人影即听到城外吵吵嚷嚷。看时,吊桥之外果有一千多人。他们个个大呼大叫,情绪激动。洪承畴等出现于城头,下面的蒙古军士已经看到。渐渐地,他们不再大吵大叫了,喊声趋于统一:"我们要见督台大人!我们要见督台大人!我们要见督台大人……"

　　乌达十分着急,对洪承畴说道:"大人,末将下去看一看……"

　　洪承畴道:"你我同去。"

　　乌达、曹变蛟听罢大惊,道:"大人如何去得?"

　　洪承畴边往下走边道:"如何去不得?"

　　乌达、曹变蛟边跟着向下走,边劝道:"我等先下去探探虚实,大人再行定夺才是。"

　　"你们过去一下就知虚实了?"

　　洪承畴不由分说,翻身上马,朝坐骑加了一鞭,回头对乌达道:"走!"

　　军士们开了城门,放下吊桥,洪承畴策马向聚集的蒙古军士奔去,乌达拍马紧紧跟随。

　　曹变蛟召集了几百名士卒,也跟了过来。洪承畴见曹变蛟带出了人马,便回过头来要他及所带人马停于百步以外。洪承畴出城到达蒙古军士聚集处后,大家顿时静了下来。

　　他们要求见洪承畴,但谁也想不到洪承畴真的会来见他们。洪承畴立马于众人之前,距头一排的士卒只有五步远,他讲话了:"尔等均国朝老兵,自然懂得朝廷的规矩。如此聚众生事,就未曾三思吗?尔等竟斗胆指名见我——老夫当朝二品,兵部尚书兼副都御史,是尔辈轻见之人吗?老夫多年为将,恤兵如子。然怯懦之卒、不轨之徒,老夫必唾之。尔等有天大的委屈,只可层层上报,不可行事越轨。前,尔等欲收清军之粮,老夫知之,然诺尔等之请。尔等碉堡前发现敌之衣物,人道尔辈有通敌者,老夫知之,斥却通敌之论。乌达大人在此。老夫深知,乌达大人对朝廷忠贞不渝,对尔等体恤至极。老夫与乌达大人商讨忽尔闯之案,乌达大人力保之,潸然涕下,老夫为之动容⋯⋯"洪承畴稍稍停了一下,又道,"今老夫不顾陈规,愿听尔等陈诉。尔等何人为首,请出一个来,老夫洗耳恭听。"

这时,一个为首的人出现了。那人是一个高个儿,生得眉清目秀,一表人才,拱手道:"大人,小的愿代众人说一说。"

洪承畴道:"报上你的大名。"

那人道:"回大人,小的叫忽必烈⋯⋯"

洪承畴笑道:"果是一个大人物⋯⋯"

忽必烈道:"大人取笑。我们聚集要求见大人,是因为夜间发生了一起令人发指的谋杀。今晨众人起来后,半天不见三叉堡诸人的动静。我等进去一看,就发现九个军士皆被人杀于被窝之中。在炕头之上留有一张纸,用带血的钢刀插在那里。纸上写着:'叫你狗日的蒙古下流痞再张狂!'这分明是汉兵所为。另外,汉族军士每见我蒙古军士,张口就骂'通敌者'。我们忍无可忍,故求见大人,请大人做主。"

听到有如此多的人被谋杀,洪承畴心中一惊。等陈情者说到碉堡炮台守卫的蒙、汉军士如此强烈的对抗情绪时,他的思维一度停滞。

忽必烈说完,千余名蒙古族军士个个压下内心的激动,静观事态的发展。

风都是无声的,千余名蒙古族军士的急促呼吸所汇成的巨大气流,令洪承畴内心十分震动。

他明白,眼下自己如何表态,不但关系到这场风波的发展方向,而且会关系到整个锦、松保卫战的胜负。他不但快速理顺了自己的思路,而且快速理就了表态腹稿,道:"你们陈言要老夫做主,老夫答应你们。然老夫有话,你们答应老夫吗?"

人群之中出现了嘈杂的声音。不多时,忽必烈说话了:"大人,小的刚刚讲明了我等相聚的缘由。我等聚后共同商定了三件事求大人:一、立即释放被诬为通敌者的忽尔闯等人;二、立即着手查明我们把守三叉堡的蒙古族军士被杀的事,严办凶手;三、立即将被派来外围防线的汉兵调回城内。大人既然允诺为我等做主,那么,这三件事大人就可以做主了——大人对这三件事做主,我们就一概听命于大人。"

好不厉害!洪承畴见这忽必烈在此时机提出这些要求,讲起话来态度平和,不见一丝一毫的张扬,不见一丝一毫的怯懦,不由得心中暗暗称奇。

忽必烈提的这三项要求,第三项是他已经决定了的——再也不能让外围的汉兵与蒙古兵一起待下去了。第二项伸缩性颇大,是可以答应的。至于第一项,从他看到眼前这一景象的那一刹那起,他就已经做出判断,原做出的将忽尔闯处以极刑的决定必须要改变了。因此,眼下的问题不在允诺不允诺,而是以什么方式允诺。

作为钦定封疆大员,作为兵部尚书兼副都御史,作为蓟辽军事最高长官,他不能给人以受挟全盘答应他们要求的印象。想清楚后,他说话了:"你们以三事相求,老夫知道了。来此之前,老夫已经意决,放忽尔闯等归营,调所派汉兵回城,二项均已明告乌达大人。至于三叉堡军士被杀事,老夫才得闻报。此何人所为,不用尔等提及,老夫必从速追查。此如我军内部人等所为,必以军法论处。老夫前已申明,尔等有天大的委屈,只可层层上报,不可行事越轨。今念尔等初犯,老夫教尔等以此为训。大敌兵临城下,尔等当速各归各位,确保外城的防务万无一失。"说到这里,洪承畴回头对乌达道,"将军,忽尔闯等即刻放回,并速带众人回营!"

听到洪承畴说将忽尔闯等即刻放回,乌达就高兴得在马上连连高呼:"督台大人英明!督台大人英明!督台大人英明!"喊罢,一转身向众人挥手道,"兄弟们,回营去,跟我走!"

兵变平息了。

但是,险恶的局势并没有因此好转,不满的怒火已经烧旺。

多年的欠饷,汉族官兵的歧视,战争胜利的无望,如此等等,都是造成蒙古族军士不满的因素。

朝廷专门备有"辽饷"。然而,由于歉收无征,仅有的那点军饷被层层盘剥,军士无饷可发,那是家常便饭。而这中间,又以蒙古军士为甚,他们往往几个月领不到一文钱。

什么时候可以领到军饷呢?打起仗来的时候。可这时军饷又不被当兵的看重了,因为他们随时可能丢掉性命。

最令他们不能容忍的是精神方面的折磨,谁都可以看不起他们,谁都可以欺侮他们。

这些人把自己的可悲归于天命。他们逆来顺受,终日低头走路,当牛做马。但也有不想忍耐的。这些人看不惯那些作恶多端、作威作福的人,想通过自己的努力来改变这种可悲的命运。特别是在非常时刻,他们总想拼上一拼。忽必烈就是这后一种人中的一个。

漆黑漆黑的夜,两名蒙古人和一名汉人悄悄越过道道壕沟,靠近清军营地。

他们是明军防守碉堡炮台的蒙古族军士和城中部分汉族军士的代表,身上负有与围城清军接洽、谈判投降事宜的使命。

次日夜,有几名军曹不动声响地进了乌达营帐。乌达正在帐中踱步,思索着如何解决当前带兵的诸多难题。他见这么多人走进营帐,心中感到诧异,让众人落座后问道:"诸将夜间进帐,可有事相商吗?"

几名军曹彼此看了一眼,其中一个道:"大人说对了,我等进帐要与大人商量一件大事……"

那人说到此处停下了,乌达也不急于追问,帐中沉寂下来。此时又有两三名军曹无声地进帐,他们并不坐下,而是留在了门口。这时,方才讲话的那位军曹又道了:"大人,我等已与清军谈妥……"

乌达虽有精神准备,但听到那军曹如此说明之后,仍登时感到天昏地暗,天旋地转,只听那军曹道:"今晚撤城外防线,邀清军与我共同驻防,并择日强攻松山。念大人平素与我等相处尚佳,不忍弃大人,明告其事,请大人与我等共谋……"

乌达听罢道:"吾受朝廷军命,危急之下,不忍背弃。尔等既谋其事,吾难阻拦,然吾决不与谋——愿杀愿砍,任尔等自处。"

众人苦口婆心,好言相劝多时,乌达始终是那句话,决不与谋。

众人见乌达如此,道:"那就别怨我等无礼,要请大人委屈一时了。"遂把乌达扣了起来。

就在当天夜里,清军兵不血刃,拿下了松山外围城防。

就在外城的蒙古族军士暗地里串通起事之时,松山城中的一部分汉族明军也在做同样的事情。

城中要起事的汉兵有个有利条件,那就是他们起事的头领就是他们的主将——副将夏成德。

这夏成德是广远人,他的不少亲人在努尔哈赤攻下广远时就投降了后金。如今,还有人在皇太极御下担任着重要的职务——像夏成德的弟弟夏景海,就是大清户部参政。刚林为豪格用计,知夏成德为松山副将,已将夏景海召来。因此,这夏成德早有降清之念。

为取得这些起事的蒙古族军士的信任,夏成德把自己的儿子暗地派到这些蒙古人中间做了人质。前去清营接洽的三个人中的那名汉人,便是夏成德的儿子。

夏成德知道自己的身份不同一般,此事生死攸关,一切行动都得谨慎进行,不敢留下半点破绽。

清军开进城防外围之后,即按事先商定的计划行事,一场对松山里应外合的进攻战即将打响。

太阳落入西边的大山之后,一股强劲的西风越过座座山峦向海边吹去,其势越来越猛。当它接近海边的时候,已呈排山倒海之势。黄沙与暮色相搅拌,大地顿成混沌世界。当时袭击松山的不仅仅只有这场飓风,清军的红夷大炮也在借助风势发威,风淹没了炮弹的呼啸声,甚至连炮弹的爆炸声也被风声吞没了。

清军集中炮击的是松山的北城城墙,看样子,清军打算在这里突破。

这些天来,洪承畴和他的将领们经常在他的行署商议。他们很快地弄清楚了清军炮击的方位,有人主张立即将主力拉过去。洪承畴则要众人立刻回到本部的防区。他说清军善于声东击西。因此,炮击之处,未必是他们的主攻方向。到底他们要从哪里突破,需要仔细观察一下。

这一次集中,一个人的缺席引起了大家的注意,这人正是夏成德。这在众人心中引起了猜疑。

大风吹得昏天黑地。

洪承畴没有像往常那样立即到前沿进行观察，他独自一个人留在了行署大厅。他也未像往常那样思考时作踱步状，这一次，他坐在椅子里，仰起头，脸对着房梁，在思索着……

全城只有一万多人马，外围的三千名蒙古军士叛变了。看样子，夏成德那四千多人已经不保。明军剩下不足一万人马，如何抵得住清军三万人马的进攻？

怎么到了这一步的呢？然而，眼下他来不及对此进行反思了。有人来向他报告，说北城多处火起。他迅速命人向各处传令，要各路人马放弃原守阵地，速速向北城集中，并从那里突围。

他自己也出厅上马，带领手下军士奔向北城。在十字街，他碰上了从西城撤下的曹变蛟。

曹变蛟在马上大声问道："大人，北城清军刚刚炮击，又为夏成德之防地，且数处火起，清军分明由此突入。如此，大人却下令自北城突围，大人之计，末将不甚明了。"

洪承畴听罢道："虚虚实实，为军之道。敌炮击夏成德防守之北城，且纵火烧之，乃疑兵之计也。谅我断其为突进之向，并知往北已是围困锦州清军之营寨，我不敢从这里突围，故而此间敌布军必少。我反其道而行，偏由此突出，此将计就计也，将军且行勿虑。"

明军集于北城，由清军炮毁之墙间出，果未遇大的反击。

众将皆大喜道："督台大人妙算！"

可是，行不多时，两厢炮声震天，杀声撼地，箭弦之声铮铮，火把齐明，清军从壕中突起。炮弹在明军中开花，矢镞雨点般飞来，明军纷纷倒地。许多军士见上天无路，入地无门，丢下手中的兵器，举手投降。

剩下的明军军士掉头向回跑，不想刚到城墙边，城内一支人马杀出——他们穿着明军的服装，脖子上围了一块白色方巾，为首的一员大将乃原明军副将夏成德。

开始，逃回的明军以为是自己的人马前来接应，毫无提防。那些杀出来的人冲他们动了家伙，挥舞着刀枪乱杀乱砍。

幸好，这时曹变蛟赶到，知来者为夏成德之叛军，遂将军士们带回。可回到哪里去呢？迎面又杀来了在城外埋伏着的清军。

好在前面洪承畴带领众将杀出了一条血路，曹变蛟遂跟了过去，邱民仰也跟了过来。以洪承畴为首的明军将领都骑着马，有冲出重围的条件。至于那些步兵，他们眼下就无暇顾及了。洪承畴等冲出了重围，向北而去。相随而逃者，已不足十人。再往后看，仍有敌军追来。他们紧抽坐骑，飞速向前。

每到一个岔路口，必有一支清军在一条路上进行堵截，洪承畴等人只好奔向那没有清军把守的小路。如此奔过几个路口，洪承畴等人奔向一条两边生有荆棘的小径。

行不多久，洪承畴突然有了一种天塌地陷的感觉。他还感到受到了挤压，身上不晓得什么部位还有强烈的疼感……

当他苏醒过来时，看到了周围围着的人群。

那是清军，他们手中都举着火把，也有几名明军打扮的人。

洪承畴从那几个明军打扮的人中发现了一个高个子的年轻人。洪承畴想到，他好像在哪里见过这个人。

这时，一清军将领道："洪将军受惊了，我在此候驾多时了。"

洪承畴顺着那人所指看去，果见面前有两位气度不凡的将领站在那里。

再看旁边，邱民仰、曹变蛟等跟他突围之人俱已被缚，倒在地上，唯独他没有被绑。

在不远的地方是一个陷阱，其巨大的坑口黑乎乎地朝天敞着。

他明白了，他和跟随他的邱民仰、曹变蛟等中了敌人诡计，跌入了陷阱。

这时，一文士模样的人指着站于旁边的一位年轻人道："这是忽必烈将军，将军想必还记得他……"

"大人受惊了。"那高个子的年轻人如此说了一句。

洪承畴一下子记起了那个高个子的年轻人，不由得怒火中烧，立即朝忽必烈唾道："呸！"

忽必烈十分镇定，微微笑道："大人唾我，是因我投了大清。良禽择木而栖，这是历代之惯例了。大清圣朝，现虽踞辽东一隅。然君明臣贤，后必得中原社稷。末将不才，先于大人投奔明主，实为大人投石耳。"

这一番话说得洪承畴一时没了对辞，遂仰起头来，不再理会任何人。

文士打扮的人就是刚林,事先他曾告诫豪格,皇上对洪承畴十分器重,千万不得伤其性命。

豪格看不惯洪承畴傲慢的样子,要给他一个下马威,气愤地吩咐亲兵道:"暂且留下这人,其余人一律就地砍了!"

这话一出,倒把刚林吓了一跳。但他了解豪格的为人,因此当着洪承畴等人的面,也不便说什么。

洪承畴一听也吓得魂不附体,他紧闭双目,就听身边咔嚓一阵响。

此时此刻,洪承畴产生了深深的负罪感。远的不去说它,此次突围就是他的自信铸就了大错。他原以为敌人在北城的种种动作都是造成一种假象,断定这里却正是清军的薄弱部位,明军当反其道而行,将计就计。大不幸的是,敌军料定他会如此推断,来了一个另一种意义上的将计就计,先是将他引入圈套,接着又将他引入陷阱。

在他苦苦思索的时候,豪格又下达了命令:"连夜将洪承畴押送回盛京。忽必烈、夏成德随同前往。"

松山的问题解决了,就在当夜,阿巴泰攻下了杏山。次日,刚林刚来到多铎大营,多铎就苦着脸对他道:"学究自在那边羽扇纶巾,运筹帷幄,哪里知道我的苦楚……"

刚林笑了笑,不理多铎的抱怨,问:"'祖家军'人马到齐否?"

多铎叫亲兵到后帐去请祖泽远等人。

不一会儿,被从盛京请来的原祖家军的部分人员出现在大帐。他们是祖泽远、祖泽润、祖泽洪、祖邦武、祖克勇、李云、张存仁、韩大勋、裴国珍、陈邦选和姜新。

大家见过之后,刚林道:"数天来,臣夜以继日,已疲惫不支。今松山、杏山皆下,祖大寿已成囊中之物,全圣上之愿时日可数。臣将退于后帐长睡数日,探囊取物之事,就有劳于王爷与诸公了。"

多铎听罢笑道:"好一个偏心的学究!在豪格营中夜以继日,不辞劳苦;一到本王大营,却要退于后帐长睡数日……也罢也罢,指望天地,不好随便拉屎放屁,咱们只好认命不及人了。"

众人听罢都笑了起来。

刚林道:"其实,锦州之事无臣倒比有臣成就得快些……"

多铎听罢道:"这又是秀才的鬼话了!"

刚林回道:"王爷急不可耐,用策必是急的,不像臣扭扭捏捏,中原缠足之妇人也。"

多铎听罢笑道:"鬼秀才,说你一句,一辈子都是忘不了的。"

刚林道:"臣这次说的倒是实情。"

多铎请祖泽远等人都给祖大寿写了一信,用箭射入城中。

祖泽远等人的信中讲明了当时锦州周边的形势,劝解祖大寿归降。他们都诉说了对他的思念之情,期盼早日相聚。自然,信中少不了谈到他们归顺之后如何受到信任和重用的事。他们还说,皇上还特别嘱咐,对他以往的作为绝不介意,请他放心。

祖大寿久困于锦州城中,对外面的局势的了解自然是管中窥豹,难以全面。众人的书信,使他对自己的处境有了清醒的认识。

他给亲人们和原部下将领回了信,表示愿意归降。但他的傲气显然没有完全消除,因此表述甚不合时宜。他提出,可就此与清军会盟。

多铎见信大怒,道:"老子随时都可以把这老东西捏将出来,他却要会个屁盟!"

多铎立刻拥兵列阵至锦州城下,让祖泽润等十余人出列,逼祖大寿开城。祖大寿只好打开城门,放众人进入。

众人与祖大寿已分别十年,大家在此种情况下相见,如何不激动?祖大寿及从子祖泽远与众人相拥大哭多时,遂随众人到大营拜谒了多铎等人。

多铎设宴为祖大寿压惊。

席间,多铎对刚林道:"学究,你在豪格营中用兵有声有色,闹得那洪承畴老儿难以招架,今日何不给我等讲一讲,让我等也听听热闹。"

众人都道:"我们也正想求大学士讲一讲呢。"

祖大寿也道:"我等久闻先生用兵洒脱淋漓,大有诸葛孔明遗风,今日得听军机之述,吾之大幸也。"

刚林道:"松山之役,战而胜之,全是豪格贝勒等人的功劳,臣摇唇鼓舌之力,不足论也……"

这话使多铎听不下去了,道:"罢,罢,罢,我就见不得臭秀才这股酸劲儿!我们抬举你,你却缩脖子,往他人脸上贴金。得,得,得,既是那些人的功劳,我们改日请他们来讲就是了!"

众人见多铎认了真,忙劝解道:"这也是大学士的一番谦恭之辞,王爷何必就认了真?"众人又转向刚林,"大学士请讲,吾等洗耳恭听。"

刚林知道多铎是对着豪格来的,故对多铎的话并不在意,道:"松山一仗,痛快淋漓!当初,我反间之计屡获成功,皆因守军之间有隙。松山之外围,蒙古族明军驻守。蒙古族明军久受汉族明军歧视,怨气十足。我大兵压境,蒙古族明军,首当其冲。洪承畴身为明军主帅,蒙古族明军的心态他必知道得清清楚楚。洪承畴处于两难境地:对蒙古族明军大不放心,但又不能不用,更不能得罪。一则防之,一则用之。

"我军以各种手段加剧明军与蒙古族士卒之隙,令蒙古族军士有所动作了。谁知事有连环者,遂将洪承畴推上了绝路。蒙古族士卒中有一人名叫忽必烈,此人自幼跟其父从军,二十余岁就学会了满语、汉语。其父死后,其军副将知忽必烈之才,屡屡推举,终不被用。此次我军出兵,忽必烈断定明军必败,便有归我大清之意。我对松山用间,他察之甚明,遂决定乘势暗中起事,推波助澜,终将这些蒙古人推上了反叛之路。

"我军离间,出了一个忽必烈。随后,又出了个夏成德。攻城之日,我使出'疑兵套'——炮击北城,且在那边放火,作大军突入之态。洪承畴谅我故作此态,实不由此方突入——正所谓以实为虚也。他要避实就虚,将由此处突围。我则以虚为实,在此设伏。他果然中计。突围明军在我大军与蒙古族军士、夏成德军的三面夹击之下,死伤大半。我在各岔路口设兵,逼他进入我之圈套,将洪承畴及其将领擒获。"

刚林说完,众人免不了对用计之得失、清军和明军之强弱等进行一番评论。

"太费劲了,太费劲了,瞧我,也不用什么神机妙算,费那种心思,三下五除二,不就把……"多铎想说的是"那老儿抓到手了"?一下子发现祖大寿就在自己身旁,便立刻改口道,"大事成就了?"

刚林知道多铎就这么一种脾气,笑了笑,不与他理论。

最后,多铎对祖大寿道:"皇上十分重视将军,吾辈不敢有半点闪失,明日清早即可送将军去盛京见皇上。"

次日清晨,祖大寿及祖泽远等即由阿达礼等人陪同上了路。

刚林则先到了顾三台战死之处祭奠了——当年皇太极以情制军,打了败仗,顾三台壮烈殉国,连尸首都留在了那里。皇太极有事先回盛京,他便把祭奠之事委托给了刚林。

之后,刚林进了城,他要去找刘兴祚之子。刘兴祚在临死前曾提出了一些条件,如日后他儿子和其他家人"重新归顺大金",要赦他们不死,允他们去扎木谷务农——做自由人。当时阿敏答应了。

那条件虽是阿敏答应的,皇太极却把它看作是大金国的庄严承诺,一直记着这件事。他临回盛京时向刚林做出交代,要他打听刘子的下落,以便履行诺言。刚林从祖大寿那里了解到,刘兴祚之子在锦州。这样,刚林便去那里找他,执行皇太极交办之事。

第十二章　刚柔并济，庄妃劝降洪承畴

洪承畴组织突围后，对锦州、松山和杏山的人马，崇祯就不管不顾、不加救援了吗？那也不是。崇祯无意丢弃四城，对被围于松山的洪承畴也十分关切。他曾下旨命洪承畴全力固守，邱民仰伺机突围，谓"前者以守为战，后者以战为守"。与此同时，他还任命杨绳武为兵部右侍郎兼右佥都御史，总督关蓟辽津通州军务，暂代被围于松山的洪承畴。

自然，崇祯所下达的"以守为战，以战为守"的圣谕是完全脱离实际的，因此也就不可能被前线执行——就连"圣谕"本身也未能下达到松山城。因此，这道"圣谕"也就石沉大海，毫无反响。

崇祯再次下旨，对这种将圣旨置若罔闻的态度严加斥责，曰：

> 围城望救甚切，已有屡旨剿援，然至今未发一兵，未通一信，抚镇道将，料理何事？

然而，对他的如此重责，哪个听了会在心中泛起一丝一毫的波澜呢？

十月，崇祯任命叶廷桂为兵部右侍郎兼右佥都御史，巡抚辽东宁锦。可兵部怎样回应的呢？"御奴之策，大端以息兵为言。"

日子一天天过去，转眼就到了崇祯十五年的正月。这年，杨绳武病死，崇祯命范志完代理总督。

明廷的惧战派是死不绝的，这范志完就是其中一个。身为关蓟辽津通总

督,竟置松山等四城的危难于不顾,龟缩于山海关,不向那里派一兵一卒,更不敢率军往救。

在宁远,有自松山撤回的几万人马。吴三桂等人率本部人马逃回后,没有任何回军救援之意。范志宪被任命为代理总督后,他们以为新官上任会有一些动作,但范志宪按兵不动。这样,他们彼此之间也就心照不宣,谁也不向这位代理总督提什么救援之事。

高起潜惊魂未定,由于洪承畴杀掉了他的心腹刘文藻,他巴不得没人去救。因此,作为监军,他竟也一字不提救援之事。

张若麟接到陈新甲的密令,要筹划如何与清军和谈的问题,故而脑子里根本就没有什么救援的事情。

这样,直到松山、杏山、锦州相继被清军攻下,范志宪根本没有采取任何措施。

皇太极离开松山之后,尽管在路上紧赶慢赶,但并未见上宸妃最后一面。

宸妃贤惠、温存、美貌,是皇太极最心爱的妃子之一。宸妃的辞世,令皇太极十分悲痛。连日来,他一直被悲痛之情所控制。

自从收到松、锦捷报,得知活捉洪承畴的消息那一刻起,就有一个想法在皇太极的脑海中盘旋,怎么让洪承畴归降。

解来之后,他把洪承畴拘于三官庙,就是出于降服的考虑。

三官庙紧靠皇宫,便于皇太极及时掌握洪承畴的动向。当日,他踱步出了清宁宫之后,边思考边走,不觉下了凤凰楼,从崇政殿东侧来到了三官庙的背后。他在那里静静地待了片刻,转身向北,又向东,那里是八王亭。

八王亭的北部中央便是大政殿,这大政殿是举行盛典之处,平时是不用的。

大政殿之前,东侧是左翼王亭,右侧是右翼王亭,这两处都是八旗军首脑平日的办事处。

皇太极来到右翼王亭前时,阿济格出来接驾,当天是他在此当值。

皇太极进入右翼王亭后,内里办事人员均肃立接驾。皇太极见里边清静,便在一把椅子上坐了下来。他的脑子里思考的,依然是那个问题。

忽然,他想到此处进出宫较清宁宫方便,何不在此处理劝降洪承畴之事?于是他吩咐人去告知大学士范文程,要他改在右翼王亭见驾,并召图赖到此奏事。

不多时,图赖到了,他受命负责看管洪承畴,奏道:"洪承畴被解至三官庙后情绪平稳,但拒答任何问题,更不主动说话。从到达到现在,一句话都没有讲。"

皇太极听罢想了一想,问:"可曾给他茶饭?"

图赖回道:"没到吃饭时节,未曾给他。"

皇太极听罢骂道:"蠢材!"

这一骂倒把图赖骂明白了,连连笑道:"臣果是蠢材,臣回去即想法试他一试。"

临走,皇太极又嘱咐道:"要好生照管,细心观察,不得有半点闪失。否则,你要提头来见朕。"

图赖应声而去。又过了片刻,范文程到了。

没说多少话,范文程已经明白了自己的使命,而且他看出皇太极对劝降洪承畴是异常地看重。

范文程是一个行事谨慎的人。但这一次,他向皇太极夸下了海口:"圣上宽心,劝降一事,就包在愚臣身上。"

范文程之所以如此,一是见皇太极对此焦虑万分,要说上一句痛快话为皇上排忧;二是他分析洪承畴处境后得出结论,认为眼下洪承畴只有归降一路可行。

范文程说完那句话后,又对皇太极说道:"先让臣去探探虚实。"说罢,他转身去了。

在等待范文程返回的时间里,皇太极命人到驿馆去传夏成德、忽必烈来此见驾。驿馆距皇宫不远,有司去不多时夏成德、忽必烈便到了右翼王亭前。

有司禀奏后,夏成德、忽必烈便进亭跪了下去——

"罪臣夏成德见驾。"

"罪臣忽必烈见驾。"

皇太极边说"平身",边对两人进行观察。

夏成德四十多岁的样子,个子不高,但周身显示着一股强力。那忽必烈个子高高的,看上去二十四五岁的样子,有些瘦弱,精神也有些疲惫,但气度非凡。刚林有本奏过来,对这忽必烈做了特别的推举。

皇太极决定问一问情况,看看他们究竟如何。

夏成德、忽必烈平身后,在堂中肃立,但等皇上的询问。

如此沉默了片刻,皇太极道:"今有一事问二位将军,二位将军不必多虑,可实言告朕。"

两人忙答道:"臣等岂敢虚言罔君!"

皇太极问道:"朕久慕洪将军大名,今押解于兹,朕欲劝得洪将军与朕共开大清基业,敢问二位将军,此事可成吗?"

这话皇太极是用满语说的,忽必烈听起来没有问题,夏成德虽不精满语,大概意思也是可以明白的。但对皇太极所提如此复杂的问题,要夏成德用满语把自己的想法表达出来,那就勉为其难了。

皇太极看出了夏成德的尴尬,道:"夏将军可用汉话表述,朕能听懂八九。"

夏成德听罢感到十分震惊,道:"万岁真德才兼备之圣君也。"

皇太极用汉语道:"将军即回朕问。"

夏成德立即回道:"臣以为劝降洪将军乃艰难之事,可也并不是不能成的。洪将军乃明廷重臣,且为人刚正,这是艰难之处;可臣与洪将军交往,知道他有应变之资——并非顽迂之人。对圣上之贤明,明廷之昏暗,他绝不会熟视无睹。今战败就擒,晓以大义,他终是可以弃暗投明的。"

皇太极听罢点头,然后转向忽必烈。忽必烈见皇太极在等他的回答,便道:"臣在明营地位卑微,没能与洪将军打交道,难以以洪将军之人品而论。就势论之,臣以为,洪将军有三降三不降。"

皇太极听了点头,示意忽必烈说下去。

忽必烈继续道:"洪将军为明朝重臣,深得明廷器重,此不降者一;洪将军以明朝为正统,以叛之为耻,此不降者二;洪将军家眷在明京,父母尚在,将军大孝,降我大清家眷必为明廷所害,既不得尽忠,又不得尽孝,此不降者三。正如夏将军所言,我大清政治清明,君贤臣能,明廷衰败,君昏臣离,这是天下人有目共睹的,何况洪将军?良禽择木而栖,贤臣择主而立,这是天下之公义。方才夏将军道,洪将军有应变之质,非顽迂之辈。既如此,焉能抗世之公义?此洪将军可降者一。松锦一战,圣上用兵如神,天下大震。洪将军知兵之大家尚难与圣上俯仰,最后兵败就擒,必心悦而诚服。常言道,物以类聚,人以群分。洪将军既慕陛下,必欲亲附。此可降者二。圣上创业开基,求贤若渴。欲得祖大寿辈,十年不改其志。久慕洪将军贤能,视得之如得性命。圣上志之恒长,情之诚切,金石为开也,何况洪将军?此可降者三。"

皇太极听罢大悦。

第一,他想到范文程言洪承畴可降,并许下了"包在愚臣身上"的诺言;夏成德也说洪承畴"可降";此番忽必烈又对洪承畴的"可降"做了精辟的析解。看来,这洪承畴是可以到手了。

第二,他发现眼前的这位蒙古青年确是一个人才。他原在明军地位卑微,降后在他面前竟做到不卑不亢,对其询问,对答如流,且见解精辟,说得有条不紊,丝丝入扣。

"难得,难得!"皇太极在心中惊叹。

皇太极又想了一下,觉得还有一点疑惑要问一问忽必烈,便道:"以卿之见,朕将他擒住,他成了朕的阶下之囚,生杀由朕,这就不是他可降的原因吗?"

忽必烈听罢回道:"陛下,有道是人不畏死,奈何以死惧之?臣所言洪将军三不降,皆刚之属,而所言可降者,皆柔之属。臣以为,要他降我,必以柔克刚,方可成也。"

皇太极听罢,高兴得站了起来,道:"将军之言极是,朕受教矣!"

忽必烈见状立即跪伏于地,道:"圣上如此,臣无地自容了。"

皇太极将忽必烈扶起,道:"二位将军且回驿馆,听候朕宣。"

夏成德、忽必烈退走之后,皇太极也步出了右翼王亭,来到外面。阿济格见皇上要在院中走动,便跟了过来,以备皇上招呼。

皇太极见阿济格跟来,摆手示意让他退回自便。

皇太极依然是无目标地走着,他到了大政殿前。

这时,清宁宫一位宫女从南面赶过来,站在皇太极身边轻声道:"万岁出宫多时,皇后娘娘不知万岁到了何处,命奴婢过来看看。"

皇太极听罢方想起出宫时去无定向,这多时也未曾命人回宫向皇后说明,便回道:"告知皇后,朕在此处理军机,暂不回宫。"

那宫女闻言,施礼便退下来。

范文程去三官庙"一探虚实",已有半个时辰。

皇太极上了大政殿的台阶,但没有进入大殿,而是围着大殿转了一圈。

在大门两侧,各有两名虎贲武士肃立看守。另外,在台阶的下方的四角,亦站有两名虎贲武士。

转了一圈之后,在台阶之上大殿的正门口之前站定,皇太极脑海里出现了洪承畴被劝同意归降之后,在大政殿前向他跪拜的情景。

正在这时,从远方的西侧宫墙那边闪出了范文程那高大的身影。范文程见皇太极在大政殿前,立即加快步伐,奔了过来。

"如何?"皇太极问道。

"是臣把事情看易了。"范文程答了一句。

皇太极听罢,点了点头。他是有精神准备的,他想事情绝不会一蹴而就,好事必然多磨,便问:"情况究竟如何?"

范文程道:"他依然一言不发,且拒不饮食……"

皇太极打断范文程的话问:"既然如此,图赖因何不来奏报?"

"是臣要他等一等,由臣回来奏报的。"范文程继续道,"任臣好说歹说,洪将军只是低头看地,仰头望天,双唇紧闭,一言不发。"

皇太极听后问道:"卿的'好说'是怎样一种说法?'歹说'又是怎样一种说法?"

范文程回道:"臣讲明廷政治昏暗,君暗臣蔽;我大清政治清明,君贤臣能。他得弃暗而投明,三生之幸事;讲他兵败就擒,归降之利,拒降之害……"

说到这里,皇太极又打断了他,道:"朕方才见降将夏成德、忽必烈,问二将洪承畴降与不降。二位将军皆曰可降,且忽必烈有三降三不降之说,甚慰朕意。"

范文程听罢问道:"臣可得闻吗?"

皇太极遂把忽必烈的话重说了一遍,并强调道:"要彼降我,必以柔克刚,方可成也。朕听罢忽觉顿开茅塞,卿以为如何?"

范文程赞道:"精辟之论!精辟之论!"

皇太极道："那卿就想一想，卿与洪承畴所言，柔乎？刚乎？"

范文程尴尬一笑道："实当自省……"

这时，皇太极与范文程开了一句玩笑，道："以卿六尺之躯，怕彼将柔视刚耳。"

次日，范文程又去了三官庙。

他确实说到做到，放弃了原来的软硬兼施，而以皇太极所肯定的以柔克刚之术，匡正了自己的言行。但是，实际效果并没有见到。而且，情况反而变得越来越糟了。洪承畴不但依然不吃不喝，不言不语，而且有了求自尽的举动。

这使范文程觉得自己江郎才尽，黔驴技穷。他并不是怕自己在皇太极那里夸下海口而受到斥责和处分。而是事态的发展不但未能解皇上的忧愁，反而会令皇上的忧虑加重，这才是他感到甚为不安和忧虑的。

不出范文程之所料，皇太极一扫近两日的欢快，心情比起前几日忧愁时更加沉重了。

洪承畴会降，这一点，是皇太极接触的人当中大多数人的共同见解。而这样的见解又不是无源之水，无根之木。它是从冷静的分析之中得出的，尤其忽必烈的分析，那是任何人都不能不信服的。

事实却是另外一种样子，这到底是怎么回事？皇太极被折腾得食不甘味，睡不安枕。宫中人等见皇太极如此，无不着急万分。

这一天，皇太极又到了永福宫。庄妃接驾，亲自给他泡了茶，小福临也主动上前请了安。不用说，皇太极见儿子长了出息，心中是十分喜悦的。

皇太极与儿子亲热了一阵之后，忧愁又重新上了眉头，庄妃见状后开口问道："皇上近日愁眉不展，是因劝降受挫吗？"

皇太极答道："正是。朕实小豆之量，竟为求一将不得而至此。"

庄妃道："这是皇上贤明之象，为江山社稷求贤，心急火燎，焉有小量之论？"

皇太极道："话虽如此说，然朕似不堪其忧了。"

庄妃听罢解劝了几句，问："皇上可让臣妾分忧吗？"

皇太极回道："那是自然。朕来此就是为让你给朕排忧解难的。"

庄妃听罢又问："皇上可要臣妾详知其事吗？"

皇太极道："既要你排解，必告详情。这样好了，请大学士范文程进宫详详尽尽地给你讲上一讲，祈佑上苍给你说降之策。"

令皇太极没有想到的是，庄妃竟让范文程讲了整整半日，她所了解的情况十分详尽。

次日清晨，庄妃到清宁宫请安，又向皇太极提出了一个令他绝对没有想到的请求："万岁，说降洪承畴，可要臣妾一试吗？"

皇太极被问愣了，连在一旁静听的皇后听罢也愣了神儿。庄妃站在一旁静静地候着，皇太极站起来认真地思考着，不多时便回道："可以一试。"

庄妃听罢大喜，皇后则大惊失色，道："这是闹着玩儿的事？"

庄妃听了皇后的惊问后道："皇后，臣妾是经过深思熟虑的。要消解皇上的忧愁，要劝得洪承畴归降，臣妾要借'庄妃娘娘'之名出马一试。"

皇后是个明白人，她听了庄妃的话后又问："怎么，要以'庄妃娘娘'的身份前去？"

庄妃答道："不如此不足劝说之力，不足劝说之力，则不得劝降之功。"

皇太极也对皇后道："非常之事，必施非常之策方得成功。皇后勿虑，此无损我大清体面，反增我大清荣光——让此绝世传奇供后人传唱好了！"

当日夜幕降临时，洪承畴在三官庙已经待了四个白天。四天来，他水未喝一口，饭未吃一匙，话未讲一句。就在自己被擒的那一刻起，他便抱定了必死的决心，绝不向敌人屈服，绝不向敌人投降，绝不背叛朝廷。

在被送往盛京的路上，他有充裕的时间对自己的一生做总结，对他在西线与义军的作战做总结，对他来辽东之后的作为做总结，尤其是对松锦之战自己的成败得失做总结。

在回忆与思考中，少不了涉及往日的人和事，免不了涉及朝廷、义军和大清国。应该说，许许多多的问题他没有能够想得明白，有许许多多的问题令他无法想下去。

这不是由于他的记忆力差，也不是因为他的脑子不好。因为这里边总是会牵扯到皇上，牵扯到崇祯的种种言行和决策。其实洪承畴心中也明白，正是皇上的许多错误决策，最终导致了战士的失利，甚至功败垂成。但是，洪承畴没有勇气承认这一点。或者，即使模模糊糊接触到这样的一点，他不肯也不敢深究。

说老实话,洪承畴很少了解大清这个他眼里的东虏之邦,他绝不认为这个落后的部族在制度上会是先进的。这几天,范文程来唠唠叨叨说什么大清政治清明,弄得他听起来好不心烦。但是,他佩服这个部族的作战方式。

松锦一战,绝对显示了这个部族作战的高超艺术:一、有深刻的战略思想;二、战斗中,一切部署有板有眼,军事调动神出鬼没;三、行兵布阵无懈可击;四、虚实相济,智勇双全;五、军队训练有素,战斗力极强……

可以这么讲,对清军作战的评价,他用上了"钦佩"二字。

他甚至想过,在用兵作战方面,他洪承畴不是皇太极的对手。即使没有来自京城的干扰,也难说自己就能战胜皇太极。

松锦之战,固然有明军的重大失误,但明军之所以被打败,也是由于清军过于厉害了。他认真地思考过,大凡明军之失招,没有一处清军没有及时抓到,并借此给予明军致命一击的。对于一个用兵的大家来说,看到清军的这种本领,那才是最最让他诚服的。

他也承认,清军将领的智慧和勇气,他们之间协同作战的精神,这一切是明朝将领们根本无法相比的。

自然,他可以以将比将,也可以以战比战。但他绝对不会越雷池一步,去以君比君。他绝对不会把崇祯与皇太极放到同一个天平上。

但是,人就是人。在身处危难之际,是很难做到心平如镜的。也就是说,他的一切信心和决心,在他身处危难之际,在他身不由己之时,是不可能保持一贯、不做任何变动的。

尤其是身处危难的时间长了,外界情况一有变化,他的信心和决心就要随之发生微妙的变化。

每每遇到这种情况,洪承畴便迅速加以抑制,不使这种思想状态继续发展下去。

例如,不止一次,洪承畴的脑子里闪出那夜被擒时忽必烈向他说的那一番话:"大人唾我,是因我投了大清。良禽择木而栖,大清圣朝,现虽跼辽东一隅。然君明臣贤,后必得中原社稷;明廷颓势俱显,虽居中原之地,然必失其鹿。末将不才,先于大人投奔明主,实为大人投石耳。"

尤其是那最后一句话,是常常萦绕于耳际的。

每每想到这些话,洪承畴总是强令自己不要再想下去,并重复自己所下的决心——绝不向敌人屈服,绝不向敌人投降,绝不背叛朝廷。

然而,不知为什么,有时另外一种想法会一下子从脑海里冒将出来:要是降了……

他不敢再想下去。

自从松锦开战以来,洪承畴就没有睡过一天安稳觉,没有吃过一顿消停饭。被擒之后心情恶劣,自然是食不甘味,睡不安枕。而打从被押来盛京,关在这三官庙,他不吃不喝,身体已不是疲惫的问题,而是迅速虚弱下来,精神也多次出现恍惚现象。而范文程的出现,加快了这种频率。

范文程的话,洪承畴做不到完全的闭目塞听。

洪承畴虽然对范文程讲的情况半信半疑,但他平心而论,觉得如果范文程讲述属实,这个清朝政通人和,那他倒也不是没边没沿地瞎吹。

当然,洪承畴的思想每变化一下,就有一种声音将它遏制住:"绝不向敌人屈服,绝不向敌人投降,绝不背叛朝廷。"

第三天,范文程没有再来,洪承畴感到内心平静了许多。第四天,洪承畴开始觉得体力不支,他精神恍惚的状况加重。

这天夜幕降临时,就在他似睡非睡、似清犹蒙的状态下,听到庙外有人喊了一声:"永福宫娘娘驾到!"

当时,洪承畴在榻上斜躺着,头冲着门口,鞋子没有脱,脚搁在榻沿上。他被那声音惊醒后,便坐了起来,腰弯着,双臂垂在两边,双手扶着榻沿。

他如此地坐着,还以为自己是做了一个梦。

可当他睁开眼睛向外看时,发现庙外的院中出现了光。再看,见有十余个灯笼在院中晃动。随后,庙门口闪出两名宫女打扮的年轻女子,站在门槛之外,手中举着灯笼,像是在给什么人照路。

就在洪承畴第二眼向那边望去的时候,一位三十多岁的女子出现在那两名宫女中间。尽管就看了一眼,洪承畴便觉得那女子的气质非同一般。

那女子头上戴着满族妇女惯戴的扇形冠,它是黑色的(实际上是绛紫色的。大概光线还不够强,使洪承畴把绛紫色看成了黑色),上面的正中有一朵盘大的紫花(实际上是红色的,也是由于光线的关系,被洪承畴看成了紫色)。紫色的旗袍,上面绣着五彩图案。领口是白色的,胸前有一串珍珠项链。那女子手中有一方锦巾,白色的,脚上蹬的是满族妇女那独有的花盆底鞋。

这些衣着服饰加在这位女子的身上,便生成了一种令人望之而感到水木清华的神采,一种令人望之而感到玉洁冰清的神韵,一种令人望之而感到高城深池的气度,一种令人望之而感到冰雪聪明的仪容。

在洪承畴如此观察的时候,又进来两名宫女打扮的女子。她们一人手中执着灯笼,一人手中拿着一个绣墩儿。

这是什么人?哦,刚才有人喊过了,永福宫娘娘。

永福宫?洪承畴觉得有一些印象,最终他对上了号:哦!就是那传言中说的"北国四艳"之一的庄妃!

果然名不虚传!

可一断定是庄妃,他立刻又诧异起来,她如何来到这里?难道又是一梦吗?

庄妃进来之后,向桌前地面指了一指。那手拿绣墩儿的宫女会意,将绣墩儿放在了庄妃手指之处。庄妃在绣墩儿之上坐了下来,然后她又轻声向另一宫女说了些什么。那宫女听后,向庙堂中的那两名虎贲武士走过去说了些什么。随后,那两名武士走了出去。

看到这些之后,洪承畴把头扭了过去。

这样,庄妃所坐的位置在洪承畴的右侧,离他六七步的距离。如果洪承畴不把头扭过来,他是看不到庄妃的。而庄妃是正面冲着洪承畴,也就是说,洪承畴的一举一动,庄妃完完全全看在眼里。而她自己的举止,如果洪承畴要注意观察的话,就必须转过头来。

庄妃坐定后,庙堂之内顿时静了下来。

洪承畴垂着头,仍然照原姿势坐在那里。

"这几日,洪将军也忒苦了自己!"

这是庄妃的第一句话,突如其来,洪承畴不觉惊了一下。而且让他吃惊的是,庄妃所讲的竟然是汉语。一个蒙古女子,如何能讲得一口流利的汉语?

"我为大清皇上到这里来与将军面晤,是劝将军与我大清皇上共开基业。"

直截了当,开门见山。洪承畴心中不觉又是一惊。

随后,他猛然醒悟,心里迅速重复了下定的决心。与此同时,他把头向左方扭了过去。

"常言道,败军之将,不可言勇。可有司告诉我,将军虽不言勇,行为却勇得很!"讲到这里,庄妃停了片刻,"将军不食清粟,清高可比夷齐;将军视我大清君臣如草莽,傲气可冲牛斗。可是将军,此时此刻,你知道我大清皇上在干什么呢?"庄妃又停了片刻才道,"他正为求将军不得而焦虑憔悴,茶饭皆弃。就是说,我大清皇上和将军你都弃了食。然而,你们的弃食却是不同的两种境界。我问将军,如此两种境界,孰是孰非?亦请将军思之。"

听到这里,洪承畴心中一震。

皇太极思贤若渴,欲得洪承畴共创大业,这样的意思,范文程是跟洪承畴挑明了的。那时,洪承畴死守"三不"那条线,不为所动。但眼下,庄妃以这样的角度、以这样的口气提出问题,不得不令洪承畴心中有所触动。

"我听有司奏报之后,对将军的行动曾百思而不得其解。细细再想,终解了其中之味。是啊,伯夷忠君,故而不食周粟;将军不食清粟,是在忠于明廷;将军视我大清君臣如草莽,便傲岸而不逊。可是,将军忘了,因有朝朝更替,代代变迭,便有一代一忠、一代一逆的事情出来。此乃天之道也。将军知书知史,今天,我当与将军说书论史,察看一下这方面的人和事。尧舜时,天底下的人同甘共苦,那帝位无人争它,便有了帝位的禅让。到了禹时,天下富足了,帝位也变得尊贵起来,成了人们羡慕的东西。启靠着其父在位的方便继承了父业,始有了家天下。此后,也便开始了天下之争。于是乎,山林沃野,兵荒马乱,殷血灌川;一室之内,刀光剑影,兄弟成仇。成者王侯,败者贼寇……在此情况之下,是王是贼,是忠是逆,成了一念之间的事。夏桀荒淫无道,商汤崛起。当时,忠夏者逆商,忠商者逆夏。商纣恶贯满盈,周起岐山。当时,忠和逆便倒了过来,忠商者为逆,逆商者为忠。这就出现了一代一忠、一代一逆的事。自然,忠与逆也并不是没有其固定规则的。世上有一句话:良禽择木而栖,贤臣择主而立。这指的是什么?以我之见,它指的是万事万物应该适于日月之变,合乎沧桑之迁。时迁势变,贤者必审时度势,趋忠而避逆——顺时者为趋忠,顺势者为避逆。故曰:识时务者为俊杰。世人都知道陈平安汉,而不知他曾为楚吏;知道魏徵忠唐,而不知他曾为隋臣。什么道理?他们个个都是识时务的豪杰,是善于趋忠避逆的结果。洪武大帝,大明开国之君,将军必视之若神明,可他当初也是元朝的子民。

这样，从元廷来看他，他就是一个叛民，还有什么神明可言呢？

"还有一种说法，是讲华夏各朝各代，变迁更替，均当华夏之族，且以此判定忠奸——蛮夷之人生来就是臣子相，他们无缘为君，为君就是叛逆；忠于他们之中的为君者，也就是叛逆。岂知，这是不知史的谬论。诗曰：'溥天之下，莫非王土；率土之滨，莫非王臣。'孟子曰：'舜生于诸冯，迁于负夏，卒于鸣条，东房之人也。文王生于岐周，卒于毕郢，西夷之人也。地之相去也，千有余里。世之相去也，千有余岁。得志行于中国，若合符节，先圣后圣，其一揆也。'这就是告诉我们，不管'东房''西夷'，也不管千年之前，万年之后，他们'行于中国'，只要合乎符节，就可成为圣人。我并没听说相反的议论，说他们因是'东房'或者是'西夷'就不能为君；他们成了君王就是叛逆；追随他们、忠于他们就是叛逆。元世祖开元，得百年天下。百年之中，蒙人为君，汉人为臣，忠与逆怎么论？百年之内，汉之忠臣，只屈指可数吗？我大清起于白山黑水之间，先考太祖，为建州卫事，授龙虎将军之职——明吏也。先考目睹朝廷昏暗，颁《七大恨》，如《汤誓》，如《牧誓》，兴兵伐无道。我们被骂作了'东房'。就是'房'好了！难道舜那样的'东房'，文王那样的'西夷'不但能'行于中国'，成为中国的君主，而且成了千年万载受人尊敬的圣人，我们这些蒙古人、满洲人就不能'行于中国'，成为中国的君主？我问将军，要是将军生在舜之时，或者生在文王之时，或者生于元代，将军会是终生不出庐宇去为舜、为文王、为元代的君主做事、做官，并且拒绝吃他们产下的谷米吗？"

庄妃又停了下来，片刻才道："在将军的眼里，我大清既是蛮夷之邦，就不会有什么清明之处。我们君臣皆草莽之辈：凶暴、野蛮、蠢笨、粗俗。可我大清君臣果然像将军所鄙夷的那样不可理喻吗？人被一叶障目，不见泰岳之高。我讲一个人将军一准是不知道的。这人是我朝圣上的一个侄子，名叫萨哈林，崇德元年被封为颖亲王。将军不知道的是这颖亲王却通满、蒙、汉三种语文，且博闻强识，有出将入相之才，可惜他不到三十岁就离开人间了。我之所以提起他，是他临终之前有一篇《别主表》留下。这《别主表》，其言也精，其意也深，我每每诵之，自觉进入另一世界，皓皓然如十日经天，恢恢然如万钧掷地。我喜欢读它，终可闭目成诵。今天我读上数节，目的在于请将军听了想一想，生长于一个凶暴、野蛮、蠢笨、粗俗国度里的人，能不能有那样的胸襟、那样的智慧、那样的文采,写出那样的文字。"随后,庄妃便吟诵起来——

侄臣萨哈林九叩叔父宽温仁圣皇帝:

　　人生于世,康健之时,纵横于天地之间,不觉美世之美,亲人之亲;及知身不由命,将填沟壑,对美世之流连、亲人之眷恋,如痴如迷,然时不我待,唯屈指细数可数之日,此种心境,常人未可知也。

　　侄儿自幼薄父母之爱,祖母皇后怜孙如子收于膝下,祖父汗耳提面命,勤于教诲,侄臣始有今日。叔皇长侄一十有二,行之昭昭,语之谆谆,性之款款,情之切切,令侄儿以为楷模,遂知有叔而不知有父。侄儿自幼暗下横志,报祖父母、叔父养育教诲之恩,报效国家,助祖父、叔父成就大业。侄儿不才,四岁习国语,五岁习蒙语,六岁习汉语,三年而成。后,汉之经史子集多有饱览。及长,以弱身驰骋疆场,知非甲兵不能拓我疆域,大小数百战,未敢时日疏懒;以愚智研制规法制度,知无规矩不能成方圆,轻重数十计,未敢分毫懈怠。然正值振臂挺胸酣战之时,天加重疾,一卧数月,且日见赢瘠。"斯人也而有斯疾也","命矣夫"?"命矣夫"?

　　疾中,叔皇遣希福下谕慰示,又遣叔父睿亲王等探视,使侄儿甚慰于浩荡皇恩之中。叔父睿亲王又来,与侄儿言兵论政,道侄儿之见暗与叔皇合,且有新意,令侄儿捉笔志之,署表呈叔皇。侄儿遵命行事,得不能再瞻圣面,表成诀别之物,故题《别主表》。

诵到这里,庄妃停下来解释道:"这是一个引子,下面讲到时局,讲到义军,将军与义军——就是你们称为贼的——周旋多年,对他们的情形必有深解,也不知我们这位亲王那时所讲的,是否与将军的见解相吻合。另外,他还讲了社稷的事。我让人抄了一份放在这里,将军抖抖精神读它一读,从中不难看到这就是我大清一位亲王的襟怀,一位亲王的抱负,一位亲王的所思所想。由此看我大清君臣,确如将军所想的那样,皆为草莽吗?"

庄妃见洪承畴微微动了一下,又道:"将军,如此的美文美意,我咏后,谁人还能保持铁石心肠,不为所动呢?"说罢,便起身离去了。

庄妃回宫后,先到清宁宫复命。

皇太极正等得着急，见庄妃回来，便问："如何？"

庄妃听罢道："少时必有开怀之报。"

"那朕就静静等候便了。"

见皇太极如此，庄妃笑了一笑，道："是臣妾妄言耳。可在臣妾看来，臣妾两日不眠的工夫，当不会枉费了的。"

皇太极道："这便可让朕大放宽心了。"

随后，庄妃向皇太极和皇后禀奏了她见洪承畴的经过和观感。

接着，大家一起对庄妃的说辞和洪承畴的举动进行了一番分析。然后又谈了一些别的，庄妃便回永福宫休息去了。

皇太极真的能像他自己所说的那样，可大放宽心了？自然不能。

庄妃走后，皇太极觉得时间十分难挨。一种说不上担心但又放心不下、说不上急躁但又难得忍耐的情绪控制了他。他努力自控，不让这种情绪发展下去，不让这种情绪折磨自己。如此一个时辰过去了，又一个时辰过去了，终于有了动静。

图赖进宫大声禀奏道："洪将军求见万岁！"

皇太极听到禀奏后，立即奔向永福宫。按照现代的说法，洪承畴终于是"拿了下来"。

洪承畴曾经下定了绝不屈服、绝不投降、绝不背叛朝廷的决心。但与此同时，他的内心深处，又充满矛盾。

无论如何，他是一个被俘之人。除去自杀，他无法掌握自己的命运。甚至自杀他都不能做到，只有绝食一路好走。

内心的这种矛盾，是他最终被说服投降的内因。

庄妃走后，她的声音依然萦回在洪承畴的耳际，驱之不去，一遍又一遍地逼迫他想下去。同时，他又想起了忽必烈的那段话。

他们竟异口同声，难道现实之中，我洪承畴真的成为愚忠之人，在"日月之变""沧桑之迁"之中成了一个不去趋忠避逆的蠢材吗？

洪承畴不得不承认，《孟子》虽读得够熟，可这段'东虏''西夷'的话并无印象。而庄妃抓到了这一段，以此为据，驳斥他内心深处的那种偏见，令他哑口无言。

而当他想起庄妃"要是将军生在舜之时,或者生在文王之时,或者生于元代,将军会是终生不出庐宇去为舜、为文王、为元代的君主做事、做官,并且拒绝吃他们产下的谷米吗"那句犀利的问话时,他竟在心中暗自嗟叹了半响。

此时此刻,案上留下的那几张纸在强烈地吸引着他。他站起身来,走到案前拿起那几张纸读了起来。

妙!

他一口气把那表读完了。

我大清之敌国,中原朱明也。夫天执中原赐清之兆日见,我大清必顺天承命,自强不息,以受天授。朱明治下之中原,北起大墙,南至于海,东起岱岳,西至青原,天怒人怨,举国汹汹,百姓揭竿,此起彼伏,致万里江山,难寻一方净土。

看得是何等准确!

另外一节是他受震动最大的:

此势朝廷所致,此势朝廷难挽。此非绝灭者何?如人,病入膏肓,虽扁鹊华佗,必曰活之无术;如树,筋脉已断,虽良工巧艺,必曰活之无法;如腐果烂栗在席,收之不得,卷而弃之可也。

读完这一节,他浑身浸出一身冷汗。

这类话他是从来未曾听到过的。而在这样一种环境中听到这样的话,不能不使他受到强烈的冲击。而可怕的是,大凡他所想的,竟无不证实这位颖亲王所说的是对的。

《别主表》中对流贼,即义军的发展和未来的分析和论断,洪承畴也是佩服得五体投地。

对义军的起伏消长,他曾有独到的见解。想不到,他竟在这里找到了知音。

自然,颖亲王说义军有朝一日会打到京城去,这一点他洪承畴是从未想到过的。

会不会是这样？等着瞧好了。

但是，颖亲王所说的一旦义军打进北京，就会立即发生内讧，分崩离析，这一点，他们之间的看法又是相同的。

> 入京前呼兄唤弟，百姓一家，系之粘之，混混沌沌，是为一团，犹如风旋，其势不可当；及入京，称孤道寡，一姓百家，内讧迭起，互相倾杀，顿成瓦解。故义军入京之时，为彼树枯叶黄之日。力衰势绝，兴一师如秋风骤起，横扫千里落叶，灭之易在反掌之间。

何等精彩！他觉得，颖亲王关于社稷、关于宗室的见解和论述，也是深刻的，邃密的。

> 我大清顺天承命，君贤臣良，政治清明，东起鸭绿，西至大漠，北起黑龙，南至山海，百姓安居，百业隆兴，稳如泰山之立，平如静水之伏，昭对南国之汹汹，似东起之日，冉冉蒸蒸，不见其盛势者，有眼而无珠也。

读到这里，洪承畴长长地叹了一口气："我有眼无珠了。"

读完之后，"人道留有梧桐树，必引凤凰来。贤圣之主，必有贤士之拥。叔皇贤圣绝世，不患贤士之不至"这几句话一直在他的耳边萦绕着。范文程也讲，庄妃也讲，皇太极正为他洪承畴求之不得而焦急忧虑，食不甘味，坐不安席。不读这《别主表》，他是不会相信他们的这些说法的。自然，也不会体味到其中的真谛。

经过这一番的折腾，他不但信了，而且被皇太极的求贤精神折服了……

总而言之，一道道大堤最终崩塌。

听到禀奏后，皇太极大喜，遂急急忙忙奔向永福宫。他见到庄妃后，大声道："开怀之报果然有了，他要见朕，待朕去亲自见他。"说罢头也不回地去了。

庄妃还没来得及请安，没来得及说什么，见皇太极如此，笑了一笑，出宫看着皇太极离去。

洪承畴提出要见皇太极的要求后，本在等候传见。但没想到，皇太极竟亲自来了，这使洪承畴异常地感动。于是，他站起身来，向门口走了几步。

这时，皇太极已出现在门口。洪承畴一下子跪在地上，嘴里刚说了"罪臣"二字，便昏厥了过去。

皇太极亲自上来将洪承畴扶起，命太监把他安放在榻上，并急传御医。

实际上洪承畴并没有什么病症，只是由于多日不吃不喝，身体十分虚弱。现在听得皇太极亲到，激动万分，起身时，已觉眼前金花乱坠，待他跪下磕头时，猛一折腾，便昏了过去。

被安放在榻上之后，洪承畴苏醒了过来。他见皇太极正弯腰站在榻前，急忙一骨碌爬了起来，要下床。

皇太极连忙将他按住，道："将军什么话也不要说，什么事也不要做，好生养息便了。"

洪承畴不听，定要挣扎着起身。但皇太极的一双大手按住他，使他动弹不得。

洪承畴见皇太极是真心怕他不济，便不觉流下泪来，断断续续道："陛下真……仁主……也。罪臣十……恶不……赦，且……有……何才……何……能，惊……动圣上……如……此！另，方对……永……福宫娘娘无……礼，乞求……恕……罪。"

皇太极边听边摆手，让洪承畴停下来。

此时图赖赶来，御医也已赶到。皇太极吩咐图赖，要御膳堂立即准备热菜热饭。饭后，将洪承畴领去驿馆，单备一安静处，让他好好休息。另命御医随洪承畴去驿馆，为他诊脉调养。

三天过后，祖大寿等已经到达盛京。皇太极遂在崇政殿见了洪承畴、祖大寿等人。

当天，诸亲王、郡王、贝勒、贝子及其他文武大臣先到议事。议至诸降将事宜时，奉国将军巴布海出班奏道："皇上视降将洪承畴等胜过掌上明珠，亲自离位安顿，臣等以为其礼甚过，令臣等寒心。"

皇太极听罢笑道："明珠朕倘若得到，绝对不把它托在手心儿里当宝贝儿的,洪承畴远非珠玉可比。礼贤下士,这是自古以来的美德。十一弟说什么'心寒',朕看大可不必,也不知道还有多少人为了这个而感到心寒的。朕有事讨教于十一弟,明朝沿着黄河一共有几个府?多少县?沿着长江一共有几个府?多少县?各府、各县的官吏,哪个算是清官?哪个算是赃官?明朝的山川纵横、阡陌交织、物业兴衰、人口疏密,凡此种种,你可知吗?"然后又冲众人道,"你们哪个是知道的?"

巴布海语塞,众人亦静静站着无语。

皇太极又问:"我等栉风沐雨数十载,为了什么呢?"

众人回道:"入主中原。"

皇太极道:"既如此,朕问的你们全然不明,怎样入主?一个盲人会盼着有一个眼力好的为他带路,洪承畴就是我们入主中原的一个带路人。"

随后,洪承畴、祖大寿、祖泽远、夏成德、忽必烈等人晋见。

皇太极甚为高兴,命在大殿为洪承畴、祖大寿等设宴,他自己并未赴宴。

宴毕,皇太极使大学士希福等谕曰:"朕方有元妃之丧,未躬赐宴,尔等勿以为意。"

次日,皇太极又在御花园见洪承畴、祖大寿等人。这次召见,实为闲叙,所谈漫无边际,皇太极表现得甚为轻松。

中间,皇太极对洪承畴说道:"前一年,我大军袭济南,得明宗室德王,现在他住在盛京,你们不知与他有没有故交?倘有,来日可找他叙叙旧了。这让朕想到,尔等明主,宗室被俘,置若罔闻。将帅力战被俘,或力屈而降,明廷是必诛其妻子,轻了也得收没为奴。朕想知道,这是旧制呢,抑或新制?"

洪承畴答道:"旧无此制。迩日诸朝臣各陈所见以闻于上,始如此耳。"

皇太极听罢叹道:"君暗臣蔽,遂多枉杀。将帅以力战没敌,斥府库之财赎之还不能呢,奈何不救反连累他的家眷?那暴虐劲儿也够可以了!"

洪承畴、祖大寿听罢无不感动。

及谈到当时辽东战局,皇太极又问道:"我军战于松锦时已逾年,现朝鲜凶年,粮草供应不济,我国地面亦遇灾年。朕欲罢兵生息,留一旅镇守所得之地,其余撤回,不知二位将军以为如何?"

洪承畴听罢道:"一张一弛,文武之道。粮草辎重,得胜之本。今既我粮秣一时供应不济,退守之议,当属必然。然圣上退兵之策,臣等可得闻乎?"

皇太极道:"朕只有退意,未有成策也。"

这时祖大寿道:"明军有三万众屯于宁远,山海关有两万众。彼已成惊弓之鸟,我军退,彼未尝可轻动也。然以退为进,以进为退,军之常策。我可派一军攻宁远,以掩我大军撤离。"

皇太极闻言,点了点头。

洪承畴道:"我疲,敌更疲。敌除对我,尚对中原义军。我欲罢兵生息,敌更欲罢兵,以便腾出手来对付义军。这样,派一旅袭宁远,尚可收奇效——明必遣使求和。"

皇太极听洪承畴如此讲,不觉眼前一亮,大喜道:"将军远见,朕得教矣。"

第十三章　被动出击,孙传庭兵败身死

明廷的情报工作无法与清廷相比。在辽东,明廷根本就没有建立过自己的情报体系。松锦之战,明军被打败,松山、锦州先后失守,洪承畴被俘、曹变蛟等人被杀。这些事件相继发生后,明廷所知道的,只是一些风闻的东西。

报到崇祯御案之上的是:松山城内曾有兵变,而后守城副将夏成德叛变,做了内应;松山失守;接着是锦州失守,祖大寿降清;杏山失守;塔山失守。关于洪承畴等人的命运,开始的奏报是洪承畴、曹变蛟、邱民仰等人全都"为国捐躯"。后来的奏报说,他们不是战地被杀,而是战败被俘,被俘之后,个个宁死不屈,全部在松山殉难。

对于洪承畴等人的死,尤其是对于洪承畴的死,崇祯是十分悲痛的。

不过,他的悲伤,仅仅是出于一位皇帝对臣子不幸的怜悯。自然,这怜悯之中还包含了浩荡的皇恩。在大臣的面前,大凡提起洪承畴等人来,崇祯一直显得十分悲痛。这中间,并不排除崇祯做做样子给人看的成分。

过了不久,有关洪承畴的情况又有了新的报告:洪承畴并没有死于松山。他被清军俘虏之后,被押往盛京。在盛京,洪承畴表现了一位天朝贤臣的忠烈,最后殉国。

有关洪承畴在松山作战的一些细节也传到了崇祯的耳朵里。

说洪承畴与清军展开了激烈的巷战。厮杀中,洪承畴坐骑中箭,洪承畴遂与敌军步战,并亲自杀死了数名清军。后败势已定,洪承畴决定举剑自刎。正在此时,清军突然大军涌上,将他生擒。

洪承畴被押往盛京之后,不更明服,不吃清食,蓬头垢面,对清君骂声不绝。清君为让洪承畴投降,用尽了心机。山珍海味摆于案头,美女艳姬侍于榻边,但洪承畴终不为所动。数日后,洪承畴体衰力竭,气息奄奄。最后,洪承畴强打精神,起身冲南跪在地上,大叫"万岁"而终。

崇祯听了这一奏报之后,深深为洪承畴的忠贞精神所感动。他想,这是继卢象升之后真心殉国的第二个大明英烈。

唉!我大明朝到了这个时候,为什么误国之徒充斥朝廷,而忠烈之士竟成麟角!因此,崇祯悲伤之余,不免又有了几分的感慨。

卢象升为国战死,当时受杨嗣昌等一班误人的诬陷,蒙冤于九泉。后查明实情,忠烈得以昭雪。但回想起来,当时一事未曾做得,那就是大张旗鼓地进行褒奖。这一次一定要做,而且一定要大张旗鼓地做起来,做得深入人心,有声有色。

之后,崇祯便在平台召见文武百官,对洪承畴所部的忠烈着实地赞扬了一番。

而后,他降旨赐谥洪承畴"忠烈";追赠太子太保;赐祭九坛,并在京城和洪承畴家乡建祠,命礼部会工部接旨速办。钦定所建之祠曰"昭忠祠",祭坛建成之后,崇祯将躬亲往祭。

这时,驿马传来了开封的消息。

这是李自成第二次围攻开封了。左良玉引兵往救,与李自成战数日,难胜,遂出动驿马向京城告急。

与此同时,驿马自宁远也传来消息。

宁远的边报比河南的急报迟到两日,说清军以四万大军急围宁远,另有数万大军已在锦州集结,他们不日将陆续到达宁远。清军扬言,将在一个月内拿下宁远、中后所、前屯卫所、中前所和山海关,宁远方面要求紧急增援。

崇祯召陈新甲商议对策,认为明军不能两面作战,当前,对付流贼是最急切的,遂有了与清军议和的决定。

崇祯遂派兵部主事马绍愉充任使者前往盛京。为增强此次出使的分量,崇祯加封他为职方郎中,并赐二品服。

皇太极见了马绍愉,答应双方议和。这样,皇太极的大军冠冕堂皇地、安全地撤回了。

在与明廷进行议和期间，皇太极对松锦之战中的有功人员及明朝降将进行了封赏。多尔衮、济尔哈朗、多铎、阿巴泰、刚林等受到了恩赏，领双俸；豪格复亲王爵；洪承畴、祖大寿沿原在明廷之职；夏成德、忽必烈授三等梅勒章京；乌达解来盛京之后也降了大清，仍为参将；其余有功人员亦各有封赏。

中原的局势正在发生重大变化。

几年之前，农民军处于被压制的状态，官军多打胜仗，农民军偶尔一胜。

但是没多久，农民军可以与官军抗衡了。

又过了不久，官军的战略主动逐渐丧失，农民军节节胜利，官军即使打上一场胜仗，一是小胜，二是偶然。

而近一年，中原战场的形势发生了根本变化。农民军取得了战场的完全主动，官军变得不堪一击，他们所承受的是一次又一次的损兵折将，一座又一座的城池失陷。到头来，兵丧可征之源，将失可选之众；军无斗志，帅无战心。

这一切，大凡稍有头脑的人都是可以看得清楚的，何况大清的君臣？所以，皇太极与他的大臣们得出了这样的结论：大明江山已风雨飘摇，多说三年五载，少说一年两年，它必分崩离析，走向灭亡。

随后，皇太极让大家对日后大清应做的事情进行了讨论，其中有一件事必须做出决断：在与明廷的议和中，皇太极曾提出条件，要求崇祯九月前作出答复。在此期限到来不做答复，则对明用兵。现九月已到，皇太极必须说话算话，对明用兵，以显大清威严。

这次出兵是惩罚性的，无须动用更多的人力、物力。派出一支队伍，杀入中原，进军顺利就多搅它几日；不顺，就及时退回。

皇太极还给进入中原的大军一项重要使命，就是与农民军取得联系。

这次征讨明朝的主帅是饶余贝勒阿巴泰，尼堪、勒克德浑副之。

跟随大军前往中原的文臣谋士又是哪些人呢？他们是内秘书院大学士范文程、鲍承先、宁完我，内弘文院大学士希福，内国史院大学士刚林，都察院承政张存仁、祖可法，吏部承政祖泽洪，刑部承政李云、孟乔芳，礼部承政陈邦选，兵部承政祖泽润，工部承政裴国珍，户部承政邓长春。

皇太极所定与农民军进行联络的人选是任何人事先都不承想的——忽必烈。

大军出发之前,皇太极向将士们发出训令:

> 朕命尔等统领大军往伐明国者,非好为黩武穷兵也。朕不忍使生灵罹害,屡欲与明修好,而彼国君臣,执迷不从,朕是以命尔等往伐。尔等一入明境,遇老弱闲散之人,毋任意妄杀;不应作俘之人,毋夺其衣服,毋离人妻子,毋焚毁财物,毋暴殄粮谷。此切以为戒,传谕各旗悉知。

此次与以往不同的是,清军带了相当数量的辎重。

按照皇太极的圣谕,清军的粮草不能像过去那样既取之于大明官仓,又取之于民间。此次,就只有取粮于官仓一路可走了。

另外,为了树立"仁义之师"的形象,取之官仓的粮食,说不定还要拿出一部分赈济灾民。

对于皇太极的再次入袭,崇祯是做了防备的。

首先,崇祯在体制上做了调整:在关内、关外各设一督,并设昌平、保定总督。这样,千里之内便有四大督臣。

其次,在宁远、永平、顺天、密云、天津、保定设巡抚。宁远、山海关、中协、西协、昌平、通州、天津、保定设总兵,其设想是"星罗棋布,无地不防"。

然而,这只是崇祯的如意算盘。关内、关外二督在议选中夭折。不得已,崇祯任命范志宪兼任关内总督。范志宪自知任重难任,再三推辞,崇祯不允。范志宪又提出致仕,崇祯依然不允。其他的任用,不是由于本人提出种种理由拒不领命,就是一被任命就遭弹劾,也难以落实。

任命难产,"星罗棋布"难得实现,那"无地不防"也就成为一句空话。这样,阿巴泰所率大军轻易地从墙子岭越过长城,然后相继攻下迁安和三河,逼近京师。

清军到达三河县时,已是十月下旬。三河县介于京津之间,一向是富足之地。当年风调雨顺,是一个好年景。阿巴泰和众位谋士以为县里的官仓会是满满的,官库之中也会堆积着数不尽的银两。但打开仓库一看,情景与他们所想象的大有不同——仓是空仓,库是干库,知县早已逃逸。问起没跑掉的下级官员方知,当年这里获得了大丰收。但是,粮食还未收割,州里已经下达了钱粮征数,并要求补足前两年歉年未缴之额。

为了确保如数征调,知县派出官员监督乡保人等催办,粮食未曾晾干就大车小车运走了。

百姓没了粮,也就没了钱。所以,仓空了,库也干了。这样,苍天赐了个丰年,皇上赐了个凶年,百姓的顺口溜在背地里流传:

想丰年,
盼丰年,
想来丰年苞谷苦,
盼来丰年蜜不甜。
苞谷苦,
蜜不甜,
百姓岁岁黄连苦,
百姓年年苦黄连。
要问为啥这般苦,
只因有个猪大咸。

三河县靠近京畿,是个富庶之乡,又远离明军与农民军的战场,除清军几次入袭战受到一定程度的冲击外,并未直接遭受兵变。但所见百姓,个个衣衫褴褛,面如菜色。那些大旱大涝的地面,那些备受兵马蹂躏之地,河南、湖广、四川、陕西,其情况又会是如何呢?

当然,即使像三河这样只在清军入袭路过时受了些冲击的县城,战争的痕迹也是显而易见的。城墙破烂不堪,多处坍塌,城墙边坑洼不平,蓬蒿丛生……所有这一切都说明,官府财尽,无力修筑。

筹措粮草成了清军的当务之急。

为解决这一问题,阿巴泰及众位谋士商定兵分两路,一路趋通州,威胁京师;一路南下,直趋粮仓天津。

崇祯搞不清清军逼近京畿的真实意图,照例宣布戒严,令大臣分守九门,并征诸镇总兵率军入援。

清军分兵之后,范文程、宁完我、希福、李云、孟乔芳、陈邦选、祖泽润、裴国珍和邓长春随阿巴泰趋西路。刚林、鲍承先、张存仁、祖可法和祖泽洪随南路主帅尼堪、副帅勒克德浑趋天津。

西路大军三万未费吹灰之力即拿下通州城。这次进城,阿巴泰等首先注重的是粮仓。阿巴泰事先已训令各旗,让军士们注意捉捕州城的粮官,此令果然有效。几名主要钱粮官员就俘,这一次收获颇丰,几个仓廪之中堆满了粮食。

南路大军的进军方向也是选对了的,在香河、武清、北仓,清军缴获了大量的粮食。这是因为这些县城的官员对调粮不像三河那样积极,他们征收的粮食还存放在库里。

清军还从另一条渠道里弄到了粮食。刚林和张存仁想了一个主意,张榜向降兵降将明示,首举官粮存处,或首举贪官污吏、万民指恨之为富不仁之家者,释放回家,并奖白银五百两。

常言道,重赏之下,必有勇夫。不用说可得白银五百两,就是释放回家一条,就足够了——果有出头举发者。此公一出,果被释放,并捞到白银五百两。

见清军说话算数,许多人便也出了头。

这样,不但县城,乡里许许多多富户也破了财,大多数破了产。其中,自然会有非"贪官污吏、万民指恨之为富不仁之家者"。

当然,其中真正够得上贪官污吏的也大有人在,香河县县令就是一个。

这香河县的县令姓谈名大任,字法铎,是崇祯周皇后的一门亲戚。他靠被封为嘉定伯的周皇后之父周奎,于五年前六十岁上谋得了这个知县。

这谈大任斗大的字不识一个,可其敛财之精明,是一般人望尘莫及的。他原在江南闯荡,时运不济,一事无成。可自从巴结上周奎便时来运转,五年所得,"赶上了他娘的前六十年的一千倍"——这是他自己的话。

这谈大任有了财,同时得了一个好名声——"贪大人"。

举发这谈大任的人数成百上千。当然,只有一名首举者得到了应得的奖赏。

此公得以受到这么多人的"抬举",引起了尼堪、勒克德浑与众谋士的注意。举报还说,这谈大任的"家底儿"并不在县城,而在县城以东与宝坻交界的窝头河边的窝头堡内。尼堪等去了那里后才发现,这窝头堡名实相符。

那是一个巨大的城堡,方圆足有几百亩。城墙比香河县城的城墙还要高,看样子也更坚固些。城墙之上满是炮箭垛口,城外有官兵守门巡逻,但真正的守卫者,是谈大任的那一千名"家兵"。

这窝头堡名义上是官家粮仓,象征性地存有一些官粮。但实际上这里囤积的大量粮食和金银财宝,绝大多数是谈大任的私产。谈大任在做"粮食生意"。丰年,他低价购入,待灾年歉收或每年青黄不接之时高价卖出,所购的粮食就囤在这窝头堡内。不但香河,周围的州县都是他粮食生意的市场。

尼堪带来了足够的人马和攻坚器械,任它城坚堡固,任其家兵武器精良,攻下这窝头堡自不在话下。

这窝头堡分内外两层。城墙之内便是粮仓,再往里,又有一道高墙,墙体足有两丈厚,这道墙之内是宅院和库房,金银财宝统统藏在这里。真是不看不知道,一看吓一跳。整个外圈儿,几百亩的地面上,大仓小仓积满了粮食。宅院内的库房之中,银锭堆积如山。在一个有五尺厚墙体的半地下库中,是一些盛细软的箱子,其中金银首饰,珍珠玛瑙,琳琅满目。

尼堪等进入之后,发现有几个箱子已经被打开,珍珠、翡翠、玛瑙等物撒了一地。显然,有人匆忙之中取走了部分贵重物品。

前来看个究竟的众谋士大开了眼界。明朝"无官不贪",这是众人都晓得的。但是如此贪法,贪敛的钱财数目如此巨大,这倒是大家连想都不敢想的。

这窝头堡内有多少财产?大家初步估计,它大概可供整个香河县百姓十年之需,这使众人嗟叹良久。如此的官风,明廷如何不败!

西路清军待明朝所调诸镇援兵陆续到达京郊后,便拔营回撤,攻下蓟州,与南路合兵,相继取真定、河间,下山东,攻取临清。然后又分兵,尼堪率两万人马向东,取青州;阿巴泰、勒克德浑率三万人马向南,攻下泰安,进抵兖州,杀鲁王朱寿镛。随后下鱼台,攻金乡,取城武,抵单县,接近了河南。

清军行军中捉到了保定巡抚徐标。这徐标奉旨去江南办差,回来的路上碰上清军被俘。徐标携有给崇祯的一份奏疏,讲的是他于路的见闻。看得出,他是直言不讳的:

> 臣自江淮来数千里，见城陷处固荡然一空，即有完城，亦仅余四壁城隍，物力已尽，蹂躏无余，蓬蒿满路，鸡犬无音，未遇一耕者，成何世界！皇上无几人民，无几土地，如何致治？

阿巴泰等人看罢颇有感受，徐标所走的地带并不是战场，而且许多地区是大明的富庶之乡，可情景如何呢？不但或者"荡然一空"，或者虽有完城，也仅余四壁城隍，不成样子。最可怕的是"物力已尽，蹂躏无余，蓬蒿满路，鸡犬无音，未遇一耕者"。

这样的景象确实不能不令人惊叹！这样的皇上，"无几人民，无几土地"，还当什么皇上？

徐标尚"未遇一耕者"，清军很少碰见明朝的百姓，也就不足为奇了。因此，阿巴泰、勒克德浑及众谋士们真真切切地看到了明朝亡国的景象，真真切切地体会到了明朝的不堪一击。

皇太极"以虎喻其争斗可，以虎喻其势不可""义军之势虽不可小视，然其势壮，皆明廷气势忒颓所致"；义军与明廷"是一势其衰，一势其壮"等这些圣谕，谋士们亦有了深刻的理解。

看来徐标是去给崇祯报丧的，既如此，那就放他去吧！

清军到达单县之后，忽必烈即率三千人马越过封冻的黄河进入河南，去履行他与李自成联络的使命。

忽必烈率人马进入河南之后，向西而去。到达汝州以东五十里处，他下令扎营，等候李自成的大军。此时，李自成的大军正从宝丰向汝州进发。

李自成是由襄阳一路经过南阳、南召来到宝丰的，刘宗敏部在前。

不一日，有探马报告，大军前方十里有一支人马扎营，竖的是什么"大清"的旗号。刘宗敏一听愣了一下，大清？他们的人马不是在河北、山东一带活动吗？如何出现在这里？

"一支是多少人？"他不满地问那报告军情的探子。

探子答道："三千到五千人。"

刘宗敏一听下令人马照旧按原定方向前进，并告诉前锋注意清军动向。

离清军只有三里路了,前锋报告说清军按兵不动,请刘宗敏明示,如何对待这支就在路边扎营的清军。

刘宗敏思索了片刻,道:"过去向他们喊话,要他们立即拔营后撤。跟他们说,他们挡住了闯王进军的道路,不撤会有些不便。"

前锋照办了。

不到半个时辰,回报与清军对话的情况——清军说大路朝天,各走一边。你走你的路,我扎我的营,并没有什么"不便"。

刘宗敏一听大为光火,心想什么大清,此时此地兵不过五千,张你娘的什么狂!老子一怒,大臂一挥,几万大军踏过去,你们还不成了肉酱,到那时看你还敢不敢与老子争论?可转念一想,此时此刻突然出现这样一支清兵,并表现得强硬非常,也许有些来头。何不费点工夫前去会一会他们,弄清了情况再做道理?

这样,刘宗敏带着数名从者,另命五千人马在后待命,前往清营一探虚实。忽必烈见状,只带了数名随从出了营。是忽必烈首先搭了话,他在马上抱拳道:"不知来者为义军何将,大清国副将忽必烈这厢有礼了。"

刘宗敏道:"我是刘宗敏……"

忽必烈忙道:"哦,原来是刘大将军,久仰,幸会。"

刘宗敏不愿客套继续下去,遂道:"敢问将军,贵军不在山东、河北地界,来此做甚?"

忽必烈听罢笑道:"大明山河辽阔而虚空,任能者驰骋。我探得河南经几年的战乱,官家城已非城,百姓家已非家,特来一观。"

刘宗敏不悦,道:"依将军这么说,大明山河在大清掌中了?"

忽必烈又笑道:"不。大明山河在闯王掌心之中。我大清,观客也。"

闻言,刘宗敏转怒为喜,道:"听这话,倒看出将军是一位明白人。"笑了一阵,刘宗敏停下来又问,"就是说,将军是来看热闹的?"

忽必烈道:"那也不尽然,我来欲见闯王。"

"见闯王?"刘宗敏听罢一惊。

忽必烈道:"对,见闯王。"

刘宗敏的脸上出现了明显鄙夷不屑的神情。

忽必烈看到后心中暗笑,道:"请将军回告,我有大计奏与闯王。听与不听,请贵方自便。"说罢,抱拳告辞回营去了。

这倒弄得刘宗敏不得不认真起来,他回营之后,便见有闯王派人来查问,人马为何停滞不前。

刘宗敏亲往大营讲明缘由,李自成听罢环视牛金星等人,显然是被这突如其来的事变闹得一时没有了主意。

牛金星道:"待我前去会他一会,看看虚实。"

这样,牛金星到了清军营前,让人喊话道:"闯王帐下军师牛金星奉命来见忽必烈将军。"

忽必烈出营与牛金星相见寒暄毕,牛金星道:"闯王派下官出见将军,特来听将军指教。"

忽必烈道:"我听人们讲,闯王招贤纳士,不耻下问。见今日之事,妄传耳。"

牛金星问道:"将军何出此言?"

忽必烈道:"我已经明明白白地告诉了刘将军,将有大计奏与闯王,想刘将军不能不报。可今日听不见一声请字,仅仅派了一使者来会,况且我乃异国之臣,千里而至。这些情况说明闯王招贤纳士、不耻下问,一句虚话而已。"

牛金星一听忙道:"将军之言差矣。有道是事有虚实,情有真伪。值此征伐之际,世态多种,焉知其不为诈?闯王派一使查核虚实真伪,慎其事也。查之为真,必有一握三吐之悦。"

忽必烈听罢笑道:"先生慎查耳。"

牛金星笑了笑道:"此赖将军——请将军明示下官回禀说闯王得见将军者。"

忽必烈道:"那就告诉闯王十字——深入虎穴莫如守株待兔。"

此语一出,牛金星心中大震,忙道:"请将军暂且回营,闯王洁樽候光。"

牛金星与忽必烈短短的接触,特别是听得忽必烈最后一句话,已经断定他是闯王值得一见的人物。

次日,牛金星果然来请忽必烈,忽必烈带着十余名亲兵和几名随从跟牛金星出营。忽必烈的随从可非同一般,他们是内弘院大学士希福,内国史院大学士刚林和都察院承政张存仁。

在营前会见刘宗敏和牛金星时,他们在场。这次去李自成大营,是了解农民军的绝好机会,他们岂能放过?这样,他们就扮作随从,跟忽必烈前往李自成大营。

进入李自成大营后,忽必烈等既要做到用心地观察营中所能看到的一切,又不能东张西望,引起牛金星的怀疑。

他们看到,营帐尚称整洁;军士们面色干枯,每有倦态、饥色,但身体还算健壮;岗哨精神集中,立姿端正;相当多的马匹孱弱。路过一处时,见有几十门大炮擦拭得油光发亮,齐整地一字摆开,令人精神一振。有一些士卒动作生疏,操练起来却很认真,显然是些新兵……

如此走了二里多路,才到了李自成的大帐。牛金星先下马,忽必烈等人随后也下了马。营帐中走出一名年轻将领,与牛金星见礼后道:"闯王请客人入帐。"

牛金星让忽必烈先行,忽必烈在那名年轻将领的引导下入帐。

忽必烈进到帐中抬头看到中间正位之上坐着一人,想必就是闯王了,他四十岁左右的模样,头戴一顶蓝色毡帽,身上穿着一件深灰色半新不旧的棉袍,一条黑色的腰带把腰束得紧紧的。

忽必烈心中惊叹,果真就是心中那个李自成!

进帐后,原在身后的牛金星缓缓地上前抢了一步,拱手向李自成道:"闯王,这就是大清国副将忽必烈将军。"

忽必烈亦施拱手礼,道:"大清国副将忽必烈拜见闯王。"

此时闯王离座,亦施拱手礼道:"今得见将军,幸甚,幸甚。"说罢,闯王命左右,"给将军看座。"

忽必烈谢座,对闯王道:"末将有三五随从,来的时候苦苦哀求末将,他们欲一睹闯王风采,冀望闯王不惜帐中一席之地,遂了他们的心愿。"

闯王听罢笑了起来,道:"就请他们进来,看看李某是三头六臂,还是青面獠牙!"

忽必烈赔笑道:"闯王诙谐。"

这样,忽必烈的三名"随从"进入帐中,立于忽必烈身后。

这时,闯王向忽必烈介绍除刘宗敏、牛金星外两旁就座的其他人员——宋献策、李岩,还有方才出帐迎接的那位年轻将领张鼐。

忽必烈起身与众人一一见礼,然后坐下。

闯王道:"早就听说皇太极将军雄踞辽东,兵精粮足,几次杀入中原,犹入无人之境。但只觉得那是天边事,梦中景。今见将军,真是大梦方醒了。"

忽必烈道:"我国皇上久慕闯王威名,与我等臣下屡屡谈及。此次我军进入山东,与贵军近在咫尺,我等便起拜见之意。虽未得旨谕,也是在凭圣上平日御意行事的。今天闯王屈驾赐见,回奏后,圣上必觉大快耳。"

忽必烈"皇上"二字出口,闯王听后大为不悦。但转念一想,自己说了声"皇太极将军",是经过字斟句酌的。忽必烈作为臣下,听到如此的称谓,做出极其巧妙的反应,正好说明这位大清副将的机敏。想到这里,闯王的不快之感也就很快云消雾散了,道:"我军师牛先生回禀,先生有计相告。今见将军,就请不吝赐教了。"

忽必烈道:"敢问闯王,贵军自南折回西进,意欲何为?"

闯王听罢环顾左右,然后对忽必烈道:"我大军回师,因江南官军势众,一时难以攻取。又逢我粮草不济,只得回师就粮,别无他意。"

忽必烈听罢笑道:"闯王,有言道,诚则谋之,不诚则去之。今末将有献计之心,闯王无纳言之意,末将这一趟岂不白白地跑了?"说着,忽必烈站起身来。

闯王见状道:"将军何必在意?前不久,有人给我出了个大主意,我军正按他的主意行事。但是,我与谋者约,计不告人。我不能违约,将军问起,以诈术回将军,望将军见谅。从将军对牛先生说的那十个字看,我军的意图尽在将军掌握之中了。"

听了闯王这一番话,忽必烈心里明白了。他见牛金星时所说的那十个字,是吊李自成胃口的,其义既明确又含糊。李自成此次军事行动包有重大机密,只凭那似是而非的十个字,他是很难就相信一个清军将领,向这位将领口吐真言的。他必须做出种种试探,直到他认为可以相信为止。

于是,忽必烈哈哈大笑了起来,道:"闯王回师西进,其图暗于愚辈而明于智者。闯王履约,可末将并不受那约定的限制。今明示帐前,看看末将所说的与那人出的'大主意'暗合否:西进出关,略关中之地以为基,后统兵东进,直捣明京。"说到这里,忽必烈停了下来。

闯王与众谋士先是面面相觑,随后,几乎是与忽必烈同时,迸发出一阵会意的大笑。

收笑后,忽必烈又道:"这确是一个'大主意',也是一个'好主意'。现闯王大军西进入关,斩将略地,颇有英雄之概。可以末将之见,此非上策也。"

闯王已经明白了忽必烈跟牛金星所说的那十个字的确切含义,于是,接忽必烈之言道:"就是说,'深入虎穴莫如守株待兔'。"

忽必烈道:"或者莫如说:'深入虎穴莫如调虎离山。'"

这样一说,闯王更加明白了。

西进取关中,把关中建成一个牢固的根据地,以此为依托,向东进军,直捣京城,最终推翻明朝,这样的谋略是顾君恩献给李自成的,他的理由是——

金陵居下流,事虽济,失之缓;直走京师,不胜,退无归处,失之急;关中,大王桑梓邦也,百二山河,得天下三分之二,宜先取之,建立基业,然后旁略三边,资其兵力,攻取山西,后向京师,庶几进战退守,万全无失。

一个"缓",一个"急",一个"宜",寥寥数语就讲明了大势。

应该说,在当时的形势之下,顾君恩提出这样一个战略是十分高明的。

但是,如果闯王按照原来的做法打入关去,用那种"深入虎穴"的战略对付对手,还不晓得会出现什么样的结果。至少,他会在关中与对手周旋数月、数年的时间。最后,搞不好,翻船的可能也不是没有。

闯王知道,关中孙传庭之军是明廷的最后一支"精锐之师"了。这支队伍的实力并不是很强。但是,第一,正因为它是明廷的最后一支"精锐之师",它必做垂死之争,狗急跳墙,打到它的老窝去,它会变得十分难对付;第二,情报说明,孙传庭在关中做固守死守的打算,城镇关隘,修筑了坚固的工事。依赖这些工事,孙传庭之军做困兽之斗,义军攻取关中,必是一场硬仗。原先,闯王挥军入关,就是准备打这场硬仗的。可那……

一下子,闯王想到了种种危险。

听了牛金星转达的忽必烈的十个字,闯王脑子里涌现了在河南歼敌的种种场景,这使闯王感到十分兴奋。

但是李自成想到,这是忽必烈确实洞察了义军的进军意图,从而提出"守株待兔"的战略,还是为其他动机要见他,从而胡诌了这么一句模棱两可的话来达到要他见忽必烈的目的?对此,他要看一看。

眼下,事实证明,忽必烈确实是洞察了义军进军的意图的。而且,忽必烈又进一步明确,是"调虎离山",而不是"守株待兔"。

闯王知道得很清楚,"守株待兔"与"调虎离山",都是不把战场摆在关中,而是摆在河南。这是两者的相同之处。不同的是,一个是"待",一个是"调"。两个字,两种境界,两种做法。"待",对手来不来?来,何时来?就是说,在河南要等待到何时?"调",是积极的,握有主动。不来,调他来;要他快来,他就不能慢到。无疑,"调虎离山"是上策。但是,如何调法?

忽必烈看出了闯王的心事,于是问:"调秦军出关来此就范,闯王有计吗?"

闯王问道:"正想听听将军的高见。"

忽必烈道:"末将送闯王二十六字诀,望闯王思之。"

闯王道:"愿将军教我,是哪二十六字?"

忽必烈道:"伪装:造车造船,就地屯田。扬言:练兵百日,积粮万担。打向京城去,活捉朱由检。"

闯王与刘宗敏等思考了片刻,脸上皆现喜色,笑道:"正与我辈之意暗合——真用上那句'英雄所见略同'了。"

众人又哈哈大笑了一阵。随后,闯王叹了一口气,道:"多亏将军献此重计,否则,吾辈冒冒失失杀进关中去,还不晓得会有什么样的结果哩!"停了一下,闯王又道,"今日好不容易见到将军,我就直问将军,请将军告我,以解我往日之惑:贵国如何看中原之事?"

忽必烈听罢笑道:"闯王直问,末将就直告。不知闯王知不知明前兵部尚书陈新甲之丧?"

闯王道:"略知一二——为与贵国谋和事,但不知其详,请将军告我。"

忽必烈道:"前兵部尚书陈新甲力避与贵军及我清军战时腹背受敌,遂向明廷皇帝进言,与我款和。明廷皇帝秘密派使者去了盛京。我国致明廷皇帝书,提出以宁远为界,以北所占之地为我国境,让其使者带回。陈新甲家人误将密函抄塘报传送百官,朝中鼎沸,起而指责陈新甲'媚夷妄主'。明廷皇帝不敢承其咎,嫁祸于陈,遂将陈弃市,平息了百官的怨气……"

闯王等抓住了忽必烈所言之要旨,道:"贵国兵精粮足,几次杀入中原,每每明朝损兵折将,不堪一击,贵国如何就只提'以宁远为界'?"

忽必烈听罢道:"实不瞒闯王,我军几次杀入中原,非为略地,实为掠财。每每明朝损兵折将,不堪一击,非我军固强也,乃明军忒衰所致。闯王与明军周旋了数年,必知明军前后之变。我军是乘虚而入,寻隙而进,以己之强击彼之弱,故有明朝损兵折将、不堪一击之象。我举国兵不过十万,能战者不过三五万,战时粮草多靠朝鲜供给。每入中原,必自大墙入,为避宁远、山海关之敌也。宁远、山海关之敌我多次欲下而不能,焉有宁远以远之奢望乎?"

闯王听罢品味良久,道:"晓得了,贵国之君圣明……"

闯王等人与忽必烈又说了一些闲话,最后,闯王问清军与忽必烈所率之军下一步的行动。

忽必烈说"粮草不济,即刻回军",便告辞出帐。

闯王等将客人送到帐外,忽必烈和三位"随从"带着等于帐外的亲兵,在牛金星的陪同下出营。

随后,闯王广招工匠,大置木材,拉开造车造船的架势,并在荒地上开垦。与此同时,军营之中,乡间路旁,到处竖起"练兵百日,积粮万担,打向京城去,活捉朱由检"的标牌。一时之间,半个河南出现了一种轰轰烈烈的景象。

这一景象出现不几日,有关奏报便被置于崇祯的御案之上。崇祯一见龙颜大怒,急召兵部询问对策。

形势的发展令大臣们无限忧虑。清军仍在山东南部活动,下一步的进军方向难以料定。他们有没有可能与李自成配合,一军在东,一军在西,两路大军同时向京城进发?如果是那样,将何以为计!

好在就在崇祯和大臣们为此忧心忡忡之际,山东方面有军报送达,说有可靠情报,清军即将北上回师。

是真是假虽难断定,但总有此可能。在无计对付两路大军同时来攻的情况下,也只好信其有了。

随后,兖州、济南方面相继报告,清军北上到达他们的防地。

看来清军是真的要撤了。

李自成是"练兵百日",并在造船。这说明,他们的北进是黄河解冻以后的事。

清军现在就北上,说明这不是两军的配合行动。

阿弥陀佛!

这一路的危机看来已经过去。如何对待李自成在河南的行动?十分明显,绝对不能任"流贼"在河南如此干下去!

崇祯做出了部署:原对付清军的八总兵,除张登科、和应荐二总兵留与清军周旋外,其余调往顺德、赵州、冀州、正定、保定,与当地巡抚、总兵一起布防,并随时听候调遣,配合河南作战;急调孙传庭率军出关,与李自成决战,将李部就地歼灭。

孙传庭升了官,接受了极大的权力。除继续担任三边总督外,还被任命兼督河南、四川军备,晋兵部尚书,并领督师令,总制应天、凤阳、安庆、河南、湖广、四川、贵州军务,还得到了恩赐的尚方剑。

孙传庭晓得自己的力量到底有多大,他也知道离开关中去河南作战的危险性。但这次崇祯下的是死令,他已不能像前一次那样,与皇上理论一番之后,可以稳坐关中了。

接旨后,他就只有顿足叹息而已,绝望地对人说道:"奈何!奈何!吾知往而不返也,然大丈夫岂可以此而负君命乎?"

此时,京城的兵部尚书是冯元飙。他对形势看得也真切些,认为孙军是大明朝最后的家底,因此,这支队伍不能再轻易丧失。

孙传庭无奈被调出关,他便写信给孙传庭说道:"此举系天下安危,万万不可孤注一掷。"

然而,既往战,又如何避免孤注一掷?

做了一定的准备之后,八月的某日,孙传庭大军以总兵牛成虎、副将卢光祖为先锋,高洁为中军,王定、官抚民领延绥、宁夏兵为后备,白广恩统火炮营,出潼关,向河南进发。

孙传庭出关前已檄屯于九江的左良玉率军赴汝宁,对李自成进行夹击。此时,李自成大军主力据屯襄城。孙传庭急于求战,李自成针对这一心理,采用诱敌深入之术,放弃了许多据点。

这样,孙传庭出关后连下宝丰、唐县、郏县。军情传到京师之后,崇祯及许多大臣喜笑颜开。

此时此刻,唯有兵部侍郎张凤翔保持着清醒的头脑,他奏请崇祯不要被表面的现象所迷惑:"贼甚狡诈,示弱不可信。传庭所统皆良将劲兵,此陛下之家业也,须留此以待缓急。"

可崇祯沉醉于胜利喜悦之中并无几日,塘报传来可怕的消息——孙传庭在郏县大败,折兵四万,丧辎重数十万。

李自成乘胜追击,破潼关,下渭南,孙传庭战死,整个陕西有坚无兵,李自成不费吹灰之力,攻占西安,旋即分兵三路,攻下甘肃全境和青海、宁夏部分地区。明将白广恩、刘永福归降。

崇祯十七年正月,李自成在西安建立大顺国,自称大顺王。

大顺国的建立,标志着农民军的斗争发展到了一个重要阶段。

第十四章　群雄逐鹿,登泰山而小天下

忽必烈率领三千人马回到山东与清军主力会合后,即拉开了回师的架势,并用间向明军转达了回师的信息。

这样做的目的,是通过崇祯的手把明军主力从东线调往西线,集中于河北南部对付李自成的"北伐",以便减轻自己回师的压力。

崇祯果然中计,他的部署为清军的顺利回师创造了极为宽松的条件——只有两支不足两万人的明军在"监视"清军的活动。

一路之上,清军想走就走,想停就停,想取就取,想舍就舍,明军不会给他们制造任何麻烦。

大军行至泰山脚下,范文程先找了勒克德浑,提出上山一游的主张,勒克德浑也有此意。范文程遂鼓动众谋士向阿巴泰提出要上泰山一趟,阿巴泰本人久慕泰山盛名,众谋士一经提出上山的主意,倒勾起了他自己上山一游的兴致。阿巴泰遂令尼堪留在军中,大军在山下扎下营盘,自与勒克德浑及范文程等人率八十名军士上了山。

他们先到了岱庙。

庙中看管人员闻清军到了泰山脚下,年轻一点的均已逃散,只剩下了老弱病残者。他们见阿巴泰等人的打扮,知是清军,个个心惊胆战,躲在庙内不敢露面。阿巴泰等进庙后,知看管者必已逃逸,也不去管这些老弱者,径直各处游览。

众谋士凭借碑刻、标牌,凭借读书所得有关知识,你一句,我一句,相互介

绍、讲解,看了唐槐、汉柏,穿越碑林,浏览过《秦李斯小篆碑》《汉张迁碑》《大观圣作碑》等,便到了天贶殿。

阿巴泰被大殿的宏伟气势吸引住了,他见庙前的匾额后,问身边的范文程道:"上面写的是'天贶','天贶'是个什么意思?"

范文程立即回道:"贶者,赐也。《诗·小雅·彤弓》:'我……'"

阿巴泰打断他,道:"秀才不要引经据典,闹得云遮雾罩,让我心烦……"

范文程笑道:"既如此,就简而言之:天贶者,天赐也——那这大殿的来历,可愿听我一讲吗?"

阿巴泰道:"听倒愿意听,就怕勾出你肚中的文虫来,又滔滔不绝。"

范文程又笑道:"那就简言之,不过五句:宋真宗战胜契丹——一句。主和派王钦若反与契丹定'澶渊之盟',向契丹赔款——二句。王钦若假造在泰山得天书,与契丹盟为天意——三句。假托天赐天书为祥瑞,要真宗上山封禅——四句。真宗信以为真,上山封禅,建天贶庙——五句。"

阿巴泰听罢笑道:"何时又变成了贫嘴!那匾额是真宗真迹吗?"

范文程道:"当是。"

阿巴泰逼他道:"'当是'还是'就是'?"

范文程道:"这可问问希福。"

阿巴泰听罢笑道:"总归有难倒你的时候!"

众人进庙后,端详了诸神,细看了《启跸回銮图》,着实地赞叹了一番。

游完岱庙,众人便奔岱宗坊。

在岱宗坊稍事休息,即开始了爬山。过一天门、红门,山径坡度渐陡。当天好天气,风和日丽,晴空万里,众人身上已大汗淋漓。

阿巴泰兴致很高,总是一个人走在前头,谋士们有点受不住了。希福道:"贝勒爷,咱们当悠着点,难爬之处尚在后面。"

张存仁也道:"如此下去,恐怕不到'紧十八'就得趴下了。"

阿巴泰乐着,对众人的话不管不顾,只管前行。

"前面又有什么好看的去处?"走了一段,阿巴泰问道。

张存仁道:"像是该到斗母宫了。"

又爬了一段,果然到了斗母宫。张存仁道:"听说此处有龙泉井,以其水冲泰山茶,饮后会有仙气回肠。吾等何不在此歇息片刻,来它一壶品品？"

阿巴泰乐道:"借此歇息片刻倒也使得,免得累坏了你们这些皇上的心肝宝贝。再说,我也真的有点口渴了。"停了片刻,阿巴泰又道,"但不知那边有没有人侍候我等。说不定,就像岱庙那边,人们见我们凶神一般,也早已逃光。或许,水,我等是喝不上了。这还是小事——由此想到,我等只带了些银两,未曾带来干粮。到山顶之上,我等吃什么？饿着肚皮,又有什么气力下山？"

经阿巴泰一说,众人越发感到口干舌燥,饥渴难忍。

正在这时,众人见前面拐弯处有一道人在路边石上闭目打坐。走近细看,见那道人鹤发童颜,隐然有一股仙气。

阿巴泰停下,以目示意范文程上前搭话。

范文程又会意,走上前去拱手道:"那边道长请了。"

道士答礼。

范文程道:"我等今日欲上山览胜,然地理生疏,诸种胜迹不得其解。敢问道长可是本山真人？能否带我等一游？"

道士回道:"这没有什么难处。"

众人听罢又惊又喜,范文程又对道士道:"我等乃大清将帅,此为主帅阿巴泰贝勒,此为副帅勒克德浑贝子……"

阿巴泰与勒克德浑遂对道士道:"幸会,幸会。"

在阿巴泰讲话时,那道人上下看了阿巴泰一眼,像是在打量一位久别重逢的故人。

道士看罢道:"先随贫道入观进茶。"

众人听罢大喜,忙跟随道士入观。

道士将众人引到宫内,穿越正殿,过南院,见一处匾额题"寄云楼"三字。

道士并不进这"寄云楼",而是引众人来到北院。进院后,直至东轩。这东轩三间,匾额题为"听泉山房"。

军士们已被留在了正院,跟道士一起进入"听泉山房"的是阿巴泰、勒克德浑和众谋士。

众人跨进轩门,便觉一股暖气扑面而来,并闻到了一股扑鼻的茶香。看时,轩内一个火盆中炭火正旺,几把瓷壶正冒着热气置于案上。

众人分案坐定，便有小道前来侍奉。

道士道："此水为龙泉井水，此茶为泰山茶。以龙泉井水泡泰山茶，清新甘甜。赶上夏秋二季，坐于轩内，品茶之余，听轩外溪水叮咚，鸟雀啼鸣，是别有一番韵味的。"

阿巴泰粗懂汉语，许多句子听不明白。众人当中，只有范文程、忽必烈汉、满两种语言最精。忽必烈年轻，遂主动在阿巴泰左右当了翻译。

听忽必烈翻译后，阿巴泰道："只可惜吾等来不逢时。"

道士一边请诸人品茶，一边道："一功一亏，一得一失，天之道也。今不得溪流之乐，鸟鸣之娱，然有温馨之享，解急之便，实可足矣。"

阿巴泰听了笑道："道长所言极是。"

片刻，阿巴泰又问对道士："道长仙号可得闻吗？"

道士道："贫道紫霞道人是也。"

又过片刻，阿巴泰道："道长酷似吾一故人。"

紫霞道人听罢惊了一下，遂道："天下相似之人甚多，不足为怪。"

阿巴泰道："不是相似，而是酷似。只是道长有一头银发，且是雪髯，年龄显得大了些……"

紫霞道人听后笑了笑，便起身招呼其他人等，军士们在外亦得到了热水解了渴。喝罢歇足，众人出观上山，紫霞道人先引众人到了经石峪。

那大片的刻字令众人惊叹不已。范文程、希福、李云和忽必烈对书法是最痴迷的，他们问长问短，久久不肯离去。

阿巴泰等得不耐烦，几度催促，范文程等人才不得不离开。

行不多时，到一去处，四周叠嶂触天，脚下唯一席之地，众人似觉身陷一壶之中。

紫霞道人道："诸公可知此所吗？"

众人不知，紫霞道人说道："此处曰'壶天'。"

众人道："确切，确切。可有典故吗？"

紫霞道人道："道家之典。传仙人张存常曾悬一壶，夜宿其内，别有一番天地，人称'壶公'。此'壶公'留迹。"

众人听罢乐了一阵，阿巴泰道："栖于此中，自然是'稳如泰山'了。此情此景,倒勾起了吾之退隐之念——到时,我也选一如此僻静之处绝了红尘,省得活在这世上,你争我斗……"

紫霞道人听罢笑了笑,又领众人向前。

行不多远,路边有一大石,上刻"泰上石敢当"几个大字。

阿巴泰想再与范文程逗一逗,便问范文程:"秀才,我听说汉人当中,管老丈人叫泰山,这丈人和泰山,如何连到了一块儿?"

这回阿巴泰讲的是满语,忽必烈预感到有文章,遂将阿巴泰的话给紫霞道人译了过来。

范文程亦以满语回道:"贝勒有所不知。大唐之前,汉人的丈人并不叫泰山。唐开元十三年,玄宗来泰山封禅,大为得意,开恩三品以下普晋一级。时张说为封禅使,借机将自家的女婿郑镒由九品升至五品。郑镒谢恩时,滥封之事被玄宗察觉,问郑镒,郑镒无以为对。问张说,张说慌了手脚。亏在场的黄幡绰聪慧,不想为这点小事惹得皇上扫了兴,遂道:'此乃泰山之力也。'一语双关。玄宗听后,一笑作罢。故事传开,自此之后,汉人遂称丈人为泰山。"

阿巴泰听罢大笑,道:"好一个秀才!想不到,什么事情都能胡编乱造出一篇故事来!忽必烈,你译给道长听一听,让道长见识见识咱们这位胡诌大王,撕碎这位大王这副可憎面皮!"

忽必烈道:"末将已译与道长。"

紫霞道人笑道:"范学士所言准确无误。"

阿巴泰听罢笑道:"原来如此!本来随便提出问题,逗他一逗,不想竟引出他的一篇故事来。满以为抬出道长给他一击,不想倒让他露了脸!"

众人乐了一阵,继续前行。说说笑笑,不觉已到中天门。

紫霞道人道:"我等到了中天门——已走了一半的路程。只是前方越发艰难了。"

众人道:"不妨,不妨。"

大家又往前行,此时天空开始有了阴云,五大夫松到了。

当时,这里有松五棵。众人奔至树下,坐下来歇息。

"这五棵松中,不知当年哪一棵是始皇所待的?"阿巴泰又要与范文程逗一逗,问道,"秀才,我想这秦始皇是聪明一世,糊涂一时。当年他在此避雨,定是站在一棵树下,可为何不独封庇护他的那棵,而把五棵统统封了呢?"

范文程道:"想必当初始皇先是封了一棵,后其余四棵跪在尘埃中,苦苦哀求,始皇一时心软,便全封了!"

大家闻言乐了一阵。

然后,范文程又对众人道:"贝勒确是出了一道难题,这一层是我从未想过的。其中的道理,诸位可知吗?"

希福、刚林等摇头。

范文程转向紫霞道人说道:"这就需讨教道长了。"

紫霞道人道:"贫道学识浅薄,未必说得明白。五大夫松原并非指五棵之数。秦制官爵共二十级,'五大夫'为二十级之一,列九位。始皇以'五大夫'封庇护之株,此松始称'五大夫松'。唐李太白著文,说始皇'登泰山封禅,风雨大作,五棵松树受了封号',这是最早将'五大夫松'误为'五棵松'的说法。随后,唐相陆贽有诗,言'不羡五株封'。后以讹传讹,'五大夫松'便成了'五棵松'。"

众人听罢,盛赞紫霞道人学识渊博。

过五大夫松不久,天上开始飘下雪花来,紫霞道人道:"看来,诸位将有幸领略一番岱岳的雪景了。"说着,雪越下越紧,雪花竟像铜钱般大,纷纷扬扬、铺天盖地落将下来。

阿巴泰道:"好怪的山中天气,上山时还是艳阳高照,这会儿又鹅毛大雪自天而降……"

范文程等道:"这才有趣。"

前方的路越来越陡,又下了雪,山径甚为难行,众人不断地相互提醒小心。

到对松峰时,雪已经下了半个时辰。周围望去,山峦川壑,树木竹篁,统为素裹,尽披银装。大雪之中,众人头上、肩上、背上,都是厚厚的积雪。上下左右,全为混沌世界。

阿巴泰等虽在辽东看惯了雪景,但如此的景致,是见所未见。大家为雪片所包,虽视线难得致远,但仍觉心旷神怡。

突然,不知是谁大叫了一声。众人循声望去,见一人自阶上跌倒,那巨大的身躯正在向下滚动。几个靠近的急忙过去将跌倒之人扶起,却是范文程。

范文程坐在一石级之上,发现右腿已不能动作。

众人一见个个心急如焚,范文程偌大的块头,抬不动,背不起。此时此地前不着村,后不着店,又下着如此的大雪,这便如何是好？

正在众人心急火燎之际,就见紫霞道人走上前来,抬起范文程那条伤腿,左右扭了扭,并观察着范文程的神情。待扭到一处时,范文程大叫。紫霞道人遂命两名军士按住范文程的大腿,他自己抱住范文程的小腿,扭动后用力一推,便起身说道:"大学士走走看。"

范文程听罢,将信将疑,遂拖着那条伤腿站了起来。试着挪了一步,确不再感到疼痛,遂大胆迈开步子——竟没事一般。

范文程大惊,又大喜道:"道长真神医也。"

众人亦赞叹了一阵。

此时,阿巴泰对紫霞道人道:"道长伏下身子行医术之时,我在看道长背影,便立刻想起十多年前在盛京三官庙前行医术的那位故人——简直就是一个人！过了不久,我还又见了他一次……"

紫霞道人听后仰头看着无尽的苍穹,像是在追忆着无限的往事,如此过去片刻,他先是摇了摇头,而后道:"道家修身炼丹,多懂医术,又同着道服,贝勒自然看了个个是眼熟的。"说罢,立请两名军士前来搀扶范文程,"如此走一段,就可独自行动了。"

众人又往前行。十八盘到了,雪也住了,天开始放晴。

紫霞道人道:"要劲的去处已到,是否歇息片刻？"

范文程腿被医好,来了精神,道:"上———一鼓作气！"

众人受到感染,亦表示要一鼓作气攀上去。南天门望得见了,众人对此处的地势和景色,无不拍手叫绝。

南天门排楼上"南天门"三个大字清晰可辨。

阿巴泰第一个登上了天门,随后是希福、张存仁和刚林。范文程最后一个到达,并已累得气喘吁吁。

此时,天已转晴。仰面望去,万里无云,一轮艳阳当顶照下。转身回顾,身下万阶银梯垂悬。身置此境,几乎同时,有几个人扯开嗓子大叫了一声。

希福、张存仁、刚林、忽必烈都在范文程的身边,范文程道:"我想起了两句诗。"

四人均应道：“我也想起了两句。”

"我喊一二三，我等同时吟出，看看是否想到了一块儿。"

五人齐吟："天门一长啸，万里清风来！"

吟罢大笑。

越过天门，便到了天街，紫霞道人道："还有几处可看，但已无险。碧霞祠中备下了斋饭，诸公是吃过再看，还是看过再吃？"

众人已是饥肠辘辘，一听午饭有了着落，个个大喜。

阿巴泰又来了精神，说"看过再吃"，众人听罢只好附和。

过天街后，阿巴泰望见山北一处有一巨石独竖，上写"丈人峰"三字。心想"丈人"既为"泰山"，这"泰山"之上如何又出了个"泰山峰"？好不通！好不通！于是，他又找到了范文程问道："秀才，你可看到那边那块巨石？"

范文程道："看到了。"

阿巴泰问："它可有名堂？"

范文程道："它叫'丈人峰'，三个大字写在那里。"

阿巴泰问："'丈人'既为'泰山'，这'泰山'之上又出了个'泰山峰'，可有什么说法吗？"

范文程一听倒觉得问得有理，自己并不明白其中的学问，遂问希福，希福同样感到茫然。再问刚林，刚林也道"不明此理"。

"道长自然明白。请勿先行讲明。"范文程问众位秀才，"我辈中可有明白的？"

此时忽必烈道："末将有一解，但不知是否妥帖。'丈人'者，除解作'泰山'外，另解作'老人'。明万历间郭正域有诗，曰：'东岳峰头有丈人，苍颜古貌万年身。群山百万当前立，东帝还须仗老臣。'此可为证。"

紫霞道长道："将军所论，贫道亦为盲点。受教，受教。"

众人也纷纷称赞不已，并对这位少年将军越发地刮目相看了。

随后，紫霞道长又引众人去了秦刻石、无字碑、唐摩崖碑，看了日观峰、仙人桥、瞻鲁台，而后到了玉皇顶。

在玉皇庙西，紫霞道长引众人登上望河亭，道："秋季天高气爽日落之时，在此西望，可见'黄河金带'之象。"

阿巴泰向西望了一阵,问:"顺河向北望去,可以看到济南城吗?"

紫霞道长道:"那倒不能。"

阿巴泰叹了一声,道:"那里埋着我大清的一位王爷……"

众人中,有几个清楚不过地看到,阿巴泰在说这些话时,紫霞道长的眼圈儿顿时红了起来,只见他忙岔开话题道:"时候不早,诸公请随贫道去碧霞祠用膳。"

碧霞祠院内早已摆下桌案。范文程等知碧霞祠内供奉着泰山的主神碧霞元君,便拉阿巴泰进殿拜了下去。

众位道士忙了起来,上茶的上茶,上饭的上饭。

阿巴泰等坐于院中的桌前,军士们则散坐在门廊及墙边的地上。

小米饭、笋菇烩菜,还有泰山名菜"泰山三美",均热气腾腾。

这斋饭众人是没有一个吃过的,均感新鲜,又加肚中饥饿难忍,吃起来都感到香甜可口。

范文程最早吃完如厕,出厕时有一年轻道士等在那里,并凑上来轻声道:"先生请了。"

范文程道了一声"请了",停下来等那道士说话。

那道士问道:"小道有一事当问吗?"

范文程道:"有话请讲。"

道士问道:"四年前贵国大军攻下济南,掳去了明朝的两位王爷,不知他们近况如何?"

范文程道:"两位王爷被带到盛京之后,一直享受着王爷的待遇。只是那德王于两年前仙逝了。我朝以王礼葬了他,郡王还健在。"

当范文程讲德王去世的话时,那道士的双目一下子挂上了泪花。范文程遂问:"道长与德王有故吗?"

那道士见问,道:"小道出家前便是德王的女婿。贵军占领济南时,颜巡抚与济清道长安排德王和郡王去济清观,小道随行。那天,听到城中喧闹,德王派小道进城打听,小道刚到城边就碰见了逃散的百姓,知道城中出了事,急忙奔回。回来之后,知二位王爷被贵军掳去,济清道长也不知去向。后来城中安定下来,小道回城,见爱妻、孩子和家人俱遭难,小道痛不欲生,便出了家。"

范文程听罢嗟叹了半晌,问:"那您就再也没有见到济清道长吗?"

道士见问,眼中闪现着一种莫名的目光,轻轻地摇着头,范文程看不出,他这是对问题做肯定的回答呢,还是在抒发难以名状的感情。

范文程接着问道:"济清道长的道号是否叫山芹?"

道士点了点头。

范文程又问:"那济清道长的相貌与此处的紫霞道长可相似吗?"

道士又点了点头。

范文程继续道:"说来巧了,十几年前,中原有一位道士先后两次到沈阳,有大恩于大金国,那道士也叫山芹。奇怪的是,那人的长相与紫霞道长相似,只是这紫霞道长是白发、白须……"

道士并没有立即讲什么,半天方道:"先生相信伍子胥过昭关一夜白了头的事吗?"

范文程见道士如此讲,深深地回了一句:"相信。"

"先前我是不信的……"道士说罢,便离去了。

范文程愣了半天,回到了祠内。

这时,阿巴泰已经吃完,放下筷子对紫霞道长道:"如借笔墨砚瓦和纸张一用,可方便吗?"

紫霞道长道:"方便。"

阿巴泰并没有理会紫霞道长话中有话,遂道:"那就又有劳道长了。"

紫霞道长命一道童去取,等众人吃完,道童已将笔墨纸张取来,摆于案上。

众人正不知阿巴泰何意,就听他道:"我等上山,见摩崖石刻不绝于路,尽文人骚士搜索枯肠、挖空心思之作。我大清众文士,学不在他人之下,识不在别人之左,今登东岳,如何不挥毫抒怀,以表其志?故借得道长纸笔砚瓦,欲请各学士题诗一首,以此留记,可好吗?"

众人纷纷曰"妙极、妙极"。

阿巴泰展纸,道:"我有准备,故先有了一首,抛砖引玉之意。"说着,挥毫题就,并在诗末写上了自己的名字——

岱宗青青,高耸空中。

> 仰南坐北，扼西镇东。
> ——爱新觉罗·阿巴泰

刚林看罢道："足显王气。"
范文程道："出手不凡。"
阿巴泰对范文程道："休捧，休捧。下一个就该你了。"
"那就遵命。"范文程说罢，一口气挥就——

> 恢恢宏宏青未了，五岳独尊阅八荒。
> 岩生碧色接地气，松起云涛连天乡。
> 悠悠历尽千年事，只缘圣体寿无疆。
> 今日登临身为客，又来不再是异邦。
> ——范文程

众人齐道："好诗！"
阿巴泰道："可这下秀才定了调儿，下面怕不好作了。"
范文程道："贝勒爷的倒不算定调儿了？"
阿巴泰道："却不像你，满纸红顶子的影子。"
范文程还想说些什么，众人不容他，道："范公不愧我等魁首。"
下面是宁完我，他挥笔而就，大家看是——

> 紫气仙气王气，地际天际人际。
> 冥冥万世未了，喜见水火更替。
> ——宁完我

众人看了琢磨了半天，范文程道："妙的在这里。"
众人点头称是。
"意境最佳……"李云说完，随后遂提笔写就——

  三步一圣迹,五步百言诗。
  举目皆书画,低头忘所思。
  鲁小天下阔,非可囿寸尺。
  宇宙我存处,宁静心自知。
  ——李云

阿巴泰看罢道:"有点变味儿。"
轮到刚林,他展纸提笔——

  浩荡齐天漫无际,谁置鹅羽障峦楼。
  涛卷万峰使风断,霞绕千顶催泉流。
  仙人不断凡间案,酒圣蹉跎难回头。
  创业未竟忠主事,不学诸葛慕留侯。
  ——刚林

阿巴泰见了笑道:"全然走了调儿。"
范文程亦笑。
下面是鲍承先——

  历代登临俱言高,我重仙气处处飘。
  云是洞天帘外物,松为鹤落茎自高。
  深岫无声对山影,清泉叮咚伴松涛。
  寻得幽处搭柴室,不临桃源近蓬蒿。
  ——鲍承先

阿巴泰道:"世上又要添一个吃素的了。"
众人听罢均乐。祖可法也有了——

  唐槐越百代,汉松历千春。

大清王朝

　　天纵降甘露,活力俱在根。
　　我朝圣天子,福祉播民心。
　　如此入神州,永固是乾坤。
　　　　——祖可法

"终又回到了正宗。"希福说罢挥笔——

　　身渡天门三叠重,朝是凡尘夕凌霄。
　　人生勿求一百岁,但愿如此步步高。
　　　　——希福

接下来是张存仁——

　　岱宗青青帝王气,处处空留九叩台。
　　松封大夫石称尊,纵作草木也开怀。
　　碧霞祠里展砚瓦,将帅难比李杜才。
　　一日万民不留发,必随圣主封禅来。
　　　　——张存仁

众人道:"好一个'松封大夫石称尊,纵作草木也开怀'!"

"首句亦佳。"刚林说的时候,大家心中想起崇德年间张存仁剃发的事,不过谁也没有把话讲出来。

下一个是忽必烈,只见他写道——

　　岱宗青青帝王气,圣迹处处顺序排。
　　天门挂梯云中起,皇顶嵌碧天际来。
　　借尊微躯居高位,度化凡体上瀛台。
　　最喜浩空降祥瑞,清廓宇宙明日来。
　　　　——忽必烈

忽必烈刚一掷笔,范文程便叫了起来:"了得!了得!此番少年将军又折了桂!"

紫霞道长亦道:"就已就诸篇而论,贫道亦以为此作最佳,我想,更佳的怕还在后面。"

众人齐道:"必是,必是。"便催勒克德浑。

勒克德浑道:"有一两句总是难以使之工对,最末一个交卷儿,已属下风,既又催促,就只好将就了。"说罢提笔——

圣地出圣岳,浩然紫气生。
难怪圣天子,争来岩上封。
平生慕博大,喜浴日月风。
今日凌此顶,方知宇宙清。
——爱新觉罗·勒克德浑

刚一搁笔,众人便欢呼起来。

紫霞道长道:"又出了一个第一,可喜两个第一都被年轻人占了去……"

众人道:"道长怎的解释两个第一?"

紫霞道长道:"诗有实美,有虚美。实美的鳌头忽必烈将军占了;虚美的鳌头德克勒浑贝子占了。这岂不是两个第一?"

众人都附和道:"道长把我等心里领会却讲不出的意思讲明白了……"

紫霞道长又道:"贫道不谙音律,想提上一首,凑凑热闹而已。"

众人赞道:"道长何必太谦,我等正等道长画龙点睛之作呢。"

紫霞道长挥笔题就——

岱宗青青圣洁地,石径漫漫弥松香。
山露天门绕紫气,泉隐皇顶成暗江。
关山有径千行露,风月无边万层霜。
酿成洁白自天降,明天圣体终换装。

众人喝彩。

阿巴泰道："如此的佳作,道长何不具名？"

紫霞道长道："拙作焉可与诸公大作并列！"

众人道："如此精妙绝伦之作也算拙作,吾等之稿就成废纸一堆了。"

紫霞道长道："非也。诸公之作,篇篇都是精妙绝伦的。"

时已到未末,阿巴泰叫过一军士,从他那里要过一包银子,对紫霞道长道："有劳道长一日辛苦,并多有破费。这点银子不足补偿,只是表示我等一点心意,务请道长收下……"

紫霞道长道："此话哪里说来！我等邂逅,天缘也。与诸公游,贫道之幸。我道家吃天下万民之食,亦招待世上四方之客。不只诸公,任何香客过往,食宿之需就在祠中,祠中统是不收一文的。"

经紫霞道长这样一说,阿巴泰只好命那军士再将银子收起。

范文程亦起身谢道长救治之情。众人恋恋不舍,要离去了。紫霞道长送众人至南天门,众人皆请道长止步。

道长道："诸公走好。恕不远送——后会有期。"

大家不住地回头,见紫霞道长一直站在拱门之下。大家边往下走,边拱手回顾,并高喊："道长请回！"

第十五章　毫无征兆，皇太极突然晏驾

过兖州，略泰安后，清军扫临清，掠河间，接着下武清，趋玉田，到达了迁西。将近七个月的时间之内，清军攻克三府、十八州、六十七县，共八十八城。即使按照皇太极的严旨，"入明境，遇老弱闲散之人，毋任意妄杀；不应作俘之人，毋夺其衣服，毋离人妻子，毋焚毁财物，毋暴殄粮谷"，清军还是"获人口三十六万九千人，牲畜三十二万一千余头，黄金一万二千二百五十两，白金二百二十万五千二百七十两，翡翠、玛瑙、珍珠制品四千四百四十件，彩缎五万二千二百三十匹"。

下一步，清军就该从冷口出关了。

大军到达玉田时，范文程、刚林、希福、张存仁等人觉得一路之上只带两只眼睛看是十分不过瘾的。出关之前，他们决定与明军"玩上一玩儿"。他们选中的对象是对清军进行"监视"的明军二位总兵——张登科与和应荐。为此，在玉田县，他们特别布置活捉了县令洪家骥。洪家骥被夹裹在数千名被俘的中原乡民之中，他受到了特别的待遇——身边有两名清兵形影不离地跟着。这没有什么不好理解的，他不是一般的平民，他是一位知县。

洪家骥注意到，被俘的乡民有的讲山东话，有的讲河北话。显然，他们都是在家乡被俘的。在这批被俘乡民的前面是车队，一眼望不到边的大小车辆。有马拉的，也有牛拉的。不用说，车上载的是清军掠夺到的金银财宝和绫罗绸缎。大队的前面和后面走着的是清军的人马，在车队中，有少量押解的清军军士。

红日西沉。

离迁西十里的光景,大队人马在一个名叫溪东庄的山村停下来过夜。这是位于山脚下的一个很大的村落,村前有一条小溪,小溪边是一人高的灌木丛。对面是一座大山,挡住了夕阳。

洪家骥从来没有走过这么长的路,吃过这么多的苦。有什么办法?当了人家的俘虏,能保住一条小命就不错了,哪还顾得上什么苦不苦累不累!

村民闻听清军到来早就跑光了,乱了半日,总算是安顿下来了,洪家骥被安置在一所靠近村前小溪的宅院里。

原在被俘乡民前面的大小车辆,就停在院门外的空地上,两边望去不见头尾。车已卸掉,拉车的牛马被拴在车辕上吃着草料。

那两个清兵自然与他住在了一起——他们住在了院子的三间北房里。三间房一明两暗,洪家骥在东厢暗的一间,两名清兵住了另外那一暗间。

吃饭时天已经黑了下来。与被俘后前几顿一样,饭食很糟。好在看守他的两名清军军士还算和善,他并没有受到虐待。饭后过了不一会儿,两名清军军士催他上炕睡觉。只有他睡了,看守者才可放下心来。他不敢违抗,但他睡不着。

当了清军的俘虏,锦绣前程从此终结,后半生要当牛做马,这是他不能接受的。再说,天刚刚黑下来,还不到他习惯的睡眠时间。但是,他只能老实躺着,免得惹恼看守。

过了不一会儿,看守洪家骥的两名清军军士,一个留在外屋,另一个进屋去睡觉,他们要轮流看守。

过了大约半个时辰,有人敲门,洪家骥睁开了眼睛。

门开后,一名官长模样的人带着几名军士进了屋。

进来的人与看守是用满语对话的,所以,洪家骥不懂。

这时,在里屋睡觉的那位看守睡眼蒙眬地走了出来,不断地向那官长点头哈腰。那人便带着随从离开了。

原在里屋睡觉的看守不再回屋,他与他的伙伴在一张八仙桌前坐了下来。看守甲,即那个原在屋里睡觉的清军军士对同伴说:"总算消停了,那小子该来了吧?"

看守乙(即那个原在屋外看守的清军军士)答道:"快了吧。"

又过了一会儿，看守乙对看守甲道："我去瞧瞧。"说罢离座出屋。

洪家骥仍在装睡，过了大约一炷香的工夫，屋外有了动静。门轻轻地开了，洪家骥眯缝着眼，继续观察着。看守乙回来了，与他一起进来的还有另外一个人。他们手里拿着的东西使洪家骥放下心来：酒坛子、篮子。

门被轻轻地关好了，三个人在八仙桌上摆开了碗碟和酒具。从篮子里取出了鱼肉，从坛子里倒出了美酒。默默地摆弄了一阵之后，三人落座，举起了酒杯，每个人都一饮而尽。就在重新倒酒之时，不知是哪个的袖子扫到一个盘子，那盘子落地发出清脆的破碎声，三人大惊。

看守甲连忙离开座位，悄悄地开了门，向院内四处看了看。见无动静，他才放心地回到了座位，三人接着喝。

三巡过后，话匣子打开，看守甲问后来的那人："这次到了你的家门口，也不回去看看？"

后来的那人见问，默默地想了片刻，道："路过你们县境，你不也是眼巴巴地望着！"

看守甲道："是啊！六年了！看来被俘当时还不如死了的好！"

说到这里，后来的那人道："不再说这伤心事，喝！"

三人闷头喝了一阵，后来的那人又有话了："你说这贝勒爷，竟自信到这种地步！用五千人马护卫这成千上万的财宝，说什么明军已吓破了胆，是绝不敢来动一动的……"

这时，看守乙捅了说话人一下，并默默地向洪家骥这边甩头。

说话人停住了。

看守甲却道："这咱用不着避他，难道他会飞出去向明军报告不成？"

看守乙为慎重起见，离开座位，走到洪家骥炕前低下头来看了半天。见洪家骥双目紧闭，便用手捅了他一下。

洪家骥假装从梦中醒来，连忙爬起，睡眼蒙眬地问道："军爷有什么盼咐？"

"睡你的。"看守乙说了一句，就又回去喝酒。

看守乙对那后来的人道："你说只用五千兵马护送这些东西，那人上哪里去了？不是总共有五万人吗？"

"你哪里知道！为行动方便，五万人马分成了四路。咱们这一路人马最多，一万五千人。进入迁西,贝勒爷打探到明朝的两路总兵率领的两万人马跟在我军后面,估计现已进入迁西境内,极可能驻于西庄一带。贝勒爷决心在出关之前把他们吃掉,所以自领一万人,并调尼堪贝子等人,合军三万人,杀他一个回马枪。"

看守甲道:"这我就明白为什么贝勒爷仅留五千人护卫这些金银财宝了。"

看守乙道:"可这也忒冒险了,万一明军看透了……"

看守甲止住看守乙道:"你瞎操这份儿心,哪有什么万一?第一,明军里绝对不会有这样的能人,能够看破我军的用计;第二,就是他看到了,也未必敢过来。明军被吓破了胆,他们……喝!"

看守甲的嘴说起话来已经不利落了。

"喝!"

"喝!"

不多时,室内已经失去了声息,三个人统统醉倒了。

当洪家骥听到清军要使回马枪去消灭张登科、和应荐的明军时,吓得魂不附体。他与总兵和应荐是连襟儿,如果能够插上双翅,他一定不顾一切地飞出去,把这可怕的消息告诉给和应荐等人,让他们早做安排,避开打击,并拯救那两万人的性命。

嗨,机会来了,三个人统统醉倒了。他轻轻地起了身,下了炕,小心翼翼地走过厅堂,到了门边。他无限小心地开那房门,唯恐弄出一点声响。院内静悄悄的,他轻脚踮步来到院中,摸向院门。院门也被打开了,他又轻脚踮步来到院外。说时迟,那时快,洪家骥猫起身子,迅捷地跑向小溪旁的灌木丛,他没有被人发现。他又迅捷地出了灌木丛,奔到一匹马前解了缰绳,飞身上马,消失在黑暗之中。

三更前,他到达了西庄,明军果然在那里。与张登科、和应荐等人见面后,洪家骥向他们讲了情况。

对洪家骥的话,张登科和和应荐不会有任何的怀疑。他们立即离开西村,趁清军防守空虚,前往溪东,解救那几万名被俘人员、夺取被掠财物。

准备就绪,大队人马出发了。原来担心在路上会与清军遭遇,谢天谢地,进军十分顺利。前锋已经接近溪东,按照预先的布置,大军杀入村内。

无论明军如何杀声震天，村内却毫无动静。明军的先头部队一开始似乎并没有注意到这一点，因此并没有表现出任何迟疑。后面的队伍不断地涌来，等明军清醒过来，为时已晚。

在两个看守和他们的朋友"醉倒"、洪家骥逃逸之后，清军开始了行动。他们将被俘人员迅速带离，把部分真正的拉金银财宝的大车转移，把农户的柴草拖到满装硫黄、硝石之类的车边，构造了一条几里长的火龙阵。随后在村子两边的山上埋伏了下来。

等山上一声令下，炮弹从山上呼啸而下，爆炸点燃车上的硫黄、硝石。下面的火龙开始狂舞的时候，明军的一万五千人便身陷这火龙阵中。他们跑向村中民宅，那里也成了一片火海。他们逃向两边的山岭，等待他们的是清军的炮弹和刀枪。可怜一万五千好儿郎全部葬身火海。张登科死了，和应荐死了，洪家骥也死了。范文程等人过足了瘾。

三日后，清军出关。

征明大军带回了许许多多新情况，经阿巴泰、尼堪、勒克德浑等人的介绍，众人对中原局势，对明廷的未来走向，对农民军的前程，认识上已与往日有了很大的不同。有关对大清未来的战略问题，大家的认识也逐渐趋向统一。

但是，对待这一问题，皇太极的想法仍然与过去一样，并不过早地求得大家认识上的一致。他只求大家关心这一问题，不断思考，不到一定的火候不做决定；一旦最终决定了，就不得再三心二意，而要听从号令，众志成城。

忽必烈、希福、刚林向皇太极奏报了与农民军取得联系并见了李自成的情况，刚林着力讲了忽必烈的才能。皇太极甚为满意。

阿巴泰还向皇太极讲了他们上泰山的情况，讲了见紫霞道长的细情，特别讲了范文程与那位称出家前是德王女婿的道士的谈话，判定那紫霞道长就是山芹，最后叹道："却不晓得为了什么，他总是回避自己的真实身份。当时几次试探，都明显地被他岔过了。"

皇太极听罢嗟叹了半晌，最后感慨道："济南之变，对他的触动实在太大了……"

转眼间又到了秋季。这一年，辽东风调雨顺，五谷丰登，朝鲜也获得了好收成。皇太极所定为二十万人马筹备一年之需粮草的任务，看来不会有什么困难。扩充二十万精兵的工作正在紧锣密鼓地进行,他十分繁忙。

这一日,皇太极先是在盛京的西门外观看了军士攻城的演习。

呐喊声中,前排的军士架着云梯冒着城上"敌军"的如雨飞矢迅捷地靠近城墙,高大的云梯一组接一组被竖立在了城墙之上。羽箭、巨石、滚木自城墙上投下,许多攻城军士从云梯上滚落下来——第二批军士又登上了云梯……

皇太极知道,今日之所以做到了这一点,是改进了攻城军士所持之盾,并且在云梯的架设方面运用了新技术的缘故。

原有的盾牌虽然坚固,但盾体重,面积小,士卒拿着它攻城向前跃进时,操持不灵,很难掌握方向和角度,难以抵挡自城上四面八方射来的飞矢。

是忽必烈改进了盾。改进后的盾体是用柳条编成的,双层,轻了许多,但大了许多。这样的盾牌用于两军对战是不成的,因为它抵不住大刀的砍杀,挡不住长枪的穿刺。但是用于攻城,它发挥了神威——它有效地挡住了城上射来的矢镞。一支支飞箭留在双层盾体之上,使那盾活像一头巨大的豪猪。因此,这双层的柳条盾又叫作"猪盾"。

手持此盾以较少的伤亡靠近城墙,将云梯竖在墙体之上,这一目标达到了。但以较少的伤亡爬上云梯,登上城墙,从而突破守城敌军防线,这一步还没能做到。因为从竖起云梯到爬梯、登城,伤亡太大,所需时间过长。

后来,有人想出了老盾、"猪盾"并用的主意,较好地解决了盾的问题。办法是攻城的士卒分别持有两种盾牌,一部分人持"猪盾",另一部分人持老盾。在逼近城墙的一段路上,主要发挥"猪盾"的作用;在架梯、爬梯阶段,主要发挥"老盾"的作用。这样做效果很好。虽然持老盾的士卒有较多的伤亡,但从总体看,攻城士卒以较快的速度靠近了城墙,持"猪盾"的士卒伤亡较少,保留了足够的士卒,以便架梯,爬梯,攻上城墙。

除此之外,在云梯的架设方面也有了改进。

往日,云梯各架各的。单独一个云梯竖到那里,一是梯体单薄,人爬上去云梯颤动得很厉害,影响军士攀登的速度;二是容易被城上的敌军掀翻;三是攀登的军士手里举着一个盾牌,很难抵挡城上掷下的石块、滚木的打击。

后来有一名士卒想出一个主意,竖梯时,把几架梯子连在一起,军士们分排攀登。这样，一是可以大大减轻梯体的颤动，二是不容易被城上的敌人掀翻，三是几个人的盾牌形成合力，可以有效地减弱石块、滚木的冲击。

随后，梯体的连接、固定又有人想出了新招儿，既快又牢；以联合的盾牌抵御石块、滚木的种种方法也被提了出来：石块如何挡，滚木如何挡，自上方打来的如何挡，自左边打来的如何挡，自右边打来的如何挡……

经过多次试验，最后形成了固定模式，云梯三个一组，攀梯军士三人一排。办法有了，士卒们经过多日的训练，方法的运用便逐渐熟练起来。

皇太极看到，攻城的士卒有的持"猪盾"，有的持老盾，架着云梯向前挺进。在逼近城墙的一段路上，主要发挥"猪盾"的作用，队伍推进的速度很快；到达城墙下，云梯三架一组被架了起来。手持老盾的军士则三人一组，攀上云梯。箭如雨下，石块犹如雨中的冰雹，滚木犹如雨中的闪电。令皇太极高兴的是，新的办法果然较为有效地抵御住了打击。只见云梯上的军士躲在三盾形成的盾伞之下，随着羽箭、石块、滚木落下的方位的不同，头顶上的盾牌分分合合，左推右挡，避开了大部分羽箭、石块、滚木的射杀与冲击。一部分士卒未能抵挡住羽箭、石块、滚木的强大冲击，从云梯上滚落了下来。但是，大部分士卒快捷地爬上了墙头。

皇太极当场诏谕，对出主意被采纳的有功人员加倍嘉奖。同时，他来了精神，决定将原安排于次日的炮击训练御视提前进行。

这样，陪同皇太极的睿亲王忙命呼尔格飞马前往炮兵训练营传达他的命令，要他们做好准备；另叫孙童儿速去城内告知孔有德，去训练营候驾。

炮兵训练营在东郊。一个时辰不到，皇太极就出现在训练营。

皇太极觉得当地的地形地貌似曾相识。当他策马到达一个山冈时，一下子想起来了。原来，此处就是八年前，即崇德元年四月二十三日射猎时他的大营所在地——龙冈。

"这是龙冈了？"皇太极问睿亲王。

睿亲王回道："皇上好记性，这里正是龙冈。此处地形起伏，地面开阔，八年前臣弟选此做狩猎演习场时就想到，这里是演兵的最佳地点。这次训练炮兵，臣弟便定在了这里。"

皇太极听罢更加兴奋，当年狩猎的种种场景一幕幕在眼前浮现。

"啊！八年过去了。'白驹过隙'，确是此种感受。"皇太极感叹起来。

这时，负责炮兵训练的孔有德赶到了。

"臣接驾来迟，请皇上恕罪。"孔有德滚鞍下马，跪伏于地。

皇太极将孔有德搀起，道："是朕一时来了兴致，改变了日程，惹得你不得安生。"

孔有德起身后，又见过睿亲王，然后问道："是要下面的训练照常进行，还是专做一些科目，请皇上御视？"

睿亲王道："我已做了布置，日常训练进行一段之后，当有某些专做科目。"

孔有德听睿亲王如此说，便后退到了一边。

皇太极举目四望，赞道："确是一处绝佳之演兵宝地！"

秋高气爽，彩云在碧空飘动。绵延起伏的丘陵的色彩由近处向四周渐渐淡了下去，一直到远方的地平线上，与淡蓝色的天空相混合了。

四周的丘陵之上，一股一股不断地冒起浓烟。随着浓烟的升起，传来隆隆的炮声。在龙冈之下不到二百步的一个小山冈上就有一组炮兵，他们那里有三十几门大炮。炮兵的动作看得十分清楚，每打一轮，他们就停下来，凑在一起，谈着什么。

如此一段时间过后，按照旗语传达的命令，日常训练停止，特别科目开始。

睿亲王向皇太极奏明，就在龙冈脚下那一组炮兵中，将有十门炮瞄准右前方五百步之外一个山头上插起的十面彩旗，要求十门炮自左到右按自身排列次序轰击那相应位置上的彩旗。从知道射击目标到接到射击命令，要求不得超过半袋烟的工夫，最后他说道："现在那边的彩旗尚未竖起，这边的炮位尚未调整，单等皇上降旨传令。"

皇太极听罢说了一声"好"，旗语的传递立即开始。

顿时，右前方五百步之外那个山头上出现了一字排开的十面彩旗。龙冈脚下，炮手紧张地动作着。不一会儿，炮手那边传来旗语，说炮位调整完毕，等候发射命令。

睿亲王请皇太极降旨发令。皇太极听罢，大声说了一声："打！"

旗手早已准备好旗势。皇太极的"打"字一出口，旗手便将旗子向下一劈。顿时，龙冈脚下十门大炮一齐发怒，汇成了山崩地裂般的轰鸣声。

再看右前方五百步之外那个山头——顿时,爆炸声传开,浓烟尘雾弥漫。待风吹烟散,那十面彩旗已不知去向。

皇太极激动得鼓起掌来。

睿亲王向皇太极奏报,说方才是齐射,下面将进行分射,即十门炮依次前后相继发射,时间间隔要求相同,被轰击的目标则依次前后相继被击中。

皇太极听罢越发兴奋,连忙命令开始。

旗手又开始做出动作,传达命令。

这一次,被轰击的目标改变了——由右前方转移到了左前方。距离也远了些,山头上彩旗与彩旗之间的距离也拉大了。

轰击开始。

龙冈下间隔均匀的轰鸣声,与远处轰击目标处的炮弹爆裂声一声接着一声地相应而起;龙冈下间隔均匀的烟雾,与远处轰击目标处的烟尘一缕接着一缕地相应而生,十面旗子一面接着一面不见了。

皇太极的兴奋几乎达到了顶点。龙冈下,他发现,齐射时,是由自左到右一号到十号炮完成的。分射时,是由自左到右十一号到二十号炮完成的。那其他炮手的本领如何呢? 于是他传令道:"传朕的御旨,命第二十八炮位的炮手,对准其右前方六百步那个角形山头、其正前方三百步山头上的那棵小树、其左前方一百步山头上那棵大树,各发一炮,让朕看看炮手的实际本领究竟如何!"

睿亲王听罢忙命旗手传旨。

不一会儿,下面传来旗语,说已经调好炮位,候旨发射。

皇太极道:"发!"

只听轰隆一声后,眼看着炮弹飞出炮口,向指定的山头飞去——不偏不歪,炮弹在那角形山头的正中央炸开。

不一会儿,是第二次轰鸣。正前方三百步山头上的那棵小树被笼罩在一片浓烟之中。待烟尘散去,那棵小树已不见踪影。

第三声轰鸣后,左前方一百步山头上那棵大树淹没在浓烟之中。烟尘过后,再看那棵大树,树冠不见了,树干被劈成了两半儿,像两只牛角,直刺碧空。

这次,皇太极更加兴奋了,大声道:"传炮手们上冈见驾!"这回传旨不再用旗语了,睿亲王速速命呼尔格下冈传旨。上百名炮手又喜又惊地上了冈。

近前看清,炮手们个个污垢满身,灰尘满面,大家跪下见驾。

皇太极道:"尔等操练辛苦,平身听候御谕。今日,朕亲临演兵场,御视操练,见尔等精神抖擞,成绩卓著,朕心大悦。尔等今日有此表现,足见平日下了功夫。为示表彰,以励后效,朕赐尔等每人新盔新甲一副,并各赐银百两。"

炮手们喜出望外,急忙跪下谢恩。

皇太极一路兴奋异常。路过福陵,他与睿亲王进了陵园,孔有德、图赖等人等在陵园之外。两人穿越象马甬道,登一百零八蹬,进隆恩门,绕隆恩殿,上了宝顶。

皇太极与多尔衮面北而跪,皇太极道:"儿臣皇太极与十四弟多尔衮,今日特来告慰父汗、额娘及长眠于此圣地之诸位长者,儿臣继位后,继皇考之基业,振皇考之余烈,荫列祖列宗及皇考庇佑,赖诸兄弟子侄及群臣辅助,经过十余年之奋战,服蒙古,降朝鲜,扩大清基业,天下归心。今南朝气数即尽,儿臣所定扩充二十万精兵,为二十万人马筹一年之饷,即日完成。八旗出动之日,即为中原到手之时。儿臣及百官百将秣马厉兵,以待荡尽山河,入主中原,完皇考之遗愿,以慰父汗、额娘及诸位长者在天之灵。"

皇太极回宫之后,穿凤凰楼,过永福宫时,从宫中传出小福临的读诗声:

秦王扫六合,虎视何雄哉!
挥剑决浮云,诸侯尽西来。
……

皇太极心中一愣,便转向永福宫。庄妃连忙接驾,福临过来请了安,苏麻喇姑也请了安。皇太极见福临平日学习的案上展有一张纸,便走过去俯身一看,见纸上写的正是福临读的那首诗。字是福临写的,汉字。

皇太极将那张纸拿起,端详了一番,见儿子的字越发出息了,心中十分高兴。从方才福临大声朗读的腔调、气韵来看,儿子是喜欢这首诗的。

儿子出息了!

福临当年六岁。在福临之前,皇太极已有八个儿子。宸妃所生皇太极第八子死后，在一后、四妃的儿子中，福临最大。

福临自幼聪慧，其智力超乎常人。三岁即跟着苏麻喇姑识字，满字、汉字已学到数百个。小家伙也喜欢唐诗，三岁那年，已可背诵几十首。四岁时，又读了些唐宋古文。一些浅显些的诗文，他可以讲出意思来。

永福宫有清军入袭中原时所得的各种诗文集子，像《唐四家诗》《唐四家诗选》《唐十二家诗》《唐五十家诗》《唐百家诗》《唐百家诗选》《唐宋八大家文抄》等，还有汉人读书人自集自抄的许多本子，这成了福临学习的基础。

福临自幼也喜欢写字，字写得越来越好。

皇太极并没有给福临请先生，因为他认为先生是现成的。凭庄妃和苏麻喇姑的才智，教好这样一个学生足矣。皇太极还认为庄妃和苏麻喇姑人品出众，在她们身边耳濡目染，儿子会很好地成长。封老先生固然好，但年事已高，不能再入宫授教。弄一个不知底的先生来，还不晓得出什么乱子呢。

庄妃和苏麻喇姑承担起教育福临的重任。但先学什么后学什么，学习中注意些什么，如此等等，庄妃和苏麻喇姑还是专门请教了封先生。

情况一直不错，但是还是出现了问题。有一次，福临独自一个人在案上写着什么。苏麻喇姑凑上去一看，见福临写的是一首唐诗——

偶来松树下，高枕石头眠。
山中无历日，寒尽不知年。

苏麻喇姑看了心中一震，那张纸下还有几张纸，她过去揭了上面那张纸。不看不知道，一看吓了一跳。原来，那下面的纸上也是福临记下的诗句，第一页是——

一尘不到心源净，万有俱空眼界清。
若在人间须有恨，除非禅伴始无情。
人生直作百岁翁，亦是万古一瞬中。

再翻，见上面是：

不须更饮人间水,直是清流也污君。
遮个渔翁无愠喜,乾坤都在孤篷底。
长年是事皆抛尽,今日栏边暂眼明。

再翻开一页,是:

百年身后一丘土,贫富高低争几多。
江湖日夜看东流,水上乾坤一点浮。
身将流水同清净,身与浮云无是非。

最后一页,只有两句,蛋大的字,两句便占满了整张纸:

有酒即佳辰,无兵皆乐土。

苏麻喇姑看完都有些急了,责问福临道:"你喜欢这些?"
小福临不晓得自己犯了什么罪,有些茫然。
苏麻喇姑不能瞒着,皇太极和庄妃知道之后也震惊异常——小小年纪,如此心境,如何得了?
之后,他们更加有意地对福临进行了引导,也有了一些效果。
当日,这就是福临读李白的那首诗把皇太极召了来,也是他心里感到高兴的原因。
儿子经教导见了点出息,而皇太极内心深处的忧虑并没有彻底清除。
这之后,皇太极又与庄妃说了一阵子话,便回了清宁宫。
回到清宁宫之后,图赖即送来刚刚接到的乌格发自北京的密报。
皇太极打开翻阅,有三方面的重要情报:一、近来明朝京城闹瘟疫,已死几千人,人们惶惶不可终日。而且谣言四起,说此乃天灭明之兆。二、张献忠在湖北称王。李自成对张献忠此举甚为恼怒,扬言兴兵征讨。张献忠惧,转入湖南。三、李自成在河南广招工匠,大置木材,造车造船,并在荒地上开垦。大张"练兵百日,积粮万担,打向京城去,活捉朱由检"之榜。崇祯忧虑,急调人马前往顺德、赵州、冀州、正定、保定,与当地巡抚、总兵一起布防并急调孙传庭率军出潼关,与李自成决战,意欲将李部就地歼灭。孙传庭率大军在郏县大败,李自成乘胜追击,破潼关,下渭南。孙传庭战死,李自成正向西安进发。

皇太极看罢大悦,尤其是李部完全按照忽必烈所设想的步骤进行着,心中十分高兴。

看来,大明朝果真要寿终正寝了!

皇太极急令图赖将乌格所送情报急抄副将以上将领和三院诸大学士,并谕令他们于次日上午就南朝形势的走向进宫会商。

皇太极心中高兴,匆匆用过晚膳,就骑上"山中雷"去进行他习惯的"夜奔"。图赖率十几名护军,照样跟着。皇太极的心在飞,他的马儿也在飞。

在从万柳塘向西的一段路程中,皇太极加鞭催马后,干脆合上了眼睛,他听到的是马蹄声和从耳边呼啸而过的风声。

行至确山之下,他停了下来,等图赖他们。一旦见到了图赖他们的人影,他又催马向前。后来,过北校场往东之后,他又像从万柳塘向西一样地飞奔起来,并且再不理会图赖他们,便独自进抚远门,入大东门,进了宫。

皇太极进宫换好了衣裳,图赖才到。

皇太极把图赖叫过来,让他去看看睿亲王歇了没有。

不大一会儿,图赖回来了,回奏说睿亲王从福陵刚回到府上,脚还没歇,便去了北校场。图格和孙童儿也陪着去了那里——府上已派人去召了。

皇太极心想这么晚了,去北校场干什么?

他让图赖去歇了,自己洗漱着等睿亲王到来。

过了一顿饭时间,睿亲王到了。他一脸的喜色,说他去北校场看了扎劳布老人和他的儿子。皇太极一听扎劳布父子来了亦甚为高兴,忙问他们的情况。

睿亲王奏道:"臣弟从福陵回来,兵部就报告说扎劳布父子赶着三千匹骏马正在北校场待命。臣弟听罢,立即去了那里。兵部人员、扎劳布父子陪臣弟看了那些马匹——匹匹漂亮健壮,马匹兵部已经做了安排,臣弟带扎劳布父子进了城,将他们安排在府中。他们惦记着皇上,但天晚了,想到皇上一定劳累了一天,怕来宫中叩见耽搁了皇上的歇息,说明日一早再进宫叩见。"

皇太极倒是很想见见这位老故人。他记得在攻打大凌河城之前,曾请老人和他的儿子来过一次。那次,他们带来了三百匹马。崇德元年登基前,也曾去请他们,由于使节去得迟了些,他们已到塔什罕购马去了。次年二次征朝前夕,他们送来了五百匹良马。松锦之战前,他们又送来了良马一千匹。

"从他上次来,又是几年了。"皇太极对睿亲王道,"真难为了他们。老人家身子好吗?"

睿亲王回道:"还是那么硬朗。"

"明天吧,他们一路风尘,又得照顾那么多的马,一定很累了。明天,明天见他们。"皇太极感叹完又道,"召你来,是由于下午看炮射,想起了佟养性。是他筹建了炮械营,才有了今日我大清这样的炮营。只是可惜,他离我们而去了。朕想知道,他那个已是参将的独子近来情况如何?"

睿亲王回奏道:"他原职三等参将,不久前已晋升为二等参将。他跟他父亲一样忠心耿耿,兢兢业业。"

"那就好。给他些机会让他历练,这样才有所长进。"随后,皇太极还对睿亲王说朱奎病重,谕恭顺王去看看他,并晋他一级。又问孙宝近况,亦给孙宝晋一级。

皇太极又想到了刘兴祚,便问:"近来可有刘兴祚儿子的消息吗?"

睿亲王回道:"正好前几天有人从那边来,说刘五百一家过得尚可。"

皇太极听罢道:"问问他是否愿意出来做官?要愿意,可袭其父生前之爵;如仍愿为民,则永免徭役及赋税。"

两人从刘兴祚又讲起了库尔缠。皇太极知道库尔缠之子在内弘文院任职,干得不错,此时亦告诉睿亲王给他晋级。

在去福陵时,颖亲王的墓就在福陵之侧。夜奔过万柳塘,皇太极又想起了成亲王岳托。夜奔时经过了莽古尔泰的陵墓和被囚已经死去的阿敏的陵墓,皇太极又想起了他们,便对睿亲王道:"岳托、萨哈林对大清的开拓功绩卓著。就是莽古尔泰与阿敏,虽有重大过失,可对大清的开拓也是有大功的,我们不能忘掉他们。"

他还想起了在锦州阵亡的顾三台和巴西等人。皇太极叫过图赖,要他做出安排,明日,他要到这些人的墓上去看看,告诉他们大清国所面临的好形势,以慰他们的在天之灵。

还布置了其他一些事情,睿亲王、图赖一一记下,退去了。

皇太极洗了洗,便进入暖阁。

他上了榻。榻上有一低案,上面点着了烛,案上有一摞卷宗。皇太极拿起来,看是宁完我送来的满文《史记》的后半部分。半年前,前一部分满文译稿皇太极看过了,这是当日刚刚送来的。

皇太极觉得有些乏了,他粗粗地翻了翻便将译稿放下,准备改日再看。

他熄了烛,脱衣躺下。很快就睡着了,并且很快地就做了梦。

他梦见自己在骑马疾驰,身后是正黄旗,随后是镶黄旗,接下来是正白旗,而后是镶白旗,正红旗,镶红旗,正蓝旗,镶蓝旗,浩浩荡荡。

他不晓得到了哪里,他一会儿便有了腾云驾雾的感觉,睁开眼睛一看,见自己真的是在空中。他又闭上了眼睛,眼前又是八旗奔驰的场面。

他觉得自己到了大江的岸边。放眼望去,眼前江水滔滔,再往前就是所谓的江南了,那里一片翠绿。他的脑海里闪出一句古诗:春风又绿江南岸……

随后,他没有了记忆。

第十六章 帝位空缺，各势力暗流涌动

"国母福晋懿旨到！"睿亲王刚睡下不一会儿，就被家丁唤醒了。

睿亲王一听惊了一下，急忙起床梳洗更衣。传旨人正在厅中等候，见到睿亲王后，宣道："国母福晋懿旨：召诸亲王、郡王紧急入宫！"

宣毕，传旨人给睿亲王请安，睿亲王认出他是巴牙喇纛章京图赖麾下一名参将。

府中有关人员站立两厢，个个满腹疑团。天还没亮，出了什么事，要召诸亲王、郡王紧急入宫？且令人感到奇怪的是，为什么不是皇上，而是国母福晋召诸王爷入宫？

众人以为睿亲王会向这位参将问几句，但睿亲王一句话也没有问，一句话也没有讲，传旨人还没有离开，自己竟奔出大厅，连马都没有来得及吩咐人备，就步行出府去了。呼尔格、孙童儿这两位跟了王爷多年的侍卫，紧紧跟了出去。

睿亲王赶到大清门时，礼亲王也正好赶到。

两人脸色凝重，相互点了点头，无语地进入大清门，几个巴牙喇纛护军将二人引入崇政殿。

两人进殿后，见郑亲王、豫亲王、衍僖郡王、颖郡王、英郡王已在殿中。

与礼亲王、睿亲王前后脚，肃亲王也到了。人已到齐，图赖进入殿中宣道："国母福晋召诸亲王、郡王入后宫。"

众人随图赖出殿，越过凤凰门，进入后宫大院。

院中寂静异常。众人进入清宁宫，见国母福晋、正西宫贵妃、次东宫淑妃、

次西宫庄妃立于中央。众人看到,除国母福晋外,其余三妃均已哭成了泪人。

国母福晋一见众人,便再也难以忍住,没等众人参拜请安,眼泪一下子流了下来,道:"皇上晏驾了!"

众人虽然已经从种种迹象想到皇上出了大事,有精神准备,但是听到国母福晋这一说,还是如同一个晴天霹雳打下,个个被震得眼冒金星,觉得天旋地转,顿时心中大乱。

国母福晋不愧为母仪天下的女性,她擦干眼泪,保持着少有的镇静,领众王爷进了暖阁。

皇太极神态安详,闭目仰卧在榻上,上身垫得很高。

众王爷见后,再也控制不住,个个跪在榻前,号啕大哭了起来。

众人哭了一阵,国母福晋止住众人,向大家讲述了发现皇上晏驾的经过:"昨夜,比起往日皇上睡得并不算迟。早上,到了皇上往日起身的时刻仍不见动静。想到可能是昨日过于劳累,要多睡会儿,便没有过来打搅。等了半个时辰仍然没有动静,我心中有些疑惑,便走过来看了看。见皇上坐在这里,想是他已经起身,便喊了一声,谁知……竟……"

这时国母福晋再也讲不下去了,众人听罢又是一阵大哭。过了片刻,国母福晋道:"各位王爷节哀吧。下面还有许多的事要做,各位王爷该操办的就办起来好了。"说罢,扑到皇太极的身上大哭了起来,三宫诸妃也扑了上来。

众王爷忙上前解劝,国母福晋和三宫诸妃知如此下去难以了结,便强忍悲哀,停止了哭号。

国母福晋又道:"你们有事只管去办。"

众王爷听罢留下国母福晋和诸妃等人,退出了暖阁,站在宫中面面相觑。

睿亲王见状对礼亲王道:"二哥出头吧,我等听候吩咐。"

礼亲王思考了片刻,道:"不,皇上在时,诸多事情都让十四弟出头。现当仍沿旧例,我等听候十四弟安排。"

睿亲王听后也思考了片刻,道:"既如此,请大家先到前殿,商议近期当办之事。"

众人离开清宁宫,前往崇政殿。

别人都鱼贯而出,唯有肃亲王独自一个人落在了后面。

在进入崇政殿前,睿亲王向后看了看,见图赖跟了上来,便将他召到身边道:"你跟大家一起进殿,有些事情需要办理。"

图赖诺诺,与大家一起进入大殿。

大家坐定,睿亲王道:"第一件事是将皇上移出暖阁,在清宁宫设立灵床,以便接受跪拜;第二件事是急召贝勒、贝子和宗室成年者,向他们通告,要他们跪悼,接下来是文武百官;第三件事是立即以我等八人之名诏告天下,举国哀悼;第四件事是召见文武百官,非常时期要各守其职,听候号令;第五件事是将正白旗、镶白旗、正红旗、镶红旗、正蓝旗、镶蓝旗暂时调到城外,专留正黄旗、镶黄旗在城中驻守。礼部尽快去张罗制作孝服、素帐诸物,以便尽快分发穿戴、布扎。并去监督打造棺椁,以便明日入殓之用。其余诸事,稍后再行商定。"

此时别人没有动,也没有说什么,唯有英郡王和豫亲王咬了咬耳朵。之后,豫亲王站了起来,道:"打乱原来驻地是什么道理?将六旗调出,难道怕他们造反不成?"

睿亲王听豫亲王如此说,还没等他讲什么,就见肃亲王起身道:"十五叔有不同见解尽管明言,只是国家虽置非常之秋,但大可不必出此非常之言。什么造反不造反?只是驻防上的调动。十四叔也讲了,是'暂时'的,您怎么就想到造反上去?难道您担心两黄旗留在城中会造反不成?"

"嘿嘿,大侄子,你别得了便宜还卖乖……"

此时,睿亲王插言道:"如此讲话,你们都快闭嘴!"

这样一讲,大殿之中一下子静了下来。睿亲王等了片刻,又道:"其他王爷要是没有异议就这样定下来。图赖,你先去后宫启奏国母福晋所议第一件事,并布置有司办理;先召诸贝勒、贝子及宗室子弟,后召文武百官前来跪悼;之后,留下各旗固山额真及两班十六大臣,由八王共同布置换防之事。我现与诸位王爷讲明,届时,不许任何人说个'不'字。快去召大学士范文程等前来崇政殿,起草八王诏书。"

豫亲王与英郡王不再说什么,图赖也退去了。

睿亲王又道:"今日午前,大家一起在此。而后,我等分班守灵。第一班,我与肃亲王,今日过午;第二班,郑亲王、衍僖郡王,今日晚间;第三班,豫亲王、英郡王,明日上午;第四班,颖郡王、十一哥,明日过午。这之后照此顺序往复。二哥年纪大了,身子骨儿也不是太好,就免去了陪灵之劳。范文程等人到后,大家即刻一起草拟诏书。此事完后,即去见各旗固山额真等,布置调防之事。完了,除我与肃亲王守灵外,大家可先回去,有事再去请。除此之外还有没有别的事急着要做的?"

这时,又是豫亲王出了头:"国不可一日无君,嗣立之事,当早日定夺。"

睿亲王没有讲什么,大殿再次沉默起来。

英郡王见状也道:"十五弟言之有理,当早日议定。"

之后,睿亲王仍没有说话。

过了半天,礼亲王才道:"十四弟有什么考虑,可跟大家讲一讲。"

睿亲王这才道:"这事总是要做的。皇上突然离我等而去,一声晴天霹雳,把我们打得晕头转向。嗣立之事事大,当妥善处之。此时先做上面诸事,谅你我诸人在,天塌不下来。嗣立之事容后议定,可初定明日过午。"

众人听了,便没有再说什么。

范文程、希福等人到了,由睿亲王口授了八王诏书,范文程逐字记下。

诏书的要点是:昭告皇上晏驾,举国哀悼,停乐百日;新君继位之前,由八王共管国政;文武百官,要各司其职,听候八王指令;各旗官兵坚守岗位,听从八王号令;民众要严守法纪,各侍其业,有目无法纪,趁举国哀悼之机行抢打劫者,立斩勿赦。

经睿亲王口授,最后八王署名的次序是:礼亲王爱新觉罗·代善、郑亲王爱新觉罗·济尔哈朗、睿亲王爱新觉罗·多尔衮、豫亲王爱新觉罗·多铎、肃亲王爱新觉罗·豪格、英郡王爱新觉罗·阿济格、衍僖郡王爱新觉罗·罗洛浑、颖郡王爱新觉罗·阿达礼。

众人闹不清楚睿亲王为什么这次把自己的名字排在郑亲王之后。

郑亲王正要提出异议,睿亲王不等他开口便对范文程道:"下去润色,然后送过来。"

范文程等人退下。

先是诸贝勒、贝子和成年宗室成员,接着是文武百官,陆续到达清宁宫,向皇太极做最后的告别。

在百官到达前,清宁宫设了灵堂,皇太极的遗体已经被幔帐遮起,前面设了香案和牌位。孝服在赶制,陆续发给了诸位王爷、贝勒、贝子、宗室成员和文武百官。

像诸位王爷一样,这突然的噩耗犹如晴天霹雳将大家打昏。没有一个人相信自己的耳朵,没有一个人相信自己的眼睛。

但现实就是现实,而一旦大家不得不承认现实之后,便无不悲痛万分。

稍微清醒一些的人接下来便产生了忧虑。作为一代明君的皇太极,在年富力强之时突然去世,继位的问题,无论是他自己,还是有可能继位的有关人员,都是根本不承想过的,因此也不曾做安排。在此情况之下,帝位的争夺将会异常激烈。有鉴于此,这些人认为大清的江山此番凶多吉少,无不忧心忡忡。

八王召见固山额真布置调防之事进行得顺利,这主要是无论是豫亲王还是英郡王,当场不但没有讲一个"不"字,他们还要自己管辖的正白旗和镶白旗"不折不扣地照办"。其余的人,主管正红旗的代善、主管镶红旗的罗洛浑和阿达礼、主管正蓝旗的济尔哈朗也都表了态,要正红旗、镶红旗、正蓝旗听从号令。镶蓝旗的主旗贝勒阿巴泰虽不知调防的底细,但见诸主旗者均表了态,自己也向镶蓝旗固山额真和本旗旗务、军务大臣提出要求,要大家按照八王之议办理。

被从原有的城区调到城外,把整个城池让给正黄旗、镶黄旗两家,六旗固山额真心中自然感到不快。六旗的旗务、军务大臣虽是皇上派出的,但长期在旗中,也成了半个固山额真。因此,许多事情,尤其是涉及各旗之间关系和利益之事,他们总是向着本旗,为本旗说话。调防之事涉及与两黄旗的关系和利益,六旗被调出,他们心中也是不平的。但是,大清国现在处于非常时期,这样的一点,作为大清高级将领和官员的各固山额真及旗务、军务大臣认识上自然是清醒的。大家都清楚,在这样的一个时期,是不能鲁莽从事的。

睿亲王又对各固山额真提出要求,当日六旗要全部撤离城区,正黄旗在西,镶黄旗在东完成部署。何时恢复原来驻地,届时视情况而定。

睿亲王还向两黄旗讲明,非常时期,两黄旗驻守京城,责任重大。其余各旗在城外驻防,城内城外均处于临战状态,不得懈怠。各固山额真、旗务、军务大臣在新君继位之前,要听从八王之命。新君选定之后,要听从新君之命。有敢违令者,定杀不赦。

在众贝勒、贝子和宗室子弟前来拜吊之时,八王都是跪着的。豫亲王靠近睿亲王跪了,他寻了个时机对睿亲王耳语道:"哥把豪格留下与你一起守灵,是个高招儿。"

睿亲王听后没有讲什么。

等了片刻,豫亲王又道:"可独把两黄旗留在城内,小弟大惑不解。"

睿亲王听后仍没有说什么。

又过了片刻,豫亲王又问道:"哥是怎么打算的?"

睿亲王问:"你指什么?"

豫亲王回道:"继位的事。"

睿亲王听后停了片刻,道:"回去吧。现在岂是讲这个事的时候?"

豫亲王无奈,退回了自己的位置。

八王在向八旗宣布调防时,三院大学士是在场的。肃亲王找了个机会向希福使眼色,让他到自己的身边来。希福看了看四周,趁人不注意,慢慢地转了过来。

"怎么办?他把我拴在了这里……"肃亲王一脸的无奈。

"王爷莫急,起事不在这一时半会儿。"

"他独把两黄旗留在城中是何意?他就这样善心,给我们……"

希福忙止住肃亲王道:"这容晚上回去再议。"

肃亲王又道:"你回去先找他们商议商议,我回去后再做定夺。"

希福点了点头,离开了。

下午来拜吊的只剩下了那些住在城外路途较远的文武官员,因此,清宁宫比起上午安静了许多。

快到黄昏时,图赖进来禀报道:"蒙古扎劳布请求进宫叩悼。"

肃亲王一时不知道这蒙古扎劳布何许人也,问道:"他是谁?"

睿亲王一听,遂对肃亲王解释道:"就是那位送'原上风'后又多次献马匹的人。他昨日又送到了三千匹,我向皇上奏报了,皇上想他一路辛苦,先让他歇了,本打算今日就见他的。"

肃亲王只好道:"那就让他进来好了。"

图赖听了转了出去。

不一会儿,扎劳布哭着进来了。进入大清门时,他已经穿上了孝服。

扎劳布已不是第一次进宫。有两次他来盛京献马,皇太极都是把他召进清宁宫见了的。扎劳布晓得,这对他是特殊的恩典了。扎劳布一看到这院子,想到此次竟是永别,自然格外地伤心起来,痛哭不止。

只是,这扎劳布是位极有自制力的老人,他知道场合和分寸。进殿之后,他在皇太极灵位之前跪了,深深地磕过头,然后伏在地上呜咽了一阵,又跪起来看了一阵皇太极的灵位,最后磕头起身而去。

之后,图赖又来禀道:"封老先生请求进宫叩悼。"

封老先生肃亲王是知道的,汉人,姓封名迎春,庄妃进宫时请的汉文先生。没等睿亲王开口,肃亲王便对图赖道:"快请吧。"

图赖转身要走,睿亲王道:"去禀报永福宫庄妃。"

图赖点了点头,转身去了。

封老先生进入后院时,庄妃和苏麻喇姑已在凤凰楼下等着。老先生一到,庄妃与苏麻喇姑一边一个,搀着封老先生进了清宁宫。

进宫之后,庄妃和苏麻喇姑都放了手,走至皇太极灵前跪了,睿亲王与肃亲王也跪了。

封老先生来到灵位前,先是大拜二十四拜,然后长跪了一袋烟的工夫,泪水横流,老先生强忍着没有出声。最后,又磕了头,要起身时,庄妃及苏麻喇姑忙起身赶过来将封老先生搀起,同时劝道:"先生节哀。"

封老先生道:"娘娘节哀,姑娘节哀。"

此时,国母福晋在暖房里听到了动静,也出来相见了。

封老先生一见国母福晋出来了,赶快跪了下去,国母福晋忙命苏麻喇姑将老先生扶起。之后,大家又讲了两句相互安慰的话,老先生便出了宫,庄妃与苏麻喇姑一直将他送至凤凰楼下。

封老先生还没有走出宫去,又有一个人要来叩悼了。图赖命人送老先生出宫,自己返回禀报:"马达请求进宫叩悼。"

肃亲王这次晓得来人是谁了,睿亲王自然也知道。

"让他进来。"倒是睿亲王开了口。

图赖应声转去。

不多时,一个老人哭着进了宫。

这马达是什么人?

他原是皇太极的贴身侍从,后被豪格要去当了管家。但"三王案"过后不久,马达就离开了豪格的家。皇太极让他回到自己身边,马达没有答应,而是在福陵之侧建了一个柴室,与宁完我为邻住了下来。有人说豪格要给他一笔钱,他没有接受,也不知道他们之间到底发生了什么。一晃几年过去了,他一直孤孤单单地生活着。

一听马达的名字,睿亲王注意到肃亲王脸上闪了一下惊疑的神色。

马达进了清宁宫,走到灵前跪下去磕了头,然后直挺挺地跪着,看着皇太极的灵位,任眼泪顺着两腮流了下来。他什么也没有讲,但那样子,像是心里在与皇太极进行着对话,或者在向皇太极倾吐着某种心声。

如此足足有一袋烟的工夫,他才又磕了几个头,起身走了出去。

守灵本来是对突然的事变进行深入思考的极好机会,可几乎一个下午肃亲王把它白白浪费掉了。他没有让自己静下心来,他一直在怨恨睿亲王,心中不住地骂这位"歹叔",骂睿亲王"使施花招儿",把他圈在了这里,不能与他的心腹们商量对策。

直到晚饭前郑亲王等人来接替,他既没有对面临的形势做出清晰的分析,也没有为实现自己的愿望思考出任何可行的计划。但他的愿望倒是强烈的,那就是这次一定把大清的帝位弄到手。

但临近交班的时间,肃亲王想起了一件该做的事。因为嗣立之事,后宫的态度非常重要。平时,他对国母福晋说不上好,但也说不上不好,并没有做什么得罪后宫之事。常言道:"金不金,一家亲。"自己毕竟是皇子,论起关系来,自然比睿亲王近些。现在,何不见见国母福晋,套套近乎?

自然,这种时候,这种场合,是不便多讲什么的,表示一下对国母福晋的关爱就成了。

国母福晋亲切地回应了他,他觉得自己取得了一项胜利。

他进而到麟趾宫、衍庆宫和永福宫见了贵妃、淑妃和庄妃。三宫娘娘像国母福晋一样，亲切地回应了他。

这之后，他飞速地离去了。

对于睿亲王来说那就是另一回事了。

等他离开清宁宫时，头脑中对形势的分析已经十分明确，哪些问题可以找到解决办法，哪些问题尚未找到答案需要继续寻找，如此等等，他都思考清楚了。

往事悠悠，百感交集，临走之前，睿亲王又跪在了皇太极身边，眼泪忍不住地流下来。

国母福晋正好从暖阁中出来，见睿亲王跪在那里那样伤心，便过来道："忙乱了一天了，回去歇了吧。"

睿亲王一听越发伤心起来，郑亲王与衍僖郡王也上来劝道："国母福晋让快回去就快回吧。"

睿亲王最后看了皇太极一眼，心中暗暗道："八哥，您放心走好，担子纵有泰山般重，小弟也要把它担在肩上，挺直腰板儿向前走，最后实现八哥的宏愿！"

睿亲王走出清宁宫时，看到清宁宫的门前安放了素幔、花环和纸幡。宫前的索伦杆上一面一丈多高的长条白幡垂吊着，竟然没有一丝风去吹动它。关雎宫、麟趾宫、衍庆宫和永福宫也进行了相应的布置。走出凤凰楼，到了崇政殿前，满院的纸人、纸马、纸辇映入他的眼帘。四周尽是素幔、花环、纸幡和串钱。睿亲王没有出宫，而是向东拐去进入东院。那边是大政殿、十王亭，也成了素幔和素花的世界。他这才转回，向大清门走去。他对礼部甚为满意，办事井井有条，效果很好。

走出大清门，他回头看了看，见大清门也被扎裹了起来，穿上了孝衣。

呼尔格和孙童儿早已把"原上风"拉来，随时备用。

御街上也进行了布置。睿亲王慢慢地走着，呼尔格和孙童儿拉着马在后面跟着。等过了那块下马碑，睿亲王上了马。

当他快到大东门时，看到前面有一位白发道人一闪，走进了一个小胡同。不知为了什么，睿亲王的心中一动，催马赶了过去。

睿亲王进入那条胡同不久,胡同出现了岔路。他们向两个小胡同望了望,都不见人影,就没有再往里走,拨马回府了。

肃亲王豪格一进家门就问:"希福他们来了没有?"

家人回道:"正在书房等候。"

豪格听罢,到书房一看,只有希福、楞额礼、达尔哈和鳌拜四个人在,便问:"就你们几个?"

希福听罢道:"这样的时刻,人不宜多。"

豪格听后思考了片刻,道:"不,叫他们都过来,人越多越好。"然后又道,"你们可吃过了?"

希福回道:"我们一直在等王爷……"

"既没吃,就一起吃些。"豪格说罢,坐了下来。

早晨早早地起了身,中午在宫中随便吃了一点,晚间已是饥肠辘辘。豪格让家人去传膳,而后对希福等道:"派人去找他们,索尼、谭泰、巩阿岱、锡翰,还有何洛会、鄂拜。图赖能不能来?"

希福道:"眼下他在宫中万人瞩目,召他怕有不妥。"

豪格听罢冷冷道:"不来也罢,出了这么大的事也不事先来禀报一声,足见没用。"

大家听了一时没了话,沉默了一会儿希福才道:"或许他有不便之处。"

豪格听了立即反驳道:"有什么不便之处?亲自来不了,也可派个人过来。哼,由他好了。"

众人见状,便不再言语。

希福见豪格已经点完了将,便派人叫那些人去了。

这时,家人过来问:"爷在这里洗漱吗?"

豪格听了道:"洗什么洗?漱什么漱?什么年月还穷讲究?饭得了没有?"

家人回道:"就得,去饭厅还是摆在这里?"

"送到这里来。"

家人退下了。希福回到了书房,饭上来了,几个素菜,一盆素汤。

豪格饿了,见菜饭如此简单,心中不悦。正要发作,忽然想到现时是哀丧时期,便收了性子,好赖填饱了肚子。其他人在此场合哪里会吃许多,都蜻蜓点水般动了动筷子完事。

饭菜撤去了,肃亲王又问:"你们是怎么商量的?"

希福见肃亲王如此问,心想这问题只有自己来回答了,于是道:"我等先议了时局。皇上无病而终,这是各个方面都不曾想到的。从这一点上讲,欲掌权柄者,大家在同一起点上。而其有利的情势和不利的情势,一看各自所处的地位,二看往日所积之实力,三看所取之策是否得当。按照这一思路,我们对有可能继位之人一一分析过了。毋庸置疑,他们跑不出八王这个圈儿。八王之中,郑亲王是旁支,自然排除了。剩下的,从礼亲王说起。近年礼亲王虽无大过失,但也谈不上有什么要紧的功绩,混日子罢了。就算别人选上他,他自己也未必愿意干。因此,他也可排除了。衍僖郡王、颖郡王,捡来的爵位,自身无功可言,自然也排除了。剩下的四王中,豫亲王、英郡王也可排除,因为有睿亲王在,轮不到他们。这样一来,八王之中有可能继位的,就剩下了睿亲王与爷您两个人了。那爷与睿亲王各自有利的情势和不利的情势都是什么呢?从地位上讲,王爷与睿亲王同为亲王,但爷是皇子,是皇长子,他是皇上的兄弟,地位上爷优于睿亲王。弟继兄位不是不成,史上不乏先例。但子承父业更名正言顺,被视为天经地义。近年,在那个宁呆子的鼓噪下,'酌汉斟金'越吹越响,殊不知这正好为爷今天的继位鸣了锣,开了道。臣等以为,这是最最要紧的一条,是睿亲王无法与爷叫板的。从往日的实力上讲,睿亲王在爷之上。这一是由于他深得皇上宠爱,使他逐渐建立了优于别人的地位。二是由于他的确智勇,难以对付。也正是由于上述原因,现时轻而易举地得到了八王首领的有利地位……"

肃亲王插言道:"当时我看到了这点,但由于在那种场合不便与他争执,便让他讨了便宜。"

希福继续道:"就上面两点看,是双方一利一弊,不相上下。故此,要紧的在第三方面,就是看哪一方的策略高明,胜过对方一筹。而哪家能够做到这点,哪家就会在这场较量中稳操胜券。"

希福停了下来,书房内一片沉寂。

过了半天,肃亲王问:"你们谈过他独让两黄旗留在城内的事吗?"

希福明白肃亲王还没有把这一问题想清楚,便道:"提到过,但还尚未来得及深谈。"

此处说"尚未来得及",那是讲了假话,至少希福没有真实讲明他们议论此事的情况。实际情况是,楞额礼他们都把这看成了绝对利于肃亲王这边的大好事,这样的好事却是足智多谋的睿亲王提出来的,因此都感到奇怪,不好理解。当时,希福留了一手,他知道肃亲王对此极为关心。他不想把这一问题的讲解权交给别人,而是要亲自讲给肃亲王听。这样,事情才被说成是"尚未来得及"。

肃亲王不追究竟,听罢道:"那你们就议一议。"

希福并没有先讲出自己的见解,他等着其他人讲出看法。

楞额礼没有想清楚睿亲王这一招的用意何在,但有一点他明白,那就是睿亲王既然这样做,那必然对他们那边有利。但这个利究竟是什么,他还摸不透。在此情况下,他自然不会讲什么。

是达尔哈第一个打破了沉寂:"这是天赐良机。"

肃亲王等达尔哈讲下去,但他停住了。

这时,鳌拜道:"可这个机会是睿亲王给的。"

肃亲王等鳌拜讲下去,但他也停住了。

肃亲王只好问道:"你这话是什么意思?"

鳌拜回道:"我们的两黄旗被独自留在城内,对我们是大为有利的。可睿亲王这样做,对他们自有其好处在,他又不是傻子。"

肃亲王又问道:"我们需要弄清楚的正是这点。对他们好处究竟何在?楞额礼,你坐在那里徐庶进曹营——一言不发,依你之见呢?"

"他这是放了一个鱼钩,让我们吞下去,然后再收拾我们。"楞额礼被点了名,不得不讲了。

别说,这倒是可能的,而肃亲王却不曾想到,于是他微微点着头,思考着,书房里又是一阵寂静。最后,肃亲王露出了笑容,心中一定是有了成功的计划或是得意的想法:"好,就看他怎么收拾吧。"

看来,肃亲王要转移话题了。希福一听吃了一惊,难道这问题就如此定论了?

这时,何洛会到了,肃亲王示意让他坐下。接着,谭泰、巩阿岱、锡翰、鄂拜、索尼陆续到达。众人刚刚坐定,就有人来向希福报告,说范文程进了睿王府。

肃亲王知道希福在睿王府那边设了暗哨,遂满意地向他点了点头。

希福道:"豫亲王和英郡王早在申时,颖郡王和硕托贝勒、瓦克达贝子在酉时先后进了睿王府,并先后出了府门。"

肃亲王听罢一震,然后道:"好阵势!瓦克达也入了伙?自然,他们是不会睡大觉的。"

大家一时无话,过了片刻,肃亲王又问索尼:"索尼,你姗姗来迟,有什么天大的事去办耽搁到这会儿?"

索尼起身道:"不晓得王爷这会儿召见,部里有些急事要办。派去找我的人先去了家里,又去了部里,自然就耽搁了。"

肃亲王一听冷冷道:"部里的事大!人家那边亏了没有在部里干事的,即使有,事也没有你那样急,故而能够先去了睿王府。"

索尼是吏部的启心郎,一说部里有事耽搁了,肃亲王自然听了不快。索尼听了这话也不去管它,站着没说什么,也没有动。

这时,希福心中再次泛起失望感。唉!平日不知巧为人,用人之际方恨孤。本就没有多少"铁了心的",现在用人之际又这样东一榔头,西一棒槌,如何得了!刚才肃亲王不问青红皂白,对图赖数落了一阵;现在,又对索尼劈头盖脸来了一通。即便心中感到不快,用人之际,如何能够如此这般!肃亲王对图赖、索尼如此,除对他们感到不满、毫无遮掩地发泄之外,还有拿他们说事、杀鸡给猴看的用意。可在这样的场合,选了这样两个人,显得多么不合时宜呀!自己所保的,到底是阿斗,还是项羽?但事已至此,箭在弦上,骑虎难下,结果如何,那也只好听天由命了。

过了一会儿,肃亲王发话了:"今天叫大家来,要谈的事用不着说大家也明白。国家处于非常之时,我们要看明白局面,商量好对策,要把父皇开拓的江山保住,而不能被什么人篡夺了去。下面就请咱们的军师把时局讲一讲。"

希福把刚才对局势的分析向大家讲了一遍。当他讲到八王之中,有可能继位的就剩下了睿亲王与肃亲王两个人时,豪格插了一句话:"这你们清楚了,眼下,就是有人奔向睿王府,而你们到了我肃王府的道理。"

而等希福讲到"双方一利一弊,就看哪一方的策略高明,胜过对方一筹"这番话时,肃亲王又插言道:"有一点我清楚地向大家讲明,哪个敢染指父皇留下的宝座,两黄旗的刀是不会吃素的。父辈的江山是用血染成的,父辈遗留的江山也要用鲜血来保护!"

这一番话说得在座之人心惊肉跳,希福却高兴起来。成,在节骨眼儿上,还能说出一些惊天动地之言!众人的精神明显振作了,谈形势也变得你一言我一语,不再是希福一个人唱独角戏。肃亲王也不再赌气,心情明显地好起来。

有人又提到了独留两黄旗在城内的事。肃亲王听罢,指了指楞额礼道:"让他来回答。"

楞额礼重复了先前讲的那番话,肃亲王接道:"他设钩,我们却搅他个底朝天,看哪个厉害!有我两黄旗在,他要收拾我,那要看他有没有这个本领。他有镶白旗,再加上他弟弟的正白旗。阿达礼那小子也去了睿王府,好,再加上一个镶红旗,让他们来就是了!让六旗一起来就是了!咱们闹他个天翻地覆,拼他个你死我活!可他们会有六个旗吗?我就不信礼亲王的正红旗会跟他走!就不信郑亲王的正蓝旗会跟他走!就不信阿巴泰大叔的镶蓝旗会跟他走!很明显,他要拉郑亲王,八王诏书把郑亲王排在了他前面,这种小伎俩小孩子也是骗不过的,我不信郑亲王就会听他的!"

有好几个人附和道:"就是,就是。"

索尼仍然一言不发。

肃亲王早就注意到了,便问道:"索尼,你坐在那里,连个屁也不放,什么道理?"

索尼平静地回道:"没容臣说话的时候。"

肃亲王闻言不悦道:"现在就给你时候,你讲!"

索尼仍然平静地道:"对老叔讲的局势,臣并没有新话要说。只是,诸事要想得周全些为好。就拿让两黄旗留在城中之事来讲,大家都感到大惑不解。为什么会有大惑不解之感?那是由于认为这事有利于我们,而不利于他们,可又放心不下,怀疑天下没有这样便宜的事。这怀疑有道理,天下没有这样便宜的事。那么,答案是什么呢?于是想到他这是在设圈套。可仅仅想到这一层还大大不够……"

"那你想到了什么呢?"肃亲王问。

"臣想到,这一动作表明睿亲王的厉害,表明他并不怕两黄旗会闹出什么名堂。要不然,他就不会自己做这样的安排。这是一。"

书房里静了下来,连肃亲王也听得仔细起来。

"第二,我们只看到了城内,而没有把眼睛投向城外。如果看了城内,然后把眼睛投向城外,我们就会看到,我两黄旗处于四面包围之中。我们老老实实万事皆休,一旦我们做出什么越轨之举,我们就成了瓮中之鳖,只好任人收拾了。"说到这里,索尼停下了,书房内死一般寂静。

随后,肃亲王开口了:"那就是说,他是后发制人。可这样我还是不明白,与其那样,他何必把我两黄旗留下?我们做了事,就有胜负不定之说。单从防范来讲,他也不应该走这步险棋……"

"这是为避险而走险。"

"怎么讲?"

"这样做,确有爷讲的这步险棋。但不如此,会有更险的事在。"

"这又怎么讲?"

"爷知道,我两黄旗与两白旗积怨已非一日。皇上继承汗位前,现两白旗原为两黄旗。皇上继位后,四旗易帜。自此之后,四旗怨起。由于皇上神威,两白旗人员未敢造次,但摩擦历来没有停过。一有风吹草动,就有事闹出来,使各方伤透了脑筋。现在皇上驾崩,没有了镇虎之石,往日的积怨还不火山般迸发?在此非常时期,有如此的爆发,那是什么力量也压制不住的。睿亲王看到了这一点,他要避免这一险情,以便腾出手来按部就班照他所设想的计划行事,这才有了独让两黄旗留在城中之事。"

众人都被说服了,肃亲王也连连点头道:"有道理,看来我们都把这件事看简单了。"

这时,又有人前来给希福报告,说宁先生进了睿王府。

肃亲王问:"哪个宁先生?"

希福道:"宁完我。"

"哦?他也出山了!"肃亲王的脸色变得难看起来,过了片刻又道,"咱谈咱的。"

肃亲王想起希福对两黄旗留城的事还没有讲话,便问:"希福,你对两黄旗留城之事是如何看的？"

希福心想肃亲王总算又想到了他，于是开口道："臣的见解与索尼的见解一样……"

肃亲王打断他道："你们商量过了？"

希福答道："那倒未曾商量过。"

肃亲王不满道："好，那你来说说，两黄旗驻在城里，就让它成为摆设不成？"

希福回道："那也不是，可用它当有个限度……"

肃亲王又问："限度？什么限度？"

希福犹豫了一下，道："以不引起他们动武为限。"

肃亲王不悦，道："那我讲的那话岂不成了一通放屁！"

希福自然明白肃亲王的话是什么意思，他听后心想：我的爷，不想说，您催。说了，您来了这样的一句。难道您不明白，有时说与做是两回事？此时此刻，他又想到肃亲王不该唤这么多人过来的事。继位之事，机密大事，商讨之，密谋也，岂能有这么多人在场？但事已至此，只好粗议之，有些事要过后再讲了。便道："王爷之言是不得已而为之举，此事容后再议，先商量出个总办法，以便再分头细议。"

好在肃亲王没有再发牛劲，同意了希福的见解，让大家议论"怎么办"的问题。

希福怕再生枝节，这次抢先讲话了，道："第一，我两黄旗要一统号令，精诚团结，持不达目的，誓不罢休之概，绝不动摇；第二，要大力争取中间之人，让他们尽可能地靠拢我方；第三，要尽可能地分解对方，为我所用；第四，要善用我两黄旗驻城之势，形成压力，使对方心理上产生惧怕之感，使立于中间之人靠拢我方。每走一步都要力争选定对我有利的安排，譬如议定嗣位时，要打掉八王的小圈子，采用宗室子弟的大圈子……"

肃亲王打断希福道："这一点极为要紧，接着讲。"

希福继续道："第五，两黄旗要与图赖的巴牙喇纛护军配合一致……"

肃亲王又打断了希福："就由你去找他，向他通报今日议定的诸项。要明明白白地告诉他，让他想清楚，过了今天这个村，可就再也没有了这座店。别等咱们拿下江山时,他在一旁吃后悔药。"

希福听罢深思了半晌,然后微微点了点头。

肃亲王又对楞额礼道:"你也去跟他讲一讲。"

楞额礼也点了点头。

希福继续道:"要力争后宫的支持……"

肃亲王一听这话,对自己离开皇宫前见了国母福晋的做法深感满意,又要打断希福向大家表达一番。希福见他有话要讲,便停了下来,可肃亲王话到嘴边又咽了下去,遂做了一个手势,让希福继续讲下去。

希福道:"就这些。别的事当过后再议。"

希福不想再这样议下去了,可肃亲王仍然没有弄明白希福的意思,因此,希福讲了这话之后他没有让停下来,反而道:"大家可以议一议。"

随后,众人七嘴八舌议论了起来,书房之内倒是出现了空前未有的热烈场面。

希福起身如厕,索尼趁众人不注意也跟了出来。

到了厕内,索尼问道:"叔,盛京真的要血流成河吗?"

希福回道:"不得已,就得那样!"

索尼惊问道:"为了谁?为肃亲王?"

"为肃亲王,也为两黄旗。"

索尼又问道:"要为社稷呢?"

希福反问道:"为社稷?为哪家社稷?"

"为爱新觉罗的社稷。"

希福听了冷笑道:"爱新觉罗的社稷?现已没有原来那个爱新觉罗的社稷了。有的将是爱新觉罗·豪格的社稷,或者将是爱新觉罗·多尔衮的社稷。"

索尼又问道:"就算如此,那为了这样一个人是否值得?"

希福惊疑道:"你的意思是什么?事已至此,你我还能重新选择吗?"

索尼摇摇头道:"您选择了什么小侄并不晓得,小侄选择的还是原来那个爱新觉罗的社稷。"

"你说什么?你再给我讲一遍!"希福听了大吃一惊。他知道自己的这位侄子是一个耿直得可以称作顽固的人,可眼下听了索尼的话,他还是不敢相信自己的耳朵。

索尼毫不迟疑地重复道:"小侄选择的还是原来那个爱新觉罗的社稷。"

希福听了怒道:"好一个不明事理的逆子!"

索尼听罢平静地道:"恕小侄明言,小侄宁做赫舍里氏的逆子,不做爱新觉罗氏的逆臣。"

希福听了气不从一处来,正要发作,眼见侄子如此镇静、沉稳,觉得自己发作并不妥当,于是强压怒火道:"好样的!人各有志——你去走你的阳关道,我来走我的独木桥。可是我问你,你那个原来的爱新觉罗的社稷指的是什么?它还在吗?"

索尼依然十分平静,回道:"原来那个爱新觉罗的社稷,就是太祖开创、刚刚晏驾了的皇上爱新觉罗·皇太极拓展了的大清基业,它还存在着。"

"可过不了几天,它没有换姓,可改了名——不是爱新觉罗·豪格的基业,就是爱新觉罗·多尔衮的基业了。而从眼下起,你就必须做出选择,因为爱新觉罗·皇太极已经没了。"

索尼依然肯定道:"可依小侄看来,尽管爱新觉罗·皇太极已经没了,可原来那个爱新觉罗的社稷还在。"

希福道:"我不明白,你来给我讲讲清楚。"

索尼道:"小侄的意思是,不管哪个继位,爱新觉罗的江山依然应该是爱新觉罗·努尔哈赤,特别是爱新觉罗·皇太极那样的江山——它不应该变味儿。"

希福问道:"你认为爱新觉罗·豪格的江山不再是爱新觉罗·努尔哈赤,不再是爱新觉罗·皇太极的江山,它会变味儿?"

索尼不答反问道:"为什么不?难道您不了解肃亲王的为人吗?"

这一问倒让希福震了一下,不过,他立即镇静了下来,道:"他有他的不是,可也有他的长处。"

索尼听了冷冷地笑了笑,没有讲什么。

希福见索尼如此,低声自我解嘲道:"总比阿斗强些吧?"

索尼道:"要是个阿斗,算是大清的造化了。阿斗至少是听话的,我们的这一位……您可以试一试。"

希福觉得已经无话可说,便道:"好了,你知我知……"

索尼又道:"另有一事相求,既如此,讲时当说继位者为皇子。"

闻言,希福疑惑道:"此时此地,皇子还不就是长子？"

索尼道:"大有不同……"

此时有人来喊希福,原来是希福派的人来向他报告,说刚林进入睿王府。

肃亲王早已发现希福和索尼都不在了。等希福回来后,肃亲王半开玩笑道:"去了这半天,你们都掉到茅坑里了？"

希福回道:"就先去找谁的事我们争执了起来……"

肃亲王随即问道:"你说先去找谁？"

就在此时,有国母福晋懿旨到——宣各亲王、郡王、贝勒、贝子及成年宗室子弟立即进宫。

第十七章　退求其次，睿亲王图谋辅政

豫亲王与英郡王已在睿王府的书房等候多时，睿亲王一到，豫亲王劈头便问："哥哥有何打算，要把江山拱手让人吗？"

睿亲王见豫亲王如此冲动，便笑道："十五弟这是从哪里说起？"

豫亲王回道："不是这样，为什么独留两黄旗守城？这不就是要把江山奉送给豪格那小子？"

睿亲王又笑道："如此做正是避免江山落入他手。"

豫亲王道："这就奇了，常言道，捷足者先登。在这样的时期，把六旗拉到城外，把两黄旗留在城内，那皇帝的交椅还不就是豪格的。他既然一步就可迈到，难道还会客气不成？"

睿亲王道："十五弟，十一哥，今日你们可与两白旗的将领们接触过？"

英郡王阿济格抢先道："那还用问？就在调防事宣布之前，他们都凑到了我们的身边，个个摩拳擦掌，说这次可该出口恶气了——被两黄旗压了十几年，是翻身的时候了。可一等宣布被调出城，个个又像泄了气的皮球……只是尚且表示，一旦时机出现，就要大干一场。"

睿亲王又问："他们可讲过如何大干一场？"

阿济格道："这哪儿来得及讲呀……"

睿亲王又问："宣布之前，他们摩拳擦掌，宣布之后呢？"

阿济格又回道："刚才讲了，先是像泄了气的皮球……只是尚且表示，一旦时机出现，就要大干一场。"

见状,睿亲王又问豫亲王:"十五弟,你能不能为他们想想,他们会怎么大干一场?"

豫亲王毫不犹豫地说道:"怎么大干一场?江山不到手就杀将起来,反正不能让它落到豪格那小子手里。"

睿亲王道:"反正不能让江山落到豪格手里,大家的想法都是一样的。若会落到他的手里就杀起来,为兄也绝不动摇……"

豫亲王听了愕然道:"既如此,为什么还把机会让给他呢?"

没等睿亲王回答,阿济格道:"明白了,先予之,后取之。先给他一个机会,让他横行一阵,等他的嘴脸暴露,给了天下讨他的借口,再集六旗之力铲除之。"

睿亲王平静地答道:"那也不,或者说,但愿不会出现那样一种局面,因为我大清国经不住如此的折腾。你们看得出,我们如今处于怎样关键的时刻呀!多则一年半载,少说或许就会是明天,中原的局势必有大变。在此情势之下,我大清国当处于最好的状态。就是昨日,皇上领我到了皇考的墓前讲了荡尽山河,入主中原,以完皇考之遗愿,以慰阿玛、额娘及诸位长者在天之灵的话。皇上的话还在为兄的耳边回荡。八旗出动之日,即为中原到手之时。这是号令,这是遗旨,我八旗将帅须时刻准备出动。而在出动的前夕,自己先杀了起来,那我们哪一个负得了这一责任?我们如何向皇考交代?如何向刚刚驾崩的皇上交代?留下两黄旗,就是避免这种后果出现。十五弟,十一哥,你们想一想,皇上晏驾后,两黄旗唯恐两黄旗以外的人坐上那把交椅,失去特殊地位,必然拼命自保。而两白旗的兵将多年受气,想夺回自己失去的地位,夺回丧失了的特权。他们积怨深重,不加规避,小小的摩擦就会酿成无法挽回的灾难。不把他们分开,届时出现了情况,你我哪个敢说,能够平息事端?"

这话说得两人连连点头。

睿亲王继续道:"诚然,既然当把他们暂时分开,不用我做解释,你们也会明白,留在城中的只能是两黄旗,而不是两红旗,不是两蓝旗,更不能是两白旗。"

两人听了依然是连连点头。

豫亲王又回道:"如此安排了,哥哥你如何能够坐上那把交椅?"

睿亲王一听沉思了起来。

豫亲王催道:"你讲呀!"

睿亲王道:"十五弟,为兄也不能坐那把交椅……"

两人一听急了,连忙问道:"怎么,你也不坐?"

睿亲王道:"我也不坐……"

两人一听越发着了急,问道:"不想坐?"

睿亲王道:"那倒也不是。"

两人又问:"不配坐?"

睿亲王道:"那也不是。"

"那不就结了?既想坐,又配坐,还有什么要说的?"

睿亲王坚定地回道:"不能坐。"

"有什么不能坐的?说了半天还不是一个不想坐!"说着,两人彼此看了一眼,双双给睿亲王跪了下来,哀求道,"你要不坐,这不就绝了两白旗的望,绝了你我兄弟的望了?"

睿亲王要讲什么,两人不让他开口,道:"你不要讲了!今日你要是不答应,我们就跪死在这里了。"

睿亲王急得站起来,道:"你们这是干什么?"

两人回道:"反正是,你要是不答应,我们就跪死在这里了。"

睿亲王急道:"你们站起来听我讲……"

"不听!不听!不答应就跪死在这里……"

睿亲王呼的一声冲向挂在墙上的一把剑:"既如此,我就一剑自刎,死了倒爽快些!"

两人一见无奈,站起身来将睿亲王拦住了。

睿亲王面容悲戚,道:"你们这是为了什么?就不许我把事情讲清楚?"

阿济格这才道:"讲吧,我们听你的。"

睿亲王深深叹了一口气,复又坐下,道:"哥哥,弟弟,我不是不明白你们的心!我不是不明白两白旗将士们的心。皇上生前尽管一再关照,一再向两黄旗提出要求,甚至还特意改了不少祖传的规矩,像战利品的分配,从原来的两黄旗份额多改为平等,对两黄旗飞扬跋扈的将领毫不留情地撤了。可长期形成的独特之权一时难以消除,长期形成的两黄旗独特的优胜感一时难以消除。六旗受到不公正的对待,心里感到不平、不满,尤其是两白旗改旗易帜之后,就越发地感到不平、不公,如今认为是改变地位的时候了。不错,我想过了,要趁这个机会改一改。但怎么一个改法?哥哥弟弟可以好生想一想,就是我答应了你们和将士们的要求,坐上了那把交椅,是不是还像往日那样,把两白旗改为两黄旗,把两黄旗改为两白旗,完了,要改成黄旗的现白旗反过来再去轻视甚至欺负现为黄旗的白旗和其他几旗?不能那样了。我大清总该有些长进,总该比现在更好,内部更和谐因此也会更有力量吧?不然,我们坐上了那个位置,我们的旗成了天王老子,别的旗的人得了手,他的旗成了天王老子。不用说别的,我大清就不会长治久安。不是我等自我吹嘘,有我们在,还能够处置好这件事,倘若有这么一天帝位空缺时双方都是些浑人,那就只剩下厮杀一条路好走了,还讲什么江山永固?就是说,这一次要改一改两黄旗与六旗之间的这一痼疾。当然,要改,最好是坐在那个位置上发号施令,但那并不是唯一的手段。就是说,我多尔衮不坐那个位置,照样可以让两白旗、两红旗、两蓝旗改变现有地位,不再受到歧视,不再受到欺负。这一点请你们相信,请你们去说服其他的旗,第一是说服两白旗,相信我多尔衮。诚然,这不是一个早晨就能办好的,但肯定要办好,这是我要说的第一点。"多尔衮说到这里停顿了一下,又道,"第二点,我要向哥哥、弟弟讲明,皇上这个位置为什么不能由我坐上去。刚才我讲了,这个位置一不是我不愿意坐,二不是我不配坐。皇上掌天下生杀大权,唯我独尊,威风凛凛,说不馋人那不是真话。另外,他既有生杀大权,他就能令行禁止,以他的意志去要求天下,统治天下。作为一个好的君主,他一可以求得永久的荣华富贵,二可以造福于百姓。因此,我是很想坐坐这把交椅的。我也不必过分自谦,凭品德,凭才能,凭智慧,也是配坐这把交椅的。但我不能坐……"

豫亲王插言问道:"为什么不能坐?"

睿亲王道:"别人不让坐。"

豫亲王问:"豪格?"

睿亲王继续道:"要是不让坐的人是一个理智之人,我们去跟他摆一摆,讲讲道理,他通了,改变了主意,那我还是可以坐上去。可这个人不是这样一个人,他想坐,尽管他不配坐,他不够格儿。但他不管这些,他说坐就坐,要是别人妨碍了他,他就跟你动手。可他打,是拿大清的社稷做兵器的。俗话讲,投鼠忌器。他要拿大清的社稷做兵器,我们就不能让他拿起来。不让他拿起来,就要满足他的一些要求,我不坐那个位置就是为了满足他的要求。要是不顾一切,我就坐上去,那他就会抄起那件兵器打过来。我不坐,他就没有了拿那件兵器的理由,这我们是可以做到的。另外,我们也绝不能让他坐到那个位置上去。要是他不顾一切一定坐,我们就会把他拉下来。那大清就会伤筋动骨了……伤了筋,动了骨,比起死了要划算些。只有把他拉下来,才能使大清得救。为了大清的江山,我拿定了主意不坐这把椅子,避免他拿起这件兵器。他坐不坐,我们做不了主,但我们要想方设法不让他坐。尽力避免我们不得不拿那件兵器。但避免不了,我们就得拿起它,这就是症结之所在。你们是不是觉得我讲得有些道理?"

两人点头称是,但问题没有最终得到解决。英郡王和豫亲王几乎同时问:"你不坐,也不让他坐,那谁来坐呢?"

睿亲王道:"要找到一个坐上去豪格不至于拼命,又能把大清的基业继续下去的人。"

豫亲王叹道:"这就难了,你心中是不是找到了这样一个人呢?"

睿亲王回道:"还没有,但一定要找到这样一个人,且我想也一定能够找到这样的一个人。你们也用心想一想,看看哪个合适。"

两人闻言,不再讲话了。

睿亲王又道:"眼下你们要去做两件事,第一,速到城外找两白旗的将领,按照我的说法向他们讲明道理。让他们一定少安毋躁,听候将领,有擅自轻举妄动者斩。第二,让他们处于战前状态,随时准备应对突发事变。这不必避讳,因为国家处于非常时期,连在城内的两黄旗我也是如此要求他们的。只是言谈上要小心,以免授人以柄。"

两人诺诺而去。

豫亲王和英郡王走后,睿亲王刚刚拿起筷子,颖郡王、硕托和瓦克达就到了,他们仍在书房相见。

硕托第一个开口,劈头就道:"十四叔,这回该您来坐那个位置了。"

睿亲王听后问道:"你们来就是为了这?"

颖郡王和硕托齐道:"为了这还不值得来一趟吗?"

睿亲王沉默了,过了一会儿才道:"豫亲王、英郡王刚刚离开……"

颖郡王和硕托问道:"他们也是为这事来的吧?"

睿亲王道:"不错。我给他们讲了,今天大清国的这个皇上我不能做。"

硕托听后一惊:"是这样跟他们讲的?"

睿亲王重复了一遍:"十四叔是这样跟他们讲的。"

硕托又问:"那最后呢?"

睿亲王道:"最后他们放弃了自己的想法,听从了我的。"

硕托不解,道:"为什么呢?"

睿亲王笑道:"因为他们认为我讲得有道理。"

硕托依旧不解,道:"有道理?难道当前我大清国还有比十四叔继位更有道理的道理?"

睿亲王听后愣了一下,然后平静地说道:"存在这样的道理。"

硕托以一种不相信的神情道:"那就请十四叔讲给我们听听。"

接着,睿亲王把给豫亲王、英郡王讲过的几层意思向他们讲了一遍。两人听后均思考了半天,最后几乎要同时讲话。颖郡王见此光景,便道:"二叔先讲。"

"这些话确实有它的道理。可,它说得通他们,却说不通我们……因为我们有我们的道理……"硕托说到这里,看了一眼颖郡王。

颖郡王插言道:"是这样。"

睿亲王听了又是一惊,但没有讲什么。

硕托继续道:"十四叔讲了自己的道理,说今天皇帝这个位置既不让豪格坐,您也不坐,让谁坐上去还没有想好。我说用不着想了,这样的人在我们大清国眼前是找不到的!要么是一个能把大清的基业继续下去的人,要么是一个坐上去他不至于拼命的人。坐上一个能把大清的基业继续下去的人,他就一定拼命;坐上一个他不至于拼命的人,就不能把大清的基业继续下去。十四叔说得就算有道理,也是行不通的。在这种情况下,我讲讲我们的道理,现如今大清国这个皇帝,第一,应该由您来做;第二,必须由您来做……"

睿亲王问:"怎么叫应该?又怎么叫必须?我也有我的'应该',我也有我的

'必须'。我们应该和必须找到这样一个人——只要他不反对,我们可以一起帮这个人把大清的基业继续下去。"

硕托闻言激动了,因此讲起话来也顾不上分寸:"谈何容易!我们保他坐了上去,到头来他不听我们的,一意胡来那可怎么办?"

睿亲王点头道:"这正是困难之所在。"

硕托道:"依我看,这不是做起来困难,而是根本就做不到。"

颖郡王也附和道:"二叔讲的,孙儿以为是。"

瓦克达也附和。睿亲王听后笑了一笑,心想这三个人如此难缠!遂道:"因此,你们认准了,只有我来做这个皇帝一条路好走了,哪怕盛京血流成河?"

硕托回道:"说白了,就是如此。"

睿亲王听后泪水哗地一下流了出来,又问道:"哪怕伤了我大清的根本也在所不惜?"

这次三人没有再回话。

睿亲王问硕托:"我问你,是不是这样?"

硕托低下头,但态度依然坚定:"这是不得已而为之。"

睿亲王又紧问了一句:"你晓得我讲的这个'伤了我大清的根本'含义是什么吗?"

硕托平静了许多,道:"侄儿愿听叔父教诲。"

睿亲王道:"这个'伤了我大清的根本',岂止死伤几百人,几千人,上万人,几万人,盛京血流成河而已!八旗兵将乃我大清根基之所在。我大清有今天,是由于有了八旗。我大清要有更好的明日,也全靠有八旗在。刚才我给你们讲了皇上昨天在福陵向皇考讲的那番话。八旗出动之日,即为中原到手之时。我讲了,这就是号令,这就是遗旨。这就是告诉我们,时至今日,就要进军了。向哪里进军?向中原进军。这次是最终的决战,因此只能一举而胜,而不能一举而败。败是什么?败就是灭亡。往日,我们面对的敌人是大明。大明虽大,但它的内瓤干了,或说烂了,因此,我们没有惧怕过。可今后,当我们进军中原的时候,所面对的敌人将是李自成。李自成正在横扫中原,所向披靡!在这样的背景下,倘若我们大清是今天皇上给我们留下的大清,八旗是皇上给我们留下的八旗,我们向中原进军,就会无坚而不摧,任他是什么闯王、天王,我们也必战而胜之,取而代之。可倘若在这之前我们内部先开了一仗,那将是一种怎样的情景呢?现在,八旗之间有些芥蒂,特别是两黄旗和两白旗之间瓜葛多些,但也仅只是芥蒂、瓜葛而已,它不影响我八旗的统一、强大、无敌。而一旦八旗之间兵戎相见、自相残杀起来,那会是一种多么可怕的情景啊!我们都十分清楚,两黄旗的精锐是皇上亲自率领的三万御林军,还有皇上的掌上明珠五千骠骑兵。要制服两黄旗,就必须制服他们。而我们也知道,这些人是不会轻易认输的。因此,要制服他们,就意味着全歼他们。而全歼他们,六旗要付出同样的,或是更为惨重的代价。好,最终我们胜利了,我,坐上了龙廷。可我向四下看去,看到的是什么呢?是八旗的精锐之师不在了,剩下的残兵败将需要重整旗鼓。当然,没有了进军中原的力量我们可以待着不过去。可待着,能够苟延残喘几时呢?李自成可不是朱由检。你们都有天大的气魄,左一个动武,右一个不怕,可你们要叫我做的,就是那样一个皇上!更何况,到那时,我们的一边未必是六旗,或许是五旗,甚至是四旗、三旗,到头来,获胜的还未必是我们。我,说不定连刚才所说的那样的可怜皇上也做不成呢!"说完,书房之内沉寂了下来。

过了半天,硕托红着脸问道:"您讲了,要是他坐上了那个位置,就要动武把他拉下来,那不也会大伤我大清的元气吗?"

硕托内心一直在冲动着,竟如此直截了当地提出了问题。颖郡王见他如此,也看了他一眼。

这个问题自然要答复。睿亲王眼看着前方,目光之凝重,硕托和颖郡王还从未见到过。

"那才叫不得已而为之呢。"睿亲王缓缓地说,"他这个人,你们并不是不了解。倘若换一个人,狭隘些,或无能些,也就将就了。狭隘但有本事,作为一代君王,当然并不太好。可尚能稳住江山社稷,这样的例子史上并不少见。无能,作为一代君王,当然也不好。但他能够容人,别人给他出主意,他听。这样,能够维持江山的,甚至名垂青史的,史上也是有的。但他这个人,不但狭隘、自私,而且无能。不能容人,又没有什么本领,这样的君主,结果会如何?而且,你们也清楚,他那种狭隘是怎样的!他那无能劲儿,又是怎样的!要不是皇上英明,会有怎样的结果!这样一个人一旦生杀大权在手,就不会放过那些曾妨碍他为非作歹的人,更不会放过他的所谓仇人。他也不会允许那些阻碍他,更不用说反对他的人待在身边的。为了仇恨和私欲，他是不会顾忌大清的江山社稷会如何的。退一万步，就是我们这些人都被他打下去，而他能够把江山治理好，也就罢了，可那是不能的。这样一个人如果坐了那把交椅，就是大清的灭亡。因此，无论花多大的代价也得把他拉下来——总比大清亡了强些吧。更何况，我们那样做时，要特别地小心，让损失尽量少些。自然，防止他坐上那个位置是第一要务。有一层你们想必不会忘记，松锦战后，他搞了一个庆功会。皇上知道后，把他找去斥责了一番，并让他把他还要搞的活动停下来。皇上心明眼亮，知道他们聚会的意图何在。你们也知道，皇上生前对这个儿子又疼又恨——疼是亲生骨肉，恨是恨铁不成钢。如果皇上生前对后事有所安排，绝不会让这样的一个儿子去染指帝位的。相反，一定会对此人做出明确的交代。而如果那样，我们也就无须这样费事了。"

三人相互看了一眼，没有再讲话。

但是，硕托的情绪依旧十分激动，这使睿亲王感到十分吃惊。因此，睿亲王又道："你们再好好想一想，要想明白……"

硕托和瓦克达一起打断了睿亲王："想不明白，老天是这样的不公！老叔您做不了大清国这个皇帝，哪个还配做？"

睿亲王心想他们几个今日是怎么啦？特别是瓦克达和颖亲王，平时不是如此浮躁的，今日怎的也执拗起来？

颖郡王年纪不大，多年受到父亲的教导，一向稳重的；瓦克达在松锦之战主动要求随军，在军中冲锋陷阵，并负了伤。伤后，他受到了皇太极无微不至的关怀，并受到了封赏。他也深受睿亲王的疼爱，多次跟随睿亲王征战。平日，诸事也多听睿亲王的教诲。

睿亲王看出他并没有把三个人说通，但时不我待，事情得去做，于是道："你们放心，我做不了大清的皇帝，也绝不让大清损伤一毛一发，而且还要领着八旗打到中原去，夺得天下！"

最后，睿亲王向他们布置了与豫亲王、英郡王相同的任务。他们离开睿王府，出城去镶红旗新的大营了。

睿亲王知道接着还会有人来，本想抓一个空去吃两口东西，可还没容他动地方，又有人到了。这次来的是大学士范文程。

范文程是睿王府的常客,一来是与睿亲王人熟了,二来是睿亲王在家中主张自在些,差不多免除了范文程的一切礼仪。因此,往日每次来,范文程总是像到了老朋友家里一样轻松自在。

这一次,范文程仍是不拘礼节,劈头就问:"王爷到底是如何打算的?"

睿亲王反问:"你指什么?"

范文程道:"难道皇上王爷不想做?"

睿亲王回道:"想。"

范文程道:"那为什么还这样?"

睿亲王问道:"你指什么?"

范文程道:"独留两黄旗守城,让肃亲王自由自在地活动,又弄出一个八王议政,不把守灵的事推给别人,白白地在那里耗了一天,我们急得团团转。"

睿亲王听不下去了,道:"停,停。我怎么听着这不像大学士范文程在讲话,而像是在肃王府里的那个希福在唠叨。"

范文程不服道:"什么年月了?心里怎么想就怎么讲,还管他什么范文程与希福呢!"

睿亲王听罢摇了摇头,道:"天总还没塌下来吧?天塌下了,大不了还有一个地接着呢,何必反了常。"

范文程仍在执拗,道:"有天塌,就可能有地陷呢,那时用什么去接?"

睿亲王不耐烦起来,道:"得,得,书归正传吧。你怎么看?你所知道的别的人怎么看?"

范文程肯定地说道:"我的看法简单,讲起来也简单——王爷要继位登基。"

睿亲王道:"不惜一切代价?"

范文程道:"不,要用最小的代价。"

睿亲王闻言笑道:"不管怎么说,这句话还是原来那个范文程的话。还有呢?"

范文程道:"本来应该将肃亲王圈起来……"

睿亲王道:"嗯,要这样做,倒也不难找到几个理由,讲下去。"

范文程道:"不是再搞起什么八王议政,而是靠皇上生前给了王爷的独特的地位,先把朝政揽起来,如此他们就不能不答应。"

睿亲王道:"这倒是一个挺完备的登基计划,只可惜本王才疏学浅,没有想到,错过了一个大好机会。可这样也好,因此,一、免了把继位当成了篡位。二、免了眼下还苦思冥想,想不出个出路来。总而言之,免了我多尔衮被后世唾骂——就是现在这样,还不知道后人怎样骂我,说我欲得帝位不成,退而确保自己的荣华富贵,费尽了心机呢!"

范文程还想劝道:"王爷,宫廷之事……"

睿亲王道:"停住吧,宫廷之事如何?你是不是要讲宫廷之事无真诚、道义可讲?平常一副正人君子的模样,为什么到了这样的时刻就变了一个人……"

范文程道:"王爷这么讲,李世民也打入卑鄙小人之列了。"

睿亲王道:"看来这些东西你读得太多了。我不管别人,我主张,仁义道德哪里都要讲,宫廷之中更要讲。亏你还是亲耳听了皇上辽河岸论君道的!皇上九宫口之论,我给你讲述过多遍,你以为我是讲讲而已?皇上所论我是深深赞同的,这你知道。皇上之论,我也是要决心照办的,现在看来你还不晓得。故此,这些话休要再次提起——要是你还有新话,那就请你讲下去,我会洗耳恭听;要是没有了新话,那就请出去走走,我这里连饭还没有吃一口呢!"

这话讲完,范文程一下子泪如雨下。是知道自己错了,觉得愧对眼前这位光明磊落的王爷,还是……他感动了,这是真的。

范文程是辅佐努尔哈赤起家的,后又忠心耿耿地辅佐了皇太极,是两朝元老了。他熟读史书,对历朝历代帝位更替的过程用心地进行过一番考察。因此,他的脑子里装有帝王争权夺位的各种资料。什么情况都有,什么样的人都有。平常看似老实忠厚之人,到了那样的时刻,却一下子变坏,变得让人不可思议,杀兄、弑父,无恶不作。到了那时,与世无争、把帝位看淡的人不是没有,但寥寥无几。这是不是一个不变的定数?范文程一直在思考着。

他经过了一次,那就是努尔哈赤去世之后,大金的帝位之争。那次宫廷事变证实了他的不少论断,但也给他提出了许多新的值得进一步思考的问题。当时,皇太极曾表示他不想争那个汗位,他说如果有值得他辅佐之人,他会像辅佐他的父汗那样去辅佐他。别人推举他,他一再拒绝。最后,他不得已才继了位。当时,范文程认为这不过是皇太极要向外表示一种谦恭的姿态而已。可从后来的种种事变看，那倒是皇太极真情的流露。正因为如此，他才对皇太极加倍地敬重，做起事来也就格外地用心。

现在，皇太极突然辞世，对后事没有做出任何的安排，众宗室子弟自然没有任何的准备。按照范文程内心的想法，面对这种突如其来的局面，有可能继承帝位的宗室子弟必然一下子原形毕露，亮出自己的本质。

他经过分析，认为有可能得到帝位的是多尔衮和豪格二人。而为大清的江山社稷计，多尔衮继位最为有利。而从个人的关系来讲，他自然也希望多尔衮继位。

但是他也清醒地看到，睿亲王与肃亲王之间必有一争，而且这种争夺将会异常地剧烈，最后很可能酿成兵灾。他甚至认为这场灾难不可避免。

他自认是了解睿亲王的。但是，自从早起他听到皇太极去世这一消息的那一刻起，历代帝王传位血腥争斗的场景便一个接一个地在他的脑子里涌现。这使他想象到，他所了解的那个睿亲王，他所认识的那个睿亲王突然一下子变了样。他跟睿亲王讲的那番话，就是他所想象的那个睿亲王，但现实中睿亲王的几招儿又与他所想象的那个睿亲王并不一样。到底哪个睿亲王是真的？

按说，事情没有想清楚，就老老实实待在家里不要出来。看一阵子再做道理不稳妥些？但是，范文程不是那种躲避矛盾的人。他要动作，他要急着弄明白。尤其和睿亲王多年形成的亲密关系决定，大事当头之时，他在家里是坐不住的。因此，他对睿亲王讲的那番话，也并不是假的。

现在他弄清楚了，睿亲王不是他所怀疑的那种人。现在的睿亲王还是他平日所认识的那个睿亲王——以国事为重，坚定地、全身心地遵从皇太极的教诲，光明磊落，对友人是一片真诚。

他不能不激动。这样的人史上有几个？为这样的人效劳，值得！与这样的人为友，自豪！

"王爷打算怎么办呢？"他问。

睿亲王遂把自己的打算讲了一遍。

范文程听后道："就是说，眼下我们必须找一个坐上去豪格不至于拼命，又能把大清的基业继续下去的人。"

睿亲王道："正是这样。"

"这样的人王爷心中是不是已经有了？"

睿亲王道："这正是需要你来一起思考的,也才是你应该思考的。"

范文程沉默了,心想这样的人上哪里找去？

自然,范文程并不是一个心情浮躁的人。他想既然睿亲王想到了这里,并且把这看成了挽救大清的唯一出路,那这事就不是睿亲王想入非非、根本办不到的。

就在这时,孙童儿进来禀报："完我先生要见王爷。"

睿亲王一听连忙道："快叫他进来。"

等了片刻,睿亲王大概想到了什么,笑了笑对范文程说道："你先到后面待一会儿,看看这位先生会讲些什么。"

范文程会意,笑了笑,起身退到了屏风后面的一个房间里。

宁完我进来了,睿亲王先问他道："你是从哪里赶过来的？"

因为平日里,宁完我还是住在福陵之侧的柴室里,做他的学问。

宁完我回道："颖郡王派人去把我召进了城来,我先去宫中吊唁了皇上,是从宫中赶来的。王爷的几招臣以为是……"

睿亲王打断了他,道："我正为那几招后悔不迭呢！"

宁完我道："这怎么讲？"

睿亲王道："怎么讲？我是弄巧成拙,让别人占了便宜。"

宁完我道："这又怎么讲？"

睿亲王道："怎么讲？明摆着,我让这突然的事变冲昏了头。我原想采用迂回之术,可实际上走了弯路,现在才发现迷了路,最后怕是走不到目的地了。"

沉默了一会儿,宁完我又问道："王爷把臣弄糊涂了,王爷所讲的目的地是什么呢？"

睿亲王道："装什么糊涂？这还不是明摆在那儿的！"

宁完我道："臣确实糊涂了,难道……"

睿亲王道："讲呀！"

宁完我真不愿意把那个字眼儿讲出来。

睿亲王假装催促道："什么年月了,你还这样吞吞吐吐的。"

宁完我摇了摇头,道："臣不相信王爷会是那样的。"

睿亲王道:"哪样的?平日一直心直口快,今日这是怎么啦?十八年前,我第一次见到你时,你在先汗面前毫无顾忌,慷慨陈词,当时我都为你捏一把汗。今日……"

宁完我道:"那时固然也是豁上一条命,可心中毕竟有底儿,知道先汗需要的是什么。眼下……"

睿亲王道:"眼下怎么啦?"

宁完我道:"眼下,眼下……"

睿亲王道:"瞧你,急死人了!"

宁完我急道:"眼下王爷已经变得让臣认不出了。"

睿亲王问道:"是这样吗?本王哪里不遂你的心愿了?"

宁完我思虑了片刻,问:"王爷真的要坐那个皇位?"

睿亲王反问道:"难道有什么不可的?你把宗室人等挨着排一排,还有哪个是在本王之上的?"

"这倒是没有。"

睿亲王道:"这不就结了!既如此,又有什么好犹豫的!"

宁完我听了又停了片刻,然后问道:"为了大清的社稷,王爷这样做会毫不犹豫?"

"犹豫什么?听你的口气,像是本王做这个皇帝并不是为了大清的江山社稷?"

宁完我听完后不说话了,他在思考。

"怎么啦?本王这样想,这样做有哪里违背了大清的规矩,违背了伦理道德?"

宁完我依然没有搭话。

睿亲王又道:"难道本王压根就不配?"

宁完我还是不说话。

睿亲王道:"这么说,你不赞成本王做这个皇帝?"

"不赞成!一百个不赞成!"看来,宁完我要爆发了。

睿亲王道:"竟然是这样!平日看你还是一个心腹,可真的到了要劲儿的时刻,原来是一个假皮囊。"

宁完我道："平日大家好,是因为志同道合……"

睿亲王道："'大家'！你竟敢与本王称'大家'。尤其眼下,你既与本王不再志同道合,还配讲什么'大家'！"

宁完我压住了冲动,道："王爷,您听臣讲一讲此时此刻不可争这个皇位的道理……"

睿亲王道："我哪有这么多的工夫听你唠叨！你给我走！"

逐客令下后,宁完我并没有站起来,而是道："王爷,请让臣讲完再走不迟。"

睿亲王怒道："再听你讲,就是听三千只猫头鹰乱叫了！走！走！让你走,这还是看在你多年来做了些好事的份上,不然……"

宁完我道："让臣把话讲完,愿杀愿砍任您了。"

睿亲王大喊了一声："来人！"

宁完我一见再也没有回旋余地了,便站起身来,向外走去。

这时,范文程出来了。宁完我见是范文程,冷冷地看了他一眼,仍然往外走。

门口孙童儿和呼尔格站定,听候睿亲王的号令。宁完我已经快走到了门口,睿亲王向他们做了一个手势,孙童儿和呼尔格退下了。

宁完我见孙童儿和呼尔格出现在门口,本以为他们是听了睿亲王的招呼来抓他的。因此,平静地向他们走去。后见他们离去了,又不像是要他跟他们走的样子,便狐疑起来。他站定了,也不好往后看,等待着。

此时,就听身后睿亲王和范文程发出一阵笑声,他才回过头来。

睿亲王依然坐着,范文程迎了上来。

"你们这是搞什么名堂？"宁完我奇怪地问道。

睿亲王道："考考你这条正直的汉子现在还正不正、直不直。"

宁完我佯怒道："什么年月了还有心思开这种玩笑！想必是一切难题都迎刃而解了？"

睿亲王笑道："那倒不是。"

随后,睿亲王把自己的打算讲了一遍。

宁完我听后道："我说呢,这才是我所认识的睿亲王,刚才怎么一下子变得不认识了。"

三人又同笑了一阵,睿亲王把难题讲给了宁完我。

宁完我道:"完我也一直在思考这个难题,并且感到江郎才尽了。"

正在这时,孙童儿进来禀报道:"刚林大人要求见王爷。"

范文程与宁完我听后都惊道:"难道他带来了答案?"

睿亲王吩咐道:"快请。"

刚林并没有带来答案,而是带来了同一个问题,还带来一个主意。

那个主意是,请睿亲王与后宫沟通。因为大清虽定下了后宫不干政的规矩,但嗣立之事后宫是有发言权的。不事先沟通,万一后宫有了与睿亲王的想法相抵触的懿旨,那时就不好办了。

睿亲王承认,他虽然也曾想到了这一点,特别是肃亲王守灵临走时见了国母福晋,并分别见了贵妃、淑妃和庄妃的举动提醒了他,但是这方面的事被他忽略了,一直没有安排。

事情也巧,就在刚林讲完众人还没有来得及议论时,国母福晋的懿旨便到了,宣各亲王、郡王、贝勒、贝子及成年宗室子弟立即进宫。

众人一听面面相觑。

睿亲王一边更衣,一边对大家道:"你们在此等我,国母福晋召众人想必就是讲嗣立之事。"

睿亲王估计得没错,国母福晋召各亲王、郡王、贝勒、贝子及成年宗室子弟,就是讲嗣立之事。

国母福晋、正西宫贵妃、次东宫淑妃、次西宫庄妃俱在。除豫亲王、英郡王、颖郡王、贝勒硕托、贝子瓦克达没在场外,其余亲王、郡王、贝勒、贝子及成年宗室子弟都到了。

睿亲王向国母福晋禀告,说豫亲王等人奉他之命,分别到城外各自的旗中察看去了。国母懿旨事后将由他向豫亲王、英郡王宣读,由礼亲王向颖郡王、贝勒硕托、贝子瓦克达宣读。

国母福晋点了点头,随后道:"皇上晏驾,皇位虚待,嗣立之事举国关注。皇上对嗣立之事并没有遗诏留下,此事不干后宫不干政的规矩,后宫可以指定继位之人,因此你们会很想知道后宫的想法。今日召众人进宫,就是讲一讲后宫的见解。我和正西宫贵妃、次东宫淑妃、次西宫庄妃商量过了,我们不提继承大位的人选。然而,后宫的意思明确,继位之人当为确保我大清江山完整一统、我社稷得以继续、我八旗得以强大,万民得以安康者。按此懿召,你们去商量。我大清是经不起折腾的,望诸王、贝勒、宗室子弟好自为之。"

尽管刚林一把问题提出众人便认为事关重大需要谋划而懿旨便到,弄得大家心中一震,睿亲王也曾感到一阵忐忑不安,但他很快就稳住了神儿。

他觉得此时此刻后宫召众人即使是讲嗣立之事,也不会有极为不利的情况出现。国母福晋多年与皇上生活在一起,对皇上的思想和意图不可能没有领会。有鉴于此,国母福晋在这样的时刻绝不会匆匆忙忙宣布立什么人为君,更不会宣布让豪格那样的人继承帝位。另外,这样的大事要定夺,一定会听取三妃的见解。正西宫贵妃、次东宫淑妃都是正派人,她们不会听其他人说三道四,而一定听从国母福晋的安排。次西宫庄妃是皇上最宠爱的妃子,在三妃之中是最明理、最贤达的,她对皇上的意图更是了如指掌。在娘家,她是国母福晋的亲侄女。因为这层关系,国母福晋格外疼爱她,国母福晋知她明理、通达、少有偏见,许多事情便都听从她的见解。因此,事关江山社稷的大事,在国母福晋征询她的见解时,她一定会对国母福晋讲出利国利民的意见,而不会是相反。

睿亲王一面思考着,一面出了大清门,落在了众人的后面。出了大清门,孙童儿牵着马赶过来跟在了后面。睿亲王走至三官庙前时,见庙门那边站着一个人。睿亲王仔细看时,那人便赶了过来,原来是索尼。

索尼上来给睿亲王请了安,睿亲王诧异道:"这么晚了你怎么在这里?"

索尼道:"臣有话要启奏。"

睿亲王一听转了半个身子,看到庙门开着,便道:"有话里面讲。"

两人进了庙门,睿亲王问道:"有何话讲?"

索尼道:"社稷危矣,有众皇子在,立其一,社稷转安。"

睿亲王听后,思虑了片刻,道:"就这些?"

索尼道:"就这些。"

睿亲王笑了笑,道:"你倒是简单明了。可我问你,要是不立皇子,立了本王,社稷就不得转危为安了?"

索尼肯定地说道:"王爷必不自立。"

睿亲王问:"你这样想?"

索尼道:"臣想得必不会错。"

睿亲王听罢站了一会儿,道:"难为你了。既再无话,那就去吧。"

索尼向睿亲王道别,先退了出去,睿亲王陷入了深思。

豫亲王等人的缺席,引起了肃亲王的极大震动。他们几个人一起连夜出城去了各旗,他们想干什么?

但是有一点他虽不满意,可放心了。进宫的路上,他一会儿心惊,一会儿兴奋。他心惊的是国母福晋会当着众人的面宣布要由睿亲王继承帝位;他兴奋的是幻想着国母福晋宣布,由他,肃亲王爱新觉罗·豪格继承帝位。

让他担心的事没有发生,让他兴奋的事也没有发生。

但是,他还是认为自己取得了胜利。希福讲了,要争取由大范围的众亲王、郡王、贝勒、贝子及成年宗室子弟,而不是由小范围的八王来议定嗣立之事。现在,国母福晋讲嗣立之事是大的范围,这就决定了,或者说给了他以根据,届时,也当由大范围的众亲王、郡王、贝勒、贝子及成年宗室子弟,而不是由小范围的八王来议定嗣立之事。

他一路想着,到了府门。

当他赶到书房时,发现那里就剩下楞额礼、达尔哈、鳌拜和希福四人,便问道:"他们呢?"

希福道:"臣叫他们回去了。"

"你……"豪格要发作。

希福解释道:"王爷,谈下面之事,人宜少不宜多。"

肃亲王还想讲什么,但控制住了。他先向四人讲了最为担心的事,豫亲王等人的缺席。

四个人一听也立刻紧张了起来。希福先是自语道:"只注意了睿亲王的门户,没有想到跟住他们……"

肃亲王道:"这就叫智者千虑,必有一失。不是懿旨下达,我去了宫中,这事我们还蒙在鼓里呢!"

希福便道："要做几件事以防不测。"

肃亲王让他快讲。希福问楞额礼和达尔哈，皇上那三万禁卫军是否已经全部调入了城内，两人做了肯定的回答。希福听后道："楞额礼大人与达尔哈大人立即回旗，要各旗人不离械，马不离鞍，随时听候号令。尤其皇上那三万御林军要严守八门，那五千名龙骑兵……"

说到这里，肃亲王插言道："让那五千人马出营，在街上跑起来，以示神威。"

希福听罢笑了笑，接着道："派出城的人也没有发现他们——立即增派人员出城，时刻密切注意各旗的动静。另外，要与图赖联系，让他的护军加紧戒备。"

这之后，肃亲王简单地讲了懿旨的内容。

众人愣了一阵，希福遂道："应该看作是一步利我之棋。"

大家来不及对懿旨的内容进行议论，楞额礼、达尔哈和鳌拜分头去做那几件事。剩下希福一人与肃亲王一起商讨下一步该怎么走。

睿亲王很快赶回了家。他先向众人讲了国母福晋的懿旨，接着，大家就懿旨的内容进行了一番议论。最后，刚林说道："此事再也无须担忧了。"

而后，睿亲王讲了见索尼的情况。众人议论了一番，宁完我道："看来，索尼之言含有深意。可以让我等看到那边议论中的一些状况。自然，这不会是那边的结论，像是表达了索尼个人的见解。他的见解与我们有暗合之处，足见索尼是个可用之材。"

睿亲王点了点头，随后又问："继位人选议得如何？"

范文程答道："宗室人等，从礼亲王逐个排起来议了一番，也没有议出一个所以然来。"

"没爵的呢？"睿亲王插了一句。

范文程回道："连没爵的，包括皇上其余那三位成年的儿子，都议过了。"

睿亲王听后深思了起来，心想不应该找不到这样一个人吧？

就在此时，呼尔格进来了："爷，一个道士让人递了一函过来。"说着，把信递了上来。

睿亲王一听忙问道:"什么样的道士?"

"说是白须白发。"

睿亲王一边忙着展开那封信,一边吩咐:"快请进来。"

这时,宁完我道:"不用了,他已经离开了。"

睿亲王展开那信还没来得及看,宁完我却从旁看了一眼。

睿亲王一听宁完我那话,便把目光转向了宁完我,问道:"你为什么判定他已经离开了?"

宁完我回道:"看看这上面写的好了。"

这么一说,众人都凑了过来,那是四句诗——

十八年前进宫阙,十八年后叩府门。

圣主一逝钧者去,贤者留作扶王人。

呼尔格还等在那里,睿亲王和三位大学士也都在思考。

"会是他吗?"睿亲王自言自语。

"王爷说的谁?"范文程问。

睿亲王道:"昨晚回来,路上看到一个道人一晃,我赶过去却不见了踪影,只略微看到一头白发雪髯。"

范文程问道:"是那个山芹吗?"

刚林一听精神头儿也来了。

"要是他,那这诗要表达什么意思呢?"范文程摇着头道,"'圣主一逝'显然是指皇上了,该不是埋怨之辞,说我们把他给忘了吧?"

这之后,书房之内依然沉寂着,呼尔格还站在门外。

突然,刚林大叫了一声:"明白了!"

第十八章　参汉斟金，皇九子福临嗣位

代善累了。

当日一大早就被叫起，他进了宫，忙乱了一个上午，吃没得吃，喝没得喝，后半生已经习惯于养尊处优的他，觉得受不了了。

而且他又是怀着什么样的心情度过了那一上午的呀！他与皇太极的关系说不上多好，但也还算不上差。皇太极继承汗位，并没有给他带来什么坏处。不错，由于皇太极的主张，他失去了四成的汉民奴隶。可说实在的，那一政策给大金带来的好处远远大于坏处，得大于失。首先是国家安定了，生产发展了。后来，国内出了个善友会，但没有成什么气候。原因就是汉人能够活下去，因此参与起事的人有限，这得益于那项政策。后来，在皇太极在位十八年的时间里，他也算是受到了优待。崇德元年皇太极登基，他被封为第一号的"兄和硕礼亲王"，他的子孙也多人封了王。总之，皇太极对他的敬重不减。可以说，跟他一同分享着喜悦，分担着忧愁。他不能忘记，在他的大儿子成亲王岳托、第五子玛占在中原战场战死后，皇太极不顾病体，组织狩猎，要与他排解心中的悲痛和郁闷。当时，他是非常感激的。他想起了皇太极的种种好处，对于皇太极的突然辞世，他是很悲痛的。

中午他回来得很晚，吃不下午饭，睡不着午觉。下午他感到十分疲惫了，结果，他的儿子瓦克达还来找他，接着是次子贝勒硕托和孙儿颖郡王阿达礼，随后是孙儿衍僖郡王罗洛浑。他们有一个共同的要求，就是让他支持睿亲王继承皇位。

他们走后,他就累倒了。

他身上没有多大的毛病,身子骨儿还是硬朗的。累,只是由于多年的养尊处优,形成了固定的生活规律,规律一被打乱他就感到受不了。这样,只要得机会休息一下,疲劳很快就会过去,因此,那是算不上什么的。

他的累,是感到了人生的累,是感到了做王侯的累。

对某些王侯来讲,这种累是不存在的。他们只会感到作威作福的快乐和兴奋。因此,在他们那里,最多有个劳字付出,而不会有什么疲字所得。对另外一些王侯来讲,这种累平日不容易感觉到。因为无论是精神上,还是物质上,都会得到满足。精神充实,物质充足,就不会感到累。可一遇风吹草动,他们就会有疲惫之感。因为他们不间断地探听某一方的意图,看某一方的眼色,捉摸某一方的语调儿,选择恰当的语言进行表达……这样的人,往往是朝事一过,不死也会脱一层皮。所谓一旦被蛇咬,十年怕井绳。又道吃一堑,长一智。可这样一来,就会比往日用心一百倍。结果是,心越变越细,胆子越变越小,感觉越来越累。

代善是过来人,经历了多次的朝政动荡,多次身陷其中。早年,他也曾有自己的辉煌,曾被立为太子,一人之下,万人之上。他也曾有一腔热情,心怀远大抱负。但他受到了一次又一次的打击,不但太子之位丢了,命也差一点儿保不住。后来他又冲击了一次,仍以可耻的失败而告终。因此,他逐渐消沉了,并开始感到了疲劳。他的父亲努尔哈赤死时,他的心已经变灰。别人对那个汗位你争我抢,唯独他心静如水。

现在,又重现了十八年前的局面,而且事实说明,眼下的局面比那时还要复杂,争斗比那时还要激烈。

他知道,自己是一个被各方争取的对象,很快就会有人找上门来。

他对家人讲,他歇了,不再接待任何人的造访。

国母福晋懿旨到,他不能不动弹。他起了身,更了衣,进了宫。回来之后,他又歇了。

肃亲王来时已是深夜,成了第一个吃闭门羹的造访者。

郑亲王的情况与代善不同。

郑亲王是努尔哈赤三弟舒尔哈齐之子。他的父亲舒尔哈齐跟努尔哈赤征战了一生，最后含恨而终。济尔哈朗记得，从他记事之日起，他就发现了父亲与伯父之间的矛盾。后来，两个人的矛盾发展到不相容的地步。父亲提出外藩独居，带着济尔哈朗的大哥、二哥和三哥去了黑扯木。伯父大怒，将父亲追回，并杀掉了大哥和二哥，囚禁了三哥阿敏。后来，父亲消沉下来，最终忧郁而死。三哥阿敏被放出后，逐渐地表现出顺从，因而逐渐地也得到了重用，最终成为四大贝勒之一。但是，济尔哈朗知道，三哥的内心一直憋着一股子气，离开大伯一家的念头始终没有放弃。伯父去世后，阿敏又提出了"外藩独居"的要求，自然又被堵了回去。后来，阿敏去了永州四城，还是由于"外藩独居"的念头作怪，铸成了大错，被皇太极圈了起来，最终死于狱中。济尔哈朗一生也不会忘记他带领弟弟们去向皇太极表忠心的情景，那一行动是基于这样一种认识：离开努尔哈赤一家是不应该的，也是不可能的，因为那就意味着爱新觉罗氏的分裂。舒尔哈齐一家子只能与努尔哈赤一家子拴在一起，大家共荣共亡。

济尔哈朗同时清醒地认识到，在爱新觉罗大家族之中，舒尔哈齐一家子只能充当配角，因此，在任何情况之下自己这一家都不能有非分之想，不能有越轨之举。他的家族要想在这个群体中求得生存和发展，一要靠耐心，二要靠智慧，三要靠机遇。他一直是这样做的，也一直是教导子弟们这样做的。应该说，他取得了成功。他保全了自己的旗，成了亲王，在朝中地位显赫。儿子们也多是出人头地的阿哥。

现在，他又一次看到了再前进一步的征兆。他成了特殊情况之下执掌朝政的八王之一，而且名字被排在了"第一王爷"礼亲王之后，"第一实权王爷"睿亲王之前。这自然是睿亲王计谋的产物，正说明睿亲王将用得着他。

他再一次嘱咐自己千万不要忘乎所以，而要耐心、要细心、要用心，抓住这个从天而降的机会，做到有所得，有大得，而避免有所失，尤其要避免有大失。

他对局势进行了仔细的分析，做出了大多数人所得出的那种判断：帝位的争夺将在睿亲王与肃亲王之间进行。

但最终谁胜谁负？在决定谁胜谁负的众多要素之中，他济尔哈朗将起到怎样的作用？他一时难以估量。因此，他还需看一看。

上午大家在宫中忙碌，郑亲王有许多机会去接触他想接触的人。

最先是英郡王阿济格。有一段时间,阿济格无意之中到了他的身边。

郑亲王遂悄悄对阿济格道:"真让人不解,睿亲王为什么偏偏安排自己下午守灵?"

阿济格毫无戒心,听后遂道:"就是,叫人摸不着头脑……"

郑亲王道:"也许是他用这种办法拴住那人。"

阿济格摇了摇头道:"那他不自己也被拴住了,有多少事要等他拿主意呢!"

郑亲王又问道:"还有,什么缘故使睿亲王提议要两黄旗独留城内呢?"

阿济格一听气了起来:"更是莫名其妙!"

郑亲王想把谈话继续下去,但阿济格离开了。看得出,阿济格不是有意躲他,而是无意之中离开了。

随后,郑亲王慢慢地转到了豫亲王的身边,他并没有主动讲什么。站了一会儿,豫亲王发现了他,便向他点了点头。

郑亲王便凑了过去,悄声道:"险了……"

豫亲王扭过头来,看着他道:"您指什么?"

郑亲王道:"那个人还不借着两黄旗守城捷足先登!"

豫亲王听后道:"真不晓得十四哥是怎么想的!"

郑亲王又道:"要是那样可怎么办?"

豫亲王坚决地说道:"怎么办?杀!反正不能便宜了他!"

此时豫亲王被礼部承政唤去见睿亲王,郑亲王便站在原地半天没有动。他看到希福正在肃亲王身边,样子像是肃亲王在向他吩咐什么。

过了一会儿,希福离开了肃亲王,郑亲王便慢慢转了过去。

在希福身边站了片刻之后,郑亲王悄悄对希福道:"先生好辛苦……"

希福一听是郑亲王的声音,先是愣了一下,然后向他点头致意道:"王爷这话……"

郑亲王慢慢道:"那道诏书可誊清了?"

希福是受命记录整理"八王"诏书的大学士,所以郑亲王才这样问。

希福回道:"刚刚修饰完毕交给睿亲王,睿亲王、礼部与豫亲王看着的便是。"

郑亲王没再讲什么。

希福道:"恭贺王爷……"

郑亲王回道:"举丧之际,还有什么事好贺的?"

希福忙道:"臣的意思是……"

郑亲王慢慢道:"是讲那诏书'八王'排序的事……"

希福道:"正是。"

郑亲王冷冷道:"这也没什么好贺的,无非被赶去拉磨而已。"

希福一听心中高兴起来,但脸上做了一个苦笑的样子,摇了摇头,没有再讲什么。

郑亲王也停了下来,表面上像是已无话可讲,实际上在等待希福开口。

不一会儿,希福果然开口了:"王爷对局势怎么看?"

他单刀直入了,我也无须给他绕圈子。郑亲王心里这样想着,嘴上却道:"一边是西风,一边是东风——不是东风压倒西风,就是西风压倒东风。"

希福大概还没有把握这东风和西风到底具体何所指,因此问道:"王爷所说的东风和西风……"

郑亲王回道:"这还用问?眼下哪个看不出,睿、肃各占一方的局势?"

希福道:"这倒是。臣斗胆问王爷,王爷是看好东风呢,还是看好西风?"

郑亲王冷笑了一声,道:"你这样问,无非摸我是站在东边呢,还是站到西边。依你看来,我自然最好站在你们一边……"

希福毫不掩饰,笑了笑道:"王爷拿臣开涮……"

"不谈什么开涮不开涮……希福,你也知道,现在是我大清江山社稷的关键时刻,也是你我为臣的人生关键时刻,经不住任何的失算和失误。不瞒你说,我与先生你不同,我还没选好应该站在哪一边。因为我还没有搞清楚各方到底想干什么,我不能糊里糊涂跟着走……"郑亲王说到这里停下了。

过了片刻,希福试探地说道:"这样吧王爷,下午臣就到府上去把想法向王爷禀奏一遍,如何?"

这正是郑亲王想要得到的,但他没有立即表态,而是停了一阵,做出若有所思的样子,最后才道:"那样也好。"

这样,当天下午,郑亲王接待了第一个来访者。

希福离开不久,颖郡王和硕托来了。

令郑亲王感到吃惊的倒不是他们开门见山,而是他们那种冲动的情绪。往日,他们都不是这样的。尤其是硕托,平常总是慢慢悠悠,一副掉了银子不在意、火烧了眉毛不着急的主儿,怎么一下子变得如此冲动起来了?看那样子,要是郑亲王不依他,他就要拼命了。

他们都表明,眼下只有睿亲王配坐那个位置,如果由别的什么人来坐,那就是违背了天理,违背了民意,就天地难容。

他们说郑亲王在朝中处于独特的地位,举足轻重,就嗣立之事讲出话来,影响巨大,他们要郑亲王应天顺民,竭力保举。

郑亲王并没有给他们明确的答复,他们再三要求后离去了。

经过下午与希福、硕托和颖郡王的谈话,他明白眼下风声已起,声势很大。而且看来不再是像他原想的那种一般意义上的较量。风将变得越来越大,越来越暴,他已经闻到了血腥之气。

上午在清宁宫与豫亲王打照面时,他忘不了豫亲王那声"杀"!硕托和颖郡王虽没有讲出那个"杀"字来,但听听他们的话外之音,看看他们那冲动的态度,他们要做的,怕是比豫亲王那声"杀"要可怕得多。

另一边也不含糊。下午他问了希福,要是肃亲王得不到皇位将如何。

当时,希福毫不迟疑地回答他说:"那就只好动真格的了。"

大概是希福怕郑亲王听不明白,又补充了一句道:"正黄旗不是摆设!皇上那三万御林军不是吃素的!"

十分明显了,双方都决心拼个你死我活。

郑亲王本以为自己处于中间位置,想谋取好处。但他清醒地看到,眼下的形势超出了他所划定的界线,即大清江山社稷的根基不受动摇。可眼下不得了了,不斗则罢,一斗,不用说整整的两个黄旗,就是希福讲的皇上那三万御林军一出动,也得调动相应的力量杀过来,那将会是怎样的结果呢?可怕!

这是郑亲王不能接受的,他怀着极为不安的心情进宫去接替睿亲王和肃亲王守了灵。

他不怀疑肃亲王会干出希福讲的那种事,可睿亲王难道会不顾江山社稷,去与肃亲王争这个皇位?

他很想跟睿亲王接触一下，了解他真正的想法。

但是没有机会。虽然肃亲王先于睿亲王走了，但他还是找不到机会与睿亲王过话——谈起来不是一两句话能说明白的，这样的时间，在当时那样的场合上哪里找去？

他想与衍僖郡王谈一谈，因为衍僖郡王也被认为是睿亲王圈子的。

清宁宫并不大，夜里又静。皇太极灵边站有八名虎贲，一些宫女还在宫内，讲起话来很是不便。因此，他也找不到机会。

后来，国母福晋召诸王、贝勒、贝子及成年宗室子弟入宫下达懿旨，让郑亲王稍许放心了些。他赞赏后宫这一态度，在两方尖锐对立的情况之下，这样的懿旨，既表现了后宫的超脱，又对双方是一个限制。但是豫亲王等人的缺席引起了郑亲王的严重不安，他们一起干什么去了？

饶余贝勒阿巴泰是努尔哈赤的第七子，在兄弟中他的地位是仅次于郡王的贝勒爷。

皇太极的突然辞世，令他十分悲痛。在家里，他一个人哭了好几次。

但是，他在府中没有接待任何人。原因很简单，下午回家之后，他做的第一件事就是吩咐看门人，拒绝任何人来访。而且他做得很干脆，明告下人道："人来了你就告诉他，'爷有话，他在家，但不见人'。"

当肃亲王豪格从代善那里吃了闭门羹随后来到阿巴泰府门的时候，他听到的正是这样一句话。

肃亲王听了十分恼怒，他以为阿巴泰是针对他的。

楞额礼在府中向正黄旗牛录章京以上长官传达了肃亲王的命令。他布置完毕，让众人回营，自己便回肃王府复命。一天来，他的脑子里乱哄哄，理不出一个头绪。

他是皇太极自领的正黄旗固山额真，十几年来，他与皇太极之间形成了特殊的亲密关系。

原来他是正白旗的固山额真，皇太极继承汗位之后，正白旗改为正黄旗，他遂成为正黄旗的固山额真。天聪年间，莽古尔泰谋反，皇太极靠他去争取图赖，最终挫败了莽古尔泰的阴谋，使大金江山得以巩固。

可就在这时,皇太极突然去世,大清出现了错综复杂的局面,嗣立之争扑朔迷离,结果难以预计。

从内心,他倒倾向于由睿亲王继位。与皇太极的长期接触中使他看到,皇太极一直非常喜欢睿亲王,两个人见解一致,动作协调。在与睿亲王的接触中他也看到,睿亲王一直非常崇敬皇太极,唯皇太极之命是从,而且人品好,能力强。由这样的人接位,大清的江山社稷一定会永固,入主中原的宏愿一定能够实现。

在他的心中,肃亲王豪格并不是皇位继承者的人选,至少不是理想的人选。往日肃亲王的所作所为,别人不去管它,他楞额礼反正难以认同。他也知道,皇上也并不怎么喜欢肃亲王,或说是又疼爱又讨厌。

楞额礼还清楚地记得松锦之战后由希福出馊主意搞庆功的事。当时,皇太极就把豪格叫进了宫。皇太极当时跟豪格讲了些什么,他也不晓得。但是,那次被召,后面的活动便停了下来。这从侧面说明了皇太极对那次活动的态度,也从侧面说明了皇太极对豪格在继位问题上的态度。

正黄旗原本是听从皇上的,他自然也是听从皇上的。可他想不明白的是,现在皇上一去世,正黄旗、镶黄旗怎么一下子就变得听肃亲王的了?不错,肃亲王是皇子,也是正黄旗的。但就凭这,他就有了这种权力?

还是希福他们搞的鬼。但为什么他们一搞就轻而易举地成了这样?自己为什么就稀里糊涂地成了这样?

楞额礼想不明白,但事实已是如此——他似乎觉得也只好如此。

肃亲王讲"要血流成河",希福讲"要你死我活",可这是两黄旗弟兄的生命啊!这是其他六旗弟兄的生命啊!这是大清江山的根底呀!

两黄旗的地位,两黄旗的特权,成了他们号令两黄旗拿起家伙为他拼命的依据,可两黄旗的地位、特权重要,还是大清的江山社稷重要?

鉴于这种认识,楞额礼对希福他们的那一套并不感兴趣,只是事已至此,不得不执行罢了。但他拿定了主意,真要动用正黄旗去向六旗拼杀,那样的命令他绝不会下。他向牛录章京以上将领布置时,讲得简单,只要大家"人不离械,马不离鞍""听候号令""以防不测"。

楞额礼骑在马上慢慢地走着,身边有两位正黄旗的参将陪着。不晓得为什么,他突然感到一阵眩晕。他勒住了马,把双手撑在了鞍上。

两位参将见他停了下来,闭着双眼,便询问道:"您怎么啦,大人?"

楞额礼强行抬起一只手,向他们做了一个手势。那手势的意思让人看不明白,似乎在说"没什么",又像是让那两位参将不要讲话,他需要静一静。

两位参将一时不知所措,勒住马停在了那里。

接下来,他们见楞额礼的身子晃了一晃,但他们站在原地并没有动。

可接下来的事让他们惊呆了,楞额礼一下子从马上跌了下来。

索尼从三官庙回府之后,心情难以平静。

大清国怎么办?他寻找着答案。

从肃王府被希福支出来,他到了三官庙。他想碰碰运气,看看在那里有没有可能找到与睿亲王讲话的机会。可巧,睿亲王出宫后走在了所有人的后面,他得到了那样一个机会。他向睿亲王讲了他要讲的话,但他心里明白,那还不能解决根本问题。

他有一个习惯,凡是遇到什么问题需要思考,他就要走出府门,到街上去,一边遛弯儿一边思考。

他又出了府。

夜深了,大街上静悄悄。各家的门首都挂有丧葬之物,有纸扎的白色花环,有布做的黑色挽幛,有用松枝编成的拱形物,有用麻秆儿捆绑成的车马,等等。许多人家还没有睡,从门窗中透出了灯光。

索尼沿着一条长街向前走着。

走了不远,他借助微弱的灯光,看到一个道人模样的人正向这边走来,心中一动。大清的国都中经常有喇嘛出没,道士极少。而此时此刻,让索尼心中一动的是道人那一头的银发和依稀可见的银白胡须。

就在这时,传来一阵令人感到心悸的声音。而且那声音越来越响,很快变得倒海翻江一般。索尼听出来了,那是群马的奔跑声。很快,索尼感到大地在颤动。接着,从一个拐角处传来了火把的闪亮。

索尼下意识地靠墙根站了。

马队过来了,头已经掠过,尾还没有看到。

四五匹马一排,向东飞驰。

索尼看清楚了,这是被称为骠骑兵的皇上生前亲领的那五千蒙古骑兵。

一听见这动静,居民的灯都熄了。索尼看罢立即有了一个认识——虚张声势!但他还是感到心惊肉跳。如果他不是躲在了街边,而是站在了大街上,他定会被碾成肉泥。

想到这里,他为刚才看到的那位道士担起心来。当马队越过他向前奔驰时,那道人是在大街中央的,他眼下怎么样了?

索尼快速走到那位道人刚才的地方,想看个究竟。

街的两边没有人,地上除马蹄印外,也没有别的。

"他上了天入了地不成?"索尼感到奇怪了,又这样想,"要不他被掳了去?"

这之后,礼亲王代善也听到了街上马蹄的声音,他忙命人出府看个究竟。

派出的人回禀了具体情况,他一直疑神疑鬼。

郑亲王也听到了这种声音,尽管他处于后宫,但夜深人静,如此大的动静还是传到了他的耳朵里,他也派人出宫去看了。

得到回报之后,他也忧心忡忡。

睿亲王也听到了这声音。他不会听不到,因为肃亲王有令,要在睿王府周围连跑三圈。

在城外的豫亲王、英郡王、硕托、颖郡王和瓦克达都分别得到了侦察人员的报告,于是他们急忙回了城,聚到了睿王府。

五千名骠骑兵奉命留下两千人守营,其余分为十队,每队三百骑,分片做这种示威行动,每半个时辰出动一次。

这样,盛京的百官也好,百姓也好,无不提心吊胆挨到了天明。

礼亲王虽然歇了,但他的脑子并没有歇,因为他一直在为瓦克达他们的行动感到不安。进宫听国母懿旨,睿亲王说豫亲王、英郡王、颖郡王、硕托和瓦克达去了城外大营,他就预感到大事不好。

回府后,他的第一件事就是让家人去瓦克达的府中传话:"一回来就立刻前来见我。"

一夜他都在做噩梦。好不容易到了天明,他便问:"他回来了没有?"

不一会儿，瓦克达赶到了。

礼亲王迫不及待地问："你到底去了哪里？干什么去了？"

瓦克达平静地回道："我去了城外大营，无非是例行公事看望将士们……"

礼亲王听后大怒："什么时候了，你还跟我讲瞎话！"

瓦克达依然平静地回道："我没讲假话，是例行公事看望将士。"

礼亲王骂道："混账东西，你就作吧，有你好看的！"

郑亲王也是好不容易挨到了天明。

豫亲王与英郡王来接班了。

郑亲王一见面就问："昨夜你们去了哪里，连懿旨都不听了，知道了懿旨的内容吗？"

豫亲王回道："来时路过睿王府，正好睿亲王在门口溜达，他告诉给了我，我又告诉给了英郡王。"

郑亲王冷冷一笑，道："还有一问没回答呢。"

豫亲王便笑道："出城去了大营，例行公事看望将士。"

郑亲王听后道："那我就回去歇会儿了。"

这时，衍僖郡王道："王爷先行一步，我有几句话要与二位叔叔讲。"

郑亲王听罢点了点头，出宫后径直去了礼王府。

到了府门，门人将郑亲王拦住："小的给王爷请安。"

郑亲王仍在往里走，门人着了急，连连道："王爷留步，我家王爷有话，不见……"

郑亲王推开门人，大步进了前院，又越过二门，到了后院。

此时就听到屋内礼亲王大骂："混账东西，你就作吧，有你好看的！"

郑亲王闯进了屋内一看，原来是瓦克达在那里。礼亲王见到郑亲王也是一愣："怎么是你？"说着忙站起来迎接。

这下给瓦克达解了围，他立即向郑亲王请了安，站在一旁。礼亲王手一挥，道："哪儿也不许去！出门一步，我敲断你的腿！"

瓦克达听后，趁机退下了。

礼亲王仍然觉得奇怪，郑亲王怎么不声不响地就到了眼前？

郑亲王这时说话了,道:"王爷倒挺会省心……"

礼亲王这才意识到,郑亲王大清早以这种方式来找他,必有缘故,便问道:"外面天塌了?"

郑亲王无奈道:"不然我怎会到你这里来暂避?"

礼亲王道:"那你说说看。"

郑亲王遂把他的担忧向礼亲王讲了一遍,礼亲王听罢沉默了半晌,也无奈道:"我们能做些什么呢?"

郑亲王回道:"要做点什么,至少到时候不后悔说我们干瞪着眼看着天塌了下来。"

礼亲王点了点头,问:"你想到要做什么了吗?"

郑亲王道:"事急如火,我们至少要见一见睿亲王,问问他是不是就想让大清的江山顿时就倒?"

礼亲王道:"对,就去找他——现就去,赶到皇上入殓之前问问他。就是死,大家也死个明白。"

郑亲王也冲动起来,道:"就这样!"

礼亲王好歹穿了朝服,外面套上孝衣,跟着郑亲王出了门。

各亲王、郡王、贝勒、贝子及宗室子弟、文武百官聚在了宫中,等待皇太极的入殓。

规定的时间已到,但还不见动静。后来一传十,十传百,大家都清楚了,原来是礼亲王和郑亲王将睿亲王拉至三官庙内,三个人正密议着什么。

最着急的莫过于肃亲王豪格。他在礼亲王府吃了闭门羹,到阿巴泰府又碰了壁,就产生了怀疑,心想礼亲王他们是不是有意不见他。郑亲王夜里在宫中守灵,他不便去宫中找他。清早起来,豪格就去了郑王府,要在府里等郑亲王。但左等右等没有等到,快到入殓的时辰了,郑亲王还没有回家,这样豪格才急急地赶了过来。可没想到,他竟在三官庙里与睿亲王密谋!规定的入殓时间到了,仍不见三个人的踪影,他的心中越发地毛了。现场的人仨一团,俩一伙,都在议论纷纷。

豫亲王、英郡王等心中也不平静。他们见礼亲王和郑亲王一大早儿便把睿亲王叫了去，不晓得礼亲王他们要与睿亲王谈些什么，他们担心产生变故。

不一会儿，从大清门那边传过了声浪——三位王爷进了宫。

不用说，此时此刻，三位王爷的神情动作成了宫院之内大家注目的中心。大家都努力地想从他们的一举一动之中寻找各自心中提出的问题的答案。

他们几乎是并排进了宫，步伐很快。

豪格并没有从他们那严肃、庄重的面容上看明白他所需要了解的东西。

不一会儿，整个大殿静了下来。

入殓的仪式开始了。

哀乐响了起来，抽咽之声四起，有的忍不住已经放了声。

辰时三刻，由国母福晋，接下来由麟趾宫贵妃、衍庆宫淑妃、永福宫庄妃先行向皇太极遗体拜别。随后是皇子，肃亲王最先，然后是第四子叶布舒、第五子硕塞、第六子高塞、第七子常舒、第九子福临拜别，最后，按亲王、郡王、贝勒、贝子、公、将军，宗室无爵者按长幼之序拜别。

皇太极离开了他十八个年头日夜安居的那所房子。国母福晋昏倒了，众人赶快将她搀起，把她送入东面的暖阁。

棺椁缓缓出了清宁宫，出了凤凰楼，进入前院。短短的一段路上，又有不少的人晕倒，其中包括麟趾宫贵妃。

崇政殿安放棺椁的长凳已经摆好，位置是平台的下方，也就是大殿的中央。棺椁被抬入大殿后归位，哭声又大了起来。

之后，按亲王、郡王、贝勒、贝子、公、将军，宗室无爵者按长幼之序，文武百官按爵位的高低，一个个参拜了。

参拜完毕，时间已经接近了中午。衍庆宫淑妃、永福宫庄妃回了后宫，仍由豫亲王、英郡王守灵。

亲王、郡王、贝勒、贝子、公、将军，宗室成年无爵者都被告知，午后来崇政殿议立嗣之事。他们是：

努尔哈赤长子褚英之长子杜度长子辅国公杜尔祜，

杜度次子辅国公穆尔祜，

杜度第三子辅国公特尔祜，

褚英次子贝子尼堪，

努尔哈赤次子礼亲王代善

代善长孙、已故成亲王岳托长子衍僖郡王罗洛浑，

已故成亲王岳托第三子镇国公格尔楚浑，

已故成亲王岳托第五子镇国将军巴思哈，

代善次子贝勒硕托，

代善之孙、已故颖亲王萨哈林长子颖郡王阿达礼，

已故颖亲王萨哈林次子贝子勒克德浑，

代善第四子贝子瓦克达，

代善第七子辅国公满达海，

努尔哈赤第三子镇国将军阿拜，

努尔哈赤第四子镇国将军汤古代，

努尔哈赤已故第五子莽古尔泰长子镇国将军额必伦，

努尔哈赤已故第六子塔拜长子奉国将军额克亲，

努尔哈赤第七子饶余贝勒阿巴泰，

阿巴泰长子尚建，

阿巴泰次子辅国公博和托，

阿巴泰第三子贝子博洛，

阿巴泰第四子岳乐，

皇太极长子肃亲王豪格，

皇太极第四子叶布舒，

皇太极第五子硕塞，

皇太极第六子高塞，

努尔哈赤第九子奉国将军巴布泰，

努尔哈赤已故第十子德格类之子奉国将军邓什库，

努尔哈赤第十一子镇国将军巴布海，

努尔哈赤第十二子英武郡王阿济格，

阿济格长子镇国将军和度，

阿济格次子镇国公傅勒赫，

努尔哈赤第十三子奉国将军赖慕布，

努尔哈赤第十四子睿亲王多尔衮，

努尔哈赤第十五子豫亲王多铎，

努尔哈赤之已故二弟穆尔哈齐长子奉国将军达尔察，

穆尔哈齐次子镇国公汉代，

穆尔哈齐第三子镇国公塔海，

穆尔哈齐第四子镇国公务达海，

努尔哈赤之已故三弟舒尔哈齐已故次子阿敏之次子辅国公固尔玛珲，

舒尔哈齐第六子郑亲王济尔哈朗，

济尔哈朗长子辅国公富尔敦，

济尔哈朗次子辅国公济度，

济尔哈朗第三子辅国公勒度。

大殿的中央，停放着皇太极的灵柩，原来站在灵柩两旁的虎贲退出去了。

众人在大殿的东厢坐定，睿亲王正要开口，就听殿外吵吵嚷嚷，并有刀枪的撞击之声传来。

图赖进殿奏道："臣的护军拦挡不住，两黄旗将士进宫到了大殿之外。"

众人听罢大惊，睿亲王却不慌不忙对众人道："大家在此坐了，我出去看看。"

豫亲王、英郡王、衍僖郡王、颖郡王、贝勒硕托等立即跟出，站在睿亲王的身边。

睿亲王跨出殿门站定，很快向那伙吵吵嚷嚷的人扫了一眼。

来的大约有一百人，都是正黄旗和镶黄旗的。没有一张一看就认识的脸，但有几个面孔是熟悉的。个个都披挂了，手里拿着刀枪和弓箭。

睿亲王一露面，吵嚷之声就渐渐平息下来，那些人站在那里没动。

睿亲王身后是豫亲王、英郡王、衍僖郡王、颖郡王、贝勒硕托等人。在图赖的率领下，有几十名宫廷护军也迅速站在了睿亲王的两侧。

双方对峙了片刻，睿亲王大声道："楞额礼、达尔哈在吗？"

没有人回答。沉默了片刻，在最前面的一名正黄旗牛录章京见没人吭声，便回道："二位大人没在队伍当中。"

睿亲王遂问道："那你就是首领了？"

"小人……"睿亲王的突然出现大概把他们镇住了,那人回话时声音都颤抖起来。

睿亲王见状,趁机又问道:"你们要干什么?"

这时,那支队伍大概开始从迷蒙中缓过了劲儿来,发出了嗡嗡声。

睿亲王一见立即大声喝道:"由一个人回话!讲啊!你们要干什么?"

那人只得回道:"我们要求立皇子……"

睿亲王并不忙着开口,大殿前再次出现了沉寂。

过了片刻,睿亲王冷笑道:"这里也有你们讲话的份儿!好,我们这些人退下,由你们来决定由谁继位便了!请!"

大殿前更是鸦雀无声。

睿亲王随后厉声道:"反了你们!拿着刀枪,要动家伙?"

这话说完,这百多号人个个垂下了手臂,原来举着的兵器也都跟着放了下来。

"成何体统!你们说立皇子,我们就立皇子了?别的旗也来学你们,他们说不立皇子,我们就不立皇子了?是你们听我们这些人的,还是我们这些人听你们的?"睿亲王心里明白,这一幕不宜久拖,现在是立即结束的好时机,于是他向后喊了声,"肃亲王!"

这一切是肃亲王和希福共同策划、由希福导演的。

两黄旗来的都是牛录章京。按照肃亲王的想法,要由固山额真出头,率领牛录章京以上的将领完成这项活动,一来是显示威力,二来是避免群龙无首,形不成统一意志。

就在他做此决策的时候,突然接到正黄旗固山额真楞额礼死去的报告。肃亲王听到报告后大吃一惊,认为这是出师不利,遂骂了句:"死得真是时候!"这样,希福建议,暂将楞额礼的死向两黄旗及外界瞒了,内部暂定由鳌拜代管正黄旗。

希福是不赞成牛录章京以上的将领参与这次活动的,他认为牛录章京以上的将领参与会给对方抓住把柄,因为这次活动给人的印象应该是自发的,是出自两黄旗下层的要求,这样才显出要求的普遍性,一方面可以震慑对方,另一方面可以争取中间势力的同情和支持。

最后肃亲王听了希福的。

希福心里明白,这样的一次行动,其用意只能表明两黄旗的强烈要求,争取中间势力的同情和支持,而不能超出这个界限。因此,在向参加活动的牛录章京布置时,讲得是很简单的,就是让众人先在大清门宣誓,口号是"拥立皇子",然后进入皇宫将崇政殿围起,高呼"拥立皇子"。至于后面的事如何进行,希福并没有对他们做出明确交代。

是提"拥立皇子",还是提"拥立皇长子",在希福的眼里,"拥立皇子"与"拥立皇长子"是一个意思。要立皇子,就是立皇长子豪格,别的皇子是根本没份的。皇四子叶布舒十七岁,皇五子硕塞十六岁,皇六子高塞十五岁,虽都已成年,但他们无功无爵,是压根儿不会被选立为皇上的。其余皇七子常舒八岁,皇九子福临六岁,更是与皇位无缘。而讲"拥立皇子"则避开了种种矛盾,容易被人,尤其是被那些中间势力所接受。

一开始,肃亲王十分恼火,以为不直接提"拥立皇长子"是对他的一种贬损,他甚至骂了一句"狗眼看人低"。但希福没有放弃,并最后说服了肃亲王。

殿外的一切,肃亲王自然都看在了眼里。他心中不住地骂希福对这些人"到底是怎么吩咐的,如此不顶用,不堪一击"。

后来,他听睿亲王喊他,想到当着大殿里坐定的这许多人不得不做做文章,于是,便应声走了过来。

睿亲王道:"请你处置吧。"

肃亲王走上来,满面愠色,厉声道:"你们也真是狗胆包天,竟干出这等事!现在快快给我退去,听候发落。"

睿亲王听后道:"遵从肃亲王之命,快快回营去吧。"

那些人一听,便散去了。

众人被提到了嗓子眼儿的那颗心算是放下了。睿亲王等回到大殿,嗣立之议重新进行。不过,大家刚一坐定,就听硕托嚷道:"今日这事不能就这样过去!"

瓦克达也叫起来:"说得是!这样无法无天的事放过了,还讲什么朝规廷矩?"

颖郡王也道:"定要查办,严惩不贷!"

硕托又道："另要查办躲在后面的人！"

肃亲王坐在那里,脸上青一阵红一阵。

对两黄旗要搞点名堂,睿亲王他们是想到了。但对他们会如何搞,睿亲王心中无数。不错,这事从性质上讲,真称得上"无法无天",实应"严惩不贷"。但是,现在追究起来会影响议嗣大事的进行。而且势必把肃亲王逼到墙角,这不利于下一步计划的实施。

想到这里,睿亲王道："这事无须过于认真,非常时期,人们没有经历过,有些过分之念、过火之举,在所难免。咱们还是向下进行。"

事情就这样过去了。

礼亲王和郑亲王一直挨着坐在一起,他们心中都在思考着在三官庙睿亲王向他们讲的那番话。

当时,他们把睿亲王叫去,开诚布公地提出了他们的问题,最后问道："难道你就忍心看着盛京血流成河、让我大清灭亡吗？"

睿亲王当即对他们道："我有两点明告二位王爷,第一,绝不能由肃亲王继承皇位。如果出现肃亲王强行篡位之事,那就必然出现二位王爷所担心的盛京血流成河的局面。因为肃亲王强行篡位,那就等于大清国的灭亡。第二,请二位王爷放心,只要不出现肃亲王强行篡位之事,你们所担心的事就不可能发生。"

随后,他们出了三官庙。

二位王爷怀着惴惴不安的心情跟睿亲王进了大殿。在两黄旗牛录章京聚集殿前之时,他们紧张到了极点。事件平息之后,他们喘出了一口气,但心中的疙瘩并没有解开。他们等待着,看事情将向什么方向发展。

睿亲王发话让大家提出人选。

话音未落,硕托与颖郡王几乎同时喊道："睿亲王,睿亲王！"

随后,豫亲王、英郡王、衍僖郡王一起附议。接着,又有几个人也喊叫着附议。

礼亲王和郑亲王注意观察着,睿亲王不动声色。

这时,又有了不同的声音。礼亲王与郑亲王看过去,发现那是叶布舒、硕塞,他们大喊了一声："不赞成！"有一些人则附和着。

礼亲王与郑亲王他们注意到,高塞并没有吭声。

随后,同意的,不赞成的,人数更多了,双方吵成了一锅粥。

就在这时,礼亲王与郑亲王看到睿亲王站了起来。

众人见睿亲王站了起来,便都停住了。大殿内渐渐静了下来,睿亲王道:"对提我的人,我这里谢了。可大清这个皇位,我坐不得。"

话音未落,大殿中再一次骚动了起来,嗡嗡声几乎将大殿拱起,连礼亲王与郑亲王也都惊得不相信自己的耳朵,豪格也惊呆了。

睿亲王接着道:"请大家另选能者、贤者。"

硕托大叫道:"睿亲王就是我朝的能者、贤者,这个皇位别人怕是没有一个配坐的。"豫亲王、英郡王、衍僖郡王和颖郡王也都附和着。这一闹,这一主张的声音竟压倒了另一方。

这样过了片刻,睿亲王再一次站了起来,道:"我主意已定,请大家另提人选。"

硕托又大叫:"再不会有别的人选了!"

豫亲王、英郡王、成亲王和颖亲王等人再次附和。

这时,礼亲王认为是站出来讲话的时候了,于是道:"睿亲王继承皇位是我大清之福,但既然他坚辞不受,那也难以强求。如此僵下去终不是办法,大家还是另提人选吧!"

睿亲王不坐大清的江山,是说服了豫亲王和英郡王的,这里豫亲王和英郡王怎么又改变了主意,附和起硕托和颖郡王他们来?这是睿亲王与范文程等人商量好的策略,目的是营造拥戴睿亲王的气氛,一为睿亲王的推辞做铺垫,二为下一步对付肃亲王做准备。

从事实来看,效果甚好。

礼亲王原以为睿亲王要与肃亲王拼死争这个皇位,现在他见睿亲王一再辞却,也想帮睿亲王一把,于是,他讲了上面那句话。

礼亲王讲完那句话,阿巴泰讲话了,道:"既如此,礼亲王何不出山,继承皇位?"

礼亲王一听忙道:"我无才无德,年纪也大了,难以担此重任。大家还是不要打我的主意,提别人吧。"

此时，叶布舒便道："既然睿亲王、礼亲王都固辞不就，那就只有请肃亲王继承大位了。"他讲完，硕塞和其他几个人附和。

礼亲王和郑亲王相互看了一眼，睿亲王坐着一动不动。

硕托大叫："不赞成！"

豫亲王、英郡王、衍僖郡王、颖郡王和瓦克达等也都附和："不赞成！"

而另一方则大喊："肃亲王！肃亲王！"

这时，睿亲王才站起来，慢声道："肃亲王你看如何？"

肃亲王没有想到睿亲王会在这个时候让他讲话，他认为也应当谦虚一番，然后，叶布舒和硕塞他们必然会再次要求他继位，到那时他就顺水推舟，应承下来，于是道："我也缺才少德，难负众望……"

肃亲王刚说到这里，就被睿亲王打断道："既肃亲王也辞让不受，那就只好请大家另选他人了。"

礼亲王和郑亲王都看到了肃亲王那欲讲无言、欲罢不忍的又吃惊又尴尬的神态，他们都暗地佩服睿亲王的机敏。

事情这样解决自然再好不过。既不伤彼此的和气，又解决了问题，连睿亲王本人也感到喜出望外，礼亲王和郑亲王更是一块石头落了地。

肃亲王却恼了，只是他有苦难言、有气难出，满脸通红，愤怒地坐在那里，肚子像是要爆了。

睿亲王明白，这样的局面不宜持续过久。他正想开口，只见礼亲王那边出了情况。

原来，礼亲王思想上一直处于高度的紧张状态。发现睿亲王不争那个位子，他松弛了一半。而当睿亲王如此简单、快捷地处理了肃亲王的问题后，他明白自己所担心的问题已经不复存在，因此心情一下子完全松弛了下来。又由于他过度疲劳，便突然晕倒了。

众人发现后，赶快将他搀起，半天他才缓了过来。

他醒后觉得无法坚持了，便提出回府去休息。

图赖听说后，早已派了几个护军过来。

睿亲王派衍僖郡王、颖郡王、贝勒硕托和贝子瓦克达陪礼亲王回去。礼亲王在几个护军的搀扶下，出殿去了。

肃亲王也待不住了，他也趁机愤然离开了大殿。

叶布舒和硕塞也要离去，被高塞拉住了。

就在这时，郑亲王济尔哈朗站出来，他提了一个人选——皇九子福临。

当郑亲王讲到福临的名字的时候，睿亲王也吃了一惊，他怎么就想到了福临？

原来，郑亲王一直在观察着。那一方的意图十分明朗，立肃亲王。而这一方，睿亲王却固辞不受。那么，睿亲王心中的人选是谁呢？最后，费尽心思，郑亲王想到了福临。

果然没有错，郑亲王提出福临后，睿亲王立即附议，他说按照皇上生前实行的"参汉斟金"国策，大清的皇位当由皇子继承。福临为皇九子，其母为五宫中的永福宫庄妃，是为皇上嫡子。福临自幼在宫中，与皇上日夜相守，为皇上宠爱。年龄虽小，但天资聪慧，苦读诗书，性格淳厚，已显帝王之质，必成大器。

随后，豫亲王、英郡王表示了赞同。接着，杜度、尼堪、杜尔祜、穆尔祜、特尔祜、格尔楚浑、巴思哈、勒克德浑、阿拜、汤古代、阿巴泰、尚建、和托、博洛、岳乐等相继呼应。另一方剩下的人也没有反对，最后大殿中的一片掌声宣告了嗣立之事的终结。

立嗣之事就这样定了下来，而第二项决定是由郑亲王济尔哈朗和睿亲王多尔衮辅政，直到福临成年。

这项决定做出后，睿亲王回应说他二人辅政，是大清江山永固、社稷永享，先帝遗愿得以实现，万民安康得以确保的保证，完全符合国母福晋懿旨之意。

嗣立之事宣告完结，已是白日西沉之时。

睿亲王与郑亲王决定，仍以八王的名义向国母福晋、永福宫奏报嗣议的决定，并仍以八王的名义向文武百官、向全国百姓诏告。

这之后，众人散去，各自回府。

新皇帝选定了！

福临被选中了！

消息像风一般迅速传播开来，传遍了皇宫，传遍了各个王府、贝勒府和文武百官的府邸。

由皇子继位，两黄旗保住自己特殊地位和权力的愿望得到了满足，两黄旗安定了下来；睿亲王做了辅政王，正白旗和镶白旗心里也有了底，两白旗也安顿了下来；继立之际没有发生大的震荡，实现平稳过渡，各旗的愿望也得到了满足。

因此，最后是皆大欢喜。